한국 현대시와 불교 생태학

: 불교적 시학, 불교 생태시학, 선적 미학

김옥성 金屋成

시인. 문학평론가. 단국대학교 국어국문학과 교수. 1973년 전남 순천에서 태어나 순천고등학교를 졸업하였다. 서울대학교 인문대학에서 종교학을 전공하고, 같은 대학원 국어국문학과에서 석사와 박사학위(2005)를 받았다. 대학 시절에 대학문학상 시부문과 평론 부문, 천마문화상 소설 부문 등을 수상하였다. 2003년『문학과경계』신인상과 진주가을문예 당선, 2007년『시사사』신인상 등을 수상하였다. 2013년 김준오시학상을 수상하였다. 서울대학교, 서울시립대학교, 서울과학기술대학교, 한양대학교, 추계예술대학교 등에 출강하였으며, 동국대학교 문예창작학과 포닥연구원, 서울대학교 기초교육원 강의교수 등을 역임하였다. 현재 단국대학교 국어국문학과 현대시학 교수로 재직하고 있다. 한국 현대시와 종교, 생태학, 과학 등에 학제적인 관심을 기울이고 있다. 대표적인 학술서로『한국 현대시와 종교 생태학』『현대시의 신비주의와 종교적 미학』『한국 현대시의 전통과 불교적 시학』등이 있다.

한국 현대시와 불교 생태학

: 불교적 시학, 불교 생태시학, 선적 미학

인쇄 · 2021년 12월 24일
발행 · 2022년 1월 5일

지은이 · 김옥성
펴낸이 · 한봉숙
펴낸곳 · 푸른사상사

주간 · 맹문재 | 편집 · 지순이 | 교정 · 김수란
등록 · 1999년 7월 8일 제2-2876호
주소 · 경기도 파주시 회동길 337-16(서패동 470-6)
대표전화 · 031) 955-9111~2 | 팩시밀리 · 031) 955-9114
이메일 · prun21c@hanmail.net
홈페이지 · http://www.prun21c.com

ⓒ 김옥성, 2022

ISBN 979-11-308-1881-8   93800
값 39,000원

푸른사상 학술총서 **56**

Modern Korean Poetry and Buddhistic Ecology

김옥성

한국 현대시와 불교 생태학

: 불교적 시학, 불교 생태시학, 선적 미학

포스트 코로나 시대 또는 위드 코로나 시대에 인류의 운명은 어떻게 될 것인가. 많은 전문가들이 코로나19의 근본적인 원인을 지구-생태계의 교란으로 진단하였다. 이미 여러 과학자들이 생태 문제로 인한 인류의 암울한 미래를 경고하였다. 지구-생태계의 위기는 이미 회복 불가능한 상태에 이르렀으며, 머지않은 미래에 지구는 인류가 거주하기 어려운 환경으로 바뀌리라는 비관적인 전망이다. 이러한 견해에 비추어본다면 코로나19는 인류가 당면한 암담한 미래의 전조와 같은 것이다.

그러나 코로나19로 인해 인류의 활동이 줄어들면서 자연이 활기를 띠는 모습을 우리는 경험하였다. 야생동물들이 인류의 빈자리를 채우는 장면에서 어떤 이는 종말 이후를 앞당겨 경험하면서 전율하였고, 어떤 이는 새로운 시대에 대한 희망을 느꼈다. 우리가 계속해서 코로나19 이전처럼 살아간다면 여러 전문가들의 경고처럼 인류의 시대는 종말을 맞을 수도 있을 것이다. 그러나 우리가 '다른' 방식의 삶으로 전환한다면 자연과 인류가 공존하는 새로운 시대를 맞이할 수도 있을 것이다. '다른' 방식의 삶이란 에코이즘(ecoism)의 삶이다. 근대는 에고이즘(egoism)의 시대였다. 에고이즘이 지구-생태계와 인류를 벼랑 끝으로 내몰았다. 벼랑 끝에 선 인류는 '살기 위하여' 에코이즘의 삶에 대해 고민하지 않을 수 없다.

에코이즘의 삶에 대한 고민의 연장선에서 나의 학문은 줄곧 자연과 시, 종교와 함께하여왔다. 나는 박사학위 논문「한국 현대시의 불교적 시학 연구」로 2005년 대학원을 졸업하고 나서 '한국 현대시와 종교 생태학'이라는 화두를 붙들었다. 그 각론 차원에서 내가 30대 후반의 학문적 열정을 경주한 분야가 '한국 현대시와 불교 생태학'이다. 불교야말로 가장 생태주의적인 종교이다. '무아(無我)', '연기(緣起)', '공(空)', '자비(慈悲)', '불살생(不殺生)', '색즉시공 공즉시색(色卽是空 空卽是色)'……. 이러한 개념들은 얼마나 생태주의적이고 또 얼마나 아름다운가!

불교 교리는 생태주의적인 사상들로 충만하다. 가장 널리 알려진 개념은 연기와 윤회일 것이다. 주지하듯이 연기론은 불교사상의 초석과도 같은 개념이다. 그것은 신비로운 인과율과 상호의존성의 법칙을 담고 있다. 만유의 인과성과 상호의존성을 담고 있는 연기론은 불교사상의 생태주의적 면모를 가장 선명하게 보여준다. 또한 연기론은 근대과학과 신과학 차원에서 근대적 가용성, 대안과학의 가능성이 진단되었다. 연기론은 불교가 갖는 현대사회에서의 적응력을 선명하게 보여주는 핵심 요소 중 하나라 할 수 있다. 불교의 연기사상에 호흡을 댄 연기적 상상력은 불교 계열 시인들의 시에 폭넓게 나타난다.

불교의 윤회는 무아윤회로 보는 것이 일반적인 견해이다. 그러나 무아와 윤회는 어떤 차원에서는 독립적인 구원론의 성격도 갖는다. 가령, 정토종이나 민간신앙과 결합한 민중(범부, 기층민)의 불교에서는 유아윤회의 영원성에서 구원을 찾기도 하지 않는가. 또한 무아윤회와 유아윤회는 본질적인 면에서는 겹쳐지기도 한다. 윤회가 민중을 위한 방편이라면, 무아와 공은 지식인을 위한 방편이라 할 수 있다. 그러나 깊이 생각해보면 범부와 지식인은 오십보백보의 차이에서 크게 벗어나지 않는다. 양자는 모두 무명의 안개에 휩싸인 미물일 따름이다. 진리는 그물로 포획할 수 없는 바람과 같아 만져볼 수 없다. 다만 방편을 매개로 어렴풋하게 짐작할 수 있을 뿐이다. 처음과 끝을 알 수 없는 무명의 우주 안에서 우리는 다만 방편의 성채를 쌓아나가고 있을 뿐이다. 언어와 이데올로기와 제도도 모두 방편이다. 방편은 진리가 아니지만 진리를 지향한다.

한국 현대 시인들은 무아보다도 윤회에 관심이 많다. 무아보다는 윤회가 훨씬 더 시적이기 때문이다. 자명한 사실이지만 불교에서 윤회는 벗어나야만 하는 굴레이다. 그러나 우리 시인들은 그것을 아름다운 순환과 영원성으로 형상화한다. 여기에서 우리는 불교적 상상력이 불교 교리와 다르다는 점을 상기해야만 한다. 불교적 시학은 불교 교리에 포획되지 않는 자율적이고 자유로운 시적 상상력이다. 불교 교리에 포획되어버린다면 그것은 삼류시로의 전락을 의미할 것이다.

현대시에서 무아 관념이 희소한 것은 아니다. 이미 윤회적 상상력 속에 무아의 개념이 녹아 있으며, 다채로운 방식으로 무아 관념이 내면화되어 있다는 점도 염두에 둘 필요가 있다.

불교는 특유의 포용력으로 인하여 다양한 이질적인 사상들을 끌어안고 있다. 그러한 다양한 사상들에는 풍부한 생태주의적인 요소들이 함축되어 있다. 우리 시인들은 그와 같은 불교의 생태주의적인 요소들을 수용하고 내면화하면서 창조적인 생태주의적 상상력을 펼쳐온 것이다. 그들이 보여준 불교 생태시학은 생태위기에 당면한 우리들에게 '오래된 미래'의 비전을 제시해준다.

본서에는 짚고 넘어가야 할 중요한 쟁점 하나가 있다. 그것은 조지훈을 불가 계열 시인에 포함시킨 점이다. 조지훈은 유가 계열 시인으로 널리 알려져 있다. 물론 그것은 자명한 사실이다. 전기적으로나 작품 내적 차원에서 조지훈이 유가적 색채를 강하게 드러내기 때문이다. 그러나 다른 한편으로 조지훈은 혜화전문 출신, 오대산 월정사 강사로서 전기적으로 불가와 관련이 깊으며 작품 내적으로도 진한 불가적 향기를 발산한다. 조지훈은 유가나 불가에 한정되는 시인이 아니다. 그는 동양사상, 유기체 사상을 내면화했으며, 그의 작품에는 유불선을 비롯한 동양적 사유가 다채롭게 드러난다. 비단 조지훈뿐만 아니라 많은 시인이 불교적 관점의 연구에서 간과되어왔다. 그런 시인들의 시적 세계에 내면화된 불교적 사유와 상상을 발굴해내어 우리 시문학의 스펙트럼을 보다 풍부하고 섬세하게 들여다볼 필요가 있다.

　이 책은 각론의 차원에서, 총론에 해당하는『한국 현대시와 종교 생태학』(2012)과 함께 간행하려 했으나 미루고 미루다 이제야 실행에 옮긴다. 벌써 십 년 가까이 지나버렸다. 그동안 나의 학문적 노선에는 거의 변화가 없었지만, 삶에는 약간의 변화가 있었다. 2014년 딸 시호(詩浩)가 태어났고, 그 시기에 맞추어 나는 주말 농부의 생활을 시작했다. 늘 해오던 연구와 교육을 수행하면서 아이를 돌보고 텃밭을 일구어야 했으므로 시간이 더욱 부족해졌고 회의에 빠지기도 했다. 그러나 분명, 연구실에 틀어박혀 글을 읽고 쓰는 일에 전념하는 것을 생태주의적인 삶이라 하기는 어려웠다. 많은 현대인이 그러하듯이 반복되는 일상에서 시간을 조금이라도 떼어내는 일은 어려웠지만, 주말에 잠깐이라도 의무적으로 흙을 일구고 작물을 가꾸면서 텃밭의 야생초와 야생동물과 교감하려고 노력하였다. 그리고 텃밭에서 수확한 채소들로 발우 공양을 흉내내면서 어설프게 생태주의를 실천하고자 하였다. 그렇지만 내내 '과연 나는 생태주의자인가'라는 의문을 떨쳐버릴 수 없었다.

본서는 시인들의 사상과 작품에 깃들어 있는 생태주의적 사유와 상상을 조명한다. 그러나 과연 그 시인들의 삶은 생태주의적이었는가? 특히 우리 문학사에서 친일 문인, 친군부 시인으로 낙인이 찍힌 이광수와 서정주의 삶은 생태주의적이었는가? 이런 질문 앞에서 나는 당혹스럽다. 친일이나 친권력 행위는 틀림없이 반생태주의적인 태도이다. 그렇게 본다면 이광수와 서정주는 어떤 면에서는 지행합일, 언행일치에 실패한 시인이다. 본서에서 중요하게 다룬 에코파시즘은 그런 어두운 점을 포착한 논의이다.

나는 나 자신을 돌아볼 수밖에 없다. 나는 생태주의적인 삶을 살고 있는가? 그렇지 않다. 물론 나는 생태시학 연구자로서 생태주의적인 삶을 살고자 노력하고 있다. 그렇지만 돌아보면 생태주의를 지향하는 내 삶에는 여기저기 구멍이 뚫려 있다. 나는 자꾸 지행합일에 실패하고 있다. 생태주의자의 시각으로 주위 사람들의 삶을 유심히 들여다보면 그들의 삶도 나와 별반 다르지 않다. 생태주의를 자처하는 많은 지식인의 삶도 반생태적인 요소들로 범벅이 되어 있다. 우리가 생태주의적인 지식이 부족해서 지구를 망가뜨리고 있는 것이 아니다. 지구가 위기에 처해 있고, 이대로 살아가다간 머지않아 인류가 종말을 맞게 되리라는 생각 정도는 누구나 갖고 있다. 그러나 그러한 우려는 우리를 공기처럼 익숙하게 감싸고 있다. 그래서 우리는 경각심을 느끼지 못한다. 인류는 여전히 편리함과 물질적인 충만함을 추구하는 에고이즘의 늪에서 헤어나오지 못하고 있다. 나도 그렇다. 지금 우리에게 가장 두려운 적은 우리 자신 내부에 잠재된 '생태 괴물'이다. 우리는 우리 안의 이 괴물과 사투를 벌여야만 한다. 그러나 상황은 정반대이다. 과연 우리는 '친일파'에게 돌을 던질 자격이 있는가?

　우리가 생태위기에서 벗어나기 위해서는 개인적인 삶 차원의 노력도 중요하지만 그에 못지않게 중요한 것은 사회제도의 변화이다. 우리를 감싸고 있는 생태위기의 가장 큰 요인은 인류의 에고이즘이고, 그것이 만들어낸 자본주의일 가능성이 크다. 자본주의에 의해 작동하는 지금의 정치 사회 시스템을 개선하지 못한다면 우리는 임박한 종말의 위협을 해소시킬 수 없을 것이다. 현재의 자본주의 사회 시스템 내부에서 인류는 그 누구도 '생태 괴물'의 운명에서 벗어날 수 없을 것만 같다. 개인적 삶에서의 소소한 실천과 사회 시스템의 개선을 위한 정치적인 참여와 변화가 절실하다는 생각이다. 우리가 최소한 '야만주의'의 수렁에 빠지지 않기 위해서는 생태주의적인 사회 시스템과 우리의 삶의 방식에 대해 끊임없이 고민하고 실천하려 노력해야만 할 것이다.

　이 책이 또 하나의 구업이 되지 않을까 두렵다. 출판이 지구를 망가뜨리는 데에 일조할 것은 자명한 사실이다. 다만 이 책이 희생당한 나무들에게 조금이라도 덜 미안할 수 있는 어떤 조그마한 역할이라도 해주었으면 하는 간절한 소망이 있다. 장고 끝에 책을 출간하기로 마음을 굳힌 데에는 여러 가지 계기가 있었다. 2021년으로 내가 용인에 터를 잡은 지 12년이 되었다. 2009년 단국대 국문과에 부임한 이후 12년 동안 전임강사, 조교수, 부교수 과정을 순차적으로 밟고 나서 올해 정교수로 승진하면서 심기일전이 필요하였고, 코로나19 및 다른 몇 가지 계기가 겹쳐 초심으로 돌아갈 필요를 느꼈다. 돌아보니 지난 12년 동안 나를 스쳐간 영광과 고난의 편린들이 빛과 어둠처럼 순식간에 교차하며 지나간다.

　지천명을 목전에 둔 시점에, 나는 다시 출발선에 섰다.

이 책이 나오기까지 여러분들의 음덕이 있었다. 잊을 수 없는 은사님들, 동학들, 가족들, 특히 평생 흙을 일구어오신 구만리 둔대마을의 연로하신 부모님, 어린 시호를 보살펴주신 우장산의 장모님께 고개 숙여 감사드린다. 삶의 내밀과 충만을 공유하는 아내 경희와 딸 시호에게 이 책이 작은 선물이 되었으면 좋겠다.

끝으로 이 책의 본론은 기발표 원고의 일부를 수정 보완한 것이며, 제1부와 제6부는 신작임을 밝힌다. 원고를 검토하며 오류를 바로잡고 부족한 부분을 메우고자 고심하였지만 여전히 미진한 부분들이 눈에 띈다. 출간을 조금 더 연기하고 싶지만 아쉬운 부분에 대해서는 후일을 기약하고 일단락을 짓는다. 그것은 내 삶의 일단락과 맞물려 있는 일이다. 동학들의 조언을 기대한다.

2021년 가을날 죽전의 법화루에서
김옥성

차례

■■■ ▬▬▬

제3부 현대 시인의 불교 생태사상과 상상력

차례

제6부 시문학사적 의의와 한계

제1부

서 론

제1장
불교적 시학과 불교 생태시학

    나의 박사학위 논문은『한국 현대시의 불교적 시학 연구』(2005)[1]이다. 나는 이 논문에서 한국 현대시의 불교적 시학의 체계와 논리, 문학사적인 맥락의 벼리를 추스르고자 하였다. 그러나 부족한 점이 많은 만큼 아쉬움도 컸다. 이 논문 이후로 10여 년간 이 주제의 주변을 맴돌았다. 보다 넓게는 "한국 현대시와 종교 생태학"이라는 연구 주제를 설정하여 지금까지 십수 년의 세월 동안 붙들고 있다. 이 연구의 총론에 해당하는 저서가『한국 현대시와 종교 생태학』(2012)[2]이다. 이 주제에는 시와 종교와 자연이라는 세 가지 화두가 맞물려 있다. 이 세 가지 화두는 나로서는 끝내 떨쳐버릴 수 없는 것이다.

    본서는『한국 현대시와 종교 생태학』의 각론 중 첫 번째 편에 해당한다. 따라서 본서의 핵심은 "한국 현대시와 불교 생태학"이다. 그러나 거기에 국

---

1   김옥성, 「한국 현대시의 불교적 시학 연구」, 서울대학교 박사학위 논문, 2005(김옥성, 『한국 현대시의 전통과 불교적 시학』, 새미, 2006).

2   김옥성, 『한국 현대시와 종교 생태학』, 박문사, 2012.

한되지 않고 불교적 시학과 관련된 다양한 논의를 포함하였다. 나는 박사학위 논문에서부터 "불교적 시학"의 개념을 '불교로 환원되지 않는' '창조적인 불교적 사유와 상상의 체계와 논리'라는 의미로 사용하여왔다.

내가 지속적으로 관심을 가져온 것은 '기독교문학', '불교문학' 등과 같은 중세적인 '종교문학'이 아니라 종교사상에 토대를 두면서 전개되는 '창조적인 사유와 상상'이다. '불교'에 무게가 쏠린 '종교시'는 '불교시'로 정의할 수 있을 것이다. 내가 지속적으로 관심을 기울여온 분야는 중세적인 '종교시'로서의 '불교시'가 아니라 불교에 뿌리내리고 있으면서도 불교에 구속되지 않고 자율적이고 창조적으로 전개되는 현대 미학으로서의 "불교적 시학"이다. '종교'가 아닌 '문학' 연구에 무게를 두려는 취지에서 "불교적 시학"이라는 용어를 고수해왔다.

"불교적 시학"은 본서의 다양한 개념을 포괄하는 일종의 우산 용어이다. 본서에서 "불교시인", "불교 생태시학" 등의 오해의 소지가 있는 용어를 사용하고 있기는 하지만 본질적으로 "불교적 시학"이라는 우산 속에 포함된다는 사실을 밝혀둔다. 즉, 본서에서 "불교시인"이라는 개념은 '불교로 환원되지 않는' '창조적인 불교적 상상력을 전개한 시인들'이라는 의미에 가깝다. 엄밀하게 말하자면 '불교적 시인', '불교적 생태사상'이 정확한 표현이지만 편의상 간략한 용어를 사용하고 있음을 밝힌다.

본서가 '불교적 시학'의 하위 항목으로서 집중적으로 탐구한 부분이 '불교 생태시학'이다. 불교 생태시학 또한 '불교사상'으로 환원되지 않는 '불교적인 생태학적 상상력'을 의미한다. 불교 생태시학 탐구의 차원에서 나는 한국 현대 시인의 산문을 파헤쳐 '불교적인 생태사상'을 발굴하였다. 그리고 그것을 토대로 시편들에 나타난 독창적인 불교적인 생태학적 상상력으로서 "불교 생태시학"을 구명하였다. 내가 30대에 학문적 역량을 가장 많이 쏟아부은 분야가 한국 현대 시인의 불교적인 생태사상과 불교 생태시학이다. 이 분야가 본서에서 학문적 의의가 가장 큰 핵심 부분이다. 본서의 제목을 『한국 현대시와 불교 생태학』으로 정한 데에는 그러한 사실이 크게 작용하였다.

제2장
연구의 범주와 체계

　본서는 연구 방법론의 차원에서 불교사상, 불교철학에 얽매이지 않고 문학적이고 창의적인 방법으로 텍스트에 접근하고자 노력하였다. 현대시에 나타난 불교사상을 파헤치는 방법론을 지양하면서, 불교적 색채를 띠지만 불교사상으로 온전하게 환원될 수 없는 '불교적이면서 창조적인 상상력'에 주목하였다. 종교학이나 불교학의 방법론과는 변별되는 문학적인 방법론을 지향하였음을 강조하고 싶다.

　한국 현대 시문학사에서 가장 무게가 있는 불교사상은 윤회사상, 연기사상, 무아사상 등이다. 그것은 불교사상의 핵심과 일치한다. 한국 현대 시인들은 그러한 사상을 자양분 삼아 자신의 문학사상과 시적 상상력을 전개하였다. 물론 종교학이나 불교학의 관점에서 본다면 명백한 오류가 여러 군데에서 드러난다. 문학적 차원에서는 그러한 오류의 부작용보다는 긍정적인 효과가 더 크다. 시인들은 불교사상을 문학적으로 변용하면서 독창적인 상상력을 펼쳐보인 것이다. 나는 문학론, 시론의 차원에서 변용된 '윤회론', '연기론', '무아론' 등의 개념을 고찰하면서 시인들의 '불교적인 상상력'을 조명하였다. 사실 윤회론, 연기론, 무아론은 서로 맞물려 있으며, 여러 가지

의미의 층위와 차원을 지닌다. 본서에서는 주로 시적 상상력의 차원에서 그러한 개념들을 검토하고 작품에 구현되는 양상을 고찰하였다.

제2부는 불교적 시학의 총론적인 성격을 지닌다. 제1장은 여러 시인들의 시에 나타나는 불교 생태학적 상상력의 대표적인 유형을 세 가지로 나누어 고찰하였다. "연기론적 상상력", "윤회론적 상상력", "대칭적 상상력"이 그 것이다. 한국 현대시의 불교 생태시학에서 연기론적 상상력은 상호의존성, 윤회론적 상상력은 자아의 영원성과 사랑, 대칭적 상상력은 자아와 타자, 부분과 전체의 평등성을 강조하고 있다.

제2장은 한국 현대 시인의 불교 생태사상을 고찰한다. 한용운의 평등주의와 구세주의, 서정주의 신라정신과 중생일가관, 조지훈의 생명과 사랑의 시론을 불교 생태사상의 관점에서 고찰하였다. 한용운, 서정주, 조지훈은 우리 시문학사에서 대표적인 시인들이다. 손꼽히는 시인들이 불교적인 시론과 생태사상을 전개하였다는 사실은 우리 현대 시문학사에서 불교가 차지하는 비중을 가늠할 수 있게 해준다. 제3부의 제2장에서 다루는 이광수의 생태사상도 불교적 시학사에서 큰 비중을 차지하지만, 우리 시문학사에서 대표적인 시인이라고 할 수는 없기 때문에 이 장에서는 생략하였다.

제3장은 한국 현대 시인의 연기사상과 상상력을 살펴보았다. 한용운, 이광수, 서정주 등의 문학사상에는 연기론이 두드러지게 부각된다. 이들은 불교의 연기적 인과론과 근대과학의 기계적 인과론을 동일한 지평에 올려놓는 착오를 보인다. 그러한 착오에 입각하여 이들은 자신들의 불교적 사유가 근대과학에 위배되지 않는다는 점을 강조한다. 이들은 유사한 논리를 전개하지만, 한편으로는 서로 다른 색채를 드러낸다. 한용운의 연기론은 1910~1920년대 저항사상의 의미를 지니는 반면, 이광수의 연기론은 일제 말기 친일의 논리로 작용하게 된다. 미당의 연기론적 시학은 전후 시문학사에서 치유적인 상상력을 전개하면서 다른 한편으로는 경험 세계의 고통과

차별을 정당화하는 성격도 지닌다.

제4장은 중앙불전-혜화전문-동국대 학맥과 연결된 시인들의 불교적 상상력을 살펴보았다. 동국대 전신의 불교계 전문학교가 일제강점기부터 우리 문학사의 일급 시인을 배출하였음은 널리 알려져 있다. 그러한 배경적 사실을 토대로 한용운, 김달진, 조지훈, 서정주의 불교적 시학을 개관하였다.

본서의 핵심인 제3부에서는 한국 현대 시인의 불교 생태사상과 불교 생태학적 상상력, 그리고 불교 생태시문학사를 논구한다. 한용운, 이광수, 조지훈, 서정주는 자신의 창조적인 불교 생태사상을 전개한 대표적인 시인들이다. 이들은 자신의 불교 생태사상을 토대로 불교 생태학적인 시적 상상력을 전개하기도 하였다. 본서는 이들의 불교 생태사상과 그 시학적 양상, 그리고 불교 생태시문학사적 의의와 한계를 고찰하면서 다른 한편으로는 이광수와 서정주의 사상과 문학에 나타난 에코파시즘적 경향을 비판하였다.

제4부에서는 미당 서정주의 시적 상상력에 나타나는 종교-구원론적 성격과 미학주의적 성격을 고찰하였다. 미당의 시적 상상력에서 핵심이 되는 것은 자기 구원론이다. 주지하다시피 미당은 한국전쟁을 겪으면서 정신적인 고통을 경험한다. 그리고 한국 고대사 관련 서적들을 읽으면서 스스로를 치유해나간다. 그러한 치유적-구원적 상상력은 한편으로는 전후 민중의 고통을 위무하는 성격을 지닌다. 그러나 다른 한편으로는 경험 세계의 차별과 고통을 은폐하는 성격도 지니고 있다. 그리고 서정주의 초월적 상상력은 경험 세계에 등을 돌리면서 미학주의적인 성격도 농후하게 지니게 된다. 오늘날 종교적 상상력의 초월적인 면모는 미학주의의 양상을 지닐 수 있지만, 그것이 예술적으로 적절하게 승화되지 못한다면 한스 메이어호프가 경계한 "야만주의"의 함정에 빠질 수도 있다. 요철이 심한 우리 근현대사와 우리 근현대 시문학사의 거울에 비추어본다면, 현실에 대한 냉철한 인식의 여과

를 충분히 거치지 못한 서정주의 문학에는 틀림없이 에코파시즘이라는 야만주의의 색채가 진하게 드리워져 있다. 미당 서정주 문학에는 '전후 전통주의의 최고봉'이라는 찬사와 '무책임한 초월의 미학'이라는 비판의 부인할 수 없는 두 얼굴이 존재한다.

제5부에서는 선적 미학을 고찰한다. 선적 미학 또는 선적 시학을 시론의 차원에서 본격적으로 다룬 시인이 조지훈이다. 선적 미학은 고도의 지적이고 엘리트적인 미학이다. 민중불교적인 미학과 대조적인 속성을 지닌다. 제1장과 제2장에서는 선적 미학(미의식)의 개념을 조명하고 나아가 시 텍스트에 구현되는 양상을 논구한다.

제1장에서는 조지훈의 시론을 토대로 선적 미학의 의미를 밝힌 뒤에 그것을 바탕으로 한국 현대시에 나타난 선적 미학의 다양한 양상을 탐구한다. 조지훈은 시의 본질과 선은 서로 상통한다는 입장에서 해방 이전부터 지속적으로 시선일여(詩禪一如)를 주장해왔다. 그는 선의 사상이 아닌 선의 방법과 시의 본질이 통한다는 입장을 견지해왔다. 그리하여 "선의 미학"이자 "시의 근본 원리"로 "복잡의 단순화", "평범의 비범화", "단면의 전체화"를 제시한다. 본서에서는 불교적 시학의 차원에서, '불교적 세계관'이라는 항목 하나를 추가하여 선적 미학을 조명한다. '불교적 세계관'을 배제하면 선적 미학은 현대시 전반으로 범주가 확산되어버린다. 물론 그와 같은 광의의 선적 미학의 개념 정의도 충분히 가능하다. 그러나 불교적 시문학사의 차원에서는 '불교적 세계관'의 항목이 요구될 수밖에 없다.

제2장에서는 김달진 시에 나타난 선적 미의식(미학)과 불교적 상상력을 고찰한다. 김달진은 조지훈을 약간 앞질러 비슷한 시기에 중앙불전에서 수학하였다. 학문적 배경의 유사성 때문인지는 정확하게 확인할 수 없지만 김달진의 미의식은 조지훈의 것과 상당히 유사하다. 이 장에서는 선적 미학의 요건을 정의하고, 선적 미학의 기법의 하나로 "세미화"의 기법을 소개한다.

나아가 김달진 시에 나타난 불교적 상상력을 살핀다.

　본서는 오랜 시간 동안 집필된 글들을 수정 보완하여 재구성한 것이기 때문에 글의 편차가 있고, 겹치는 부분도 상당하다. 특히, 2부와 3부의 중복이 많다. 2부는 총론적인 차원에서 쉽게 풀어쓴 내용들이기 때문에, 3부를 읽기 전에 먼저 2부를 읽어두는 것이 좋다. 본서의 핵심인 3부는 불교 계열의 대표적인 시인들의 생태사상과 상상력을 치밀하게 다루고 있다. 이 부분에는 불교 생태시학의 중요한 논점들이 집약되어 있다. 불교 생태시학에 관심 있는 분들은 이 부분을 집중적으로 독파할 것을 권장한다.

제2부

불교적 상상력과
불교 생태학적 상상력의 유형

제1장

불교 생태학적 상상력의 유형
연기론적 상상력, 윤회론적 상상력, 대칭적 상상력

1. 서론

생태담론은 세기말적 위기의식과 맞물리면서 20세기 말엽에 정점에 도달했다. 새로운 세기의 문턱을 넘어서면서 그 열기는 시들해졌지만, 아직도 여러 분야의 많은 지식인들이 생태 문제를 진지하게 성찰하고 있다. 생태 문제는 여전히 인류와 지구가 당면한 가장 큰 난관의 하나로 우리 앞에 버티고 서 있기 때문이다.

생태위기는 근대의 기계론적 과학과 분리해서 생각하기 어렵다. 근대과학이 중세적인 암흑과 억압으로부터 인간을 해방시키는 데에 큰 기여를 한 것은 부인할 수 없는 사실이다. 그러나 다른 한편으로는 인간을 자연으로부터 분리시키고, 인간의 가치와 규모를 지나치게 부풀리면서, 인간과 지구를 생태위기의 벼랑으로 내몰기도 하였다. 많은 생태론자들이 지적하듯이 근대과학은 '자기 파괴의 과학'이자 '타나토스의 과학'이었다.[1]

---

1 마르쿠제는 근대의 타나토스적 속성을 지적하고, 에로스적 태도의 회복을 제안한

20세기 중후반부터 윤곽을 드러낸 신과학은 상대성이론이나 양자역학 등과 같은 현대 물리학의 성과를 토대로, 근대과학을 비판하면서 과학의 새로운 활로를 모색해왔다. 신과학은 고대·동양 전통을 수용하여, 자아와 세계, 물질과 정신, 주관과 객관, 유(有)와 무(無), 유기체와 무기체, 의식과 무의식 등의 근대과학적 이원론을 회의하면서, 근대과학의 결함을 보완하는 경향을 보인다. 그리하여 지구를 살아 있는 생명체로, 그리고 우주를 전일적 단일체로 바라본다. 신과학은 특히 근대과학의 반생태적인 한계를 비판하고, 근대과학이 보지 못한 부분을 은유와 상상을 동원하여 설명하면서, 생태적인 우주 모델을 지향한다.[2] 신과학은 본질적으로 생태주의적 경향을 갖고 있는 것이다.[3]

20세기 후반 이후 다양한 유형의 생태주의가 출현하였다. 모든 신과학과 생태주의가 그러한 것은 아니지만 대부분의 신과학과 생태주의는 몇 가지 공통된 기반에 착근하고 있다. 첫째, 현대과학과 종교, 고대 동양사상과의 변증과 조화를 추구한다. 둘째, 관찰의 객관성 못지않게 주관성을 중시한다. 셋째, 세계를 기계가 아닌 살아 있는 유기체로 규정한다. 넷째, 자아와 타자, 부분과 부분, 부분과 전체의 전일성을 강조한다. 다섯째, 타자와 세계에 대한 윤리와 영성의 회복을 지향한다. 이와 같은 공통된 기반으로 인하

다. H. Marcuse, 「정신 분석학적 생태학 : 생태학과 현대사회 비판」, 문순홍 편, 『생태학의 담론』, 솔, 1999.

2 현대과학과 신과학의 성과와 그 경향에 대해서는 다음을 참고할 수 있다. 강건일, 『신과학 바로알기』, 가람기획, 1999 ; 방건웅, 『신과학이 세상을 바꾼다』, 정신세계사, 1997 ; 이성범, 『시와 과학의 길목에서』, 범양사, 1986, 166~286쪽 ; 전수준, 『신과학에서 동양학으로』, 대원출판, 1995.

3 김성환, 「신과학운동과 환경운동의 만남」, 『길을찾는사람들』 93, 1993, 204~205쪽 참고.

여 신과학과 생태주의는 불가분의 관계에 놓이게 된다.[4] 신과학은 어느 정도 생태주의적이며, 생태주의는 신과학의 논리에 깊이 뿌리내리고 있다.

현대과학과 고대·동양의 종교나 사상의 변증을 추구하는 신과학과 생태주의의 관점에서 불교는 매우 매력적인 종교이다. 왜냐하면 아인슈타인이 "불교는 현대과학과 양립 가능한 유일한 종교이다"[5]라고까지 말할 만큼 불교는 현대과학과 공유하는 부분이 많기 때문이다. 불교의 생태학적 차원에 주목한 불교 생태학은 심층 생태주의의 하위 항목으로서 오늘날 매우 활발하게 전개되고 있다.[6] 유교나 도교 등과 비교해볼 때 불교는 다른 어떤 동양 종교보다도 생태학적인 종교로 글로벌한 차원에서 큰 관심을 받고 있는 상황이다.

불교사상의 생태학적 측면으로서 불교 생태학은 20세기 후반에 와서야 신과학과 생태학에 의해 세계적인 주목을 받기 시작하였지만, 한국 근현대 시사에서는 근대 초기부터 강력한 영향력을 발휘하여왔다.[7] 한국 근현대시

---

4 가령, 카프라는 신과학자이면서 생태주의자이다.

5 Frederic Lenoir, 『불교와 서양의 만남』, 양영란 역, 세종서적, 2002, 7쪽.

6 '불교 생태학'은 크게 두 가지 의미를 포함한다. 하나는 학문적 차원으로서, 불교사상을 생태학의 관점에서 접근하는 학문을 의미한다. 다른 하나는 사상적 차원으로서, 불교사상에 담겨 있는 생태사상을 의미한다.
   불교 생태학 관련 서적들로 다음을 참고할 수 있다. 고영섭, 『불교 생태학』, 불교춘추사, 2008 ; 김종욱, 『불교 생태철학』, 동국대학교 출판부, 2004 ; 동국대학교 BK21불교문화사상사교육단 편, 『불교사상의 생태학적 이해』, 동국대학교 출판부, 2006 ; 동국대학교 BK21불교문화사상사교육단 편, 『학제적 연구로서의 불교 생태학』, 동국대학교 출판부, 2007 ; 하버드대학교 세계종교연구센터 편, 『불교와 생태학』, 동국대학교 불교문화연구원 역, 동국대출판부, 2005 ; Helena Norberg-Hodge et al., 『지식기반사회와 불교 생태학』, 아카넷, 2006.

7 가령, 한용운, 이광수, 김달진, 조지훈, 서정주, 박재삼, 김관식, 김지하, 이성선, 오세영, 최승호, 조오현, 이문재 등의 시인의 불교 생태학적 사유와 상상은 우리 시사에 끼친 불교 생태학의 영향력을 잘 보여준다.

사에서 불교 생태학적 상상력은 과거로의 퇴행이 아니라, 미래 과학으로의 진보라는 차원에서 이해되는 경향이 강했다. 예를 들어, 만해는 불교에서 근대를 선취한 사상을 읽어냈으며, 미래는 불교의 세계라고 장담하였다.[8] 미당은 김종길의 비판에 대하여 윤회론의 과학성을 강력하게 항변하였다.[9] 이러한 사실들은 한국 현대 시인들이 직관적으로 불교 생태학적 상상력이 현대과학과 공존할 수 있는 것으로 이해하고 있었음을 말해준다.

20세기 후반 이후 생태담론에서 불교 생태학이 차지하는 위상에 비추어 볼 때, 한국 현대시사를 관류하는 불교 생태시학은 중요한 의미를 지닌다. 한국 현대 시인들은 근대 초기부터 근대와 과학의 강력한 반생태적인 힘에 맞서 불교 생태학적 상상력을 펼쳐온 것이다.

한국 현대시에 나타난 불교 생태학적 사유와 상상에 대한 연구는 비중 있는 시인들의 산문과 작품을 대상으로 각론(各論)의 차원에서 밀도 높게 탐구되었다.[10] 한국 현대시사에서 불교 생태학적 상상력을 보여준 시인의 범주는 매우 넓기 때문에 여전히 깊이 연구될 필요가 있는 시인들이 많이 남아 있다. 그러나, 가장 대표적인 시인들에 대한 연구가 어느 정도 이루어진 만큼 그간의 개별 시인들에 대한 연구 성과를 토대로 한국 현대시에 나타난 불교 생태학적 상상력의 전체적인 윤곽을 파악할 필요가 있다.

지금까지의 각론과 달리 이 연구는 개별 시인들의 특성이 아니라 한국 현대시 전반에 두드러지게 나타나는 불교 생태학적 상상력의 양상과 그 의미

---

8   한용운, 『조선불교유신론』, 『한용운 전집』 2, 43~46쪽.
9   서정주, 「내 마음의 현황」, 『서정주 문학 전집』 5, 286쪽.
10   대표적인 성과물로 다음을 참고할 수 있다. 김옥성, 「조지훈의 생태시학과 자아 실현」, 『한국문학이론과비평』 37, 2007 ; 김옥성, 「서정주의 생태사상과 그 시학적 양상」, 『한국문학이론과비평』 34, 2007 ; 김옥성, 「한용운의 생태주의와 시학」, 『동양학』 41, 2007.

를 밝히는 총론(總論)의 성격을 지닌다. 이 연구는 각론에서 밝히지 못한 한국 현대 시문학사를 관류하는 불교 생태학적 상상력의 전반적인 면모와 특성, 그리고 그 의미를 살펴볼 수 있을 것이다.

연구의 대상은 이미 정치한 논의가 이루어진 한용운, 조지훈, 서정주를 근간으로 하고, 이들 사이의 빈틈을 보완해줄 수 있는 대표적인 시인들로, 이광수, 김달진, 박재삼, 오세영, 조오현 등을 다룬다. 한용운과 이광수는 식민지 시대, 그리고 조지훈과 김달진은 일제 말기에서 해방 이후, 서정주와 박재삼은 전후, 그리고 오세영과 조오현은 최근의 불교 생태학적 상상력의 표본으로 선정한 것이다. 그러나 개별 시인이나 시대별 특성은 논외로 하고, 대표적인 작품들을 대상으로 시대를 초월하여 한국 현대시사에 폭넓게 펼쳐져 있는 불교 생태학적 상상력의 총체적인 면모를 고찰하는 방식을 취한다.

기존의 개별 시인에 대한 연구 과정에서 한국 현대시에 나타나는 대표적인 불교 생태학적 상상력으로 연기론적 상상력, 윤회론적 상상력, 대칭적 상상력 등이 밝혀졌다. 본론은 귀납적으로 도출된 이 세 유형의 상상력을 중심으로 한국 현대시의 불교 생태학적 상상력을 살펴본다.

우선 본론 각 장의 모두(冒頭)에서는 20세기 후반 신과학이나 생태학의 차원에서 논의되는 연기론, 윤회론, 대칭성 등의 현황을 간단히 진단한다. 뒤이어 한국 현대시에서 그와 같은 불교 생태학적 사유와 상상이 어떻게 선취되는가를 고찰한다. 이 과정에서는 시인별 특성이나 시대는 고려하지 않고, 대상 시인들의 작품 중에서 각각의 상상력을 가장 선명하게 드러내는 시를 분석의 대상으로 삼는다. 글을 마무리하는 자리에서는, 본론의 연구 성과를 토대로 한국 현대시사에서 불교 생태학적 상상력이 갖는 시사적 의의를 생각해본다.

2. 연기론적 상상력

근대 물리학의 절대적이고 확실한 선형적 인과론이 회의되고, 상대적이며 불확실한 카오스적 질서가 대두되면서, 신과학자와 생태론자들은 불교의 연기론에 주목하기 시작하였다.[11] 대안적 인과론으로서 연기론은 고전물리학이 간과한 불가시적, 비선형적, 상대적, 주관적, 카오스적인 인과론을 포함하고 있다. 연기론의 기본 교설은 '이것이 있음에 저것이 있고, 이것이 일어남에 저것이 일어난다(此有故彼有, 此起故彼起)'[12]는 것이다.

연기론에 의하면 우주에서 고립된 실체는 없으며, 삼라만상이 상호의존의 관계를 맺고 있다. 우주는 마음, 물질, 에너지 등의 모든 자료와 정보가 가시적-불가시적, 직접적-간접적 인과론으로 뒤얽힌 하나의 유기체이다. 연기론은 현대 물리학이 해결하지 못한 우주의 상호작용과 상호관계에 대해 많은 비밀을 암시해준다.[13] 신과학이나 생태학은 연기론으로부터 카오스

---

11 고전 물리학은 우주의 작동원리를 기계적 인과론으로 규정하였다. 기계적 인과론은 선형적이며, 결정론적이다. 라플라스 결정론에 의하면 우주의 미래는 이미 결정되어 있으며, 수학의 힘으로 모두 예측이 가능하다. 20세기에 이르러 상대성 원리, 불확정성 원리, 불완전성 정리, 카오스 이론 등이 등장하면서 고전 물리학의 기계적-결정론적 인과론은 의심을 받게 되었다. 고전 물리학이 인과론의 '절대성, 완전성, 확정성, 명백성'을 견지하는 데에 반하여, 20세기 이후 현대 물리학은 인과론의 '상대성, 불완전성, 불확정성, 불확실성' 등을 수용하게 되었다. 김용운, 『카오스와 불교-불교에서 바라본 과학의 본질과 미래』, 사이언스북스, 2003, 30~42쪽.
이중표는 메이시의 견해에 기대어 기계론적 패러다임의 대안으로 불교와 일반 시스템 이론을 제시한다. 그에 의하면 우리 시대가 요청하는 새로운 패러다임으로서 일반 시스템 이론과 불교사상은 매우 유사한데, 양자를 매개하는 가장 핵심적인 요소가 상호인과율과 그에 상응하는 연기론이다. 이중표, 「불교와 일반 시스템 이론」, Helena Norberg-Hodge et al., 『지식기반사회와 불교 생태학』, 아카넷, 2006.
12 『잡아함경』 권12.
13 김용운, 앞의 책, 179~195쪽.

적 인과론을 포용하는 매우 폭넓은 인과론을 발견했다. 오늘날 연기론은 유효기간이 만료된 고대 사상이 아니라 과학의 '오래된 미래'로 인식되고 있는 것이다.

한국 현대시사에서 연기론은 한용운, 이광수, 서정주 등에 의하여 일찍부터 깊이 있는 문학사상으로 수용되어왔다. 이들에게 연기론은 과거로의 퇴행이 아니라 과학과 근대를 포용하면서 그 한계와 오류를 보완하고 수정할수 있는 상상력의 모델로 수용되었다.

만해에게 불교는 미래를 위한 사상이었다. 만해는 '근세의 자유주의와 세계주의가 불교의 평등사상에서 나온 것'[14]이며, '동서고금의 철학은 불경의 주석에 불과하다'[15]고 말하였다. 그는 「宇宙의 因果律」[16]에서 연기론의 토대에서 근대와 과학의 인과론을 수용하면서, 불교와 과학의 변증을 시도하는 양상을 보여준다. 이광수의 「因果의 理」[17]에서 "인과의 이"는 근대과학의 인과론을 포용하면서, 그것을 넘어서는 연기의 원리이다. 미당은 「내 시정신의 현황」에서 마음과 물질의 연기론적 인과론으로서 "필연성"의 법칙에 대해서 이야기하고 있다.[18] 이들의 연기론적 인과론은 감각적 영역의 카오스적 인과론과 마음과 영혼에 해당하는 초감각적 인과론을 변증시키고 있다. 그들은 근대–과학과 보조를 맞추면서, 그것이 해결하지 못한 우주의 많은 비밀을 해결할 수 있는 대안적 과학으로 연기론을 추구하였다. 신과학이나 생태학의 논리를 직관과 상상의 차원에서 선취하고 있었던 셈이다.

한국 현대시사에서 연기론적 상상력을 가장 잘 보여주는 대표적인 작품

---

14 「朝鮮佛敎維新論」, 『한용운 전집』 2, 44쪽.
15 「朝鮮佛敎維新論」, 『한용운 전집』 2, 42쪽.
16 「宇宙의 因果律」, 『한용운 전집』 2, 300쪽(『불교』 90, 1931.12.1).
17 『매일신보』, 1940.3.8~9.
18 『문학춘추』, 1964.7.

은 명실공히 「국화 옆에서」이다. 미당은 이 시에서 한 송이 국화꽃을 피우기 위해 온 우주가 협력한다고 말해준다. 비록 미학적 수준은 낮지만, 미당에 앞서 이광수도 이와 유사한 연기론적 상상력을 보여주었다.

> 꽃이 한 송이 피기에 얼마나 힘이 들었나/ 해의 힘 바람의 힘 물의 힘 땅의 힘/ 그리고 시작한 때를 모르는 알 수 없는 생명의 힘/ 꽃이 한 송이 피기에 알 수 없는 힘이 다 들었다.
>
> — 이광수, 「꽃」[19] 부분

"해", "바람", "물", "땅", 그리고 "시작한 때를 모르는 알 수 없는 생명의 힘" 등 우주의 모든 물질과 에너지가 협력하여 한 송이의 "꽃"을 피워낸다는 것이다. 미당의 「국화 옆에서」와 상호텍스트적 관계를 의심하게 하는 대목이다. 양자 사이의 영향관계가 있을 수도 있지만, 본질적으로는 양자가 동일하게 불교의 연기론에서 시적 사유와 상상을 이끌어오면서 나타난 현상으로 이해할 수 있다.

춘원의 「꽃」이나 미당의 「국화 옆에서」는 우주가 연기론적 인과론으로 빚어진 하나의 유기체임을 말해준다. 그러한 연기론적 상상력에서 우주에는 고립된 실체가 없다. 우주의 모든 정보와 자료들은 가시적-불가시적, 직접적-간접적인 인과율로서 연기에 의하여 하나의 개체로 흘러들어온다. 어떤 하나의 개체가 갖는 고유한 행위나 생각이란 있을 수 없다. 우주에서 발생하는 행위나 생각과 같은 모든 정보는 타자들로부터 흘러들어와 개체에서 매듭지어지고 다시 타자들을 향해 퍼져나간다.

조지훈의 「피리를 불면」은 피리 소리라는 은유를 통하여 자아에게서 매듭

---

19 『이광수 전집』 9, 533쪽(『사랑』).

이 지어졌다가 온 우주를 향해 퍼져나가고 다시 자아를 향해 흘러들어오는 우주적 정보와 자료의 파장을 보여준다. 자아를 에워싼 타자들로부터 내면으로 흘러들어와 응축되었다가 다시 타자들을 향해 밀려나가는 정보의 흐름은 우주가 연기론적 인과론으로 잘 짜여진 전일적 유기체임을 보여준다. 미당의 「겨울의 정」은 조지훈의 「피리를 불면」보다 파격적인 연기론적 상상력을 보여준다.

> 눈 속에 무친/ 대추 씨가 '그립다' 하니,/ 단단하게/ 나즉히/ '그립다' 하니,//
> 기러기들/ 높이 높이 날아올라서/ 이마로/ 하늘을 걸어 가면서/ 끼룩 끼룩 끼룩 끼룩/ 끼룩거리고,//
> 영창 안/ 난초 잎도/ 허어이/ 허어이/ 그 알맞게 굽은 잎에/ 그 기별 받아 갖고,
>
> — 서정주, 「겨울의 情」[20] 부분

"눈 속에 무친 대추씨", "기러기들", "영창 안 난초 잎" 등은 외형적으로는 서로 격절(隔絶)되어 있으며 무관한 존재들이다. 그러나, 미당의 상상력은 이들이 보이지 않는 끈으로서 연기론적 인과론에 의해 연결되어,[21] 서로 교감을 나누고 있다고 말해준다.[22]

이러한 연기론적 상상력은 '생명의 그물'로서의 생태계를 형상화하고 있다. 생태계는 상호의존성(interdependence)을 통하여 성립되는 순환성과 항상

---

20 『미당 서정주 시전집』, 민음사, 1984, 337쪽.
21 가령, 다음 부분들은 존재들 상호간의 연기론적 인과관계를 암시한다. "'그립다' 하니"—"끼룩거리고"—"그 기별 받아 갖고".
22 미당은 이러한 상상력을 불교에서 배웠음을 암시하는 글을 남기고 있다. 「佛敎的 想像과 隱喩」, 『서정주 문학 전집』 2, 266쪽.

성의 시스템이다. 자료와 정보의 전이(transition)와 합생(concrescence) 과정에 의하여 개체들은 생성과 소멸을 되풀이한다.[23] 그러한 생멸의 과정에서 우주는 언제나 동일한 자료와 정보를 유지하면서 항상성을 확보하게 된다. 그러한 순환성과 항상성을 가능하게 하여주는 상호의존성의 원리가 연기법이다.[24]

> 우리는 맛날째에 써날것을염녀하는것과가티 써날째에 다시맛날것을 믿습니다. / 아아 님은갓지마는 나는 님을보내지 아니하얏습니다. /
> — 한용운, 「님의 침묵」[25] 부분

> 타고남은재가 다시기름이됩니다 그칠줄모르고타는 나의가슴은 누구의 밤을지키는 약한등ㅅ불임닛가
> — 한용운, 「알ㅅ수업서요」[26] 부분

「님의 침묵」에서 화자는 님은 갔지만 나는 님을 보내지 아니하였다고 말한다. 연기론적 상상력의 차원에서 생태계의 순환성과 항상성을 염두에 두면 이 대목은 생태학적인 의미로 새롭게 해석될 수 있다. 생태계에서 본질적으로 소멸하는 것은 없다. 「알ㅅ수업서요」에 단적으로 나타나는 것처럼

---

23 전이와 합생은 화이트헤드의 용어이다. 전이가 선행존재(predecessor)로부터 후속 존재(successor)로의 여건들(data)의 이행을 의미한다면, 합생은 이행되는 정보를 파악하여 후속 존재가 구성되는 과정을 의미한다. 우주를 전이와 합생의 순환으로 보는 화이트헤드의 사상은 '근본적으로 생태학적인 형이상학'으로 평가된다. D. R. Griffin, 「화이트헤드의 근본적으로 생태학적인 세계관」, M. E. Tucker and J. A. Grim 편, 「세계관과 생태학」, 유기쁨 역, 민들레책방, 2002.
24 김종욱, 「불교 생태 철학」, 동국대학교 출판부, 2004, 83~91쪽.
25 한용운, 「님의 침묵」, 한계전 편, 서울대학교 출판부, 1996, 118쪽.
26 「님의 침묵」, 120쪽.

"재"에서 "기름"으로 순환하듯이 자료와 정보가 순환하면서 생태계는 항상성을 유지한다. 그렇게 볼 때 "님은갓지마는 나는 님을보내지 아니하얏슴니다"는 현상적으로는 소멸한 듯이 보이지만 본질적으로는 생태계 내에 스며들어 있는 존재에 대한 생태학적 인식을 담아내고 있다.

한국 현대시사에서 연기론적 상상력은 반근대–반과학주의나 과거에 대한 향수가 아니다. 만해나 춘원, 미당이 산문을 통해 스스로도 밝히고 있는 바와 같이, 그들이 펼쳐 보인 연기론적 상상력은 근대–과학과 변증을 이루면서 전개된 탈근대적인 생태학적 상상력이다.

3. 윤회론적 상상력

연기론은 우주만물의 상호의존적 존재 원리이다. 연기론에 의하면 우주에 고립된 실체는 없다. 우주만물은 상호의존적으로 존재하므로, 주체와 객체, 시작과 끝이 나뉘어지지 않는다. 따라서 연기론은 무아론과 맞물리게 된다.[27] 그런데 불교사상 속에는 무아론과 윤회론이 공존한다.

연기론이 전체로서 우주의 인과론이라면, 윤회론은 개체로서 자아의 인과론이다. 엄밀하게 말해 불교의 윤회론은 윤회의 주체를 상정하지 않는 무아윤회론이다.[28] 그러나 넓은 의미에서 불교의 윤회론은 무아는 물론 유아도 포함하는 매우 다양한 함의를 지닌다.[29] 넓은 의미의 윤회론에는 정령론

---

27 이중표, 앞의 글, 333쪽.
28 육파 철학은 유아윤회론을 발전시킨 반면 불교는 무아윤회론을 발전시켜왔다.
    이거룡, 「윤회의 주체를 둘러싼 논쟁」, 이효걸 외, 『논쟁으로 보는 불교철학』, 예문서원, 1998, 62쪽.
29 오형근, 『불교의 영혼과 윤회관』, 새터, 1995, 39~116쪽.

적 영혼의 재생과 육체의 변신과 유사한, 근대를 경험한 세대들이 용납하기 어려운 많은 관념들도 내함되어 있다. 그러나 한편으로는 현대 물리학적 성과의 토대에서 수용할 수 있는 면면이 풍부하게 담겨 있기도 하다.

윤회론은 신과학이나 생태학의 관점에서 새롭게 해석되고 있다. 개체에서 개체로의 자기동일적 변신으로서의 근대 이전의 윤회론과 달리 신과학과 생태학의 관점에서 윤회는 우주 전체(복수의 선행존재)가 협력하여 하나의 개체를 생성하는 과정으로 이해되는 경향이 강하다. 이때의 윤회의 과정에서는 우주의 모든 정보들이 새로이 생성되는 후속개체(successor) 속으로 스며들어간다. 신과학적 사유는 후속개체 속으로 진입하는, 에너지, 마음과 물질 등의 유무형의 모든 자료와 정보를 불교의 업과 같은 의미로 이해한다.[30] 개체는 선행하는 우주의 모든 자료와 정보를 업으로 물려받는 셈이다.

이렇게 생성된 개체는 개체로서의 수명을 다하면 다시 우주로 흩어진다. 개체의 에너지, 마음, 물질 등과 같은 모든 정보와 자료는 다시 '초양자장(superquantum field)'[31]과 같은 우주의 전일적인 바탕으로 분산된다. 분산과 동시에 모든 정보와 자료는 다시 무수한 후속개체들의 생성 과정에 진입한다. 이러한 신과학적 윤회론은 정보와 자료의 이합집산을 자기동일적 영원성으로 인식한다.

신과학적 윤회론은 단순히 개체에서 개체로 이어지는 영원성으로 단선적자기 동일성과는 다르다. 신과학적 윤회론의 자기 동일성에는 모든 자료와

---

30 김용운, 앞의 책, 111~138쪽.

31 초양자장 이론은 우주의 만물이 하나로 연결되어 있다는 비국소성 원리(non-locality principal)에 토대를 두고 있다. 우주는 초양자장으로 충만하며, 우주에 존재하는 모든 것은 초양자장으로부터 정신계, 에너지계, 물질계 등으로 분화된다. 초양자장으로부터 분화한 모든 부분은 전체의 정보를 담고 있다.
D. Bohm, *Toward a new theory of the relationship of mind and matter*, Frontier Perspectives, 1990.

정보를 담는 거대한 그릇으로서 우주와 개체의 자기 동일성이 전제되어 있다. 우주와 개체의 자기 동일성이 전제된 상태에서 우주의 분신으로서 선행개체와 후속개체의 자기 동일성을 인정한다는 점에서 신과학적 윤회론은 '범아일체론(梵我一體論)'[32]적인 자기 동일성이라 할 수 있다.

윤회론에 대한 미당의 해석은 신과학적 사유와 맞닿아 있음을 알 수 있다.

> 하늘엔 빠져 도망갈 좁쌀알만한 구멍 하나도 없으니 우리 肉體가 分散되어 이루는 흙이나 水蒸氣나 구름이나 비나 냇물이나 무지개 속에 끼우게 되는 色素도 영원히 아무데로도 이 하늘 땅 밖으론 갈 곳도 없다.
> 이런 하늘 땅의 어디에 좁쌀알만한 虛無라도 있을 자리가 있는가?[33]

> 물질만이 불멸인 것이 아니라, 물질을 부리는 이 마음 역시 불멸인 것을 아는 나이니, 이것이 영원을 갈 것과 궂은 날 밝은 날을 어느 뒷골목 어느 蓮꽃 사이 할 것 없이 방황해 다닐 일을 생각하면 매력이 그득히 느껴짐은 당연한 일이다.[34]

미당은 우리가 살고 있는 하늘과 땅이 동물들과 사람들의 사체가 흩어진 물질로 가득 채워져 있다고 말한다. 그는 개체를 이루던 물질이 우주에 분산된 것과 마찬가지로 마음 또한 우주에 흩어져 있는 것으로 유추할 수 있

---

32 슈뢰딩거는 양자역학의 연구를 통하여, 다양성은 겉보기에 불과하고 자아와 우주는 동일하며, 모든 의식은 하나이자 같은 것이라는 결론에 도달한다. 김용운은 슈뢰딩거가 도달한 결론이 "범아일체론(梵我一體論)"이라고 말한다. 김용운, 앞의 책, 221~223쪽.

33 서정주, 「하늘과 땅 사이의 사람들과 動物들의 死體이야기」, 『미당 수상록』, 민음사, 1976, 125쪽.

34 서정주, 「내 마음의 現況」, 『서정주 문학 전집』 5, 286쪽.

다고 말한다. 미당의 세계관에서 물질은 마음과 분리되지 않는다. 신과학적 사유와 마찬가지로 미당의 문학사상에서 마음, 물질, 에너지는 이합집산하면서 범아일체론적 자기 동일성을 획득한다.

미당의 「국화 옆에서」나 춘원의 「꽃」에 나타난 바와 같이 하나의 개체는 온 우주의 협력으로 생성된다. 즉, 온 우주가 하나의 매듭으로 흘러들어와 응집되면서 개체를 형성하는 것이다. 그러므로 개체는 우주 전체를 담고 있는 소우주가 된다. 수명을 다한 개체는 다시 우주로 흩어져 무수히 많은 개체들을 생성한다. 미당은 자아가 분해되어 흘러들어간 무수히 많은 후속개체들을 자기 동일성의 견지에서 이해한다. 그러한 생성과 소멸의 연쇄가 미당이 생각한 윤회이다.[35]

미당은 그러한 윤회론이 고대로의 퇴행이나 향수가 아니라 과학을 경험한 세대들이 충분히 공감하고, 나아가 새로운 자아관을 정립하는 데에 기여할 수 있을 것이라고 생각하였다. 김종길과의 논쟁 즈음 미당은 자신의 윤회론이 근대과학을 뛰어넘는다는 사실을 명백하게 인식하지 못하고, "물질불멸의 법칙"[36]이라는 근대화학의 개념을 끌어들여 자신의 사상이 근대과학에 위배되는 것이 아님을 강변하였다. 자신의 윤회론이 근대과학이 아니라 신과학에 근접해 있다는 사실을 뚜렷하게 인식하게 된 것은 시간이 꽤 흐른 뒤이지만,[37] 미당이 과학과 불교의 변증을 통해 생태학적 자아관으로서 새로운 윤회론을 추구한 것은 매우 의미심장하다. 미당의 「旅愁」는 온

35　이와 같은 윤회론적 상상력에서 개체는 온 우주의 결합체이며, 다시 개체는 온 우주의 삼라만상으로 흘러들어간다. 따라서 '개체=우주'라는 등식이 성립한다.

36　「내 마음의 現況―金宗吉씨의 「우리 詩의 現況과 그 問題點」에 答하여」, 『서정주 문학 전집』 5, 285~286쪽.

37　이에 대해서는 다음 글들을 참고할 수 있다. 서정주, 「跋辭」, F. Capra, 『현대 물리학과 동양사상』, 이성범·김용정 역, 범양사, 1994, 393~394쪽 ; 서정주·김춘수, 「시인의 새해담론」, 『현대시학』, 1992.1.

우주를 순회하는 물질과 마음을 보여준다.

> 그리하여 思想만이 바람이 되어/ 흐르는 내 兄弟의 앞잡이로서/ 철따라
> 꽃나무에 기별을 하고,/ 옛 愛人의 窓가에 기별을 하고,/ 날과 달을 에워
> 싸고 돌아다닌다./ 눈도 코도 김도 없는 바람이 되어/ 내 兄弟의 앞을 서
> 서 돌아다닌다.
>
> — 서정주, 「旅愁」[38] 부분

「여수(旅愁)」에서 시적 주체는 단계별로 다양한 윤회를 상상하고 있다. 첫
째 단계는 아직 자아의 체온과 혈액이 남아 있을 것 같은 "피어린 목단"이
다. 그리고 둘째 단계는 체온과 혈액이 사라진 "물줄기", 셋째 단계는 물이
증류되어 솟아오르는 "하이얀 김"이다. 몇 단계의 전이와 합생의 과정을 거
치면서 인간적인 것으로서 "피"는 증류된다. 사후에 해체된 자아의 파편은
우주를 순회하면서 점차적으로 체온과 혈액을 지닌 인간의 상태에서 멀어
지고 있는 것이다.

그러나 자아의 윤회는 결코 종말이 없는 "가도 가도 안 끝나는 머나먼 旅
行"이다. 왜냐하면 물질에는 마음이 달라붙어 있기 때문이다. 미당의 상상
력의 세계에서는 물질만이 불멸인 것이 아니라 거기에 결합되어 있는 마음
또한 불멸이다. 마음은 물질을 따라 우주를 떠돌기도 하지만 물질을 떠나
파동이나 에너지의 형태로 흐르기도 한다. "사상만이 바람이 되어"는 물질
에서 자유로워진 마음의 순환을 형상화하고 있다. 이와 같은 미당의 윤회론
적 상상력에는 '물질불멸의 법칙'과 '마음불멸의 법칙'이 결합되어 있다.

윤회론적 상상력에서는 선행존재들의 물질과 에너지, 마음이 뒤섞여 어
떤 하나의 후속개체를 만들고, 그것은 다시 흩어져 무수히 많은 후속개체들

---

38 『미당 서정주 시전집』, 148쪽.

로 진입하게 된다. 조지훈의 「염원」은 하나의 바윗덩이가 풍화되어 우주로 흩어지면서 여러 후속개체들을 생성하는 모습을 형상화하고 있다.

> 나는 자꾸 작아지옵니다. 커다란 바위덩이가 꽃잎으로 바람에 날리는 날
> 을 보십시오. 저 푸른 하늘가에 피어 있는 꽃잎들도 몇 萬年을 닦아온 조
> 약돌의 化身이올시다. 이렇게 내가 아무렇게나 버려져 있는 것도 스스로
> 움직이는 生命이 되고자 함이올시다. // 출렁이는 波濤속에 감기는 바위
> 내 어머니 품에 안겨 내 太初의 모습을 幻想하는 조개가 되겠습니다. 아—
> 나는 조약돌 나는 꽃이팔 그리고 또 나는 꽃조개.
>
> — 조지훈, 「念願」[39] 부분

하나의 커다란 바위는 오랜 시간 비바람에 깨어지고 부서지면서 우주로 흩어지고 다시, "모래알", "조약돌", "꽃잎", "꽃조개" 등으로 합생된다. 미당과 조지훈이 보여준 윤회론적 상상력에 의하면, 타자들이 뒤섞여 자아를 생성하며, 수명을 다한 자아는 해체되어 타자들을 생성하는 것이다.

만해는 그러한 윤회론을 다음과 같이 정리해놓고 있다.

> '나'가 없으면 다른 것이 없다. 마찬가지로 다른 것이 없으면 나도 없다.
> 나와 다른 것을 알게 되는 것은 나도 아니오, 다른 것도 아니다. 그러나 나
> 도 없고 다른 것도 없으면 나와 다른 것을 아는 것도 없다. 나는 다른 것의
> 모임이요, 다른 것은 나의 흩어짐이다.[40]

"다른 것"들이 모여 "나"를 이루고, "나"는 흩어져서 "다른 것"들을 생성한다. 그러므로 자아가 없으면 타자도 없고, 타자가 없으면 자아도 없다. 자아

---

39 『조지훈 전집』1, 나남, 1998, 96쪽.
40 한용운, 「나와 너」, 『한용운 전집』2, 351쪽(『불교』88, 1931.10.1).

와 타자는 연기와 윤회라는 보이지 않는 생명의 끈으로 이어져 상호의존 관계를 맺고 있다. 따라서, 우주에 존재하는 모든 '나'와 '너'는 고립된 생명체가 아니라, 통합된 전일적 생명체라고 볼 수 있다. 조지훈은 그러한 생명을 "유일생명(唯一生命)"[41]으로 규정하였다. 다른 한편으로 우주의 모든 '나'와 '너'는 끊임없이 우주를 순환하면서, 어버이와 자손, 그리고 형제의 혈연관계로 묶이게 된다. 미당은 그러한 인식에 토대를 두고 있는 자신의 윤회론적 상상력을 "중생일가관"[42]으로 규정한다.

조지훈의 "유일생명" 사상이나 미당의 "중생일가관"은 슈뢰딩거의 "범아일체론"에 맞물려 있는 것으로 과거에 매몰되어 있는 것이 아니라, 과학적 세계관과 조화를 이루면서 그것의 한계를 넘어서는 비전을 담지한 것으로 평가할 수 있다.

한국 현대시에서 윤회론적 상상력의 핵심에는 사랑이 놓여 있다. 윤회론적 사랑은 때로는 남녀 사이의 연정, 때로는 이웃과 벗에 대한 사랑, 때로는 자연에 대한 사랑으로 나타난다.

만해의 「나의 꿈」에는 "적은별", "맑은바람", "귀짜람이" 등으로 윤회하면서, 사랑하는 사람의 주위를 맴도는 자아의 이미지가 그려진다. 그리고 미당의 「인연설화조」나 「마른 여울목」 등에는 사랑하는 남녀가 우주의 삼라만상으로 몸을 바꾸어가며 서로를 맴도는 윤회론적 서사가 전개된다. 박재삼의 「恨」에는 사랑하는 이의 안마당에 열매로 맺어지는 자아의 이미지가 형상화된다.

미당의 「산수유꽃나무에 말한 비밀」에는 이웃들의 어깨 위에 떨어져 내리는 빗방울로 윤회한 자아의 이미지가 나타난다. 박재삼의 「꽃나무」에서 전

---

41 『조지훈 전집』 2, 32쪽.
42 「佛敎的 想像과 隱喩」, 『서정주 문학 전집』 2, 268쪽.

생의 이웃들은 자아의 곁에 꽃과 잎으로 부활한다. 이형기의 「草上靜思」에는 우연히 스쳐간 인연이 풀잎으로 윤회되었음이 암시된다.

윤회론적 상상력은 이처럼 사랑하는 사람과 정든 이웃들이 인연을 유지하며 영원토록 우주를 순환하는 양상으로 나타난다. 그러한 윤회론적 상상력에서는 인간과 다른 동식물이나 사물의 경계가 무의미해진다. 윤회를 통해 개체들은 동식물로 때로는 사물이나 물질로 몸을 갈아입으면서 우주를 순회하기 때문이다.

따라서, 윤회론적 상상력의 세계에서는 사랑하는 사람과 정든 이웃과 마찬가지로 자연의 삼라만상이 사랑의 대상이다. 박재삼의 「天地無劃」에서 '촉트는 풀'이나 '햇병아리', '아지랑이'는 우주를 순회하며 자아와 합쳐지고 흩어지는 자아의 "분신"이면서 사랑의 대상이다. 윤회에 의해 혈연관계로 직조되는 우주를 박재삼은 "천지무획"이라 명명한다. 그것은 조지훈의 "유일생명"사상이나 미당의 "중생일가관"과 맞물린 것으로 천지의 삼라만상은 하나의 생명으로 연결되어 구획될 수 없다는 의미를 담고 있다. 미당은 「내가 돌이 되면」에서 그러한 상상력을 "내"-"돌"-"연꽃"-"호수" 등의 이미지를 활용하여 삼라만상의 뒤섞임으로 표현한다.

이러한 윤회론적 사랑은 심층 생태론자들이 말하는 자아실현과 맞물려 있다. 심층 생태론자들은 사랑을 통해 자아가 삼라만상과의 동일화를 확보하게 되고, 우주를 향하여 자아를 확장하게 된다고 주장한다.[43] 즉, 사랑을 매개로 작은 자아(self)에서 벗어나, 큰 자아(Self)를 실현하게 되는 것이다.[44]

---

43 D. Rothenberg, "Introduction: Ecosophy T- from intuition to system", Arne Naess, *Ecology, community and lifestyle*, D. Rothenberg, tr. and ed., Cambridge: Cambridge univ. press, 1995, p.11.

44 로덴버그의 사랑은 마르쿠제가 말하는 에로스와 맞물려 있다. 마르쿠제에게 에로스는 살아 있는 것을 보호하고 돌보는 생명의 본능이다. H. Marcuse, 앞의 글,

내가 살다 마침내 네 속에 들어가면/ 바람은 우릴 안고 돌고 돌아서,/ 우리는 드디어 차돌이라도 되렷다./ 눈에도 잘 안 뜨일 나를 무늬해/ 山아 넌 마침내 차돌이라도 돼야 하렷다./ (중략) 그렇거든 山아/ 그 때 우린 또 같이 누워/ 출렁이는 벌판의 풀을 기르는/ 제일 오래고도 늙은 것이 되리니

— 서정주, 「無題」[45] 부분

이 시에서 "산"은 우주 전체를 상징하는 이미지로 이해할 수 있다. 개체로서의 자아는 죽어서 우주 속으로 흩어진다. 시적 주체는 그것을 "내가 살다 마침내 네 속으로 들어가면"이라고 표현해놓고 있다. 자아는 우주로서의 산에 스며들어 우주 자체가 된다. 우주가 된 자아는 "제일 오래고도 늙은 것"이 되어 "출렁이는 벌판의 풀"들을 기른다. 즉, 개체의 윤회론적 영원성이 중요한 것이 아니라 우주와 하나가 된 전일적 자아의 영원성이 중요한 것이다. 미당의 이 시는 개체들이 우주 전체이며, 개체로서의 자아는 윤회를 통해 우주 전체에 참여하면서 삼라만상을 길러내는 존재임을 말해준다.

한국 현대시사를 조망해보면 많은 시인들이 윤회론적 상상력을 적극적으로 수용하였음을 알 수 있다. 불교사상에서 윤회는 벗어나야만 하는 부정적인 순환이다. 그러나 현대 시인들에게 윤회는 긍정적인 영원성의 차원에서 받아들여지고 있다. 우리 시인들은 불교의 윤회론에서 근대와 고전 물리학의 한계에 대한 성찰의 계기를 제공해줄 수 있는 생태 윤리적이며 미학적인 상상력을 발굴해냈기 때문이다.

63쪽.

45 『미당 서정주 시전집』, 139쪽.

4. 대칭적 상상력

카오스 이론은 고전 물리학의 선형적-기계적 인과론을 수정하면서, 자연을 불규칙한 무질서 운동으로 바라보는 새로운 틀을 제공하였다. 그러나 카오스의 불규칙성, 무질서성 이면에는 질서 구조와 함께 수학적 규칙성이 존재한다.[46] 그러한 카오스의 질서가 프랙털이다. 프랙털 이론에 의하면 자연의 부분이 갖는 형상 패턴은 전체의 형상 패턴을 반복한다.[47]

김용운은 우주를 '일즉다 다즉일(一卽多 多卽一)'의 체계로 바라보는 화엄의 사유가 프랙털과 맞물린다고 말한다.[48] 프랙털 이론에서는 전체와 부분, 부분과 부분이 자기-유사성(self-similarity) 원리에 의하여 대칭을 이룬다. 생물의 각 세포는 전체에 관한 유전 정보를 담고 있으며, 고사리 잎사귀의 한 부분은 잎사귀 전체와 같고, 잎사귀는 고사리 전체의 모양과 대응한다. 전체와 부분, 부분과 부분이 '일즉다 다즉일'의 관계를 형성하고 있는 것이다.

나카자와 신이치는 불교적 세계관의 가장 중요한 특징을 대칭성 원리(principal of symmetry)로 규정한다.[49] 불교적 세계관에서는 자아와 타자, 부분과 전체 등을 대칭적 관계로 바라본다는 것이다. 나카자와가 말하는 대칭성이란 자기-유사성의 다른 표현으로서 프랙털과 맞물려 있는 개념이다.

우주를 자기-유사성의 구조로 보는 불교의 세계관은 고전 물리학, 근대과학과는 양립할 수 없는 것이었다. 그러나, 상대성 이론과 양자역학에 이

---

46 김승환, 「카오스와 프랙탈 : 자연 속에 숨은 질서」, 『외국문학』 36, 1993.9, 12~13쪽.

47 C. Suplee, *Physics in the 20th Century*, New York: Harry N. Abrams Inc., 1999, p.162.

48 김용운, 앞의 책, 79~109쪽.

49 中沢新一, 『대칭성 인류학(對稱性人類學)』, 김옥희 역, 동아시아, 2005, 163~221쪽.

어 카오스 이론의 등장과 함께 과학과 변증을 이루면서 과학의 미래로 주목을 받고 있다.

불교에서 자양분을 얻은 한국 현대 시인들은 오래전부터 프랙털적 상상력을 동원하여 자아와 타자, 부분과 전체의 자기-유사성에 대하여 이야기하여왔다.

> 고인 물 밑/ 해금 속에 꼬물거리는 빨간/ 실날 같은 벌레를 들여다보며/ 머리 위/ 등뒤의/ 나를 바라보는 어떤 큰 눈을 생각하다가/ 나는 그만/ 그 실날 같은 빨간 벌레가 된다./
>
> — 김달진, 「벌레」[50] 전문

시적 자아는 고인 물 속의 벌레를 들여다보다가, 등 뒤에서 자신을 바라보는 더 큰 존재에 대한 생각에 이르게 된다. 시적 주체에게 우주는 '벌레 : 자아=자아 : 더 큰 존재=물 밑 : 현실 세계=현실 세계 : 더 큰 우주'와 같이 프랙털적인 겹으로 이루어진 공간인 것이다. 벌레와 자아, 자아와 더 큰 존재, 물 밑과 현실 세계, 그리고 현실 세계와 더 큰 우주는 자기-유사성의 원리로 닮아 있다. 이러한 상상력은 우주를 프랙털적 중층으로 보는, 육도(六道), 삼계(三界), 삼천대천세계(三千大千世界) 등의 불교의 우주론에 그 뿌리가 닿아 있다.

이러한 프랙털적 겹으로 이루어진 우주와 자아에 대한 상상력은 불교에 호감을 보이는 최근의 시인들의 시에서 쉽게 찾아볼 수 있다.

> 밤에 불빛으로 선단을 이루어/ 고기잡이에 나선 오징어 채낙선들처럼/ 하늘의 별들도 하마/ 우리들을 낚시질할지 모른다./ 별 하나 나 하나라 하

---

50 『김달진 전집』1, 193쪽.

지 않던가./ 우주 밖은 또 다른 우주/ 꿈 밖은 또 다른 꿈.

— 오세영, 「꿈」[51] 부분

무금선원에 앉아/ 내가 나를 바라보니// 기는 벌레 한 마리가/ 몸을 폈다
오그렸다가// 온갖 것 다 갉아먹으며/ 배설하고/ 알을 슬기도 한다

— 조오현, 「내가 나를 바라보니」[52] 전문

오세영의 「꿈」에서는 '물고기 : 자아 : 더 큰 존재＝바다 속 : 현실 세계 :
더 큰 우주'의 관계가 성립한다. "우주 밖은 또 다른 우주", "꿈 밖은 또 다
른 꿈"은 프랙털적인 겹으로 이루어진 우주에 대한 단적인 진술이다. 이러
한 프랙털적인 상상력은 자아와 타자를 대칭적 관계로 동일시하게 된다. 조
오현의 「내가 나를 바라보니」에서 노골적으로 드러나듯이 대칭적 상상력은
만물을 자아와 동체로 인식할 수 있게 한다.

많은 한국 근현대 시인들은 불교에 토대를 둔 대칭적인 상상력을 활용하
여 생태 윤리적이며 미학적인 상상력을 펼쳐왔다. 특히, 거시적인 우주보다
는 미시적인 우주에 관심을 기울이면서, 작고 연약한 생명체에 대한 배려와
자비의 당위성을 강조하여왔다.

만해는 줄기가 하나뿐인 작은 풀이나 한해살이풀을 일컫는 "일경초(一莖
草)"에 많은 관심을 기울였다. 「일경초(一莖草)의 생명」,[53] 「낙원(樂園)은 가시
덤풀에서」,[54] 「일경초(一莖草)」[55] 등의 시편에서 하찮게 여겨지거나 아니면
눈에 잘 띄지도 않는 일경초의 가치를 새롭게 조명해준다. 이들 시편은 일

---

51 오세영, 『오세영 시전집』 2, 램덤하우스, 2007, 463쪽.

52 조오현, 『아득한 성자』, 시학, 2007, 31쪽.

53 『惟心』 2, 1918.

54 『님의 침묵』, 1926.

55 『조선일보』, 1936.4.3.

경초의 이미지를 통해 작고 여린 것의 강인함, 작은 것과 큰 것의 동일성, 미물의 소중한 생명에 대한 인식을 통해 만물평등 의식을 형상화하고 있다. 또한 만해는 「쥐」,[56] 「파리」,[57] 「모기」[58] 등의 시편에서 인간의 시각에서는 가치론적으로 마이너스인 유해한 동물로서 "쥐", "파리", "모기" 등이 인간 못지않은 가치를 지니고 있음을 알레고리적으로 이야기해준다. 즉, 만해의 생태시학에서는 아무리 하찮은 생명도 존재론적으로 평등한 위상을 지니는 것이다.[59]

이광수도 만해와 마찬가지로 작은 생명체들에게 큰 관심을 기울인다. 이광수는 미물들의 세계도 인간의 세계와 다를 바가 없다는 생각으로 마이크로코즘(microcosm)을 형상화하는 많은 시를 발표하였다. 「비둘기」(『이광수 전집』 9, 496쪽), 「귀뚜라미」(『이광수 전집』 9, 496쪽), 「멧새」(『이광수 전집』 9, 501쪽), 「할미꽃」(『이광수 전집』 9, 503쪽), 「그 나무 왜 꺾나」(『이광수 전집』 9, 511쪽), 「진달래」(『이광수 전집』 9, 511쪽), 「구더기와 개미」(『이광수 전집』 9, 512쪽), 「싹」(『이광수 전집』 9, 517쪽), 「도라지」(『이광수 전집』 9, 518쪽), 「나비」(『이광수 전집』 9, 519쪽) 등의 시편에서 작은 생명체들은 인간과 다를 바가 없이 소중한 가치와 생명권을 지닌 존재들로 그려진다.

「풀잎 단장」으로 대변되는 조지훈의 월정사 시편 또한 마이크로코즘의 세

---

56 『조선일보』, 1936.3.31.

57 『조선일보』, 1936.4.5.

58 『조선일보』, 1936.4.5.

59 만해는 불교를 "절대평등"의 사상으로 규정한 바 있는데, 시에 나타난 이와 같은 평등의식은 그의 불교관을 고스란히 반영한 것이다. 만해가 말하는 "절대평등"은 사람과 사람의 평등이고, 사람과 물의 평등이며, 유성과 무성의 평등이자, 만물의 평등이다. 이에 대해서는 다음을 참고할 수 있다. 「釋迦의 精神―記者와의 問答」, 『한용운 전집』 2, 293~294쪽(『삼천리』 4, 1931.11) ; 「내가 믿는 佛敎」, 『한용운 전집』 2, 288쪽 ; 「朝鮮佛敎維新論」, 『한용운 전집』 2, 40쪽.

계를 다루고 있다. 월정사 시편에서 조지훈은 아무리 작은 것일지라도 모든 생명은 "유일생명"으로 연결되어 있기에 동등한 가치를 지닌다고 말한다. 「풀잎 단장」에서 시적 주체는 "유일생명"으로 연결되는 작은 풀잎과 자아의 교감의 장면을 보여준다.

이와 같이 한국 현대시에서 대칭적 상상력은 주로 마이크로코즘에 관심을 기울이면서, 작은 생명체들의 큰 가치를 드러내고 생명의 평등성을 부각시킨다.

다른 한편으로 대칭적 상상력은 거대한 우주와 자아를 대비시키면서 자아를 무한히 축소시키는 양상으로 전개되기도 한다. 주지하는 바와 같이 근대는 코기토의 자아를 무한히 부풀려왔다. 대칭적 상상력은 자아와 지구를 무수한 겹으로 감싸고 있는 거대한 프랙털 우주에 대한 인식에 의해 작은 자아를 생성한다.

> 이 廣大無邊한 宇宙의 한알 모래인 地球의 둘레를 찰랑이는 접시물 아아 바다여 너 또한 그렇거니// 내 오늘 바다 속 한점 바위에 누워 하늘을 덮는 나의 思念이 이다지도 작음을 비로소 깨닫는다
>
> — 조지훈, 「渺茫」[60] 부분

시적 주체는 망망대해 한가운데에 떠 있는 바위 위에 놓여 있는 자아를 상정한다. 그리하여, '자아 : 망망대해＝지구 : 광대무변한 우주'의 비례식을 만들어낸다. 그러한 대칭적 상상력에 의하여 자아와 지구는 한 알 모래알로 축소된다. 축소된 자아는 오만으로 부풀어 오른 코기토적 자아에 대한 비판을 내함한 겸손한 자아이다. 모래알만큼 왜소한 자아는 결국 "벌레"이며,

---

60 『조지훈 전집』 1, 46쪽.

"일경초"이고, "귀뚜라미"이다. 우주만물은 평등한 존재인 것이다. 김달진의 「샘물」도 이와 유사한 상상력을 보여준다.

> 숲 속의 샘물을 들여다본다/ 물 속에 하늘이 있고 흰구름이 떠가고 바람이 지나가고/ 조그마한 샘물은 바다같이 넓어진다./ 나는 조그마한 샘물을 들여다보며/ 동그란 地球의 섬 우에 앉았다.
>
> — 김달진, 「샘물」[61] 전문

하늘과 흰 구름과 바람이 담겨 있는 샘물은 광활한 우주로 확장된다. 그 우주는 광대무변하지만 작은 샘물 안에 담겨 있다. 작은 샘물은 우주를 품고, 우주 안의 지구를 품고, 지구에 발을 딛고 있는 자아를 품고 있다. 시적 자아는 샘물 안에서 축소된 우주–지구–자아를 발견한다. 우주는 지구를 품고, 지구는 자아를 품고 있는 프랙털적 겹의 우주론적 상상력에서 자아–지구–우주는 각각 단절되고, 고립된 존재가 아니라 "유일생명"으로 묶이게 된다.

이광수의 「지구」는 그러한 유일생명으로서의 우주론의 논리를 명쾌하게 설명해준다.

> 뉘라 지구더러 마음이 없다 하던고?/ 지구에 마음 없으면 내게 마음 있으리/ 나의 괴로움은/ 지구의 괴로움이다 (중략) / 나의 業과 願은 地球의 業과 願/ 地球의 業과 願은 太陽의 業과 願/ 그리고 太陽의 運命은/ 곧 宇宙의 運命이다
>
> — 이광수, 「地球」[62] 부분

---

61 『김달진 전집』1, 85쪽.
62 『이광수 전집』9, 520쪽.

이 시에 나타난 상상력의 논리에 의하면, 우주는 태양계를 감싸고, 태양계는 다시 지구를 품고, 지구는 "나"를 품고 있다. 우주는 중층구조로 이루어져 있는 것이다. 이러한 중층의 구조에서는 "나"에게 마음이 있으니 지구에 마음이 있고, 지구에 마음이 있으니 태양계와 우주에도 마음이 있는 것이다. 이러한 상상력은 지구-생태 시스템 이론인 '가이아' 이론의 협소함을 넘어서 우주-생태 시스템의 비전을 보여준다. 이광수에게 우주는 결국 하나의 마음으로 통합된 전일적 생명체인 것이다. 데이비드 봄의 홀로그램 우주론을[63] 떠올리게 하는 이러한 상상력은 이광수가 과학과 불교에 대한 지식을 변증시키면서 가능했던 것이다.

한국 현대 시인들은 대칭적 상상력을 활용하여 프랙털적 겹으로 이루어진 우주를 형상화해왔다. 대칭적 상상력에 의하면 부분과 부분, 부분과 전체는 자기-유사성의 구조를 형성하고 있다. 부분은 전체를 반영하고 있으며, 큰 것은 작은 것을 감싸고 있다. 이러한 대칭적 상상력의 영역에서는 자아와 타자, 부분과 전체, 작은 것과 큰 것은 모두 평등한 관계를 이룬다. 그리고 우주만물이 대칭적 관계를 형성하면서 서로가 서로를 담고 있기 때문에 하나의 전일적 단일체를 이루게 된다.

---

63 봄에 의하면 우주의 홀로그램은, 전체를 품은 부분들이 중첩되면서, 러시아 인형과 같은 겹의 구조를 이루게 된다. 그리고 우주는 초양자장 수준에서는 모든 것이 하나로 연결되어 있는 전일적인 성격을 갖는다. 강길전, 「양자의학(Quantum Medicine)의 개념 정립」, 『한국정신과학회 학술대회논문집』, 2001.4, 20쪽.
탤보트는, 화엄의 '일즉다 다즉일' 사상과 봄의 홀로그램 우주론이 매우 유사한 사유임을 상세하게 지적하고 있다. Michael Talbot, 『홀로그램 우주』, 이균형 역, 정신세계사, 2007, 407~408쪽.

5. 불교 생태시학의 시사적 의의

한국의 많은 현대 시인들은 불교사상의 생태학적 차원에서 시적 상상력의 자양분을 끌어올려왔다. 그러나 불교사상에 생태학적 차원만이 있는 것은 아니다. 불교의 다른 한 면은 "래디컬한 염세주의"[64]로 규정할 수 있다. 불교의 특징을 가장 잘 드러내주는 삼법인은 제행무상(諸行無常), 제법무아(諸法無我), 일체개고(一切皆苦)이다. "무(無)"와 "고(苦)"에 단적으로 드러나듯이 불교는 경험 세계에 대해 부정적인 태도를 취한다.[65] 염세주의적인 차원에서 불교는 경험세계를 부정하고 그 너머의 진리를 추구한다.

그러나 불교 생태학은 경험세계 자체에 가치를 두고서 경험세계를 구성하는 우주만물에 대한 자비의 실천을 강조한다. 불교사상에서 염세주의와 생태학은 동전의 양면과도 같다. 불교의 모든 사상은 이러한 양면성을 지니고 있다. 가령, 연기론의 경우도 한편으로는 우주를 무(無)와 공(空)으로 규정하면서 다른 한편으로는 타자에 대한 자비를 가르친다. 윤회론의 경우도 자아의 허무와 위대함, 고통과 행복 등 두 얼굴을 보여준다.

불교의 염세주의는 세계를 부정하면서 소극적인 자기 구원을 제시하지만, 불교 생태학은 세계를 긍정하면서 우주만물에 대한 적극적인 윤리적 실천을 구원의 방법으로 제시한다. 불교 생태학은 현대과학의 논리와 많은 부분에서 유사성을 보이면서, 현대과학의 성과를 토대로 대안적 과학으로서 생태학을 모색하는 다양한 생태주의자들의 이목을 끌어왔다.

본론에서 우리는 연기론적 상상력, 윤회론적 상상력, 대칭적 상상력 등을

---

64 E. Conze, 『한글세대를 위한 불교』, 한형조 역, 세계사, 2005, 44~47쪽.
65 물론 이 부정은 진정한 깨달음(열반)을 위한 방법론적 부정이다. 그 때문에 삼법인에는 일체개고 대신 열반적정(涅槃寂靜)이 포함되기도 한다.

중심으로 한국 현대시에 두드러지게 나타나는 불교 생태학적 상상력을 살펴보았다. 시대를 초월하여 한국 현대시사를 관류하여온 불교 생태학적 상상력은 20세기 후반 생태위기와 세기말 의식으로부터 급부상한 신과학−생태학의 논리를 시학적인 차원에서 직관과 상상력에 의해 선취한 것으로 평가할 수 있다.

한국 현대 시인들은 연기론적 상상력을 통하여 유기체로서 생태계를 형상화해왔다. 연기론적 상상력 속에서 우주만물은 상호의존적으로 얽혀 있다. 부분과 부분, 부분과 전체는 상호의존적이며 상호참여적인 관계를 형성하고 있으며, 외형적으로 격절된 대상들은 연기의 보이지 않는 끈으로 연결된다. 연기론적 상상력은 순환성과 항상성으로 구성된 생태계를 그려내고 있는 것이다.

연기론이 우주의 구성원리로서 인과론이라면, 윤회론은 자아의 영속원리로서 자기 동일성론이다. 불교에서 윤회는 벗어나야 하는 부정적인 순환이지만, 한국 현대 시인들은 윤회를 긍정적인 순환으로 승화시키고 있다. 그것은 한국 현대 시인들이 윤회론을 '불교'가 아닌 '불교 생태학'의 차원에서 미학적인 여과의 과정을 거쳐서 수용하였기 때문이다. 윤회론적 상상력의 영역에서 자아와 타자는 사랑의 관계를 맺으며 끝없이 우주를 순환한다.

화엄사상의 일부분인 대칭적 상상력은 신과학−생태학의 프랙털 기하학이나 홀로그램 우주론과 맞물려 있다. 한국 현대 시인들은 대칭적 상상력을 활용하여 자아와 타자, 소와 대, 부분과 부분, 부분과 전체의 자기−유사성에 대한 상상력을 펼쳐왔다. 대칭적 상상력은 마이크로코즘에 관심을 기울여 작고 연약한 생명체에 대한 배려와 자비의 당위성, 그리고 우주만물의 평등성을 강조해왔다. 다른 한편으로는 프랙털적 겹의 우주론적 상상력은 전일적 생명체로서 우주의 이미지를 보여주었다.

불교 생태학에 토대를 둔 한국 현대 시인들은 연기론적 상상력을 통해 비선형적 인과론으로 직조된 우주–생태계를 보여주었으며, 윤회론적 상상력을 통해 '사랑'이라는 우주–생태계와의 유대 관계 속에서 영속되는 자아의 이미지를 추구해왔다. 그리고 대칭적 상상력은 우주만물의 평등성과 전일성을 형상화하였다.

과학과 영성, 과학과 고대·동양사상의 변증과 조화를 통한 대안적 과학과 생태윤리가 절실하게 요청되는 작금의 상황을 고려할 때 근대 초기부터 면면히 이어져온 한국 현대시의 불교 생태시학은 큰 의의를 지닌다.

한국 현대시사에서 불교 생태학적 상상력이 갖는 의의는 다음 몇 가지로 나누어 생각해볼 수 있다.

첫째, 한국 현대 시인들은 고대나 중세로의 회귀의 차원에서 불교를 수용한 것이 아니었다. 그들은 불교를 과학적인 종교라고 생각했으며, 불교 생태학적 상상력이 현대과학과 공존하면서 과학의 미래를 지남(指南)해줄 수 있다고 생각했다. 그리하여, 직관과 상상력에 의하여 실험과 증명으로 보여줄 수 없는 자연과 우주의 생태학적 국면들을 풀어내었다.

현대 물리학의 우주론에 의하면 세계에서 확실한 것은 하나도 없다. 과연 '나'는 누구이며 '실체'와 '우주'는 무엇인가라는 물음에 속수무책이다. 불교 생태학적 상상력은 직관과 상상력에 의하여 현대과학과 변증을 이루면서 그것이 해결하지 못한 물음들에 대한 해답을 시사해주었다는 점에서 매우 의미심장하다.

둘째, 불교 생태학적 상상력의 윤리적 측면이다. 양면성을 띠고 있기는 하지만, 불교는 근본적으로 생태윤리적인 종교이다. 대부분의 동양 종교와 서구의 신비주의가 생태적인 측면을 구비하고 있으나 불교는 특히 생태윤리적인 종교로 평가되고 있다.[66] 한국 현대시의 불교 생태학적 상상력은 불

---

66 가령, 유교의 경우도 생태적인 측면이 많지만, 본질적으로는 인간관계의 윤리에

교의 생태윤리를 시에 수용하면서 미학적이면서도 생태−윤리적인 시학의 전통을 확보하였다는 점에서 큰 의미를 지닌다.

한국 현대시사에는 끊임없이 새로운 것, 낯선 것을 추구하면서, 특히 자율성에 무게를 두어, 종교와 윤리에 대하여 거부반응을 일으키는 경향이 하나의 큰 흐름으로 내재되어 있다. 불교 생태학적 상상력은 그러한 흐름의 맞은편에서 생태−윤리적인 시학의 큰 줄기를 형성하였다는 점에서 의의가 크다.

셋째, 산업화 시대 이전 불교 생태학적 상상력은 전통으로서의 불교를 창조적으로 계승하면서, 우리 시의 정신사적 기반을 탄탄하게 다져 놓았다. 20세기 후반 한국 현대시사에서 생태시가 전성기를 맞이한 것은 우연이 아니다. 산업화 시대 이전부터 한국의 현대 시인들은 어느 종교보다도 생태학적인 종교인 불교로부터, 적극적으로 생태학적인 사유와 상상을 수용하여 왔다. 그리하여 생태 문제가 대두되기 이전부터 활발하게 불교 생태학적인 상상력을 펼쳐 보여주었다. 그들에 의해 축적된 생태학적 사유와 상상의 토대 위에 20세기 후반 한국시의 생태학이 꽃을 피울 수 있었던 것이다.

넷째, 글로벌한 차원에서 볼 때 산업화 시대 이전 불교 생태학적 상상력은 매우 선구적인 것이다. 서구의 현대시사에서는 20세기 후반 생태위기가 대두되면서부터 불교 생태학에 주목한다. 서구인들은 불교에서 놀랍도록 과학적이며 생태적인 사유체계를 목격하고 생태위기를 넘어서기 위한 정신적인 대안으로 수용한다. 그리하여 많은 시인들이 불교 생태학적인 사유

큰 관심을 두고 있다. 그러한 까닭에 스나이더는 유교의 인간중심주의를 비판하고 불교에 호의를 보인다. G. Snyder, "Buddhism and the Possibilities of a Planetary Culture", in B. Devall and G. Sessions, *Deep Ecology: Living as if Nature Mattered*, Salt Lake City: Gibbs M. Smith, Inc., 1985, pp.251~253 ; 김욱동,『문학 생태학을 위하여』, 민음사, 2003, 49쪽.

와 상상을 펼치게 된다. 그러한 점을 고려할 때 한국 현대시의 불교 생태학적 상상력은 20세기 세계 문학사의 차원에서 새롭게 조명할 필요가 있다. 20세기 후반 세계 각지에서 광범위하게 전개된 불교 생태시와 비교된다면, 20세기 전반부터 활기차게 전개된 한국 현대시의 불교 생태학적 상상력이 갖는 위상과 의의는 더욱 높이 평가될 수 있을 것이다.

불교는 생태학적 사유와 상상의 무궁한 보고이다.[67] 그러한 까닭에 생태 문제에 관심을 갖는 무수히 많은 시인, 자연과학자, 생태운동가들이 불교에 주목하고 있다. 지구온난화에 따른 생태 문제가 인류와 지구의 생존을 점점 더 위협해오고 있는 현금의 상황에서 불교 생태시학은 미학적이면서 윤리적이며 당위적인 의미를 지닌다. 산업화 시대 이전 시인들의 불교 생태사상과 상상력은 후배 시인들에게 귀감이 되고 있으며, 생태 문제가 더욱더 중요해지는 미래의 시인들에게도 풍요로운 생태시학을 위한 시적 자양분을 제공해줄 수 있을 것이다. 한국 현대시사에서 불교 생태학적 상상력은 해체주의·파괴주의·반생태주의에 맞서 서정시의 본령을 고수해온 만큼, 차후에도 시대적 요청에 반응하면서 한국시의 미학성과 윤리성을 지켜내는 데에 크게 기여할 수 있을 것이다.

이 글은 한국 현대시의 불교 생태학적 상상력에 대한 총론적인 연구이기 때문에 시인별 개성이나 불교 생태시학의 시대별 변모 양상에 대해서는 논의할 수 없었다. 연구의 성격상 충분히 다루지 못한 시인의 불교 생태학적

---

67 생태학자 이도원은 다음과 같이 말한다. "무궁한 내용과 개념을 담고 있는 불교는 생태학 분야가 희망을 걸 수 있는 세계이다", "불교 생태학은 가르침에 대한 불교와 생태학의 이해 방식의 차이를 인정하는 한편 공유할 수 있는 부분을 키울 때 희망을 찾을 수 있다. 따라서 불교계의 생태학에 대한 관심을 넘어 개념의 바다가 되는 불교에서 실마리를 찾아내고 그것을 중생의 이해로 발전시킬 수 있는 생태학 분야의 태도도 진작시켜야 한다." 이도원, 「생태학에서의 시스템과 상호의존성」, 『시스템과 상호의존성』 제1기 에코포럼, 2004.

상상력에 대한 보다 세밀한 논의나 한국 현대시사를 관류하는 불교 생태시학의 통시적 변모 양상에 대한 연구는 과제로 남겨둔다. 아울러 더욱 많은 시인들에 대한 각론적 연구가 진행되는 과정에서 불교 생태학적 상상력의 또 다른 양태도 밝혀질 수 있을 것이다.

제2장

현대 시인의 불교 생태사상

평등주의와 구세주의, 신라정신과 중생일가관, 생명과 사랑의 시론

1. 서론

근대와 과학은 인류에게 실로 많은 혜택을 가져다주었다. 그러나, 다른 한편으로는 혜택만큼의 문제를 떠안겨준 것도 사실이다. 오늘날 우리가 당면한 지구적인 문제로서 생태위기는 과학/이성 중심주의의 산물이다. 과학은 지구를 물리적 대상으로 규정하고, 인류의 물질적인 후생과 복지를 위하여 착취하여왔다. 물질의 풍요는 쉽게 권태를 낳고, 풍요 속의 빈곤과 불만족을 생성한다. 물질적인 차원에서 인간의 욕망은 결코 채워지지 않고, 오히려 증식된다. 따라서, 물질적 풍요를 위한 지구의 착취는 앞으로도 더욱 심해지고, 생태 문제는 악화될 수밖에 없다.

이러한 상황에서 많은 지식인들이 고대의 생태사상이나, 그것의 흔적을 간직하고 있는 다양한 종교적 영성을 회복할 필요가 있다고 말한다. 특히, 불교는 가장 생태적인 종교로 주목받고 있다.

불교에서는 무(無)와 공(空)의 논리로 욕망을 줄일 것을 권고한다. "일체유심조(一切唯心造)"에 나타나듯이 불교에서는 우주를 마음의 소산으로 본다.

부처가 말하는 마음에는 두 가지가 있다. 하나는 해탈(무와 공)을 꿈꾸는 마음이고, 하나는 우주와 고통을 만들어내는 욕심(분별심)이다.

한편으로 마음은 자아와 우주를 무와 공으로 환원하면서 자아를 겸손하게 만들지만, 다른 한편으로 마음(욕심)은 자아와 타자, 생물과 무생물을 분별하면서 세계와 우주를 생성하고 더불어 번뇌와 고통을 증식시킨다. 과학주의 시대의 마음은 후자에 해당한다. 우리는 과학을 빌려 물질적 풍요와 다양성을 창조하면서, 동시에 그에 수반하는 무수한 번뇌와 고통을 만들어왔다.

과학은 욕심을 채우기 위하여 물질을 생산하였지만, 불교에서 욕심은 결코 채워질 수 없으므로 욕심을 비워야 한다고 말한다. 과학은 물질적 생산을 통해 행복과 만족을 추구하지만, 불교는 욕심을 줄이면서 행복과 만족을 이루어낸다. 과학은 물질적인 만족을 위하여 지구를 착취하고 파괴하여왔다. 그러나 불교는 정신적인 만족을 가르치면서, 인류와 지구의 조화와 상생을 추구한다. 불교는 우리에게 마음의 경제학과 생태학을 가르쳐준다.

물론, 우리가 과학과 그것이 이룩한 성과를 폐기하고, 과학 이전의 세계로 돌아갈 수는 없다. 우리는 과학에 넘쳐나는 물질적 욕망을 줄이고, 결핍된 영적 인식을 보충하면서, 과학과 조화와 공존을 추구하여야 한다. 그리하여, 과학이 인간만이 아니라 우주와 자연에 대한 윤리와 배려, 즉 생태정신을 갖출 수 있도록 안내해주어야만 한다.

아인슈타인도 "불교는 현대과학과 양립 가능한 유일한 종교이다"라고 말할 만큼 불교는 과학에 대해 너그럽다. 그리고, 만물을 형제애로 바라보는 윤회론은 고대의 자연관에 호흡을 대고 있다. 불교는 고대와 과학, 그리고 다채로운 영적 세계관을 담고 있는 매우 포용력 있는 종교이다. 그리고, 어느 종교보다도 풍요로운 생태정신을 내함하고 있기 때문에 많은 생태학자들의 주목을 끌고 있다.

한국 현대 시인들은 근대 초기부터 전통과 근대의 매개항으로 불교를 선택하였으며, 불교에서 생태학적 사유와 상상을 이끌어냈다. 이 글은 한국 현대시의 생태시학사에 커다란 족적을 남긴 만해, 미당, 조지훈의 불교 생태사상을 소략하게 소개하고자 한다.

2. 평등주의와 구세주의 – 한용운

과학과 근대 사조가 밀려오던 근대 초기, 한국의 많은 지식인들이 불교를 정신적인 거점으로 삼았다. 식민지 시대 이능화, 최남선, 이광수 등은 불교 신자였다. 불교는 과학과 근대의 공격에 대처할 수 있는 확고한 논리와 이성을 구비한 동양적–한국적 전통이었다. 식민지 시대 많은 지식인들은 전통으로서의 불교의 토대 위에서 과학과 근대를 수용하면서, 전통과 근대의 변증을 도모하였다. 한국 현대 불교문학의 비조인 한용운 또한 불교를 기반으로 근대사조를 수용하였다.

불교의 주의 같은 것은 크게 나누어 둘로 잡을 수 있으니, 하나는 평등주의(平等主義)요, 하나는 구세주의(救世主義)가 그것이다.[1]

불교의 교지(敎旨)는 평등입니다. 석가의 말씀에 의하면 사람이나 물(物)은 다 각기 불성(佛性)을 가졌는데, 그것은 평등입니다. 오직 미오(迷悟)의 차이가 있을 뿐입니다. 그러나 그 소위 미오의 차라 하는 것도 미(迷)의 편으로서 오(悟)의 편을 볼 때에 차이가 있으려니 하는 가상뿐이요, 실제로

---

1   한용운, 『조선불교유신론』, 『한용운 전집』 2, 43쪽.

차이가 있는 것은 아닙니다. 깨달으면 마찬가지입니다.[2]

　한용운에게 불교사상의 핵심은 평등이며, 구세주의는 그 실천적 측면이다. 만해는 현상적인 차원에서 보면 세계는 불평등으로 가득하지만, 본질적인 차원에서는 평등하다고 말한다. 만해가 주장하는 본질적인 차원의 평등은, 생물과 무생물, 사람과 물(物)의 평등이다. 만해는 생물과 무생물, 사람과 사물이 모두 불성을 지니고 있으므로 평등하다고 말한다. 만해는 불교와 근대의 중심사상은 둘 다 평등이며, 양자가 서로 이어져 있다고 보았다. 그러한 논리에 의하면, 불교의 평등사상에서부터 근대가 시작되었고, 근대의 비조(鼻祖)는 석가모니이다.

　　근세의 자유주의(自由主義)와 세계주의(世界主義)가 사실은 평등한 이 진리에서 나온 것이라 할 수 있다. 자유의 법칙을 논하는 말에 '자유란 남의 자유를 침범하지 않는 것으로써 한계를 삼는다'고 한 것이 있다. 사람들이 각자 자유를 보유하여 남의 자유를 침범치 않는다면, 나의 자유가 다른 사람의 자유와 동일하고, 저 사람의 자유가 이 사람의 자유와 동일해서, 각자의 자유가 모두 수평선처럼 가지런하게 될 것이며, 이리하여 각자의 자유에 사소한 차이도 없고 보면 평등의 이상이 이보다 더한 것이 무엇이 있겠는가.
　　또 세계주의는 자국과 타국, 이 주(州)와 저 주, 이 인종과 저 인종을 논하지 않고 똑같이 한 집안으로 보고 형제로 여겨, 서로 경쟁함이 없고 침탈(侵奪)함이 없어서 세계 다스리기를 한 집을 다스리는 것같이 함을 이름이니, 이 같다면 평등이라 해야 할 것인가, 아니라 해야 할 것인가.[3]

2　한용운, 「내가 믿는 佛敎」, 『한용운 전집』 2, 288쪽.
3　한용운, 『조선불교유신론』, 『한용운 전집』 2, 44~45쪽.

만해는 근대의 자유주의와 세계주의가 다름 아닌 불교의 평등사상에 기원을 두고 있다고 말한다. 근대의 자유사상이란 평등의 다른 측면이다. 자신의 자유를 향유하면서, 타인의 자유를 침해하지 않는다는 근대의 자유사상은, 자아와 타자를 평등한 관계로 보는 불교의 평등사상과 매우 유사한 것이었다. 그에게 세계주의란 개인과 개인 사이의 평등과 자유 관념을 국가와 국가의 관계로 확장한 것이었다. 따라서 만해의 관점에서, 근대의 자유주의나 세계주의의 정신사적 기원은 동일하게 불교의 평등사상이었다.

그는 석가모니에게서 시작된 평등사상이 인류의 정신사를 면면히 흘러내려오다가 근대의 자유주의와 세계주의에 의하여 크게 부각되었다고 생각했다. 그러나, 당시의 정황은 자유주의와 세계주의가 온전하게 실현되지 못하였다. 개개인이 차별을 받고, 국가가 국가를 침탈하는 상황이었다. 그러한 현상에 대하여 만해는 다음과 같이 말한다.

> 이런 논의(論議)가 오늘에 있어서는 비록 실현성 없는 공론(空論)에 지나지 않는다 해도 이후 문명의 정도가 점차 향상하여 그 극에 이르는 날이 오면 장차 천하에 시행될 것임은 새삼 논할 여지가 없는 줄 안다.
>
> 왜냐하면 그 원인이 있으면 그 결과가 있고, 또 그 도리가 있으면 그 사실이 있게 마련이어서, 물건에 그 그림자가 따르고 소리에 울림이 응하는 것과 같기 때문이다. 그러므로 진리의 추세를 거부하고자 해도 솥을 들어올리는 힘과 산을 쪼개는 대포를 가지고도 감당할 수 없을 터이다. 그렇다면 금후의 세계는 다름아닌 불교의 세계라고 할 수 있다. 무슨 까닭으로 불교의 세계라고 하는 것인가. 평등한 때문이며 자유로운 때문이며 세계가 동일하게 되는 때문에 불교의 세계라고 이르는 것이다. 그러나 부처님의 평등한 정신이야 어찌 이에 그칠 뿐이겠는가. 무수한 화장세계(華藏世界)와 이런 세계 속에 있는 하나하나의 물건, 하나하나의 일을 하나도 빠

뜨림이 없이 모두 평등하게 만드시는 터이다.[4]

불교의 평등사상이 근대의 자유주의와 세계주의로 대두되었으나, 당시에는 실현성이 없는 공론(空論)으로 비춰지고 있었다. 그러나 만해는 석가모니 이후 불교의 평등사상이 점차적으로 강화되어온 만큼 "이후 문명의 정도가 점차 향상하여 그 극에 이르는 날이 오면 장차 천하에 시행될 것"이라고 말한다.

만해는 인류의 역사가 진보하면, 자유주의와 세계주의가 실현되고, 사람과 사람의 평등, 그리고 국가와 국가의 평등이 이루어지리라고 믿었던 것이다. 사람과 사람, 국가와 국가에 그치지 아니하고, 나아가서는 하나의 물건, 하나의 사건이 모두 평등한 경지가 달성될 것이라고 보았다. 즉, 우주의 역사는 불교의 평등한 이상향으로서 "화장세계"를 향해 나아간다고 생각했다. 만해는 역사의 끝자락에 "불교의 세계"를 설정하여둔 직선적인 사관을 가지고 있었다.

그렇다고 해서 "불교의 세계"가 저절로 성취된다고 보지는 않았다. 자유와 평등의 불교 세계를 실현하기 위해서는 실천이 필요하였다. 그 실천적 측면을 만해는 "구세주의"로 규정하였다. 그리하여, 평등주의와 구세주의를 불교의 2대 주의로 규정하였다.

> 불교의 또 하나의 특징인 구세주의(救世主義)란 무엇인가. 그것은 이기주의(利己主義)의 반대개념이다. 불교를 논하는 사람들이 흔히 불교는 자기 한 몸만을 위하는 종교라고 하거니와, 이는 불교를 충분히 이해한 것이라고 할 수 없다. 왜냐하면 자기 한 몸만을 위하는 것은 불교와는 정반대의 태도인 까닭이다. 『화엄경(華嚴經)』에서 이르기를 '나는 마땅히 널리

---

4   한용운, 『조선불교유신론』, 『한용운 전집』 2, 45쪽.

일체 중생을 위하여 일체 세계와 일체 악취(惡趣) 중에서 영원토록 일체의 고통을 받으리라' 하시고, 또 이르기를 '나는 마땅히 저 지옥(地獄), 축생(畜生), 염라왕(閻羅王) 등의 처소에 이 몸으로써 인질(人質)을 삼아 모든 악취의 중생을 구속하여 해탈을 얻게 하리라' 하셨다. 그 밖의 모든 말씀과 모든 게(偈)가 중생을 구제하고자 하는 뜻에서 벗어남이 없었으니, 이것이 과연 그 한 몸만을 위하는 길이겠는가. 아, 부처님께서야말로 구세(救世)의 일념에 있어서 철저하셨던 것이니, 우리 중생들은 무엇으로 이 은혜에 보답하랴.[5]

평등주의와 더불어 구세주의를 불교의 2대 주의로 설정하였다는 점에서, 만해의 불교사상은 실천적 측면이 강하다는 것을 알 수 있다. 만해는 결코, 자기만을 위한 해탈과 구원의 차원에서 불교를 선택한 것이 아니었다. 사실, 평등주의도 자아와 타자 사이의 관계에 주목한 사회적인 성격의 사상이다. 식민지 현실을 넘어서고, 나아가 더 좋은 사회를 건설하기 위한 대사회적 차원에서 불교를 수용하였다.

그렇다면, 그는 모든 사람과 사물이 평등하고, 자유로운 경지에 도달하기 위한 실천적 요소로 어떤 것을 생각하고 있었을까?

그러면 불교의 사업은 무엇인가. 가론 박애(博愛)요 호제(互濟)입니다. 유정무정(有情無情), 만유를 모두 동등으로 박애, 호제하자는 것입니다. 유독 사람에게 한할 것이 아니라 일체의 물을 통해서 하는 것입니다. 이 말이 제국주의니 민족주의니 하는 것이 실세력을 갖고 있는 오늘에 있어서 이러한 박애, 이러한 호제를 말하는 것은 너무 우원(迂遠)한 말이라 할지 모르나 이 진리는 진리이외다. 진리인 이상 이것은 반드시 사실로 현현(顯

---

5   한용운, 『조선불교유신론』, 『한용운 전집』2, 45쪽.

現)될 것이외다.[6]

　자기 한 몸의 구원이 아니라, 세상을 구원하기 위하여 만해는 "박애"와 "호제"를 주장한다. 만해의 "박애"와 "호제"는 사람과 사람, 민족과 민족, 국가와 국가 사이에 제한되지 않는다. 만해의 "박애"와 "호제"는 생물과 무생물, 사람과 사물 모두에 적용되는 개념이다. 만해는 불교적 평등, 즉 "불교의 세계"를 실현하기 위해서는 삼라만상을 사랑하고 서로 협력해야 한다고 보았다.

　그러한 구세주의에 입각하여 만해는 당대의 제국주의뿐만 아니라 민족주의까지도 극복해야 하는 것으로 생각했다. 당대의 시급한 과제가 식민지 현실의 극복이었기 때문에 만해는 민족주의 운동의 선봉에 섰지만, 만해가 꿈꾸는 세계는 민족주의가 아니었다. 만해는 본질적으로는 코스모폴리탄이었으며, 만물평등주의자였다. 만해는 제국주의뿐만 아니라 민족주의도 극복하고, 세계주의, 그리고 궁극적으로는 생태주의를 지향하였다.

　오늘날의 관점에서 보면, 만해는 '생태주의자'로 새롭게 규정될 수 있다. 왜냐하면, 만해는 생물과 무생물, 사람과 사물 등 삼라만상의 평등을 자신의 핵심적 사상으로 삼았으며, "불교의 세계"로서 평등한 경지를 실천하기 위하여 만물에 대한 박애와 호제를 주장하였기 때문이다. 이러한 사상은 오늘날 심층생태론자들의 견해와 거의 일치한다.

　그렇다면, 만물평등주의와 구세주의로 요약되는 만해의 생태사상은 어떻게 시화(詩化)되고 있는가. 우선 만물평등주의를 살펴보자.

　① 제 아모리 惡魔라도 어찌 막으랴, 焦土의 中에서도 金石을 뚫을 듯한 眞

6　한용운, 「내가 믿는 佛敎」, 『한용운 전집』 2, 288쪽.

生命을 가졌든 그 풀의 勃然을.

사랑스럽다, 鬼의 斧로도 魔의 牙로도 어쩌지 못할 一莖草의 生命.

— 한용운, 「一莖草의 생명」[7] 부분

② 사람은 사람의 죽음을 슯어한다.

仁人志士 英雄豪傑의 죽음을 더욱 슯어한다.

나는 죽으면서도 아모 反抗도 怨望도 없는 한줄기 풀을 슯어한다.

— 한용운, 「一莖草」[8] 부분

③ 사람은 사람의 피를 서로서로 먹는데

그대는 동족의 피를 먹지 아니하고 사람의 피를 먹는다.

— 한용운, 「모기」[9] 부분

만해는 여러 시편에서 "일경초"에 대한 관심을 보여주었다. "일경초"는 "죽으면서도 아모 반항도 원망도 없는 한줄기 풀"이다. 즉, 가장 나약하고 여린 생명체인 것이다. ①은 일경초가 비록 작은 존재이지만, 그 어떤 것도 막아낼 수 없는 강인한 생명력을 지니고 있음을 말해준다. ②에서 화자는 일경초의 생명이나 "영웅호걸"의 생명이나 동일한 가치를 지닌다는 주장을 암시적으로 표현하고 있다.

"일경초" 외에도 만해는, "쥐", "파리", "모기" 등과 같은 유해한 생물에 대해서 짧은 시를 몇 편 지었다. 만해는, 인간중심주의적 시각에서 보면 가치론적으로 마이너스인 그러한 생명에서, 인간보다 나은 점들을 찾아내고 있다. 그리하여, 모든 생명에 대한 경외와 존중의 필요성을 환기해준다.

7　『惟心』 2, 1918.

8　『한용운 전집』 1, 87쪽.

9　『한용운 전집』 1, 88쪽.

일경초나 해충과 같은 보잘것없는 생명에 대한 만해의 관심은 만물평등 사상에 뿌리를 두고 있다. 그러나 평등은 저절로 이루어지지 않으며, 실천을 필요로 한다.

> 당신은 나의죽엄속으로오서요 죽엄은 당신을위하야의準備가 언제든지 되야잇습니다
> 만일 당신을조처오는사람이 잇스면 당신은 나의죽엄의뒤에 서십시오
> 죽엄은 虛無와萬能이 하나입니다
> 죽엄의사랑은 無限인同時에 無窮입니다
> 죽엄의압헤는 軍艦과砲臺가 씌끌이됩니다
> 죽음의압헤는 强者와弱者가 벗이됩니다
> 그러면 조처오는사람이 당신을잡을수는 업습니다
> 오서요 당신은 오실째가되얏습니다 어서오서요
>
> —한용운, 「오서요」[10] 부분

여기에서 "죽엄"은 무아의 개념과 연결되어 있다. 만해 사상에서 우주 만물은 서로 얽히어 순환하는 과정적인 존재이다. 따라서 우주에서 독립된 실체는 없다. 무아는 그러한 과정적인 존재로서의 자아 관념을 반영한 것이다. '나'라고 할 수 있는 독립된 실체가 없다는 믿음을 토대로, 타자에 대해 박애와 호제를 펼치는 것이 이 시에 나타난 "죽엄"의 의미이다. 그러한 실천을 토대로 "허무와 만능이 하나"가 되고, "군함과 포대가 티끌"이 되고, "강자와 약자가 벗"이 된다. 구세주의적 실천으로서의 죽음을 매개로 갈등과 불화, 위계관계가 해소되고 평등의 지평이 확보되는 것이다.

---

10 『님의 침묵』, 211~212쪽.

3. 신라정신과 중생일가관 — 서정주

서정주의 문학사상은 "신라정신"이라고 알려져 있다. 미당은 『삼국유사』에서 신라인들의 삶의 정신을 끌어내어, 거기에 사유와 상상을 가미하면서 자신의 고유한 문학사상으로서 신라정신을 펼쳐나갔다. 그렇다면, 그가 말하는 신라정신이란 무엇일까.

> 간단히 그 重要點만 말하자면, 그것은 하늘을 命하는 者로서 두고 地上現實만을 重點的으로 현실로 삼는 儒敎的 世間觀과는 달리 宇宙全體—即天地全體 不治의 等級 따로 없는 한 有機的 關聯體의 현실로서 자각해 살던 宇宙觀이 그것이고, 또 하나는 高麗의 宋學 以後의 史觀이 아무래도 當代爲主가 되었던 데 反해 亦是 等級 없는 영원을 그 歷史의 시간으로 삼았던 데 있다. 그러니, 말하자면 宋學 이후 지금토록 우리의 人格은 많이 當代의 現實을 표준으로 해 성립한 現實的 人格이지만, 新羅 때의 그것은 그게 아니라 더 많이 宇宙人, 永遠人으로서의 人格 그것이었던 것이다.[11]

미당은 신라정신이란 우주 전체 혹은 천지 전체를 등급이 따로 없는 "유기적 관련체"로 바라보는 우주관이라고 간단히 요약한다. 즉, 우주와 천지에는 등급이 없으며, 삼라만상은 하나의 유기체로 연결되어 있다는 우주관이 바로 미당이 말하는 신라정신이다. 서정주는 여러 차례에 걸쳐서, 유교사상과 대조하여 신라정신의 우수성을 강조하여 왔다. 그에 의하면, 송학이 전래되면서 고려 이후에는 신라정신이 쇠퇴하였다. 신라정신이 영원성과 유기적 관련체의 사상인 데에 반하여, 송학은 영원성이 아닌 당대 위주의 역사관, 그리고 유기적 관련체가 아닌 "현실적 인격"을 추구하여왔다.

---

11   서정주, 「新羅文化의 根本精神」, 『서정주 문학 전집』 2, 일지사, 1972, 303쪽.

그에 의하면, 송학이 갖는 현실주의와 인간중심주의는 고스란히 근대로 이어져 내려왔다. 근대에 오면서, 현실주의와 인간중심주의는 더욱 강화되고, 영원과 자연이 현실로부터 멀리 추방당하였다.

미당은 자신의 시적 작업이 그러한 현실중심주의와 인간중심주의에 단신으로 저항하는 것이라고 생각했다. 미당은 우리가 잃어버린 신라인들의 사유와 상상을 창조적으로 복원하면서 신라정신을 전개하였다. 미당의 신라정신은 심층생태학이나 영성생태학과 흡사하다.

> 空氣와 時間에는 虛無가 깃들일 좁쌀알만한 빈터도 없이 魂身이라는 이름을 가진 非物質의 기막힌 物質이 그득히 차있어서, 이것을 숨쉬어 마음에 받아들이고 사는 모든 男女는 다 永生하였다. 죽음이라는 것을 아주 가지지 않았다. (중략)
> 우리 눈앞에 남은 記錄이 안 보여 그렇지, 新羅 사람들은 길 가다 담장머리에 피는 한 포기 풀꽃을 아껴 사랑하고 紀念해서도 이어 절간을 지어간 건 아닐까. 生命의 司祭者로서의 人生의 멋, 아마 이 以上을 더 갈 수는 없을 것이다.[12]

신라정신은 영혼의 실재를 인정한다. 신라인들은 영혼이 소멸하지 않는다고 믿었으며, 신라인들의 세계관에서 우주는 죽은 자들의 영혼으로 가득했다. 따라서, 죽음이라는 것은 없었다. 영혼은 끊임없이 비물질적인 상태로 우주를 순회하기도 하고, 생물과 무생물의 상태로 몸을 바꾸어 윤회를 하기도 한다. 그러한 인식을 가지고 있는 신라인들에게는 삼라만상이 모두 영혼을 가진 존재였다. 그들은 삼라만상과의 인연을 소중하게 여기고, 끊임없이 그 인연을 기념하고자 하였다. 그러한 신라인들의 삶의 방식을 미당은

---

12 서정주, 「新羅讚」, 『서정주 문학 전집』 5, 315~316쪽.

"생명의 사제자로서의 인생"이라고 규정하고 있다. 미당이 보기에 신라인들은 "생명의 사제자"이고, 신라인들의 사상은 일종의 생태사상이었다. 미당은 신라인들의 세계관과 삶의 방식에서 자신의 창조적인 신라정신을 이끌어내면서, 고대적이고 영적인 생태사상을 펼쳐보였던 것이다.

생태사상으로서의 신라정신의 근간에는 석가모니의 가르침, 불교가 놓여 있음을 미당은 스스로 고백하고 있다.

> 공간이 있으나마나한 허무니 뭐니 하는 그런 어중간한 것이 아니라, 가까이서나 멀리서나 血緣關係 같은 그런 不可分離의 관계가 있는 것으로 一然은 만들어 표현하고 있는 것인데 물론 그도 이건 釋迦牟尼의 思考方式과 實感을 본따 배운 것이고, 나도 一然을 통해 물론 또 그리로 기울어지지 않을 수 없게 된 것이다.[13]

> 사람의 생명이란 것을 現生에만 국한해서 생각하는 것이 아니라 영원한 것으로서 생각하고, 또 아울러서 사람의 가치를 현실적 人間社會的 존재로서만 치중해 생각하는 것이 아니라 자연의 존재로서 많이 치중해 생각해 오는 습관을 가진 것은 신라에서는 最上代부터 있어 온 일이었다.[14]

우주를 "유기적 관련체"로 본다는 것은 우주를 "혈연관계"로 받아들이는 것이다. 이는 석가모니의 윤회론에 호흡을 대고 있는 사상으로서, 신라인과 일연이 불교에서 배웠고, 다시 미당은 『삼국유사』를 통하여 신라인과 일연에게서 수용하게 된 것이다.

신라정신에 의하면 인간은 "인간사회적 존재"만이 아니라 "자연의 존재"이다. 인간은 생물과 무생물의 상태로 끊임없이 윤회하고, 순수한 영혼의

---

13 서정주, 「釋迦牟尼에게서 배운 것」, 『미당 수상록』, 민음사, 1976, 91쪽.
14 서정주, 「新羅의 永遠人」, 『서정주 문학 전집』 2, 315쪽.

상태로 허공을 떠돌기도 한다. 우주는 혈연관계로 묶인 하나의 단일체이다. 따라서, 우주는 언제나 허무가 발 들일 틈이 없이 꽉 채워져 있다.

그렇다고 해서, 미당의 윤회론이 불교로 고스란히 환원되는 것은 아니다. 미당의 윤회론은 독자적인 면모를 갖추고 있다.

> 육체만이 아닌 영혼으로 살기로 하면 죽음이라는 것은 없어지는 것이고, 그리운 것들을 두고 죽는 섭섭함도 견딜 만한 것이 되는 것인 데다가, 이 魂이 영원히 거쳐 다닐 필연의 방방곡곡과 큰 길 좁은 길들을 생각해 보는 것은 참 재미있다. 魂뿐만이 아니라 그 物質不滅의 法則을 따라서 내 死後 내 육체의 깨지고 가루 된 조각들이 딴 것들과 합하고 또 헤어지며 巡廻하여 그치지 않을 걸 생각해 보는 것도 아울러 큰 재미가 있다.[15]

> 이 하늘과 땅 사이에는 우리가 아는 한 따로 아주 도망갈 수 있는 좁쌀알 만한 구멍도 없다. 하늘과 땅 사이는 한 사람의 死體가 分散하여 旅行하는 푼수로도 모두 가득히 充實한 터전일 뿐, 딴 아무 虛한 것도 있을 수는 없는 것이다. 하물며 사체 아닌 멀쩡히 살아 있는 사람들의 天地겠는가?[16]

미당은 "물질불멸의 법칙" 즉, 질량보존의 법칙이라는 근대화학의 기초법 칙을 동원하여, 자신의 신라정신이 근대와 공존할 수 없다는 견해를 불식시 키고자 하였다. 물질불멸의 법칙은 이 우주에서 물질은 상태가 변할 뿐이 지 결코 새로이 생성되거나 소멸하지 않는다는 것이다. 즉, 모든 물질은 상 태를 바꾸며 우주를 순환한다. 미당은 물질불멸의 법칙에서 유추하여, 사람 이 죽으면 사체가 분해되어 물질의 상태로 우주에 흩어지는데, 그 물질들은

---

15 서정주, 「내 마음의 현황」, 『서정주 문학 전집』 5, 285쪽.
16 서정주, 「하늘과 땅 사이의 사람들과 動物들의 死體 이야기」, 『미당 수상록』, 민음 사, 1976, 121~122쪽.

결코 우주를 벗어나지 않는다고 말한다. 그런데 미당은 그 물질들이 생전의 사람과 자기 동일성을 유지하고 있다고 본다. 그렇게 볼 때 미당의 상상력에서 하나의 자아는 무수히 많은 물질적 분신들과 더불어 무수히 많은 자아로 흩어진다. 이는 하나의 자아가 몸을 바꿔 윤회하는 것으로 보는 불교의 윤회론과는 다르다.

미당은 부분과 전체를 연속선상의 존재로 규정하면서, 그러한 독특한 상상력을 만들어낼 수 있었다. 미당의 상상력 체계에서 삼라만상은 죽어서 흩어지고, 새로운 생명체로 다시 합성되면서 일종의 혈연관계를 맺게 된다. 미당은 그러한 자신의 생태사상을 "중생일가관"으로 규정한 바 있다.

다음 시는 시적 주체가 사후(死後)의 끝없는 여행을 상상한 것이다. 여기에는 다양한 물질의 상태로 우주를 순회하는 자아의 분신, 그리고 물질을 떠난 순수한 영혼의 상태에서의 여행 등이 그려지고 있다.

(전략)
하지만 가기 싫네 또 몸 가지곤
가도 가도 안 끝나는 머나먼 旅行.
뭉클어 밀리는 머나먼 旅行
(중략)
옛 愛人의 窓가에 기별을 하고,
날과 달을 에워싸고 돌아다닌다.
눈도 코도 김도 없는 바람이 되어
내 兄弟의 앞을 서서 돌아다닌다.

— 서정주, 「旅愁」[17] 부분

17 『미당 서정주 시 전집』, 148~149쪽.

4. 생명과 사랑의 시론 - 조지훈

조지훈의 『시의 원리』는 우리 시사에서 매우 의미 있는 시론이다. 만해나 미당의 생태사상은 체계적인 시론은 아니고, 시적 사유와 상상의 토대로서 문학사상으로서 의미가 있다. 반면, 조지훈은 자신의 생태사상을 체계적인 시론으로 정립하였다.

> 대자연은 사물의 근본적인 원형으로서 여러 가지 의미를 실현하고 있다. 대자연의 일부인 사람은 그 자신 자연의 실현물(實現物)로서만 존재하는 것이 아니라 창조적 자연을 저 안에 간직함으로써 다시 자연을 만들 수 있는 기능을 가지는 것이다. 대자연은 자연 전체의 위에 그 '본원상'(本原相)을 실현하지만 반드시 개개의 사물에 완전히 나타나는 것은 아니기 때문에 어느 의미에서 시인은 자연이 능히 나타내지 못하는 아름다움을 시에서 창조함으로써 한갓 자연의 모방에만 멈추지 않고 '자연의 연장(延長)'으로서 자연의 뜻을 현현(顯現)하는 하나의 대자연일 수 있다는 것이다. 바꿔 말하면, 시는 시인이 자연을 소재로 하여 그 연장으로써 다시 완미(完美)한 결정(結晶)을 이룬 '제2의 자연'이라고도 할 수 있다.[18]

조지훈에 의하면, 대자연은 사물의 근본적인 원형, "본원상"이다. 이 "본원상"은 대자연을 구성하는 개개의 사물과 생물을 포괄할 수 있는 추상적이고 보편적인 관념이다. 대자연의 일부로서 사람은 대자연의 생명과 연결되어 있으며, 대자연이 분화되어 나온 개별적인 창조적 자연을 간직하고 있다. 그리하여, 사람은 다시 대자연을 재생산할 수 있는 가능성을 갖게 된다.

대자연은 개개의 사물과 생물을 통해 생명을 펼쳐나가지만, 그 본원상은

---

18   조지훈, 『시의 원리』, 『조지훈 전집』 2, 나남, 1998, 20~21쪽

개개의 사물과 생물의 형상에 은폐되어 온전하게 형체를 드러내지 못한다. 시인은 개개의 자연을 소재로 하여 은폐된 대자연의 본원상을 작품화하여 드러내는 존재이다. 즉, 시인은 궁극적이고 보편적인 형상으로서 대자연의 형상화를 추구한다. 물론 대자연의 본원상과 시에 나타난 자연의 형상이 정확하게 맞아떨어질 수는 없지만, 근접하게 된다. 따라서 그는 시를 "제2의 자연"이라고 한다. 그러한 원리에 의하면, 시뿐만 아니라 모든 예술은 "제2의 자연"을 지향한다고 할 수 있다.

> 그러므로, 시뿐 아니라 모든 예술은 자연을 정련(精錬)하여 그것을 다시 자연의 혈통에 환원시키는 것, 곧 '막연(漠然)한 자연(自然)'에 특수한 의미를 부여함으로써 새로운 의미를 발견하는 것이라고 말할 수 있다. 그러므로, 자연에 더 많이 통할수록 우수한 시며 실제에서도 훌륭한 예술작품은 하나의 자연으로 남는 것을 볼 수 있다. 이로써 우리는 '자연미(自然美)의 구극(究極)이 예술미에 결정(結晶)되고 예술미의 구극은 자연미에 환원된다'는 것을 알 수 있다. 훌륭한 자연을 사람이 만든 듯하다고 찬탄하는가 하면 훌륭한 예술을 자연의 솜씨 곧, 신품(神品)이라고 찬탄하지 않는가. 그 이유가 여기에 있는 것이다.[19]

물론, 오늘날에는 자연을 거부하는 예술도 많다. 가령, 해체주의, 포스트 모더니즘, 아방가르드 등은 자연을 거부하고 해체해버린다. 조지훈의 논의는 그러한 전위적인 경향까지 포함하는 것이 아니라, 예술과 시의 본질적인 차원에 관한 것이다. 그에 의하면, 본질적인 차원에서는 자연에 더 많이 통할수록 우수한 예술이며, 자연미의 구극은 예술미에서 이루어지고, 예술미의 구극은 자연미에 환원된다.

---

19 조지훈, 『시의 원리』, 『조지훈 전집』 2, 21쪽.

예술은 개개의 사물과 생물로 이루어진 자연을 정련하여서, 보편적인 대자연의 본원상으로 환원하는 작업이다. 그러나 이때의 보편성은 개개의 자연의 모방을 통해서 얻어지는 것으로서 '구체적' 보편성이다. 이처럼 조지훈 시론에서 '대자연—개개의 사물과 생물—예술'의 삼자는 하나의 생명으로 연결된다. 그 때문에, 훌륭한 자연을 보면 예술인 듯 감탄하게 되고, 훌륭한 예술을 만나면 아름다운 자연인 듯 찬탄하게 된다.

그렇다고 해서 대자연이 손쉽게 예술화될 수 있는 것은 아니다. 대자연의 생명이 시화(詩化)하기 위해서는 시인의 뜨거운 사랑이 개입해야만 한다.

> 대자연의 생명을 현현(顯現)시키는 시인은 먼저 천분(天分)으로 뜨거운 사랑을 가진 사람이 아니면 안 되고 노력으로 사랑하고자 애쓰는 사람이 되지 않으면 안 될 것이다. 왜 그러냐 하면, 대자연의 생명은 하나의 위대한 사랑이요 그 사랑은 꿈과 힘을 지니고 있기 때문이다. 다시 말하면, 시는 생명 그것의 표현이요, 인간성 그것의 발현이다. 생명은 저 자신의 생을 긍정하는 것이 그 본성이요, 그 절대의 자기긍정(自己肯定)을 생명으로 하는 시는 현실적 사실 위에서만 증명되는 것이 아니라 상상적 현실로도 실현되는 것이다. 이와 같은 시의 세계를 이루는 개개의 생명은 각각 그 본성의 요구대로 생을 긍정하면서 서로 사이의 생을 방해하지 않는다. 이는 다른 생을 긍정함으로써만 자신의 생을 표현할 수 있기 때문이다. 저 이외의 일체의 것으로 자신의 존재 이유를 삼는 영원히 전일(全一)한 세계가 감성적으로 구현되고 특수한 언어로써 형상(形象)됨으로써 시는 비로소 생명 그것의 순수한 실재의 모습이 될 수 있는 것이다.[20]

그의 시론에서 "대자연의 생명은 하나의 위대한 사랑"이다. 생명으로서의 사랑은 자라려고 하는 힘을 가지고 있으며, 새로운 창조에 대한 꿈을 지니

---

20 조지훈, 『시의 원리』, 『조지훈 전집』 2, 26쪽.

고 있다. 그리하여, 대자연은 끊임없이 개개의 사물과 생명을 생성한다. 그러한 자라나려고 하는 힘과 창조에 대한 꿈을 지닌 대자연의 생명으로서의 사랑에 감응하기 위해서는, 시인도 뜨거운 사랑을 가져야만 하는 것이다. 조지훈이 말하는 시인의 사랑은 불교의 자비에 가까운 개념이다. 그것은, 인간관계에 국한되지 않고, 생물과 무생물 등 삼라만상을 대하는 정신적 태도로서, 배려와 존중의 윤리에 기반한다.

개개의 사물과 생물을 바라보는 시인의 사랑이 개별성을 뚫고서 그 이면에 놓인 보편적인 대자연의 사랑에 감응할 때, 시작(詩作)이 가능하고, 시작을 통하여, 대자연의 생명은 시에 표현될 수 있는 것이다.

그러한 방식으로 조지훈의 시론에서 '대자연-시인-시'의 삼자는 하나의 생명으로 연결된다. 조지훈은 그러한 하나의 생명을 "유일생명(唯一生命)"으로 규정한다. 삼라만상이 하나의 생명으로 연결되어 있으므로, 자연과 시인, 그리고 작품 또한 유일생명으로 연결된다. 조지훈의 생태의식이 잘 드러난 대표적인 작품으로「풀잎 단장」을 들 수 있다.

> 무너진 城터 아래 오랜 세월을 風雪에 깎여온 바위가 있다.
> 아득히 손짓하며 구름이 떠가는 언덕에 말 없이 올라 서서
> 한 줄기 바람에 조찰히 씻기우는 풀잎을 바라보며
> 나의 몸가짐도 또한 실오리 같은 바람결에 흔들리노라
> 아 우리들 太初의 생명의 아름다운 分身으로 여기 태어나
> 고달픈 얼굴 마조 대고 나즉히 웃으며 얘기 하노니
> 때의 흐름이 조용히 물결치는 곳에 그윽히 피어 오르는 한떨기 영혼이여
> ── 조지훈,「풀잎 斷章」[21] 전문

---

21 『조지훈 전집』1, 54쪽.

여기에서 "풀잎"이란 만해의 "일경초"와 마찬가지로 가장 나약하고 여린 생명체이다. 그리고 한편으로는 가장 순수한 생명체이기도 하다. 화자는 언덕 위에 올라 풀잎을 바라보다가, 자신과 풀잎이 동일하게 유일생명으로서 "태초의 생명"으로부터 갈라져 나온 "분신"임을 깨닫는다. 그러한 과정에서 화자는 풀잎의 영혼과 교감하고, 서로의 영혼이 맞닿아 있음을 느낀다.

조지훈은 이처럼 자아와 자연의 교감, 그리고 유일생명으로 얽히고설켜 있는 자연을 작품에 담아내는 시야말로 본질에 충실한 시라고 생각했다. 그리고, 자연과 생명을 충실히 반영할수록 위대한 작품이라고 생각하였으며, 개개의 존재를 통해 대자연의 보편적 형상을 드러내는 시를 지향하였다.

5. 결론

지금까지 우리는 한용운, 서정주, 조지훈의 생태사상을 살펴보았다. 이들의 생태사상은, 도저한 강물이 되어 한국 현대시사를 관류하는 불교 생태시학에 사상적 토대를 제공해주고 있다.

지구촌 여기저기에서 생태적 인식의 회복에 대한 요청의 목소리가 높아져가고 있는 오늘날, 우리 현대 시인들의 생태사상은 많은 시사점을 제공해준다. 근대 초기부터 꾸준히 전개되어온 한국 현대시사의 생태사상은 고대로부터 흘러내려오는 풍요로운 생태윤리와 근대과학, 그리고 문학과의 변증을 시도하고 있다.

만해의 경우는 불교를 토대로 근대를 수용하면서, 근대와 전통을 변증시킨 생태사상을 전개하였다. 만해의 생태사상은 평등주의와 구세주의로 요약된다. 전자가 이념적 차원이라면 후자는 실천적 차원이다. 만해의 평등은 사람과 사람 사이의 관계에 제한되는 것이 아니라 사람과 사물, 생물과 무생물 등 삼라만상의 본래적인 관계를 의미한다. 만해는 역사가 진보한다고 보았으며, 역사의 끝에는 삼라만상의 평등이 이루어진 화장세계, 즉 불교의 세계가 기다리고 있다고 보았다.

화장세계는 자기희생적 실천으로서 박애(博愛)와 호제(互濟)에 의해서 이루어지는 것이었다. 구세주의적 실천이 없이 불교의 세계는 저절로 이루어질 수 없었다. 코스모폴리탄이자 생태주의자로서 만해는 제국주의뿐만 아니라 민족주의 또한 극복하고 궁극적으로는 나라와 나라, 민족과 민족, 사람과 사람, 생물과 무생물, 사물과 사물 등 삼라만상이 평등한 세상을 꿈꾸었다.

만해가 처한 당대의 상황에서 가장 다급한 일은 조국의 근대화와 식민지 현실의 극복이었다. 그리하여, 만해의 실천은 주로 불교의 근대화와 민족주의 운동에서 두드러졌다. 우리는 그것이 만해의 궁극적인 의도는 아니었다는 점을 기억해둘 필요가 있다.

식민지 시대와 한국전쟁을 경험한 미당에게 근대는 괴물이나 다름없는 것이었다. 미당은 괴물로서의 근대에 단신으로 저항하는 다윗이고자 하였다. 한국전쟁 중에 심각한 정신적인 고통을 앓던 그는 『삼국유사』에서 위안을 얻는다. 그는 『삼국유사』에서 만난 신라인들의 정신세계에서, 근대가 초래한 많은 질병들을 치유하고, 근대의 폐허를 생명으로 복원할 수 있는 생태사상을 건져 올린다.

그렇다고 해서 서정주가 고대사상에 매몰되어버렸던 것은 아니다. 그는 물질불멸의 법칙이나 필연성의 법칙 등 근대과학의 기초 법칙 등을 동원하면, 자신의 생태사상이 근대과학으로 충분히 이해될 수 있으며, 근대과학과 조화와 균형을 이룰 수 있다는 점을 해명하고자 하였다. 그의 해명에는 여러 가지 문제가 노정되어 있었지만, 결과적으로 미당의 생태사상은 신과학에 근접하였다.

미당의 생태사상은 전후 전통주의 시인들에게 지대한 영향을 끼친다. 그리하여, 우리 현대시사가 생태학적인 깊이와 넓이를 확보하는 데에 크게 공헌을 하게 된다.

조지훈은 우리 시사에서 몇 안 되는 수준 높은 시론을 남겼다. 조지훈의 시론은 생명과 사랑의 시론이라 할 수 있다. 조지훈은 대자연, 개별적인 자연, 시인, 그리고 시가 하나의 생명으로 연결된다고 보았다. 그에게 시인이란 개별적인 자연에서 대자연의 생명을 읽어내고, 언어로 복원하는 존재이다. 대자연의 생명의 시적 복원은 저절로 이루어지는 것이 아니다. 시인의 뜨거운 사랑이 있어야만 한다. 시인의 사랑만이 대자연의 생명을 포착하고, 그것을 시에 형상화할 수 있게 하여준다.

조지훈이 말하는 시인의 사랑은 불교의 자비에 가까운 개념이다. 생물과 무생물 등의 개개의 자연을 자기 몸처럼 사랑하고 존중하는 정신이 바로 시인에게 요청되는 사랑이다. 그러한 뜨거운 사랑이 개개의 생물과 무생물을 유심히 들여다보게 하고, 거기에서 대자연의 형상과 조우할 수 있게 하여준다. 결국 시인은 사랑을 통해 자연의 생명과 교감하게 되고, 자연과 일체감을 느낀다. 그리하여, 조지훈은 자연과 자아의 교감, 자연의 생명을 잘 담아낸 시가 본질에 충실한 시이며, 자연에 많이 통할수록 위대한 시라고 생각하였다.

제3장

현대 시인의 연기사상과 상상력
평등의식, 파시즘, 영원주의

1. 서론

팡리톈(方立天)은 연기사상의 중요성에 대해서 다음과 같이 말한다.

> 연기론은 불교이론의 초석이며 핵심이다. 불학 전체의 기본정신은 모두
> 연기론의 기초 위에 정초되었다. 바꾸어 말하면, 불교의 모든 기타 이론은
> 모두 연기론의 전개인 것이다. 연기론은 또한 불교가 다른 유파와 구별되
> 는 기본적 사상의 특징이다.[1]

팡리톈에 의하면 모든 불교사상은 연기론의 토대 위에 세워져 있다고 할
수 있다. 그만큼 연기론은 넓고 다양한 의미를 지닌다.[2] 연기론은 상호인과

---

[1] 方立天, 『불교철학개론』, 유영희 역, 민족사, 1992, 191쪽.
[2] 주지하는 바와 같이 불교의 연기론은 업감연기론(業感緣起論), 중도연기론, 자성연
기설, 진여연기론, 성구실상론, 법계연기론 등 폭넓은 스펙트럼을 지닌다. 위의 책,
189~275쪽.

론 혹은 상호의존성이라고 할 수 있는데, 이는 이시적(異時的) 차원과 동시적(同時的) 차원으로 나누어 살필 수 있다.[3]

불교에서 보다 본질적인 것은 전자, 이시적인 상호의존성이다. 석가모니가 성도 후 처음 설하였다고 알려진 사성제[苦集滅道]와 십이연기는 이시적인 상호의존성의 성격이 강하다. 그것은 고통이 발생하는 이시적인 인과관계[流轉門]와 고통을 소멸시키는 이시적인 인과관계[還滅門]를 논하고 있다. 고통의 원인을 밝히고 벗어나는 길을 모색하는 것이 석가모니의 가장 큰 문제의식이었다고 본다면 이시적 상호의존성은 연기론의 본질적인 부분이라 할 수 있다.

불교에서는 이시적 상호의존성 못지않게 동시적 상호의존성도 강조한다. 물론 연기론의 이시적 차원과 동시적 차원이 분리된 것은 아니지만 관점에 따라 구분할 수는 있다. 한자경에 의하면 동시적 상호의존성은 "짚단의 경우처럼 그 인과가 동시적으로 발생하는 것"이다. 연기론에 의하면 삼라만상은 이시적으로 그리고 동시적으로 상호의존하여 존재한다.

팡리롄의 주장처럼 불교의 모든 사상은 연기론으로 설명이 가능하다. 무아론, 윤회론, 인과응보론 등 불교의 대부분의 사상은 연기론과 맞물려 있다. 삼라만상은 독립적으로 존재하지 않고 연기적 상호의존 관계에 의해 구성되므로 자아라 할 수 있는 것이 없기 때문에 무아론이 성립한다. 그리고 삼라만상은 연기적 인과론에 의하여 우주를 순환하기 때문에 무아의 상태로 우주를 유전(流轉)하는 무아윤회론이 성립한다. 그리고 삼세를 관류하는 인과의 법칙으로 인하여 인과응보론이 성립한다.[4]

---

3   이시적 인과론과 동시적 인과론은 한자경의 논의에서 차용한 개념이다. 한자경, 『불교 철학의 전개』, 예문서원, 2003, 47쪽.

4   인과응보 사상은 인류의 보편적인 도덕관념이다. 불교의 인과응보론은 삼생을 통해 설명된다는 차이를 보인다. 그리고 불교의 인과응보론은 민중교화의 방편적 성

연기사상의 인과론은 근대과학(고전역학)의 인과율과는 다르다. 주지하듯이 근대과학의 인과율은 기계론적 인과율이다. 뉴턴적 세계관에서 우주는 인과론적 질서에 의해 운행되는 정교한 기계이다. 고전역학의 인과론은 객관적이고 기계적인 인과론인 반면, 연기사상의 인과론은 주관적이고 상대적이며 신비주의적 인과론이라 할 수 있다.

그럼에도 불구하고 한국의 시인들은 근대과학의 인과론을 연기론적으로 재해석하면서 불교야말로 근대사회에서 경쟁력을 지니는 '과학적'인 종교라는 주장을 전개한다. 이들의 주장에는 명백한 오류가 있지만 불교와 과학을 창조적으로 수용하면서 우리 시의 상상력을 풍요롭게 일구었다는 점에서 큰 의의를 지닌다.

2. 한용운의 연기사상과 평등의식

한용운에게 불교는 근대 사상과 과학을 포용할 수 있는 포용력 있고 합리적인 사상체계였다. 그는 모든 근대 사상은 불교의 주석에 불과하다고 말하기까지 할 정도로 불교를 융통성 있고 포괄적인 사상체계로 이해하고 있었다. 그는 근대의 인과율도 연기론의 연장선에서 재해석하면서 불교적인 세계관을 드러낸다.

> 우주의 인과율은 이러한 것이다. 자연 인사(人事) 즉 천체의 운행, 지리의 변천, 풍우상설·산천초목·조수어별(鳥獸魚鼈) 등 모든 자연과학과 국가의 흥망, 사회의 융체(隆替), 제도의 변개, 인문의 성쇠 등 모든 사회

격이 강하다.

과학의 상호연락의 공간적 관계와 선후 연결의 시간적 관계가 어느 것 하나도 우주적 인과율의 범주 이외에 벗어지는 것이 없다.[5]

한용운은 인과율을 근대과학의 개념이라고 말하면서도, 실제로는 불교의 논리로 설명하는 양상을 보인다. 그에 의하면 우주는 인과율로 직조된 단일체이다. 그런데 그가 말하는 인과율은 근대과학의 결정론과는 다르다. 특히, 자유의지를 강조하는 점에서 분명해진다. 한용운은 자유의지가 있다는 점에서 인과율을 숙명론과 구분한다. 그는 "인과율은 자유를 구속하는 명령적 규정이 아니라 만유의 자유를 문란치 않게 한 보안법(保安法)이다."[6] 라고 말한다. '자유의지'를 강조하면서 그의 인과론은 불교적 색채를 드러내게 된다. 주지하는 바와 같이 인과응보론의 선인선과(善因善果) 악인악과(惡因惡果)의 논리는 주체의 도덕적 책임을 강조한다. 그가 말하는 인과율은 본질적으로 근대과학과 거리가 먼 연기론적 인과응보 사상에 보다 가깝다는 것을 알 수 있다. 가치중립적인 기계적 인과론과 달리 인과응보론은 도덕적 가치가 개입해 있으며 주관적이고 신비주의적인 인과론이다.[7]

---

5   한용운, 「宇宙의 因果律」, 『한용운 전집』 2, 신구문화사, 1973(『불교』 90, 1931. 12.1).

6   한용운, 「宇宙의 因果律」, 『한용운 전집』 2, 299쪽.

7   '자유의지'만으로 한용운의 인과율이 불교적 연기론에 가까운 것이라고 말할 수는 없다. '자유의지'는 한용운의 인과율에 나타난 연기론적 요소의 하나일 뿐이다. 그 외에도 여러 가지 근거를 들 수 있으나 핵심적인 것 중 하나는 한용운의 인과론이 불교적 유심론의 기반 위에 서 있다는 점이다. 한용운의 인과율은 유심론적 인과율의 토대에서 유물론적 기계적 인과율을 재해석하고 포용하는 양상을 보인다. 유심론과 유물론에 대한 한용운의 논의로는 다음을 참고할 수 있다.
"불교는 유심론의 위에선 것이라 할지나 실상은 불교로서 보면 심(心)과 물(物)은 서로 독립치 못하는 것입니다. 심이 즉 물(空卽是色)이요 물이 즉 심(色卽是空)이외다. 고로 불교가 말하는 '심'은 물을 포함한 심이외다. 삼계유심(三界唯心)·심외무물(心外無物)이라 하였은즉 불교의 '심'이 물을 포함한 심인 것은 더욱 분명합니다." ―

이런 논의(論議)가 오늘에 있어서는 비록 실현성 없는 공론(空論)에 지나지 않는다 해도 이후 문명의 정도가 점차 향상하여 그 극에 이르는 날이 오면 장차 천하에 시행될 것임은 새삼 논할 여지가 없는 줄 안다.

왜냐하면 그 원인이 있으면 그 결과가 있고, 또 그 도리가 있으면 그 사실이 있게 마련이어서, 물건에 그 그림자가 따르고 소리에 울림이 응하는 것과 같기 때문이다. 그러므로 진리의 추세를 거부하고자 해도 솥을 들어 올리는 힘과 산을 쪼개는 대포를 가지고도 감당할 수 없을 터이다. 그렇다면 금후의 세계는 다름 아닌 불교의 세계라고 할 수 있다. 무슨 까닭으로 불교의 세계라고 하는 것인가. 평등한 때문이며 자유로운 때문이며 세계가 동일하게 되는 때문에 불교의 세계라고 이르는 것이다. 그러나 부처님의 평등한 정신이야 어찌 이에 그칠 뿐이겠는가. 무수한 화장세계(華藏世界)와 이런 세계 속에 있는 하나하나의 물건, 하나하나의 일을 하나도 빠뜨림이 없이 모두 평등하게 만드시는 터이다.[8]

이로 미루어 미래의 만유 역사도 찬연한 인과율로 진행될 것을 알기에 조금도 주저할 것이 없을 것이다. 가령, 어느 때에 어떠한 인인지사(仁人志士)가 대중을 위하여 피와 땀을 얼마나 흘린다든지, 어느 때에 어떠한 국가의 흥망이 정반대로 번복된다든지, 어느 때 어느 곳의 어떠한 가인재자(佳人才子)의 연애적 로맨스가 어떻게 귀착된다든지, 나이애가라 폭포가 평지가 된다든지, 부사산(富士山)상에 배를 매게 된다든지 등등, 모든 역사적 예정선이 임의의 자유를 용허하면서 확연히 규정되어 있는 것이다.[9]

한용운, 「내가 믿는 불교」, 『한용운 전집』 2, 288쪽(『개벽』 45, 1924.3.1).

8 한용운, 『조선불교유신론』, 『한용운 전집』 2, 45쪽(『조선불교유신론』, 회동서관, 1913).

9 한용운, 「宇宙의 因果律」, 『한용운 전집』 2(『불교』 90, 1931.12.1).

『조선불교유신론』과 「우주(宇宙)의 인과율(因果律)」은 시간적으로 상당한 거리가 있지만 비교적 일관적인 논리를 보여준다. 『조선불교유신론』에서 불교가 지향하는 이상적인 세계는 "절대평등"의 세계이다. 한용운은 불교의 평등의식을 근대사상과 연결시킨다. 그는 근대의 자유주의와 세계주의에 내함된 개인과 개인의 평등, 국가와 국가의 평등, 인종과 인종의 평등을 지적하고 그것이 불교의 지향점과 일치한다고 말한다. 따라서 향후의 세계는 불교적인 평등의 세계가 될 것이라고 말한다. 한용운의 이러한 평등주의는 반제국주의, 반식민주의의 의미를 지닌다.

한용운은 불교적 "절대평등"이 "이후 문명의 정도가 점차 향상하여 그 극에 이르는 날이 오면 장차 천하에 시행될 것"이라고 말한다. 그가 문명의 정도가 향상되리라고 믿는 이유는 물론 당시 널리 퍼진 사회진화론의 영향도 있지만, 보다 근본적으로는 선인선과 악인악과의 논리에 입각한 진보에 대한 불교적 믿음이라고 보는 것이 타당하다.

「우주의 인과율」에 의하면 인과응보적 인과율에 의하여 미래는 얼마든지 뒤바뀔 수 있다. 그의 논리를 종합해보면 자유의지에 입각한 실천에 의하여 국가의 흥망이 결정된다. 그의 글은 조선인이 실천한다면 인과응보의 법칙에 의해 필연적으로 해방을 맞이할 수 있다는 것을 암시하고 있다.

한용운의 평등주의는 시에서도 쉽게 찾아볼 수 있다. 한용운의 여러 시에는 생명평등의식이 빈번하게 나타난다. 「일경초(一莖草)」(『조선일보』, 1936.4.3), 「일경초의 생명」(『惟心』 2, 1918), 「쥐(鼠)」(『조선일보』, 1936.3.31), 「파리」(『조선일보』, 1936.4.5), 「모기」(『조선일보』, 1936.4.5) 등의 작품에 구체적으로 드러난다.

사람은 사람의 죽음을 슮어한다.
仁人志士 英雄豪傑의 죽음을 더욱 슮어한다.

나는 죽으면서도 아모 反抗도 怨望도 없는 한줄기 풀을 歆어한다.

— 한용운, 「一莖草」[10] 부분

사람은 사람의 피를 서로서로 먹는데
그대는 同族의 피를 먹지 아니하고 사람의 피를 먹는다.

아아, 天下萬世를 爲하야 바다같이 흘리는 仁人志士의 피도 그대에게 맡
겼거든
하물며 區區한 小丈夫의 쓸데없는 피야 무엇을 아끼리오.

— 한용운, 「모기」[11] 부분

「일경초」는 인간이나 동물에게만 삶이 존재하는 것이 아니라 식물의 삶도 존재한다고 말한다. "풀은 맑은 바람에 춤도 추고 노래도 하며 은(銀) 같은 이슬에 잠자고 키쓰도 하리라."는 미시적 시각으로 풀의 세계를 보여준다. 화자의 관점에 의하면 인간과 동물뿐만 아니라 식물도 그들의 세계와 삶이 존재한다. 대부분의 사람들은 "사람의 죽음"에 대해 슬퍼하고 특히 "인인지사 영웅호걸"의 죽음은 더욱 슬퍼하지만 작은 풀 따위는 안중에도 없다. 하지만 화자는 한 포기 풀도 영웅호걸의 생명과 대등한 생명 가치가 존재하기 때문에 슬퍼해야 한다는 생각을 드러낸다.

「모기」는 모기에 대하여 "다리도 길고 부리도 길고 날개도 쩌르지는 아니하다"고 칭찬을 한다. 뿐만 아니라 "동족(同族)의 피를 먹지 아니하고 사람의 피를 먹는다"는 면에서는 사람보다 낫다고 평가한다. 따라서 기꺼이 모기에게 피를 나누어주겠다고 한다.

10　한계전 편, 『님의 침묵』, 237~238쪽(『조선일보』, 1936.4.3).
11　『님의 침묵』, 239쪽(『조선일보』, 1936.4.5).

한용운은 궁극적으로는 만물이 평등해지는 "절대평등"의 세계를 지향하였지만, 일제강점기 최대의 과제는 민족해방이었다.

> 당신이가신뒤로 나는 당신을이즐수가 업슴니다/ 까닭은 당신을위하나니보다 나를위함이 만슴니다//
> 나는 갈고심을쌍이 업슴으로 秋收가업슴니다/ 저녁거리가업서서 조나감자를꾸러 이웃집에 갓더니 主人은「거지는 人格이업다 人格이업는사람은 生命이업다 너를 도아주는것은 罪惡이다」고 말하얏슴니다/ 그말을듯고 도러나올쌔에 쏘더지는눈물속에서 당신을보앗슴니다//
> 나는 집도업고 다른까닭을겸하여 民籍이업슴니다/「民籍업는者는 人權이업다 人權이업는너에게 무슨貞操냐」하고 凌辱하랴는將軍이 잇섯슴니다/ 그를抗拒한뒤에 남에게대한 激憤이 스스로의슯음으로化하는刹那에 당신을보앗슴니다/ 아아 왼갓 倫理, 道德, 法律은 칼과黃金을祭祀지내는 煙氣인줄을 아럿슴니다/ 永遠의사랑을 바들ㅅ가 人間歷史의첫페지에 잉크칠을할ㅅ가 술을마실ㅅ가 망서릴쌔에 당신을보앗슴니다
>
> — 한용운,「당신을보앗슴니다」[12] 전문

「당신을 보았습니다」,「님의 침묵」 등의 작품에서 한용운은 일제강점기의 불평등한 현실을 폭로하고 나아가 광복의 비전을 제시해준다.[13] 한용운의 여러 시편들은 인과응보적 인과율에 따라 조선이 독립을 위해 노력한다면 필연적으로 해방의 날이 찾아오리라는 신념을 암시해준다.

---

12 『님의 침묵』, 156쪽.
13 "우리는 만날 때에 떠날 것을 염려하는 것과 같이 떠날 때에 다시 만날 것을 믿습니다."(「님의 침묵」), "당신을 보았습니다."(「당신을 보았습니다」)

3. 이광수의 연기사상과 파시즘

이광수는 종교를 사상이나 수양의 도구로 이해하면서 종교다원주의자의 면모를 보여주기도 하였지만,[14] 신앙의 차원에서는 독실한 불교 신자의 면모를 보여주었다. 다양한 종교에 대하여 포용적인 입장을 취해온 이광수가 불교 차원에서 신앙을 강화하게 된 계기는 1930년대 후반에 당한 아들 봉근의 죽음으로 추정된다. 이광수의 불교 신앙에서는 인과론, 윤회론, 인과응보 사상 등이 두드러진다.

> 因緣法이란 무엇인가. 自然科學에서 因果律이라고 稱하는 것과 마찬가지로, 因은 緣을 만나서 반드시 果를 낳는다는 것이다. 因 없는 果는 없고, 因이 있고 緣이 있으면 반드시 果를 生한다. 因緣法은 偶然을 容許하지 않는다. 宇宙人生에는 偶然이란 것은 없다.
> 自然界나 人事나 다 因緣法으로 織成된 것이다. 毫末만한 因緣法이라도 어그러지는 날이면 宇宙는 壞滅될 것이다.
> 큰 機械에 조그마한 못 하나만 튕겨도 運轉이 不可能함과 같다.[15]

이광수는 불교의 "인연법"을 자연과학의 인과율과 같은 원리로 설명하고 있다. 그러나 한용운과 마찬가지로 그가 설명하는 인연법-인과율은 자연과학의 인과율처럼 객관적 기계적인 인과율이 아니다. 이광수가 설명하는 인연법-인과율은 주관적 신비주의적인 개념이다. 가령, 그는 꿈속의 사건이나, 개인의 내면에서 은밀하게 전개되는 하나의 생각, 한 마디 말, 하나의

---

14 이광수의 종교다원주의적 면모는 다음을 참고할 수 있다. 송명희, 「이광수의 기독교 사상과 종교다원주의」, 『한국문학논총』 46, 한국문학회, 2007, 399~402쪽.

15 이광수, 「生死關」, 『이광수 전집』 10, 삼중당, 1976, 261쪽(『신시대』, 1941.2).

행동도 모두 인연법-인과율의 적용을 받는다고 설명한다.

이광수는 인연법-인과율을 윤회사상과 관련하여 인과응보의 원리로 설명한다.

> 貧富貴賤이 있는 것이 不公平이 아니라 그것이 公平이다. 貧할 因원을 지은 자가 富하고 貴할 원인을 지은 자가 賤하다면 그것이 비로소 不公平이어니와, 善人과 惡人이 꼭 같이 果報를 받는다 하면 그것도 不公平이다. 소게도 콩 한 말 쥐게도 콩 한 말은 公平이 아니다. 各循其因 各得其所, 이 것이 公平이다. 고마웁게도 이 宇宙를 주재하시는 神은 이러한 神이시다.
> 그런데 사람들은 왜 不平하는가. 왜 世上의 不公平을 원망하는가. 그것 은 다름이 아니다. 저를 모르는 때문이다. 석경(거울)을 보지 않는 때문이 다. 朝飯夕粥도 제 分에 넘는 줄을 깨닫고 悚慄하는 이에게는 朝飯夕飯이 올 것이다. 一人도 그러하고 一家도 그러하고 一國도 그러하다.[16]

그는 윤회사상과 인과응보의 논리를 끌어들이면서 현실의 차별과 고통을 정당화하게 된다. 즉, 현실의 차별과 고통은 모두 전생의 업의 결과물로 인 정하고 선업을 쌓아 내생에 좋은 환경에 태어나면 된다는 논리이다. 이러한 논리로 이광수는 전쟁과 전사(戰死)를 긍정하고 독려한다.[17]

---

16 이광수, 「因果의 理」, 『이광수 전집』 8, 458쪽(『매일신보』, 1940.3).

17 "戰場에 나가서 勇戰하는 것도 一種의 自殺이다. 爆彈 三勇士니 敵陣의 捕虜될 憂 慮가 있을 때에 艦艇이나 飛機를 自爆하는 것은 毋論 分明한 自殺이지마는, 死地에 勇敢히 뛰어 드는 것은 다 一種의 自殺心理다. 즉 生命보다 더 所重한 것을 제 生命 以外에서 찾는 것이다. 殉敎者도 戰死者와 다름 없다. 그들은 信仰을 生命보다 아 낀 것이다. 그러므로 殉敎者를 많이 내일 만한 民族은 상당한 民族이다."
"사람이란 누구나 죽는다. 모두들 보람없이 죽는다. 利己的인 貪慾을 위하여서 살 다가 죽기 때문에 보람이 없는 것이다. 忠義를 爲하여서 죽을 때에 그 죽음에 보람 이 있는 것이다." —「生死關」, 『이광수 전집』 10(『신시대』, 1941.2).

내가 이 집을 팔고 떠나는 따위, 그깟 것이 다 무엇이오. 이 몸과 이 나라와 이 사바세계와 이 온 우주를 사랑의 것으로 만드는 일이야말로 그대나 내나가 할 일이 아니요? 저 뱀과 모기와 파리와 송충이, 지네, 그리마, 거미, 참새, 물, 나무 결핵균, 이런 것들이 모두 상극이 되지 말고 총친화(總親和)가 될 날을 위해서 준비하는 것이 우리 일이 아니요? 이 성전(聖戰)에 참여하는 용사가 되지 못하면 생명을 가지고 났던 보람이 없지 아니하오?[18]

이광수는 무차별과 차별의 세계로 나누어 현실의 차별과 고통을 정당화한다. 무차별의 세계는 이광수가 생각하는 불교적 이상세계로서 중생이 총친화를 이루는 세계이다. 차별세계의 싸움과 전쟁은 무차별의 세계로 나아가는 필연적인 과정이다. 이광수는 일본이 전개하는 제국주의적 전쟁 또한 그러한 맥락에서 합리화시킨다. 즉, 일본의 전쟁은 중생총친화의 세계를 건설하기 위한 성전(聖戰)이라는 것이다.

이러한 논리에 의해 이광수는 국가라는 전체를 위한 개인의 죽음을 정당화하게 된다. 이광수의 연기론이 일제 파시즘의 연장선에 놓여 있음을 쉽게 알 수 있다. 「생의 원리」에서 이광수는 자신의 파시즘적인 불교사상을 일목요연하게 제시한다.

貪着할 것은 무엇이며, 愛惜할 것은 무엇인고. 오직 이 꿈 같고 물거품 같은 生命을 全體를 爲하여 바치는 데만 眞正한 榮光이 있고 永生이 있는 것이다. 왜 그런고 하면 衆生은 永生하는 것이요, 衆生의 幸·不幸은 내의 行의 如何에 달린 것을 行의 不滅이라는 因果의 理法에서 배웠으므로.

(一) 因果의 理

---

18 이광수, 「육장기」, 『이광수 전집』 8, 57쪽(『문장』 1939.8).

(二) 全體를 爲하여 個體를 바침

(三) 個體의 生命과 富貴의 虛妄함.

이 세 원리를 포함한 철학을 생의 철학이라고 할 것이다.[19]

이광수는 생의 원리를 첫째, 세계는 인과의 원리로 구성된 단일적 전체이며, 둘째, 개체의 생명은 전체를 위해 희생할 때에 진정한 가치를 지니며, 셋째, 전체를 전제하지 않는 개체의 생명과 부귀는 무의미하다는 것으로 내세웠다. 이광수는 이러한 파시즘적 인과론의 토대 위에서 적극적으로 일제의 제국주의적 침략 전쟁을 찬양하고 개인의 희생을 독려한다.

一億一體로 皇國을 직히자

一億一體로 皇謨를 翼贊하자

이제 彼와 此가 업다

오즉 하나니라, 아아 오즉 하나니라.

(중략)

아아 朝鮮의 同胞들아,

우리 모든 물건을 바치자

우리 모든 쌈을 바치자

우리 모든 피를 바치자

同胞야 우리들, 무엇을 애끼랴

내 生命에서 나온 것이라고 말하지 말지어다

내 生命 그것조차 바처올니자

우리 님금님쎄, 우리 님금님쎄.

—— 이광수, 「모든 것을 바치리」[20] 부분

19 이광수, 「생의 원리」, 『이광수 전집』 9, 420쪽(1935.5.26~6.2).

20 『매일신보』, 1945.1.18.

「모든 것을 바치리」에서 화자는 "님금" 즉 천황과 일본 제국이라는 전체를 위해, "조선의 동포"들에게 "생명"을 포함한 "모든 것"을 바치자고 권유하고 있다. 이외도 이광수는 여러 산문과 시를 통해 불교적인 중생총친화의 논리를 앞세워 전체를 위한 개체의 희생을 독려하고 있다.[21] 이광수의 연기사상은 철저하게 파시즘의 논리에 정향되어 있다.

4. 서정주의 연기사상과 영원주의

서정주의 연기사상은 전후시적 의미를 지닌다. 서정주는 여러 글에서 한국전쟁을 지나면서 실존적 위기를 경험했음을 고백한다. 그리고 그러한 위기를 '신라정신'으로 극복하였다고 주장한다.

> 내 마음 속에 거세게 일어나기 시작하는 이 趣向 때문에 나는 곧 우리 역사책 ─ 그 중에서도 우리 민족정신의 가장 큰 본향으로 생각되는 新羅史의 책들을 정독해 읽어가기 시작했다. 名唧 종이 두께만한 두터운 모조지로 카드 수백 장씩 끊어 만들어 거기 三國遺事나 三國史記 그밖의 책들 속에 마음에 드는 부분들을 細書로 옮겨 간직하고 거듭 거듭 되풀이해 吟味하면 그래, 이후 몇해 동안에 내가 거기서 影響 받은 가장 큰 것은 영원한 世代繼承 속의 그 '魂交'라는 것이었다.
>
> "사람은 自己 當代만을 위해서 살아서는 안된다. 자손을 포함한 다음 세대들의 영원을 위해서 살아야 한다. 자기당대에 못다할 일이 많으면 많을수록 이 영원한 紐帶 속에 있는, 우리 눈으론 못 본 先代의 마음과 또 후대의 마음 그것들을 우리가 우리 살아 있는 마음으로 接하는 것 ─ 그것을 魂

21 주지하듯이, 「敵艦隊찾았노라」(『신시대』, 1944.12)는 가미카제 특공대로 참전한 조선 청년 인재웅을 기리고 있다.

交라고 하기도 하고 靈通이라고도 한다."는 한 新羅精神의 理解가 내게는 가장 重要한 것이 되었다.[22]

서정주의 문학사상은 흔히 '신라정신'이라고 알려져 있다. 미당 스스로 "민족정신의 가장 큰 본향으로 생각되는 신라사의 책들을", 가령 "삼국유사(三國遺事)나 삼국사기(三國史記) 그 밖의 책들"을 공부하면서 "신라정신"을 터득하였음을 밝히고 있기 때문이다. 미당은 자신이 신라사의 책들에서 배운 "신라정신"이 다름 아닌 "영원성"이라는 사실도 적시하고 있다. 나아가 그것이 "석가모니"의 사상, 즉 불교와 긴밀하게 연결되어 있다는 점도 밝히고 있다.

한국전쟁 중에 미당이 맞닥뜨린 실존적 위기의 핵심은 죽음이다. 그는 전쟁의 소용돌이를 헤쳐나가면서 죽음에 대한 극도의 불안과 공포를 경험하였던 것이다. 미당은 "신라사의 책들"에서 윤회론적인 사유를 창조적으로 수용하면서 자기 동일적 주체의 영원성에 관한 사유를 정립해나간다. 미당은 불교의 윤회론을 고스란히 수용하지 않는다. 그는 윤회론을 근대과학의 인과론, 물질불멸의 법칙과 에너지보존의 법칙 등으로 재해석하면서 자신만의 창조적인 영원성의 사유체계를 구축한다.

> 情도 情이려니와 또 물질의 去來와 相逢·別離에도, 必然性의 길밖에는 없는 것이니, 이 물질을 부르는 임자인 마음—즉 魂의 길에도 必然性 이외의 딴 길이 있을 걸 생각할 수 없는 것이라면, 이 金大城과 前生의 어머니와의 相逢도 必然일밖에… 내가 내 육체를 가지고 高麗大學校 英文科 敎授室을 찾아가서 金宗吉씨를 만나는 길이 한 因緣의 必然이듯이, 金大城이가 그의 前生 어머니를 만나는 것도 한 因緣의 必然일밖에…. 다만 金大

---

22 서정주, 「내가 아는 영원성」, 『미당 수상록』, 민음사, 1976, 108쪽.

城이의 경우는 이것이 꼭 肉體를 가지고만 다니는 길뿐만이 아니라 육체 없이 가는 길까지를 가지고 있는 차이뿐이지…….

日前에 어떤 物理學에 精通한 친구 하나를 만났더니 말하기를 "요새 에너지의 어떤 部分的 結合과 離散에선 必然性을 볼 수 없다고 하네, 이 사람!"하여서 잠시 깜짝 놀란 일이 있거니와, 이런 변덕은 원래 主人이 아닌 物質이니 그런 것이지, 마음의 必然性 그거야 어디 差違를 計出할 나위나 있는 것인가?[23]

미당은 기계적적 인과론을 연기론적인 인과론으로 재해석하면서 자신의 생태사상이 근대과학에 위배되지 않는다는 점을 밝히고자 한다. 미당은 양자의 근본적인 차이를 알아차리지 못하고 혼선을 일으키기도 한다. 이질적인 두 인과론을 무리하게 변증시키면서 미당은 궁극적으로는 자신의 신비주의적인 사상이 근대과학과 위배되지 않는다는 점을 입증하고자 하였다.

미당의 논리에 의하면 우주는 신비주의적인 인과관계로 정교하게 빚어져 있다. 행위, 생각, 에너지 등 모든 요소들은 인과관계에 의하여 시간적·공간적으로 온 우주로 퍼져나간다. 그리하여 만물과 사건은 서로 긴밀하게 신비적 인과론으로 연결되어 있어서, 우주에서 고립된 사물이나 사건은 존재하지 않는다.

미당의 영원주의는 윤회론적이고 연기론적인 사유를 토대로 물질불멸의 법칙, 에너지 보존의 법칙, 필연성의 법칙 등의 근대과학을 재해석하면서 체계화된다. 그러한 사유체계에 의하면 우주에 존재하는 모든 물질이나 생물은 과거의 자아나 형제, 연인의 분신으로 구성되기 때문에 자아와 혈연관계나 연인관계를 맺게 된다. 또한 자신의 생각이나 행동 하나하나가 온 우

---

23 서정주, 「내 마음의 現況」, 『서정주 문학 전집』 5, 일지사, 1972, 286쪽.

주에 영향을 끼치면서 자아는 시간적·공간적으로 타자들과 인연관계를 형성하게 된다. 그리하여 자아와 타자(우주 만물)는 식구와도 같은 관계를 형성하게 된다.

미당의 영원주의의 핵심은 자기동일적 주체의 영원성, 그리고 자아와 타자의 영원한 사랑이라 할 수 있다. 미당은 그러한 영원주의적 상상력으로 전후의 '죽음'에 대한 불안과 공포를 치유하였던 것이다.

> 언제든가 나는 한 송이의 모란꽃으로 피어 있었다.
> 한 예쁜 처녀가 옆에서 나와 마주보고 살았다.
> (중략)
> 그래 이 마당에
> 現生의 모란꽃이 제일 좋게 핀 날,
> 처녀와 모란꽃은 또 한 번 마주보고 있다만,
> 허나 벌써 처녀는 모란꽃 속에 있고
> 前날의 모란꽃이 내가 되어 보고 있는 것이다.
>
> — 서정주, 「因緣說話調」[24] 부분

주지하는 바와 같이 불교에서 윤회는 극복해야 할 부정적인 순환이다. 그러나 미당은 그것을 구원의 논리로 승화시킨다. 「인연설화조(因緣說話調)」에 자아와 연인의 기나긴 윤회론적 인연의 서사는 맨 처음 처녀와 모란꽃(자아)의 관계에서 시작되어 모란꽃과 자아의 관계로 위치가 뒤바뀐다. 이러한 윤회론적 상상력에 의하며, 자아는 결코 소멸하지 않는 불멸의 주체이며 우주 만물은 자아와 타자의 분신으로 서로 혈연이나 연인의 관계를 맺으며 순환한다.

---

24 『미당 서정주 시전집』, 민음사, 1984, 154~155쪽.

5. 의의와 한계

한용운의 불교적 평등주의는 1910년대부터 제국주의에 대한 저항의 논리로 전개되었다. 한용운은 인과의 원리에 입각하여 장차 사회가 발전하면 만물이 평등해지는 절대평등의 세계가 도래하리라 예언한다. 그러한 절대평등의 맥락에서 반제국주의와 반식민주의의 사상을 전개하고 민족의 자결권 회복을 주장한다.

이광수나 서정주에 비해 한용운은 합리주의적 경향이 강하다. 그는 윤회론적인 자기 동일적 주체를 부정하고 불성만이 영원하다고 말한다. 그는 "만유가 모두 불성"이라고 말한다.[25] 그에게 중요한 것은 자아의 영원성이 아니라 만유의 평등이었고, 일제강점기에는 민족과 민족이 평등한 세계의 실현이었다. 한용운은 연기사상을 제국주의에 대한 저항의 논리로 활용하였던 것이다.

이광수의 불교적 파시즘은 1930년대 후반부터 일제에 대한 협력의 논리로 활용된다. 이광수는 무차별과 차별의 논리로 현실의 차이와 고통, 그리고 제국주의적 침략 전쟁과 전체를 위한 개인의 희생을 정당화한다.

---

[25] "문(기자) : 그러면 선생은 아까 말씀하신 영혼 윤회설을 믿으십니까?
답(한용운) : 나는 믿지 않습니다. 생각컨대, 아마 불교를 다른 종교들처럼 공리주의적 즉 권선징악(勸善懲惡)의 방편으로 쓰려 하여 일어난 학설 같아서요.
문(기자) : 그러면 무엇을 믿으십니까?
답(한용운) : 불성설(佛性說)이지요. 아까 말한 대로 우주 만유에는 불성이란 다 있어서 그것은 멸(滅)하는 것도 아니고 감(減)하는 것도 아닌 것입니다." ― 한용운 · 기자 문답, 「인생은 사후에 어떻게 되나」, 『한용운 전집』 2, 290쪽(『삼천리』 8, 1929.8). 한용운은 "권선징악"과 같은 비합리적인 방편을 거부하고 합리주의의 차원에서 불교를 해석하고자 한다. 하지만, 한용운 사상 전반에는 신비적 인과응보의 비합리적 논리가 합리적 인과율의 장막 뒤에 도사리고 있다는 점도 부인하기는 어렵다.

한용운이 윤회론적 영혼불멸을 부정하는 반면, 이광수는 윤회론적 영혼불멸에 대한 확고한 신앙을 보여준다. 삼세 윤회론을 통해 현실의 고통을 전생의 업에 따른 결과로 해석하고, 내세의 선과를 위한 현세의 희생을 권장하게 된다. 한용운이 합리주의적인 인식으로 현실의 차별을 직시하고자 한 반면, 이광수는 신비주의적인 인식으로 현실의 고통을 정당화하고 파시즘적 전체를 위한 개체의 희생을 독려하였다. 이광수는 윤회론과 인과응보 사상을 친일의 논리로 활용하였다.

서정주의 불교적 영원주의는 전후시적인 의미를 지닌다. 서정주는 한국전쟁과 밀접하게 연결된 죽음에 대한 불안과 공포를 불교적 영원주의의 상상력으로 해소해 나갔다. 미당의 영원주의인 "중생일가관"은 자기 동일적 주체의 영원성, 그리고 자아와 타자의 가족애를 핵심으로 한다. 이광수와 유사하게 서정주의 연기사상도 현생의 고통과 차별을 정당화하는 경향이 있다. 한편으로 서정주의 윤회론적인 상상력은 전후의 고통에 대한 자기 치유와 자기 구원의 의미를 지닌다.

제4장
중앙불전 계열 시인의 불교적 상상력
한용운, 김달진, 조지훈, 서정주

1. 한국 현대 불교시인의 계보

식민지 시대 불교는 우리 문단에 대한 영향력이 매우 컸다. 당대의 많은 지식인들이 불교를 정신적 지주로 삼고 있었다. 이능화, 최남선, 이광수 등과 같은 식민지 시대 조선의 지식인들의 상당수가 불교 신자였다.

그들에게 불교는 전통과 근대를 이을 수 있는 매우 합리적인 종교였다. 그들의 시각에서 불교는 철학적 성격과 종교적 성격을 공유하고 있었다. 뿐만 아니라, 수많은 근대사상과 근대과학을 포용할 만한 논리적 체계를 갖추고 있었다. 그리하여 식민지의 많은 지식인들은 불교를 매개로 조선적인 것과 근대적인 것, 동양적인 것과 서구적인 것, 전통과 근대를 변증시키고자 하였다.

문인이 곧 지식인으로 인식되던 식민지 시대에, 많은 문인들이 불교에 관심을 갖는 것은 자연스러운 현상이었다. 한편으로는 불교계는 교육에 힘을 쓰면서, 교육기관을 통해 문인들을 배출하기도 하였다.

특히, '1923년부터 1948년에 이르기까지' 한국 불교의 "교정(教正)"이었던, 박한영(1870~1948) 선사는 불교 계열의 문인을 양성하는 데에 크게 기여하였다. 미당은 박한영 선사에 대하여 다음과 같이 소개하고 있다.

> 석전 박한영 스님 하면 사람들은 저 1923년으로부터 그가 세상을 떠난 1948년까지에 이르는 25년 동안 우리나라 불교의 최고대표자인 교정 스님이었던 걸 기억하고, 또 지금의 동국대학교의 전신인 중앙불교전문학교의 오랫동안 교장이었던 것, 또 저 1911년 일본이 우리나라를 합병한 지얼마 안 되는 기세로 불교까지를 합병하려 했을 때 그 부당한 걸 끝까지 주장하여 기어코 이걸 못 하게 했던 스님인 것, 또 그가 우리 신문학의 문인들 속에서도 춘원 이광수를 비롯하여 육당 최남선, 신석정(辛夕汀), 조종현(趙宗玄)과 필자 등의 직계 제자들을 가진 사람인 것, 춘원 이광수의 머리를 중대가리로 박박 깎게 한 것도 바로 그였던 것 등을 잘 기억해 말들 해 내려오고 있다.[1]

박한영 선사가 교장으로 몸담고 있었던 중앙불교전문학교는 식민지 시대 불교문학의 정신적 거점 역할을 한다. 중앙불교전문학교는 현재 동국대학교의 전신이라 할 수 있는데, 그 역사는 1906년에 허가받은 명진학교로 거슬러 올라간다. 일제강점기 한국 불교계의 전문교육기관은 명진학교에 뒤이어 다음과 같이 개편·개명되면서 명맥을 이어나간다.

불교고등강숙(1914)→중앙학림(1915)→중앙불교전수학교(1928)→
중앙불교전문학교(1930)→혜화전문학교(1940)[2]

혜화전문학교는 1944년 일제의 탄압으로 문을 닫았다가, 해방과 더불어

---

1   서정주, 「내 뼈를 덥혀준 석전 스님」, 『서정주 문학 전집』 5, 1972, 27쪽.
2   강석주·박경훈, 『불교 근세 백년』, 민족사, 2002, 185~196쪽 참고.

동국대학이라는 교명으로 개교를 하고 이후 동국대학교로 개칭한다. 식민지 시대 불교계는 어려운 여건에서 교육에 크나큰 열정을 보이면서, 한국 현대문학사에 빛나는 시인들을 여럿 배출하였다.

한국 현대 불교문학의 비조(鼻祖)라 할 수 있는 한용운(1879~1944)은 당대 불교 종정인 박한영과 영향을 주고받은 것으로 알려져 있다.[3] 만해는 명진학교 설립에 참여하였으며, 1918년 중앙학림 강사에 취임하기도 하였다.

서정주(1915~2000)는 중앙불교전문강원에서 수학한 바가 있다. 그는 1933년 박한영의 문하생으로 입문하여, 개운사 대원암 내 중앙불전에 입학하였다. 이후 서정주는 박한영을 정신적인 스승으로 모신다.

한국 현대 불교문학사에서 또 하나 빼놓을 수 없는 인물로 김달진(1907~1989)이 있다. 김달진은 1936년 중앙불전에 입학하여 1939년 졸업한다. 그러한 학력과 무관하지 않게 김달진의 시는 선미(禪味)로 가득하다.

조지훈(1920~1968)은 1938년 중앙불전에 입학하여, 1941년에 불전이 개칭된 혜화전문학교를 졸업한다. 김달진과 조지훈의 친소 관계는 확인할 수 없으나, 기록에 의하면 둘은 1938년 봄부터, 1939년 봄까지 함께 같은 학교를 다녔다.

당시 중앙불전 학생회에서는 회지 『룸비니』를 발간했는데, 여기에 김달진과 조지훈의 글이 함께 발표된 적도 있다. 그런데, 당시 회지에서 김달진은 이미 주요 잡지와 중앙일간지에 많은 작품을 발표한 기성시인으로서 여러 학생들의 선망의 대상으로 기록되고 있다. 그런데 조지훈의 선적인 작품들

---

3 "박한영과 한용운의 교유에 있어 한용운의 한시 중 교유에 관계된 十五首 중 十一首가 박한영에게 贈하는 시인 것으로 보아 九世年長인 박한영을 존경하고 뜻이 통하는 동지로 교유했던 것 같으며 박한영 역시 한용운을 비범한 동지로 교유했던 것 같다." 한종만, 「박한영과 한용운의 한국불교 근대화사상」, 『논문집』 5, 원광대학교, 1970, 74쪽.

을 보면 김달진의 상상력과 유사한 점을 많이 발견할 수 있다. 따라서, 우리는 조지훈이 김달진에게서 많은 영향을 받지 않았나 조심스럽게 추측을 해볼 수도 있다.

한용운, 김달진, 조지훈, 서정주 등은 불교적 시학을 전개하면서 우리 현대시사에 큰 족적을 남긴 시인들이다. 다른 한편으로 이들은 중앙불전과 직간접적으로 연을 맺으면서 우리 현대시사에 독특한 계보 하나를 만들어놓고 있다.

이 글은 한용운, 김달진, 조지훈, 서정주 등의 산문과 작품을 중심으로 한국 현대시의 불교적 상상력의 몇 가지 양상을 살펴보고자 한다.

2. 전통과 근대의 변증-한용운

승려로서 한용운은 '오도송(悟道頌)'에 해당하는 시를 남기기도 하였다.

남아란 어디메나
고향인 것을

그 몇 사람 객수(客愁) 속에
길이 갇혔나.

한 마디 버럭 질러
삼천세계(三千世界) 뒤흔드니

눈 속에 점점이
복사꽃 붉게 지네

丁巳十二月三日夜十時頃坐禪中忽聞風打墜物聲疑情頓釋仍得一詩
男兒到處是故鄉　幾人長在客愁中　一聲喝破三千界　雪裡桃花片片紅[4]

1917년 12월 3일 밤 10시경 설악산의 오세암에서 좌선을 하던 만해는, 갑자기 바람이 불어 무슨 물건을 떨어뜨리는 소리를 듣고 의심하던 마음이 씻은 듯이 풀리는 것을 느꼈다. 그리하여 지은 이 작품은 일종의 '오도송'이라 할 수 있다.

이 시의 표층적인 의미는 다음과 같이 정리해볼 수 있다. 1행에서는 사나이에게는 어디나 고향이라는 깨달음을 말한다. 2연에서는 그런 깨달음을 모르고 오랫동안 객수에 사로잡혀 있는 사람들이 있음을 지적한다. 3연에서는 고함 소리로 삼천대천세계를 뒤흔든다. 도처가 고향임을 깨닫지 못하고 객수에 사로잡혀 있는 어리석은 사람들을 각성시키는 소리이다. 4연에서는 눈 속에 흩날리는 붉은 복사꽃잎의 이미지를 제시한다. 이는 고정관념이 깨어진 상태, 깨달음의 상태를 제시한 것이다.

그런데 보다 심층적으로 접근한다면, 여기에서 "객수"는, 우주의 광야에 선 자아가 스스로에게 던지는, '나는 누구인가?', 나아가 '인간이란 무엇인가?' 하는 질문과 통한다. 그러한 질문의 해답을 구하다 보면, 결국 '나', '인간'이란 어딘가에서 떠나와 다시 어딘가로 돌아가는 나그네적 존재이다. 따라서 지상에서는 어디에서나 "객수"를 느끼지 않을 수 없다.

아마, 갑작스럽게 들리는 물건 떨어지는 소리는 그러한 "객수"를 순식간에 몰아내버린 모양이다. 만해는 갑작스럽게, 태양계가 갠지스 강변의 모래알보다도 많다고 하는 불교적 우주, 삼천대천세계를 떠올렸을 것이다. 삼천대천세계의 우주론에서 자아는 먼지보다 작은 존재이면서, 태양계보다 큰

4　『한용운 전집』1, 신구문화사, 1973, 172쪽.

존재이기도 하다. 그리고 자아는 무아(無我)이면서 무아가 아니기도 하다.

　이러한 우주론적 깨달음은 경직된 현실의 구조를 파괴해버린다. 그러한 해체의 논리가 "눈 속에 점점이/복사꽃 붉게 지네"라는 멋진 역설을 만들어 낸 것이다. '눈 속의 붉은 꽃잎'이란 역사적으로는 식민지 현실 속에서 더욱 강해지는 조국에 대한 열정, 그리고 더 넓게는 광활한 우주의 겨울 들판에 선 우주적 나그네가 얻은 깨달음을 상징할 터이다. 물론 그 깨달음이란 논리와 언어를 초월한 것이므로, '눈 속의 붉은 꽃잎'이라는 역설로 표현할 수밖에 없었으리라.

　만해는 승려이자, 불교사상가였으며, 근대사상가이기도 하였다. 동시에 한시와 자유시를 자유자재로 넘나든 시인이기도 하였다. 만해는 한국 사상사와 시문학사의 전통과 근대 사이에 놓인 튼튼한 교량과 같은 존재이다.

　만해는 불교와 근대, 종교와 과학을 매개하고자 하였다. 그는 불교를 토대로 근대사상과 과학을 해석하고, 불교가 근대나 과학과 상극이 아니라 쉽게 융합할 수 있다고 보았다.

> ① 그러나 철학이 동서고금에 있어서 금과옥조(金科玉條)로 삼아온 내용이 기실 불경의 주석 구실을 하고 있는 데 불과함은 새삼 논할 필요도 없는 일이겠다.
> ② 근세의 자유주의(自由主義)와 세계주의(世界主義)가 사실은 평등한 이 진리에서 나온 것이라 할 수 있다.
> ③ 그렇다면 금후의 세계는 다름아닌 불교의 세계라고 할 수 있다.[5]

　『조선불교유신론』에서 한용운은 동서고금의 철학은 기실 불경의 주석에 불과할 정도로 불교사상이 넓고 깊다고 말한다. 나아가 근대에 와서 팽배해

5　한용운, 『조선불교유신론』, 『한용운 전집』 2, 33~47쪽.

진 자유주의와 세계주의는 사실 불교의 평등사상의 연장선에 놓인다고 보았다.

만해에게 자유와 평등은 근대의 2대 사상인데, 이는 이미 부처께서 설해놓으신 불교의 이념이기도 하였다. 따라서 만해는 "이후 문명의 정도가 점차 향상하여 그 극에 이르는 날이 오면" 불교의 이념이 "장차 천하에 시행될 것임은 새삼 논할 여지가 없는 줄 안다"고 말하였다. 문명과 역사가 발전하다 보면 종국에는 부처님의 세상에 이르게 되리라고 생각한 것이다.

불교의 토대에서 근대사상을 이해한 것과 유사하게 만해는 불교사상의 토대에서 근대적인 자유시를 펼치기도 하였다. 그 문학적 성과가 바로 『님의 침묵』이다.

> '님'만 님이 아니라 긔룬것은 다님이다 衆生이 釋迦의님이라면 哲學은칸트의님이다 薔薇花의님이 봄비라면 마시니의님은 伊太利다 님은 내가 사랑할쑨아니라 나를사랑하나니라
>
> 戀愛가自由라면 님도自由일것이다 그러나 너희는 이름조은 自由에 알쓸한拘束을 밧지안너냐 너에게도 님이잇너냐 잇다면 님이아니라 너의그림자니라
>
> 나는 해저문벌판에서 도러가는길을일코 헤매는 어린羊이 긔루어서 이 詩를쓴다[6]

만해는 1925년 설악의 깊은 산중에 있는 백담사에서 『님의 침묵』을 탈고하였다. 그리고 이듬해 회동서관에서 한 권의 시집으로 발간하였다. 그의 나이 47세 되던 해였다. 『님의 침묵』은 지천명을 바라보는 스님의 작품이라고 믿기 어려울 만큼 여성적인 감성이 깊이 아로새겨져 있다. 여성적인 어

---

6   한용운, 「군말」, 『님의 침묵』

조나 상상력에는 당시에 번역되었던 타고르의 영향이 상당히 드러난다. 그러나, 만해의 작품에 깃들어 있는 고유한 특성을 부인할 수는 없다.

『님의 침묵』의 '서시'에 해당하는 「군말」에는 만물을 부처로 보는 불교의 사상과 근대의 자유사상에 대한 인식이 뒤섞여 있음이 쉽게 드러난다. 한시를 쓰면서 동시에 자유시를 풀어놓으며 전통과 근대를 한 몸 안에 지녔던 만해는 『님의 침묵』에서는 불교와 근대사상을 변증시키면서 자신의 시적 상상력을 풀어놓았다.

3. 작은 자아의 고독과 자비 – 김달진

김달진의 불교적 상상력의 특징은 작은 것에서 큰 것을 본다는 점이다. 시인은 한 마리의 벌레에서 불교적 우주를 본다. 불교적 우주는 겹으로 이루어진 우주이다. 육도윤회론에는 여섯 겹의 세계가 겹쳐져 있고, 삼계론에서는 욕계, 색계, 무색계의 삼계와 또 그 안에 무수히 많은 단계의 우주가 층을 이루고 있다. 또한 삼천대천세계론에도 우주 항하(恒河)의 모래알보다 많은 세계가 층과 겹을 이루고 있다. 김달진은 마이크로코즘적인 작은 세계에서 그러한 겹으로 이루어진 불교적 무한 우주를 도출해낸다.

> 고인 물 밑
> 해금 속에 꼬물거리는 빨간
> 실낱 같은 벌레를 들여다보며
> 머리 위
> 등뒤의
> 나를 바라보는 어떤 큰 눈을 생각하다가
> 나는 그만

그 실날 같은 **빨간** 벌레가 되다.

— 김달진, 「벌레」[7] 전문

화자는 물 밑바닥에서 꼬물거리는 빨간 벌레를 들여다본다. 물 밑의 바닥은 빨간 벌레의 우주로서 삶의 터전이다. 벌레는 화자를 인식하지 못하고 자신의 우주에서 자신의 삶을 영유하고 있다. 시적 자아는 벌레와 그것을 바라보는 자신의 관계에서, 자신과 자신을 바라보는 "어떤 큰 눈"의 관계를 유추해낸다. 그러한 유추적 상상력을 통하여 시적 자아는 빨간 벌레와 동일화되어버린다. 벌레와 대비될 때에 화자는 무한히 부풀려진 거대한 존재가 되지만, 역으로 "어떤 큰 눈"과 대비되는 경우에는 작은 자아로 축소된다.

깊은 밤 뜰 우에 나서
멀리 있는 愛人을 생각하다가
나는 여러 億千萬年 사는 별을 보았다.

— 김달진, 「愛人」[8] 전문

화자는 깊은 밤 뜰에 나가서 멀리 있는 애인을 생각하다가, 밤하늘의 별을 올려다본다. 표면적으로 밤하늘의 별은 멀리 있는 애인의 은유가 될 수 있다. 그러나 그것은 "여러 억천만년"과 결합하면서 우주적인 상상력으로 확장된다. 즉, 멀리 있는 애인은, 억천만년 전의 우주에서 연을 맺었던 애인에 대한 회상으로 이어지는 것이다.

불교적 우주론에 윤회론적 상상력이 결합한 것이다. 불교적 사유체계에서 우주는 무한하며, 영원히 윤회하는 자아는 무한한 겹으로 이루어진 우주

---

7   『김달진 전집』1, 193쪽.
8   『김달진 전집』1, 63쪽.

를 순환한다. 그러한 사유체계에서 생성되는 이 시의 상상력은 우리의 영혼을, 무한히 떨어진 별에 거주하는 억천만년 전의 애인에 대한 회상으로 이끌어준다.

시적 주체는 끊임없이 광활한 우주를 상상한다. 광활한 우주 안의 자아는 한편으로는 커다란 자아이면서 다른 한편으로는 작은 자아로 인식된다. 그러나 김달진 시에는 작은 자아에 대한 인식이 지배적이다.

묵은 책장을 뒤지노라니
여기저기서 기어나오는 하얀 버레들
나는 가만히 그들에게 이야기해 봅니다---
고독과 적막의 슬픈 思想을

그들은 햇빛 아래 빛나는 이 세상 인정의
더욱 쓰리다는 것을 잘 아는 나의 어린 동무들입니다.

— 김달진, 「고독한 동무」[9] 전문

「벌레」에서 빨간 벌레와 동일화된 것과 마찬가지로, 이 시에서 시적 자아는 하얀 벌레와 동일화된다. 시적 주체는 거대한 우주와 대조하여 자아를 축소시키면서, 고독과 적막의 정서를 생성한다. 여기에서의 고독과 적막은 광활한 우주 안에 한 점 티끌인 자아의 존재론적 위상과 관련된다.

그러나 그것이 부정적인 의미를 갖는 것은 아니다. 작은 자아는 자신을 겸손하게 인식하면서, 우주의 모든 작은 존재들과 유대감을 형성하게 된다. 우주의 미물들과 동체(同體)의식을 확보하게 되는 것이다. 그러한 의식이 바로 동체대비(同體大悲)로서의 자비(慈悲)이다. 김달진 시의 구석구석에 깊

---

9 『김달진 전집』1, 19쪽.

이 배어들어 있는 고독의 정서는 바로 불교적 자비의 다른 차원으로 이해할
수 있다.

조오현 스님의 다음 시는 이와 같은 김달진의 불교-우주론적 상상력과
맥이 닿아 있다.

> 무금선원에 앉아
> 내가 나를 바라보니
>
> 기는 벌레 한 마리
> 몸을 폈다 오그렸다가
>
> 온갖 것 다 갉아먹으며
> 배설하고
> 알을 슬기도 한다
>
> ― 조오현, 「내가 나를 바라보니」[10] 전문

4. 선적 미학과 불교적 형이상학―조지훈

나는 拙著『시의 원리』에서 시의 근본 원리로서 '복잡의 단순화', '평범의
비범화', '단면의 전체화'라는 세 가지를 들었습니다. 단순미는 시의 형식
적 특성으로서 시의 운문적 原形質이요, 비범화는 시의 내용적 특성으로
서 驚異의 발견이며, 전체화는 상징성의 지향으로서 시의 기법적 기초가
되기 때문입니다. 단순미의 설계에 가장 중요한 것은 壓縮과 飛躍과 觀照
입니다. 그 중에도 단순미의 큰 함정인 單調性을 초극하는 비약이 가중 중

---

10 『열린시학』61, 2011. 12.

요한 것이 되겠습니다. 이 단순화·비범화·전체화는 시의 운문성·낭만성·상징성의 바탕이 되는 것일 뿐 아니라 이의 背理를 찾아 전락한 현대시를 시의 正道에 환원시키는 길인 동시에 시대적인 요청으로서 우리 현대시를 전환시키는 거점이 되기도 합니다.

이 단순화와 비범화와 전체화의 지향을 아울러서 우리에게 주는 것이 禪의 방법이요, 선의 美學입니다. (중략) 내가 여기서 禪의 방법, 선의 미학이라 부르는 것은 현대시가 섭취한 것이 선의 사상 자체보다도 선의 방법의 적용이기 때문에 선의 미학이라고 이름지은 것입니다.[11]

조지훈의 역저 『시의 원리』에서 주장하는 시의 근본 원리는 '복잡의 단순화', '평범의 비범화', '단면의 전체화'이다. 조지훈은 이 세 가지가 바로 선적 미학에 수렴한다고 말한다. 결국 조지훈은 시의 본질은 선과 통한다고 보았으며, 선적 미학의 정립을 통하여 근본에서 멀어진 현대시를 재정비하고자 하였다.

다음 시는 선적 미학의 '복잡의 단순화', '평범의 비범화', '단면의 전체화'를 가장 잘 반영한 작품이다.

　　순이가 달아나면
　　기인 담장 위로
　　달님이 따라 오고

　　분이가 달아나면
　　기인 담장 밑으로
　　달님이 따라 가고

11　조지훈, 「현대시와 선의 미학 −시의 방법적 회의에 대하여」, 『조지훈 전집』 2, 나남, 1998, 220~222쪽.

하늘에 달이야 하나인데……

순이는 달님을 다리고
집으로 가고

분이도 달님을 다리고
집으로 가고

— 조지훈, 「달밤」[12] 전문

외관적으로 이 시는 동시(童詩)라고 할 수 있을 만큼 평범한 인상을 준다. 그러나, 평범 속에는 비범이 감추어져 있다. 그 비범은 불교적 형이상학과 연결된다. 달은 본질적으로 하나이지만, 현상적으로는 여럿이다. 그러한 상상력은 불성은 하나이지만 만물 속에 구비되어 있다는 불교적 형이상학에 뿌리를 내리고 있는 것이다. 이 시는 평범 속에 비범을 담아내고 있다는 점에서 "평범의 비범화"를 잘 구현하고 있다.

다음으로 "복잡의 단순화"에 대해서 생각해보자. 이 시는 부분과 전체, 본질과 현상이 엮여 있는 우주의 복잡한 현상을 매우 단순하게 표현하고 있다. 즉, 우주의 복잡한 현상에서 모든 가지를 쳐내고, 단순화시켜 달이라는 이미지 하나를 통하여 불교적 우주론을 담아내고 있는 것이다. 이처럼 복잡한 것을 단순화시켜 표현하는 것을 조지훈은 "복잡의 단순화"로 규정하고 있다.

끝으로 "단면의 전체화"는 "복잡의 단순화"의 역순적인 개념으로 이해할 수 있다. 즉, 이 시에서 달의 상상력은 단순히 달에 관한 것이 아니라 우주 전체를 상징한다. 따라서 우주의 단면인 달의 이미지가 우주의 전체의 원

---

12 『조지훈 전집』1, 나남, 1998, 63쪽.

리를 반영하게 된다. 그러한 점에서 이를 "단면의 전체화"로 규정할 수 있는 것이다.

누구나 쉽게 알아챌 수 있듯이, 이 세 가지 원리는 서로 분리될 수 있는 것이 아니다. 서로 겹쳐지고 엮여 있다. 그리고, 이 세 가지 원리는 형식적인 차원이고, 좁은 의미의 선적 미학은 이 세 가지의 형식적 차원에 불교적 형이상학을 담고 있는 경우로 제한할 수 있다.

5. 신라정신과 중생일가관 – 서정주

미당은 불교에서 삶과 문학의 방법론, 그리고 문학사상을 이끌어내었다. 그러나 미당의 불교적 상상력은 불교로 고스란히 환원될 수 없는 고유한 특성을 지닌다. 미당의 불교적 상상력은 불교의 토대 위에 샤머니즘이나 주술과 같은 고대적인 요소를 창조적으로 수용하고 있다. 미당은 자신의 불교적 사유와 상상을 주로 『삼국유사』에서 이끌어낸다. 그리하여 자신의 불교적 상상력의 근원적 공간을 신라로 설정한다. 그에게 신라는 바로 불교국가이며 불교적 세계관이 지배하던 시대였다. 따라서 미당이 말하는 신라정신은 불교정신과 거의 유사한 의미를 지닌다.

> 간단히 그 重要點만 말하자면, 그것은 하늘을 命하는 者로서 두고 地上 現實만을 重點的으로 현실로 삼는 儒教的 世間觀과는 달리 宇宙全體—卽 天地全體 不治의 等級 따로 없는 한 有機的 關聯體의 현실로서 자각해 살던 宇宙觀이 그것이고, 또 하나는 高麗의 宋學 以後의 史觀이 아무래도 當代爲主가 되었던 데 反해 亦是 等級 없는 영원을 그 歷史의 시간으로 삼았던 데 있다. 그러니, 말하지면 宋學 이후 지금토록 우리의 人格은 많이 當代의 現實을 표준으로 해 성립한 現實的 人格이지만, 新羅 때의 그것은 그

게 아니라 더 많이 宇宙人, 永遠人으로서의 人格 그것이었던 것이다.[13]

　미당은 자신의 고유한 불교정신으로서 신라정신을, "우주 전체—즉 천지 전체 불치의 등급 따로 없는 한 유기적 관련체의 현실로서 자각해 살던 우주관"이라고 규정한다. 그에 의하면 불교적 세계관과 샤머니즘—주술적인 세계관이 지배적이던 신라에는 우주 전체가 하나의 유기적 관련체로서 통합되어 있었던 것이다. 유기적 관련체로서 우주에는 영적인 것과 물질적인 것, 자연과 인간이 전일적인 관계를 이루었다. 가령, 사람이 죽으면 새나 나무나 구름으로 윤회를 하면서, 인간과 자연은 혈연관계를 확보하였다. 그러한 세계관에서는 생명은 현생만이 전부가 아니라, 전생—현생—내생으로 이어지는 영원한 것이었다. 생명은 인간사회뿐만 아니라 물질계, 식물계, 동물계로 순환하므로, 인간은 자연에 대해 형제애를 느끼고, 우주적인 윤리와 배려를 갖추어야만 했다. 미당은 그러한 세계관에 근거하여 삶을 영유해간 신라인을 "우주인", "영원인"이라고 규정하고 있다.

　그러나, 고려 이후 성리학의 영향력이 커지면서, 하늘과 현실, 즉 영적인 것과 현실적인 것, 자연과 인간을 분리하는 경향이 생겨났다. 그리하여, 당대만을 생명에게 주어진 시간의 전부로 여기고, 인간사회의 윤리만을 중시하였다. 미당은 송학 전래 이후의 사람들을 신라의 "우주인"이나 "영원인"과 변별하여 당대의 현실만을 표준으로 해서 성립한 "현실적 인격"으로 못 박는다.

　미당은 그와 같은 역사의식을 다음과 같이 시로 표현한 바가 있다.

　　千五百年 乃至 一千年 前에는

13　서정주, 「新羅文化의 根本精神」, 『서정주 문학 전집』 2, 일지사, 1972, 303쪽.

金剛山에 오르는 젊은이들을 위해

별은, 그 발맡에 내려와서 길을 쓸고 있었다.

그러나 宋學 以後, 그것은 다시 올라가서

추켜든 손보다 더 높은 데 자리하더니,

開化 日本人들이 와서 이 손과 별 사이를 虛無로 塗壁해 놓았다.

그것을 나는 單身으로 側近하여

내 肉體의 광맥을 通해, 十二指腸까지 이끌어갔으나

거기 끊어진 곳이 있었던가.

오늘 새벽에도 별은 또 거기서 逸脫한다. 逸脫했다가는 또 내려와 貫流

하고, 貫流하다간 또 거기 가서 逸脫한다.

腸을 또 꿰매야겠다.

— 서정주, 「韓國星史略」[14] 전문

여기에는 신라 향가 「혜성가」가 모티프로 깃들여 있다. 흉조인 혜성이 신라 땅에 떨어져 백성들이 불안에 떨고 있을 때, 융천사는 「혜성가」를 불러서, 백성들을 안심시키고 화랑의 사기를 북돋운다. 융천사는 혜성을 길을 쓸어주는 별(道尸掃尸星)로 고쳐 부르면서, 긍정적인 의미로 역전시켰던 것이다.

이 시의 머리에서 미당은 그러한 「혜성가」의 배경설화를 인유하면서, 하늘과 인간, 자연과 사회가 유기적으로 연결되었던 신라를 환기한다. 그러나, 고려 이후 송학이 전래되면서 하늘과 인간의 거리를 띄워놓았다. 나아가 일제시대에 와서는 근대주의가 하늘과 인간 사이를 철저한 허무의 벽으로 막아놓았다.

미당은 자신의 시적 작업을 그러한 근대주의에 "단신"으로 맞서는 것이

---

14 『미당 서정주 시 전집』, 민음사, 1984, 145쪽.

라고 주장하고 있다. 시적 주체는 끊임없이 송학과 근대주의가 몰아낸 별을 자신의 내면으로 끌어들인다. 그러나, 별과 자아 사이의 교감은 이어지는 듯하면서도 자꾸 끊어진다. 시적 주체를 에워싼 근대주의의 힘들이 주술적-고대적인 교감을 방해하기 때문이다. 시적 주체는 근대주의의 강력한 힘에 맞서 끊임없이 일탈하는 별을, 끊임없이 자아의 내면으로 끌어들여 관류시키고자 한다. 결국, 미당의 시적 작업은 송학과 근대주의에 의해 추방당한 신라인의 정신을 '지금-여기'의 현실에 복원하는 것이었다.

> 肉體만이 아닌 靈魂으로 살기로 하면 죽음이라는 것은 없어지는 것이고, 그리운 것들을 두고 죽는 섭섭함도 견딜만한 것이 되는 것인 데다가, 이 魂이 영원히 거쳐 다닐 필연의 방방곡곡과 큰 길 좁은 길들을 생각해 보는 것은 참 재미있다. 魂뿐만이 아니라 그 物質不滅의 法則을 따라서 내 死後 내 육체의 깨지고 가루 된 조각들이 딴 것들과 합하고 또 헤어지며 巡廻하여 그치지 않을 걸 생각해 보는 것도 아울러 큰 재미가 있다. (중략)
> 物質만이 不滅인 것이 아니라, 物質을 부리는 이 마음 역시 불멸인 것을 아는 나이니, 이것이 영원을 갈 것과 굳은 날 밝은 날을 어느 뒷골목 어느 蓮꽃 사이 할 것 없이 방황해 다닐 일을 생각하면 매력이 그득히 느껴짐은 당연한 일이다.[15]

서정주는 자신이 생각한 신라정신-불교정신을 '지금-여기'로 소환하는 일이 불가능하다고 생각하지 않았다. 미당은 "물질불멸의 법칙"이라는 근대과학의 법칙을 끌어들이면서, 신라정신과 근대과학은 충분히 소통을 할수 있다고 보았다. 물질불멸의 법칙은 라부아지에가 확인한 법칙으로 질량보존의 법칙을 의미한다. 이는 화학반응이 일어나기 전후의 물질의 질량은

---

15 서정주, 「내 마음의 현황」, 『서정주 문학 전집』 5, 285~286쪽.

변하지 않는다는 원칙으로서 근대과학의 중요한 토대 중 하나이다.

　미당은 육체가 깨지고 가루가 되어 흩어진 물질들 또한 자아의 분신으로 생각하였다. 동시에 혼 또한 물질들과 더불어 혹은 물질에서 벗어나 단독으로 우주를 순회한다고 생각하였다. 그러므로, 미당의 상상력의 체계에서 자아는 무수히 많은 혼과 물질로 나뉘어 우주를 순회한다. 혼과 물질의 끝없는 순회과정에서 자아는 무생물, 식물, 동물, 인간 등 무수히 많은 양태로 윤회전생하게 된다. 그러한 과정에서 자아와 우주의 만물은 혈연관계를 맺게 된다. 그와 같은 미당의 고유한 불교사상은 자신의 표현에 따라 "중생일가관(衆生一家觀)"으로 요약할 수 있다.

제3부

현대 시인의 불교 생태사상과 상상력

제1장

한용운의 불교 생태사상과 상상력

근대, 탈근대, 유기체, 절대평등, 구세주의, 카오스모스, 감각, 초감각

1. 서론

'의식적인 차원에서'라는 단서를 붙이면, 한국 현대시사에 생태주의가 얼굴을 내밀기 시작한 것은 '산업화 시대'[1]부터이다. 이때부터 시인들은 '의식적으로' 경제개발의 논리에 의해 자연이 무자비하게 파괴되는 현상을 진단하고 그것을 시적 사유와 상상의 논리에 수용하기 시작하였다.

1990년대가 되어서야 그러한 시적 활동은 비평과 학문의 대상으로 평가

---

1   권영민은 한국 사회가 급격한 산업화의 과정에 돌입한 1970년대 전후를 "산업화 시대"로 규정한다. 생태시 연구자들은 생태위기 의식이 돋아나기 시작한 "산업화 시대"를 한국 생태시의 기점으로 보고 있다. 이 시기에 생태적인 시를 창작한 시인들로는 김광섭, 성찬경 등이 있다. 본고에서 "산업화 시대" 개념은 권영민의 견해를 따른 것이다. "산업화 시대" 개념의 학술적 근거, 그리고 "산업화 시대"와 생태시의 관계에 대해서는 다음을 참고할 수 있다.
     권영민, 『한국현대문학사』, 민음사, 1996, 213~217쪽 ; 임도한, 「한국현대 생태시 연구」, 고려대학교 박사학위 논문, 1999, 27쪽, 61쪽 ; 장정렬, 「한국현대 생태주의 시 연구」, 한남대학교 박사학위 논문, 1999, 26쪽.

받기 시작하였다. 이 시기 국내에서는 구소련 붕괴와 함께 거대한 정치 담론이 남긴 빈자리를 생태담론이 채우게 된다. 비단 국내뿐만 아니라 국외에서도 생태담론은 20세기 후반 학제적 담론의 황금부분으로 떠오른다.[2] 그러한 국내외의 동향에 힘입어 많은 비평가와 연구자들이 한국 현대시의 생태주의에 대하여 지대한 관심을 기울여왔다.

한국 현대시의 생태주의에 대한 논의는 크게 두 가지 방향에서 이루어져 왔다. 하나는 이동승, 김성곤, 김용민, 도정일, 김욱동, 송용구 등과 같은 외국문학 전공자들에 의해 외국의 논의가 소개되면서, 동시에 동시대 한국 현대문학 비평에의 적용이 시도되었다.[3] 다른 하나는 국문학자들에 의하여 이루어진 것으로, 초기에는 생태시의 범주와 유형에 대한 논의에서 시작하여, 문학성 확보의 문제, 그리고 최근에는 동양사상과의 관련성에 대한 탐구로 이어진다.[4]

---

2 20세기 후반의 생태학 담론은 근대의 위기를 극복하기 위한 획기적인 인식의 전환으로 받아들여졌다. 가령, 카프라는 생태주의적 인식을 "코페르니쿠스 혁명에 필적할 만큼 혁명적인 패러다임의 변화"라고 평가한다.
F. Capra, 『생명의 그물』, 김용정 외 역, 범양사, 1998, 18쪽.

3 이동승, 「독일의 생태시」, 『외국문학』 25, 1990.12 ; 이동승, 「생태문학을 통해 본 인류의 미래」, 『문학사상』 241, 1992.11 ; 김성곤, 「문학생태학을 위하여」, 『외국문학』 25, 1990.12 ; 김용민, 「독일 생태시의 또 다른 가능성」, 『현대시세계』, 1991. 가을 ; 김용민, 「생태학-환경운동-환경생태시」, 『현대예술비평』, 1991. 겨울 ; 김용민, 「새로운 생태문학을 위한 시도」, 『현상과인식』, 1993.12 ; 도정일, 「시인은 숲으로 가지 못한다」, 『녹색평론』 10, 1993.5 ; 송용구, 「독일의 생태시」 1~5, 『시문학』, 1995.7~11 ; 김욱동, 「현대시와 생태학적 상상력」 1~3, 『현대시학』 343, 1997.10~ 『현대시학』 346, 1998.1 ; 김욱동, 「현대시와 생태학적 상상력1」, 『현대시학』, 343, 1997.10.

4 정현기, 「풍요로 출발한 죽음의 항로-한국현대문학에 나타난 환경문제」, 『문학사상』 241, 1992.11 ; 오성호, 「생태계의 위기와 시의 대응」, 『시와사회』 2, 시와사회사, 1993.8 ; 정효구, 『우주공동체와 문학의 길』, 시와시학사, 1994 ; 정효구, 『한국현대시와 자연탐구』, 새미, 1998 ; 홍용희, 「신생의 꿈과 언어」, 『시와 사상』,

이와 같은 논의들은 20세기 첨단의 주제인 생태주의를 추구하고 있다는 점에서 한국 현대시가 지구적인 흐름에서 뒤처지지 않고 있다는 점을 각인시켜주었으며, 새로운 시대 우리 시가 나아가야 할 활로를 모색했다는 점에서 큰 의미를 갖는다.

하지만 이러한 논의는 넓게는 산업화 시대 이후, 좁게는 1990년대 이후의 시편들에 지나치게 편중되면서, 우리 현대시사에 탄탄하게 다져진 생태주의적인 토대를 간과한 인상을 준다. 엄격하게 따진다면 1980년대나 1990년대 시는 아직 객관적인 연구의 거리가 확보되었다고 보기 어렵다. 따라서 이 시기의 시는 학술적인 연구의 대상이라기보다는 비평의 대상이라 할 수 있다. 그리고 산업화 시대 이후 시편들에 대한 편중 현상은 한국 현대시의 생태주의가 근대에 대한 위기의식으로부터 급조된 것은 아닌가 하는 의구심을 품게 한다.

한국 현대시의 생태주의와 그에 대한 연구에 덧씌워진 혐의를 벗기 위해서는, 1990년대 시편 위주의 비평 중심적 연구 풍토에서 벗어나, 산업화 시대 이전 시인들의 생태사상, 그리고 시적 사유와 상상에 내재된 생태주의적 세계관 등을 발굴할 필요가 있다.[5] 근대의 위기, 생태위기가 표면화되기 이전 한국의 근현대 시인들은 어떠한 방식으로 자연과 우주를 인식하였으며, 그것을 어떻게 시적 사유와 상상의 논리에 담아내는가 등이 정당하게 구명

1995. 겨울 ; 송희복, 「서정시와 화엄경적 생명원리」, 『시와 사상』, 1995. 겨울 ; 송희복, 「푸르른 울음, 생생한 초록의 광휘」, 『현대시』, 1996.5 ; 임도한, 앞의 논문 ; 장정렬, 앞의 논문.

5   산업화 시대 이전 근대 시인의 생태주의에 대한 연구는 영세하지만, 최근 고전문학 연구에서는 전통사상이나 문학에 담긴 생태주의에 대한 연구가 제기되기도 하였다. 박희병과 강석근의 연구가 대표적이다.
박희병, 『한국의 생태사상』, 돌베개, 1999 ; 강석근, 「불교생태학의 시문학적 수용과 그 해석」, 『한국시가연구』 17, 한국시가학회, 2005.

될 때에, 1990년대 이후 생태주의적 시학의 황금기가 돌발 현상이 아니라 한국 현대시사에 꾸준히 축적되어온 성과에서 비롯됨이 드러날 것이다. 그리고 전통의 형이상학과 현대의 생태시학이 어떠한 방식으로 이어지고 있는가를 알 수 있을 것이다.

널리 알려진 바와 같이 1967년 린 화이트가 생태계 위기의 역사적인 근원을 기독교의 인간중심적 사상으로 돌린 이후,[6] 서구 지식인 사회에는 기독교적 세계관과 근대적 세계관에 대한 비판적인 시선이 급속하게 확산되었다. 그리고 심층생태학의 차원에서 동양의 사상들이 대안으로 떠오르게 되었다. 가장 주목받는 사상 중의 하나가 불교였다. 왜냐하면 불교는 다른 어떤 동양사상보다도 생태학적인 사유로 인식되었기 때문이다. 가령, 게리 스나이더는 유교의 인간중심주의를 기독교와 같은 차원에서 비판하고 불교를 적극적으로 수용한다. 그러한 까닭에 서구에서는 1980년대부터 불교 계열의 생태학 담론이 활발하게 전개된다. 그리고 스나이더와 같이 불교에 공감하는 생태시인들이 대거 등장한다. 국외뿐만 아니라 국내에도 1990년대 이후 불교 생태학 담론이 점진적으로 심화·확장되고 있으며,[7] 산업화 시대 이후부터 최근까지 불교를 적극적으로 수용하는 시인들이 활발하게 활동하고 있다.

이러한 상황에 비추어 볼 때 천육백 년의 유서 깊은 불교문화를 가진 한국 근현대시의 생태주의는 재발굴될 필요가 있다. 이 글은 시인으로서 만해가 전통으로서의 불교와 근현대의 생태주의 시학을 잇는 최전방의 위치에

---

6 L. White, Jr., "The historical roots of our ecologic crisis", *Science*, vol.155, no.3767, 10. March 1967.

7 그 대표적인 연구 성과로는 고영섭과 김종욱의 저서가 있다.
고영섭, 『연기와 자비의 생태학』, 연기사, 2001 ; 김종욱, 『불교생태철학』, 동국대학교 출판부, 2004.

서 있다는 가정 하에, 만해 한용운의 생태주의 사상과 생태주의적인 시학을 살펴보고자 한다. 지금껏 만해 사상과 시학은 다양한 측면에서 입체적으로 조망되어왔다. 공사상,[8] 화엄사상,[9] 선사상,[10] 유마사상[11] 등의 다채로운 불교사상을 천착한 연구, 민족주의[12]나 역사주의적 관점[13]의 연구 등 그 유래가 없을 만큼 많은 연구 성과가 축적되어 온 것이 사실이다.[14]

그러나 만해 사상이나 생태주의에 관한 연구는 찾아볼 수 없으며, 따라서

---

8 박노준 외, 『한용운 연구』, 통문관, 1960 ; 신동문, 「님의 언어, 저항의 언어」, 『한국의 인간상』, 신구문화사, 1967 ; 김학동, 「만해 한용운론」, 『한국근대시인 연구1』, 일조각, 1974 ; 고은, 「한용운론서설」, 『불광』 41호, 1978 ; 문덕수, 「님의 침묵/ 한용운론」, 『한국현대시론』, 이우출판사, 1978.

9 김동리, 「만해의 본성」, 『법륜』 123호, 1979.5 ; 김재영, 「한용운 화엄사상의 실천적 전개고」, 동국대학교 석사학위 논문, 1980 ; 전보삼, 「한용운의 화엄사상연구」, 한양대학교 석사학위 논문, 1983.

10 서경보, 「한용운과 불교사상」, 『문학사상』 4호, 1973.1 ; 최원규, 「만해시의 불교적 영향」, 『현대시학』 101, 1977.8~『현대시학』 104, 1977.11 ; 조동일, 「한용운」, 『한국문학사상사시론』, 지식산업사, 1978 ; 김장호, 「한용운 시론」, 만해사상연구회 편, 『한용운사상연구』 2, 민족사, 1981 ; 육근웅, 「만해 시에 나타난 선시적 전통」, 한양대학교 석사학위 논문, 1983 ; 정광수, 「불교적 상상력과 한용운의 상징시법」, 『선의 논리와 초월적 상징』, 한누리, 1993.

11 유동근, 「만해거사 한용운면영」, 『혜성』, 1931.8 ; 송재갑, 「만해의 불교사상과 시세계」, 동국대학교 석사학위 논문, 1977 ; 송혁, 「만해의 불교사상과 시세계」, 만해사상연구회 편, 『한용운사상연구』 2, 민족사, 1981 ; 김흥규, 「님의 소재와 진정한 역사」, 만해사상연구회 편, 『한용운사상연구』 2, 민족사, 1981.

12 염무웅, 「한용운의 민족사상」, 만해사상연구회 편, 『한용운사상연구』, 민족사, 1980, 252쪽.

13 백낙청, 「시민문학론」, 『창작과비평』 14호, 1969. 여름 ; 김흥규, 「님의 소재와 진정한 역사」, 『문학과 역사적 인간』, 창작과비평사, 1980 ; 염무웅, 「님이 침묵하는 시대」, 신동욱 편, 『한용운』, 문학세계사, 1994.

14 만해사상실천선양회의 조사에 의하면 만해 연구는 700여 편에 육박한다. 여기에 누락된 논문을 감안하면 1000여 편을 훨씬 상회할 것이라 판단된다. 만해사상실천선양회 편, 『2006만해축전』 하, 불교시대사, 2006, 1067~1109쪽 참고.

만해의 생태주의와 그 시학에 관해서는 알려진 바가 거의 없다.

만해 사상에 대한 기존의 연구가 대체로 전근대적 불교사상의 구현에 초점을 맞추고 있는 데에 반하여 이 글은 불교와 근대의 접점에 주목할 것이다. 『조선불교유신론』에서 단적으로 드러나듯이 만해는 불교의 근대화에 많은 노력을 쏟아 부었고, 불교와 근대의 변증을 통해 자신의 독자적인 사상 수립을 도모하였기 때문이다.[15] 생태주의는 근본적으로는 근대의 위기에 대한 인식에서 출현한 것이기 때문에, 불교와 근대의 변증에서 빚어지는 만해의 생태주의와 시학에 대한 연구는 큰 의의를 지닐 수 있다.

이 글은 만해의 생태주의와 그 시학을 논구하기 위하여, 우선 그의 우주론의 전반적인 양상을 살펴볼 것이다. 그리고 그를 토대로 생태주의적 세계관과 시학을 고찰하고자 한다.

2. 근대의 수용과 탈근대적 유기체론

1) 우주

승려이자 불학자로서 만해의 우주론의 근본 토대는 불교의 연기론이다. 연기론은 불교이론의 초석이며 핵심이다. 불교의 사상 체계는 모두 연기론의 토대 위에 정초되어 있다고 해도 과언이 아니다.[16] 불전에서는 연기론에 대하여 "이것이 있으므로 저것이 있고, 이것이 일어나므로 저것이 일어난다(此有故彼有, 此生(起) 故彼生(起))"[17]라고 말하고 있다. 이는 피차의 인과적

---

15 김옥성, 『한국 현대시의 전통과 불교적 시학』, 새미, 2006, 189~222쪽.
16 方立天, 『불교철학개론』, 유영희 역, 민족사, 1992, 193쪽.
17 『잡아함경』권12(위의 책, 191쪽).

상대관계에서만 사물이 생기하고 존재할 수 있다는 것이다. 즉, 연기론은 인과론이며 상대론이다. 불교적 세계관에 의하면 연기의 원리에 의하여 성립되는 우주는 잘 짜여진 하나의 유기체이다.

연기론의 인과론적 체계에 익숙한 만해는 근대의 코스모스적-기계론적인 인과론을 손쉽게 수용할 수 있었다.[18] 하지만 만해는 '시계장치 메커니즘'[19]의 기계적 인과론을 형식 논리적으로 흡수하지는 않았다. 그가 뉴턴적 과학에 대한 라플라스적인 맹신의 태도를[20] 어렴풋이 내비친 것은 사실이지만,[21] 그렇다고 해서 모든 것이 기계적 인과론으로 환원될 수 있다고 생각하지는 않았다. 그는 우주의 인과론적 법칙은 계측이 불가능할 정도로 복잡하다는 것을 잘 알고 있었다.[22] 「우주의 인과율」은 만해의 우주의 인과론적 법칙에 대한 이해를 뚜렷하게 보여주는 글이다. 이 글에서 만해는 하나의 오동잎이 떨어지기까지의 복잡한 인과과정을 범우주적인 차원에서 설명한다. 그에 의하면 하나의 오동잎 떨어지기까지는 통시적, 공시적으로 온 우

---

18 만해는 승려이면서 동시에 계몽주의자였다. 만해는 계몽의 차원에서 과학에 대한 지대한 관심을 기울였다. 그의 과학에 대한 관심과 식견이 드러난 글의 예로 다음을 들 수 있다.
「草木에도 覺性이 있다」, 『한용운 전집』 1 ; 「動物에게도 宗敎가 있다」, 『한용운 전집』 1 ; 「宇宙의 因果律」, 『한용운 전집』 2 ; 「信仰에 대하여」, 『한용운 전집』 2(이하에서 한용운, 『한용운 전집』 1~6, 신구문화사, 1973은 『한용운 전집』으로 표기한다).

19 F. Capra, 앞의 책, 12쪽.

20 근대과학에 대한 라플라스적인 맹신의 태도는 우주에서 불확실한 것은 하나도 없으며, 모든 것이 과학으로 해결될 수 있다는 태도이다. J. Gleick, 『카오스』, 박배식 · 성하운 역, 누림북, 2006, 29쪽.

21 「宇宙의 因果律」, 『한용운 전집』 2, 300쪽(『불교』 90, 1931.12.1).

22 가령, 다음과 같은 대목은 그것을 입증해준다. "우주 창조 이래 만유의 자유행동적 변천이 여하히 교호 착종(交互錯綜) · 복잡지극하여서 우리의 감각과 지식으로는 그것을 찰지(察知)할 수 없더라도 우주간에 남아 있는 모든 역사적 과정은 일사불란 · 조리 정연하게 공간과 시간에 무형의 인(印)이 되어 있을 것이다." 「宇宙의 因果律」, 『한용운 전집』 2, 299쪽.

주의 삼라만상이 원인으로 작용한다. 이를 그는 다음과 같이 설명하고 있다.

> 오동의 한 잎새는 나무에서 나고, 나무는 땅에서 나고, 오동이 난 땅은 지구의 일부분이다. 지구는 태양계 유성(遊星)의 하나이다. 지구는 성무시대(星霧時代)로부터 현상(現象)의 지구가 될 때까지 삼엄한 인과율로 변천되어 온 것이다. 그러면 오동 일엽의 개락(開落)이 지구의 창조와 연쇄관계보다도 동일한 계통(系統)의 인과율임을 알기에는 그리 어렵지 아니하다. 그뿐 아니라 지구의 창시는 다수한 태양계와 상호의 관계가 있고, 다수한 태양계는 광막한 허공, 유구한 광음, 무수한 만유, 그들의 총합체인 전 우주의 인과율적 몇 부분이다. 그러고 보면 추풍을 따라 힘없이 떨어지는 묘소(渺少)한 오동 한 잎새, 우주의 창시에 그의 운명을 규정한 것이 아니냐.
> 오동잎을 떨어뜨리는 가을 바람이 태평양에서 일어나는 저기압의 영향을 받았다 하자. 몽고 사막에서 일어나는 고기압의 영향을 받았다 하자. 다시 태평양의 저기압과 몽고 사막의 고기압이 북빙양 기류의 영향을 받았다 하자. 그러면 오동잎의 변천을 시간적으로 우주 창시의 영향을 받을뿐 아니라, 공간적으로 태평양, 몽고 사막, 북빙양의 영향을 받는 것이다.[23]

이 글에는 카오스 이론의 토대가 된 로렌츠의 '나비 효과'[24]를 연상시키는 사유들이 담겨 있다.[25] 만해는 하나의 오동잎이 떨어지기까지 가까이에는

---

23 「宇宙의 因果律」, 『한용운 전집』 2, 296쪽.

24 J. Gleick, 앞의 책, 25~48쪽.

25 가령 다음과 같은 문장이 그 예이다. "무명의 소초(小草)가 천체의 운행, 지리의 변천, 우주의 창조 또는 우주의 종국과 인과적 관계가 있는 것이다." 「宇宙의 因果律」, 『한용운 전집』 2, 299쪽.

작은 바람에서, 태평양, 몽고 사막, 북빙양의 기압, 태양 광선과 별, 그리고 멀리는 우주의 탄생이 인과론적으로 영향을 끼친다고 말하고 있다. 이와 같은 인과론은 코스모스적-기계적인 인과론이 아니라 카오스모스적인 인과론[26]에 근접한 것이다. 카오스모스적 인과론은 우주를 부분의 인과론으로 환원하는 근대과학의 인과론이 아니라 우주를 부분의 기계적 법칙으로 환원될 수 없는 전체로 바라보는 사유이다. 이는 20세기 후반의 신과학이나 생태주의의 세계관과 맞닿아 있다.

한용운은 삼라만상이 일정한 인과율에 규정되어 있기 때문에 인과의 노선을 따라가면 모든 사물의 과거와 미래를 파악할 수 있다고 말한다. 그는 복서(卜筮)가 아니라, 정당한 과학적 이성과 지식으로 과거사를 소고(溯考)할 수도 있고, 아득한 미래를 예측할 수도 있다고 말한다. 이처럼 만해는 근대과학을 수용하여 물(物)의 세계 즉 감각의 세계는 철저하게 인과법칙의 적용을 받는다고 말한다.

하지만 그는 자연과학적 인과론의 한계 또한 지적하고 있다. 그는 라플라스처럼 과학을 맹신하지는 않고, 과학적 지식은 물리적 대상에 대한 연구를 토대로 하기 때문에 지극히 제한적이라고 생각했다. 그 제한을 넘어서기 위해서는 물리적인 인과론을 유추적으로 확장할 필요가 있다. 감각의 논리로서 물리적인 인과론을 마음의 영역으로 확장할 때 우주에 대한 인과론적 인식의 폭이 넓어진다. 만해 사상에서 마음의 영역으로 확장된 인과론은 물리

---

26 여기에서 카오스모스란 글리크가 말하는 카오스적 질서를 의미한다. 그것은 "외관상으로 무질서하고 불규칙적으로 보이지만 내적인 질서와 규칙성을 갖고 있는 현상"이며, 기계적인 질서가 아니라 예측불가능한 혼돈 속에 감추어진 질서이고, 기계로서의 자연의 현상이 아니라 "피와 살이 있는 살아 있는 자연"의 현상을 말한다. J. Gleick, 앞의 책, 367~387쪽 참고.

적 인과론이 포착할 수 없는 초감각의 논리를 포착하게 된다.[27]

만해는 "석가여래는 과거·현재·미래 삼세의 일을 통찰하시고 내지 전 세계에 내리는 우적(雨滴)의 수까지라도 낱낱이 아신다"는 것을 세인들은 허무맹랑한 일로 생각하지만, 사실 그것은 물리적 인과론, 즉 근대과학과 상반되지 않는다고 한다.[28] 그것은 물리적 인과의 원리를 마음의 세계, 즉 "유심(唯心)"의 영역으로 유추적으로 확장하는 데에서 가능해진 것이기 때문이다.

물리적 인과론은 세계를 물의 논리로 환원시킴으로써 자연을 지배와 착취의 대상으로 전락시킬 수 있다. 하지만 만해는 감각의 논리에 초감각의 논리, 즉 유심의 논리를 접합시키면서 그러한 근대적 세계관의 수렁을 거뜬하게 뛰어넘어 탈근대적 전망을 보여준다. 만해에게 있어 초감각의 영역에 해당하는 유심의 논리는 물에 대한 객관과 과학의 태도만으로는 진입이 불가능하다. 그것은 주관적인 믿음(초감각의 논리)을 통해서 접촉할 수 있는 영역이다.[29]

만해 사상에서 불성은 감각의 논리와 초감각의 논리, 혹은 객관적인 물의 세계와 주관적인 마음의 세계를 매개하는 요소이다. 불성은 마음의 세계, 그리고 거기에서 생성되는 믿음과 연결되는 것으로 만해 사상의 종교적 속

---

27 「信仰에 대하여」, 『한용운 전집』 2, 303~304쪽 참고(『불교』 96, 1932.6.1).

28 「宇宙의 因果律」, 『한용운 전집』 2, 300쪽.

29 따라서 한용운의 사상에는 과학(감각의 논리)과 신앙(초감각의 논리)이 겹쳐져 있다. 다음은 한용운의 사상에 내함된 과학과 신앙의 이중성을 함축적으로 보여주는 대목이다. "뉴우튼의 과학적 대발명이 떨어지는 능금(林檎)과 인과적 관계가 있다면, 영운조사(靈雲祖師)의 견성(見性)은 도화(桃花)와 인과 관계가 있는 것이다." 「宇宙의 因果律」, 『한용운 전집』 2, 299쪽.

만해에게 뉴턴이 근대과학을 대변한다면, 영운조사는 불성에 대한 선적 깨달음 즉 신앙을 대변한다. 영운조사와 도화에 관한 언급은 「선과 인생」에서도 찾아볼 수 있다. 「禪과 人生」, 『한용운 전집』 2, 317쪽(『불교』 92, 1932.2).

성을 내포한다.

2) 불성

만해는 서양인의 입장에서 보면 불교는 무신론이라고 한다.[30] 그러나 그에 의하면 비록 기독교적인 신은 없지만 불교는 종교적 요소를 갖추고 있다. 만해는 지속적으로 불교는 종교적인 측면과 철학적 측면을 공유하고 있음을 주장한다.[31] 즉, 불교는 철학이자 동시에 종교라는 것이다. 만해에게 철학은 합리적인 사유체계인데, 그에 의하면 동서고금의 철학이란 기실 불교 경전의 주석에 불과할 만큼 불교는 철학적인 사유체계이다. 동시에 불교는 종교적인 희망을 제공해준다는 점에서 종교적인 측면을 지니고 있다. 다른 모든 종교들이 근대적 세계관과 대립되는 미신적인 사유체계인 반면, 불교는 미신을 거부하는 합리적인 사유체계로 근대적 세계관과 양립할 수 있는 사유체계이다.[32]

종교적인 희망이란 "예수교의 천당, 유대교가 받드는 신, 마호멧교의 영생" 등과 같은 것으로 초감각적인 존재나 세계, 그리고 사후의 영원에 대한 비합리적인 믿음에서 생성된다. 만해는 그와 같은 기독교나, 유대교, 이슬람교의 종교적 희망은 모두 비합리적이고 맹목적인 믿음에 기초해 있기 때문에 미신이라고 호되게 비판한다. 가령, "'암우(暗愚)하기 그지없는 밥통이나 하는 소리"와 같은 허무맹랑한 이야기로 평가한다. 이에 반하여 불교의 종교적 측면은 미신을 거부한다. 왜냐하면, 불교의 종교적 측면은 합리적이

---

30 「信仰에 대하여」, 『한용운 전집』 2, 302쪽.
31 이와 같은 견해는 『朝鮮佛敎維新論』(불교서관, 1913)에서부터 그의 후기 사상까지 변함없이 이어지고 있다.
32 「朝鮮佛敎維新論」, 『한용운 전집』 2, 35~43쪽.

고, 객관적인 인식론에 기초하고 있기 때문이다.

만해에게 불교를 종교이게 하는 것, 즉 종교적 희망을 제공해주는 것은 죽음을 무화시키는 "불생불멸"의 사상이다. 그리고 "불생불멸"을 가능하게 하여주는 것이 "진여"이다.[33] 결국 종교적 희망을 담보하는 이 진여는, 만해가 생각하는 불교의 종교적 요소이며, 만해 사상이 근대를 확실하게 뛰어넘게 하여주는 종교적인 요소이다.

한용운은 "진여", "여래", "불성"을 동일한 개념으로 사용하고 있다. 이는 개개의 물 자체이면서 인과론적 연기론적 유기체로서의 우주 전체에 대한 개념이다. 즉, 우주를 구성하는 물 하나하나(그것이 원소이든지 아니면 화합물이든지)가 모두 불성이며, 그것들이 어떠한 인과론적-연기론적 조화로 뭉쳐져서 이루어진 우주 또한 불성이고, 인과론적-연기론적 조화 또한 불성이다.[34] 그러므로 소우주, 대우주, 그것의 조화원리, 이 모두가 바로 불성이다.

우리는 이 불성은 공경해야만 한다. 왜냐하면 그것이 자아와 세계의 존재의 근거가 되기 때문이다. 감각의 논리에서 보면 질료들이 인과론적-연기론적 원리로 결합하여 자아를 형성하게 되는데, 질료라는 불성과 원리라는 불성이 자아라는 불성을 탄생시키는 것이다. 그러므로 질료와 원리는 어버이와 같은 존재로서 마땅히 공경해야 한다. 그것들은 자아를 구성하기 때문에 '동체(同體)'이고, 그 때문에 자비를 베풀어야 하는 것이다. 따라서 불성에 대한 공경은 '동체대비심(同體大悲心)'[35]의 발로이다.

33　「朝鮮佛教維新論」,『한용운 전집』2, 37쪽.
34　「信仰에 대하여」,『한용운 전집』2, 303쪽 ;「禪과 人生」,『한용운 전집』2, 316쪽.
35　불교의 연기론에서는 우주가 상호의존 관계이기 때문에 만유를 '동체'로 인식하며, 상호의존 관계이기 때문에 상호존중해야 한다는 점에서 '동체대비'의 논리가 생성된다.
　　김종욱, 앞의 책, 28쪽 ; 고영섭, 앞의 책, 68~78쪽.

부분과 전체, 그리고 양자를 매개하는 원리가 모두 불성이라는 점에서, 불성은 불생불멸이며, 감각적 존재이면서 초감각적 존재이기도 하다. 그렇기 때문에 불성의 믿음에 도달하기 위해서는 감각적 실체에 대한 객관적인 이해와 지식이 필요하고, 동시에 초감각적인 영역에 도달하기 위해서 마음의 수련이 필요한 것이다. 마음의 수련을 통해 객관적인 이해와 지식을 관념의 영역으로 확장하여 적용하고, 초감각의 논리를 깨닫게 될 때 불성을 믿게 되는 것이다.

감각의 논리 혹은 객관적인 이해와 지식으로만 불성을 이해하기는 불가능하다. 만해는 그러한 시도가 번뇌를 초래하게 된다고 말한다.[36] 그러므로 감각의 논리를 마음의 논리로 유추하여 불성을 믿어야 한다. 이와 같이 이해와 지식, 그리고 마음과 믿음의 과정을 거치게 될 때 자아는 불성의 대자대비를 감득하게 된다. 즉, 눈으로 볼 수 있는 부분은 합리적인 방법으로 이해하고, 눈으로 볼 수 없는 부분은 유추적으로 믿어야만 불성에 대한 총체적인 이해가 가능해진다.

3) 자아

계몽주의자로서 만해는 영혼불멸과 육체의 변신을 골자로 하는 유아론(有我論)적인 윤회를 믿지 않았다. 그러한 윤회론은 타파해야 할 미신으로 생각했다.[37] 그러나 그는 자아의 무한과 영원을 믿었다. 그에 의하면 자아는 육체도 아니고, 정신도 아니고, 육체와 정신의 합일도 아니다. 그는 자아란 "외적으로 우주 만유와 조화되고 내적으로 동일 불성에 조화되는 것"이

---

36 「信仰에 대하여」, 『한용운 전집』 2, 303~304쪽.
37 「人間은 死後에 어떻게 되나─記者와의 問答」, 『한용운 전집』 2, 290쪽(『삼천리』 8, 1929.8).

라고 말한다.[38] 만해는 이를 과학적인 방식으로 설명해내려 하고 있다. 그에 의하면 인간은 탄화합물로 생성된 생물이며, 생물은 어떠한 조화의 원리에 의하여 탄생하는데, 이 조화의 근거가 불성이다. 이처럼 만해에게 있어 자아는 물질의 결합이라는 생물학적 원리와 불성이라는 초감각적 요소가 결합된 것이다.

이와 같은 자아의 영원성은 '단세포−복세포' 이론으로 설명된다. 자아는 단세포와 복세포로 구성되는데, 단세포는 불사하는 요소이며, 복세포는 끊임없이 사멸하는 요소이다. 자아가 생존해 있을 경우에도 복세포는 끊임없이 생멸을 반복한다. 자아가 사멸하는 경우 복세포는 모두 소멸하지만 단세포는 살아남아 또 다른 복세포를 만들어 영원불멸을 유지한다. 즉, 자아의 탄생은 단세포들의 결합으로 인한 복세포의 탄생이며, 자아의 죽음은 복세포의 해체이다. 그러나 단세포들은 다른 복세포를 형성하면서 자아의 영원성을 이어가는 것이다. 질료적 관점에서 본다면 복세포가 해체되는 지점에서 자아는 이미 사멸한 것으로 볼 수도 있을 것이다. 하지만 만해는 불성이라는 신비로운 요소를 설정하여 단세포의 불멸 속에 자아의 영원성을 상정한다.

만해에게 있어서 자아는 생물학적 질료들의 조화로운 결합만은 아니다. 자아는 부모와 처자, 사회와 국가, 전 우주의 연기론적인 영향 속에서 탄생한다. 그러한 인과론을 역으로 확장시키면 자아의 범주는 육척의 단신에 머무르는 것이 아니라, 부모와 처자, 사회와 국가, 전 우주로 확대된다. 그러므로 만해는 산하대지와 일체 중생이 다 자아의 범주에 포함된다고 말한다.[39]

---

38 「信仰에 대하여」, 『한용운 전집』 2, 302~304쪽.
39 「禪과 自我」, 『한용운 전집』 2, 322쪽(『佛敎』 108, 1933.7.1).

이와 같이 볼 때 자아는 시간적으로는 100년 이내의 육체의 생존 기간에 준하는 것이 아니라 과거, 현재, 미래를 관통하는 영구한 생명을 가지게 되는 것이며, 공간적으로는 무한히 확장되는 존재이다. 만해는 이와 같은 자아를 "무한아", "절대아"로 규정한다.

그러나 현상적으로 자아는 "무한아", "절대아"로 인식되지 않는다. 근대 세계에서 자아는 독립된 실체이며, 자기 삶의 유일한 주체이다. 그렇다면 자아가 파편화된 근대세계에서 "무한아", "절대아"는 어떻게 실현될 수 있을 것인가.

이 지점에서 만해는 마음의 수양을 강조한다. 마음의 수양이란 다름 아닌 깨달음, 즉 종교의 영역이다. 근대적 이성으로도, 자아의 생물학적 탄생이나 질료적 영원성, 그리고 자아의 공간적으로 무한한 범주는 충분히 이해할 수는 있다. 하지만 그러한 이해, 즉 '아는 것'은 "무한아", "절대아"를 "실현"시키지는 못한다. "실현"은 믿음을 동반한 실천인데, 만해에게 믿음은 마음의 수양을 통한 깨달음을 통해 얻어지는 것이다. 그러한 믿음과 깨달음을 통해서 "무한아", "절대아"가 실천으로 옮겨진다.[40]

그렇다고 해서 근대적 이성이 배제되고, 오직 마음의 수양과 깨달음만이 강조되는 것은 아니다. 만해의 사상은 불교적인 마음의 현상학이 토대를 형성하고 있기 때문에 유심론이라고 할 수 있다. 하지만 다른 한편으로는 감각적 세계에 대한 근대적인 인과론의 사유를 포용하고 있기 때문에 유물론적인 요소들 또한 많이 내포하게 된다. 그리하여 만해의 사상은 유심론, 유물론의 구분이 무의미해진다. 만해는 불교가 유심론이되, 여기에서 심은 "물을 포함한 심"이라고 한다. 왜냐하면, 불교에서 심은 곧 물이요(空卽是色), 물이 곧 심이기(色卽是空) 때문이다. 따라서 만해는 불교를 '물의 세

---

40 「禪과 自我」, 『한용운 전집』 2, 322~323쪽.

계를 배제하지 않는 유심론'으로 규정한다.[41]

만해는 근대적 이성과 과학적 지식을 통해 물의 논리 즉 감각의 논리를 이해하는 것의 중요성을 인정하고 있다. 그러나 그것만으로는 세계를 충분히 이해하고 설명할 수가 없다. 왜냐하면 근대적 이성과 과학적 지식이란 한계가 자명하기 때문이다. 여기에서 이성과 지식의 한계 밖의 영역 즉 초감각의 세계에 대한 해명의 필요가 생기게 된다. 초감각의 논리를 해명하기 위해서는 이성과 지식으로 파악한 감각의 논리를 유추적으로 적용할 필요가 생긴다. 만해에 의하면 우리의 마음은 감각의 논리를 초감각의 영역으로 확장하면서 믿음을 얻을 수 있게 된다. 믿음은 마음의 문제가 되지만, 이성과 지식을 통해 물의 논리에 대한 이해를 토대로 마음이 믿음을 얻게 된다는 점에서 물의 논리와 심의 논리가 긴밀하게 얽히게 되는 것이다. 그리하여 만해 사상에서 자아는 과학적 인식의 차원에서나 종교적인 믿음의 차원에서나 영원하고 무한한 존재로 규정된다.

4) 탈근대적 유기체론

지금까지 우리는 만해 사상의 전반적인 내용을 살펴보았다. 만해는 불교를 토대로 근대를 해석하고 수용하면서, 다시 근대를 통해 불교를 해석하고 그 필요성을 부각시키는 방식으로 자신의 사상체계를 구축한다. 그리하여 불교를 토대로 근대를 포용하면서, 탈근대적 비전을 보여준다. 이와 같은 만해 사상은 다음과 같이 요약될 수 있다. (1) 우주는 인과론적 과정으로 이루어진 유기체이다. (2) 만물이 불성이다(불성은 개개의 사물이면서, 우주의 섭리이고, 우주 전체이다). (3) 자아는 공간적으로 무한하며, 시간적으로 영원하

---

41 「내가 믿는 佛敎」, 『한용운 전집』 2, 288~289쪽(『개벽』 45, 1924.3.1).

다. 이와 같은 우주론은 일종의 유기체론이라고 할 수 있다.

유기체론은 만물을 살아 있는 존재로 파악하고 그것들이 하나의 거대한 생명의 부분들로 상호 연결되어 있다고 보는 사상체계이다. 유기체론은 근대 이전에 해당하는 것과 이후에 해당하는 것으로 나누어볼 수 있다. 동양의 전통사상은 근대 이전의 유기체론의 전형적인 예가 된다. 동양의 유기체론은 도(道), 이(理), 기(氣)와 같은 형이상학적인 원리에 의하여 우주가 유기적으로 통합되어 있다고 보았다. 즉, 동양의 유기체론은 물(物)에 우선을 두는 것이 아니라 그것을 '초월한' '어떤 것'에 세계의 중심을 두고 있는 것이다.

근대 이후의 유기체론의 대표적인 예로는 화이트헤드의 우주론을 들 수 있다. 이는 근대과학의 토대에서 생성된 유기체론이다. 그 때문에 화이트헤드의 우주론은 과학적인 관찰, 즉 물의 세계의 원리에 무게 중심을 두고 있다. 화이트헤드는 물을 초월한 어떠한 초감각적 대상을 부정한다. 물론 그가 신과 같이, 기존의 형이상학에서 본다면 초감각적 영역에 해당하는 개념을 사용하는 것은 사실이지만, 그것이 진정 물의 세계를 벗어난 초감각적인 대상은 아니다.[42] 화이트헤드의 우주론에서 신이란 물의 질서에 해당하는 우주의 섭리 같은 것을 정당화하는 개념일 뿐이다.[43]

화이트헤드의 사상은 자연과학과 형이상학의 결합에서 탄생한 우주론이다. 그것은 근대과학에 토대를 두면서 동시에 그것을 넘어서는 유기체 철학이다. 그의 우주론에서 우주는 '합생(concrescence)'과 '전이(transition)'의 '과정

---

42 그러한 까닭에 그리핀은 화이트헤드의 우주론을 "초자연주의 없이 다시 마법에 걸리기(reenchantment without supernaturalism)"이라고 말한다. D. R. Griffin, 『화이트헤드 철학과 자연주의적 종교론』, 장왕식 외 역, 동과서, 2004, 53~101쪽.

43 윤자정, 「A. N. Whitehead의 유기체철학 내에서의 미적 경험에 대한 연구」, 서울대학교 박사학위 논문, 1996, 65쪽.

(process)'이다. 그리고 주체는 타자들에 의해 형성되고(합생) 타자들로 옮겨가는(전이) 과정적인 주체이며, 자기를 초월한 주체로서 자기초월체(subject-superject)이다.[44]

화이트헤드의 사상은 만해 사상을 이해하는 데에 많은 실마리를 제공해 준다. 만해 또한 우주를 인과적 과정으로 인식하고 있으며, 자아를 인과적으로 무한히 확장되고 영원으로 이어지는 자기초월체로 설정하고 있기 때문이다. 화이트헤드가 근대과학과 철학의 실체론적 사고를 넘어서서 과정적인 인식을 펼친 것과 유사하게 만해는 불교의 연기론과 근대의 인과론을 토대로 우주를 인과론적 과정으로 이해하고 있다. 본질과 지향성의 관점에서 보면 만해와 화이트헤드의 형이상학은 여러 면에서 유사하지만, 양자 사이에 분명한 차이가 놓여 있는 것도 사실이다.

화이트헤드는 과학을 기반으로 우주를 이해하면서 초감각적인 것을 배제하고 있는 반면, 만해는 종교(불교)를 토대로 과학을 흡수하면서 초감각적인 것을 포용하고 있기 때문이다. 그러한 까닭에 만해의 우주론은 화이트헤드에게서는 찾아볼 수 없는 종교적인 실천을 동반하게 된다. 그리고 화이트헤드가 과학을 바탕으로 한 새로운 형이상학을 수립하는 데에 주력한 반면, 만해는 조국의 근대화와 식민지 상황의 타개를 위해 전력을 다했다. 그 때문에 만해의 유기체적인 사상은 사회, 정치적인 견해의 뒷면에서 단편적이고 내밀하게 전개되었다. 그러나 만해는 많은 에세이들을 통해 근대를 수용

---

44 합생이란 우주의 다양한 조건들이 인과론적으로 작용하여 하나의 현실적인 존재를 탄생시키는 과정이다. 그리고 전이란 하나의 현실적인 존재가 소멸하면서 인과론적인 조건이 되어 다른 현실적인 존재로 옮겨가는 과정이다. 여기에서 자기초월체는 자기초월적 주체의 의미로 사용하고 있다. 화이트헤드의 우주론에서는 모든 주체가 상호의존적이고 유기적이기 때문에 자기를 초월한 주체로서 자기초월체로 이해할 수 있다. A. Whitehead, 『과정과 실재 ─유기체적 세계관의 구상』, 오영환 역, 민음사, 2003 참고.

하면서 그것을 넘어설 수 있는 종교적 형이상학에 대한 탐구를 일관되게 추진하였다.

다양한 차원에서 차이를 내포하고 있기는 하지만 과학을 토대로 형이상학을 수용하여 근대를 넘어서고자 한 화이트헤드의 사상이나, 불교를 토대로 근대를 수용하고 궁극적으로는 근대를 넘어서고자 한 만해 사상은 본질적으로 탈근대적 유기체론이라고 할 수 있다.[45]

자연과학을 토대로 형성된 유기체론이라는 점에서 화이트헤드의 사상은, 20세기 후반의 러브록의 '가이아 가설(Gaia Hypothesis)'[46]이나 카프라의 생태주의적 유기체론과 일맥상통한다. 실제로 화이트헤드의 유기체론은 생태주의의 형성에 모종의 기여를 한 것으로 평가되고 있다.[47] 사유의 근본적인 체계는 매우 유사하지만 전자가 환경파괴, 생태위기를 거치지 않은 것인 반면, 후자는 그것에 대한 위기의식에서 대두된 것이라는 점에 차이를 보인다. 그리고 화이트헤드 사상과 달리, 환경파괴와 생태위기에 직면하여 대두된 생태주의적 유기체론은 실천적인 측면을 어느 정도 내포하게 된다. 또한 생태위기를 거치지 않은 시대의 산물로서 화이트헤드의 유기체론은 '우주' 시스템에 관한 형이상학인 반면, 20세기 후반 러브록이나 카프라의 유기체론은 생명체로서의 '지구' 시스템에 관한 형이상학이다.

---

45 화이트헤드와 한용운은 모두 세계를 과정으로 바라보았지만, 우주가 기계론적으로 텅 비었다고 생각하지는 않았다. 그들은 우주를 가치로 가득 찬 유기체로 보았다. 비록 범주는 다르지만, 화이트헤드의 영원적 객체, 신, 창조성과 같은 개념이나 만해의 불성은 우주에 충만한 정신적인 가치를 보여준다. 이들에게 가치는 계몽에 의해서도 추방될 수 없는 과학적인 인식론을 포용하면서 확보된 것이었다.

46 J. E. Lovelock, 『가이아』, 홍욱희 역, 갈라파고스, 2004 ; J. E. Lovelock, 『가이아의 시대』, 홍욱희 역, 범양사, 1992 참고.

47 F. Capra, 앞의 책, 66~68쪽 ; D. R. Griffin, 「화이트헤드의 근본적으로 생태학적인 세계관」, M. E. Tucker and J. A. Grim 편, 『세계관과 생태학(*Worldview and Ecology*)』, 유기쁨 역, 민들레책방, 2002.

이 글은 만해의 다채로운 사상 가운데에서 생태주의적 세계관에 주목한다. 화이트헤드와 마찬가지로 만해의 사상 또한 환경파괴와 생태위기를 경험하지 않은 세대의 사상이다. 그리고 20세기 후반의 생태담론처럼 지구생명 시스템에 관한 형이상학이 아니라 화이트헤드처럼 우주 시스템에 관한 형이상학이라는 점에서 차이가 있다. 그러나 화이트헤드의 사상처럼 만해의 사상도 유기체론이라는 점, 그리고 근대적 세계관을 수정하면서 하나의 전일적 생명체로서 우주를 파악하는 점, 자아를 고립된 실체가 아니라 우주적인 존재로 인식하는 점 등에서 20세기 후반의 생태주의 담론의 연장선에서 새롭게 해석할 수 있는 생태주의적 요소를 충분히 구비하고 있다.

20세기 후반의 생태담론에는 다채로운 스펙트럼이 내재하지만, 대부분의 생태주의가 동의하는 핵심적인 명제는 다음과 같이 정리될 수 있다. (1) 자연은 하나의 전체로서 유기체이다. (2) 인간은 유기체로서의 자연의 일부분이다. (3) 자연의 구성원들은 평등하다. (4) 인간은 자연 속에서 공존을 도모해야 한다.[48]

만해의 생태주의적 세계관을 탐구하기 위해서는 이 네 가지를 살펴봐야 할 것이다. 그러나 (1)과 (2)는 유기체론 일반에 해당하는 것으로서, 앞에서 이미 충분히 검증되었다고 생각한다. 따라서 다음 장에서는 (3)과 (4), 즉 평등과 실천의 차원을 중심으로 만해의 생태주의적 세계관을 고찰하고, 뒤이어 그 시학적 양상을 살펴보고자 한다.

---

48 (1)~(3)이 인식론과 존재론의 범주에 해당한다면, (4)는 실천의 범주에 해당한다.

3. 생태주의적 세계관

1) "절대평등"의 사상과 "구세주의"적 실천

만해는 「내가 믿는 불교」에서 "불교의 교지(敎旨)는 평등입니다"라고 단정한다. 불교의 핵심 사상이 평등이라는 것은 그의 지론이다. 만해는 『조선불교유신론』에서부터 끊임없이 이를 강조하여왔다. 그것은 그가 평등을 존재의 본질로 생각했다는 점을 말해준다. 만해는 불교의 평등을 "절대평등"이라고 말한다. 그가 말한 "절대평등"이란 사람과 사람의 평등이고, 사람과 물의 평등이며, 유성과 무성의 평등이자, 만물의 평등이다.[49] 즉, "절대평등"은 궁극적으로 우주 만유의 평등을 의미하는 것이다.

만해는 이와 같은 "절대평등"의 견지에서 근대의 자유주의와 세계주의를 수용한다.

> 근세의 자유주의(自由主義)와 세계주의(世界主義)가 사실은 평등한 이 진리에서 나온 것이라 할 수 있다. 자유의 법칙을 논하는 말에 '자유란 남의 자유를 침범하지 않는 것으로써 한계를 삼는다'고 한 것이 있다. 사람들이 각자 자유를 보유하여 남의 자유를 침범치 않는다면, 나의 자유가 다른 사람의 자유와 동일하고, 저 사람의 자유가 이 사람의 자유와 동일해서, 각자의 자유가 모두 수평선처럼 가지런하게 될 것이며, 이리하여 각자의 자유에 사소한 차이도 없고 보면 평등의 이상이 이보다 더한 것이 무엇이 있겠는가.
> 또 세계주의는 자국과 타국, 이 주(州)와 저 주, 이 인종과 저 인종을 논

---

49 이에 대해서는 다음 글들을 참고할 수 있다. 「釋迦의 精神―記者와의 問答」, 『한용운 전집』 2, 293~294쪽(『삼천리』 4, 1931.11) ; 「내가 믿는 佛教」, 『한용운 전집』 2, 288쪽 ; 「朝鮮佛教維新論」, 『한용운 전집』 2, 40쪽.

하지 않고 똑 같이 한 집안으로 보고 형제로 여겨, 서로 경쟁함이 없고 침탈(侵奪)함이 없어서 세계 다스리기를 한 집을 다스리는 것같이 함을 이름이니, 이 같다면 평등이라 해야 할 것인가, 아니라 해야 할 것인가.[50]

개화계몽기 만해에게 시급한 사명은 왜곡된 근대화와 국권 상실의 정황을 타개하는 일이었다. 그러한 까닭에 이 시기에 만해는 만물평등을 전면에 내세우기가 어려웠다. 만해가 무엇보다도 역점을 둔 것은 독립이었다. 그 때문에 그는 인간과 인간의 평등, 민족과 민족의 평등을 앞세울 수밖에 없었다. 그리하여 그는 근대의 자유주의와 세계주의를 앞세워 개인과 민족 평등의 논리를 부각시킨 것이다. 그러나 근대의 자유주의와 세계주의의 평등주의는 인간중심주의이며 자연에 대한 지배와 착취를 용인하는 것이다. 한용운은 그러한 사실을 잘 알고 있었다. 그렇기 때문에 그는 자유주의와 세계주의의 실현은 과도기적인 사명이며, 종국적으로는 "하나하나의 물건, 하나하나의 일을 하나도 빠뜨림이 없이 모두 평등하게"[51] 하는 "절대평등"이 실현되어야 한다고 주장한다.

이렇게 본다면 만해의 근대 자유주의와 세계주의 수용은 어디까지나 방편일 뿐이다. 그는 본질적으로는 인간과 물, 만물이 평등하다는 사상에 입각해 있었던 것이다. 이와 같은 "절대평등"의 견지에서, 자아와 타자는 근대적 세계관에서의 '나'와 '그것'의 관계가 아니라, '나'와 '너'의 관계가 된다.

'나'가 없으면 다른 것이 없다. 마찬가지로 다른 것이 없으면 나도 없다. 나와 다른 것을 알게 되는 것은 나도 아니오, 다른 것도 아니다. 그러나 나도 없고 다른 것도 없으면 나와 다른 것을 아는 것도 없다.

---

50 「朝鮮佛教維新論」, 『한용운 전집』 2, 44~45쪽.
51 「朝鮮佛教維新論」, 『한용운 전집』 2, 45쪽.

나는 다른 것의 모임이요, 다른 것은 나의 흩어짐이다. 나와 다른 것을 아는 것은 있는 것도 아니오, 없는 것도 아니다. 갈꽃 위의 달빛이요, 달 아래의 갈꽃이다.[52]

이 글에 의하면 타자의 모임이 자아이며, 자아의 흩어짐이 타자의 탄생이다. 이는 앞에서 살펴본 인과론을 염두에 둔 것이다. 타자들이 원인이 되어 자아가 생성되며, 자아가 원인이 되어 타자를 생성하는 것이다. 그렇기 때문에 만해는 자아가 없으면 타자도 없고, 타자가 없으면 자아도 없는 것이라고 말한다. 이러한 세계관에서는 피차의 구분 자체가 불가능해진다. "나도 없고 다른 것도 없으면 나와 다른 것을 아는 것도 없다"라는 대목은 피차의 구분이 불가능해진 유기적 전체로서의 우주에 대한 인식을 드러낸다. 이는 인과적이고 상대적인 만해의 존재론을 고스란히 보여주는 것이다. 만해의 존재론에서 자아는 외적·내적 타자들의 인과론적 그물에 의해서 생성되는 것이기 때문에 타자는 곧 자신이자 어버이이다. 그러한 까닭에 타자를 동체대비심으로 공경해야 한다.

이와 같은 만해의 사상은 부버의 형이상학과 견주어 볼만하다. 부버는 인류의 역사가 '그것의 세계'가 점진적으로 증대되는 방향으로 흘러왔다고 말한다.[53] 그에 의하면 근대사회에 접어들면서 타자를 사물화하고 도구화하는 즉 '그것'으로 전락시키는 경향이 강력해졌다. 부버는 근대사회의 인간성 상실 현상을 '나'-'그것'의 관계로 진단하고, 진정한 인격적인 관계인 '나'-'너'의 관계의 회복을 주장한다. 부버가 말하는 '나'-'너'의 관계는 단지 인간 사이의 관계만은 아니다. 그것은 자연과 예술, 신을 포함한 인식론이자 존재론이다. 그러한 점에서 부버가 말하는 '나'-'너'의 존재론은 만해사상과

---

52 「나와 너」, 『한용운 전집』 2, 351쪽(『불교』 88, 1931.10.1).
53 M. Buber, 『나와 너』, 표재명 역, 문예출판사, 1998, 51쪽.

통하는 점이 많다.

그러나 부버의 사상이 '나'와 '너'라는 개체에 대한 인식, 즉 근대의 개인주의적인 사고에 토대를 두고 있다는 점에서 만해사상과 결정적으로 분리된다. 개인주의는 기독교 계열의 형이상학이 벗어나기 어려운 한계이다. 왜냐하면 아무리 진보적인 것일지라도 기독교 계열의 형이상학은 '근본적으로' 근대의 개인주의와 겹쳐지게 되기 때문이다. 만해 사상에서 '나'—'너'의 관계는 개인주의에 토대를 둔 것이 아니고 연기적인 유기체 사상에 토대를 두고 있다. 그렇기 때문에 만해는 한편으로는 '나'와 '너'의 인격적 관계 회복에 대해서 이야기하면서도, 다른 한편으로는 '나'와 '너'의 구분 자체를 부정하는 것이다.

만해에게 있어서 '나'와 '너'는 개체가 아니라 동체이다. 거기에서 동체대비심이 탄생하는 셈이다. 동체대비심은 실천의 논리로 연결된다. 그와 같은 실천의 논리를 그는 "구세주의"로 규정한다.[54] "구세주의"는 "절대평등"의 실천적 측면이라 할 수 있다. 왜냐하면 그것은 만물이 평등하고 상호의존적인 동체라는 사유로부터 생성된 실천의 논리이기 때문이다. "구세주의"는 만해사상을 유심론(관념론)이나 유물론(과학)과 변별하는 중요한 요소가 된다. 만해가 말하는 불성은 이성과 과학적 지식으로 이해 가능한 영역과 그것으로 파악이 불가능한 부분을 포함하고 있다. 앞에서 살펴본 바와 같이 만해 사상은 불교의 유심론적인 토대에 이성과 과학을 포용한 것이다. 만해는 한편으로 물을 물리적 인과론 법칙의 적용을 받는 대상으로 보지만 동시에 그것을 초감각적인 성질을 담지한 것으로 본다. 따라서 초감각적인 성질을 담지한 물이 불성이다. 만해 사상에서 유심론적인 측면은 그러한 불성에 대한 깨달음으로 이어지며, 실천적인 측면은 그 깨달음을 물리적 세계에 실

---

54 「朝鮮佛教維新論」,『한용운 전집』 2, 45~46쪽.

현하는 것으로 표현된다. 이는 모든 것을 허무로 환원하는 허무주의적인 유심론, 그리고 물을 지배와 착취의 대상으로 환원하는 과학주의와도 변별되는 사상체계이다. "절대평등"과 "구세주의"는 만물을 평등하고 상호의존적인 관계로 파악하며, 물과 생명에 대한 윤리적 실천을 강조한다는 점에서, 만해의 생태주의적 세계관을 대변하는 개념으로 규정할 수 있다.

만해의 생태주의가 궁극적으로 지향하는 "절대평등"의 세계는 "하나하나의 물건"과 "하나하나의 일"이 모두 평등한 "화장세계(華藏世界)"[55]이다. 화장세계란 불성이 충만한 세계이다. 만해의 생태주의에 근대과학과 객관주의의 영향이 농후하게 나타나는 것도 사실이지만, 그 저변에는 충만한 불성에 대한 믿음이 완고하게 자리를 잡고 있다.

> 갖가지 이론이 있으나 여래의 실재를 믿으면 족하다. 불의 대자대비 아래에 생활하고 있는 것을 믿으면 족하다. 종교는 충동과 욕구로 믿지 아니할 수 없는 것이다. 불의 대자대비 아래에 생활하고 있는 것을 아는 것이 곧 불심이요 종교다. 자각이 곧 신앙이요, 신앙이 자각이다. 우리의 생활은 여래광명의 중에서 섭양(攝養)하는 생활이다. 여래의 광명(光明)에 대하여 감사하고 자기의 미약(微弱)에 대하여 참회할 뿐이다.
>
> 이 감사와 참회는 이른바 진(眞)이요, 선(善)이요, 미(美)다. 신앙 생활은 자기부정이 아니오, 실로 자기의 확대요 연장이다. 여래는 거룩하고 신앙은 위대한 것이다.[56]

인용문에서 보이는, 우리가 불의 몸인 우주에 거주하고 있다는 믿음, 즉 불의 대자대비 아래에 살고 있다는 믿음은 "마음의 생태학"이라고 할 수 있

---

55 「朝鮮佛敎維新論」, 『한용운 전집』 2, 45쪽.
56 「信仰에 대하여」, 『한용운 전집』 2, 304쪽.

다. 이렇게 볼 때 만해의 생태주의는, 물질과 에너지 교환의 차원에서 우주를 살아 있는 유기체로 파악하는 표면적인 생태학과 그와 같은 감각계의 차원에서 접근할 수 없는 초감각적 차원에서 우주를 살아 있는 유기체로 '믿는' 마음의 생태학이라는 이중적인 차원을 갖는다.

당대의 다급한 과제가 근대의 선취와 부국강병, 국권의 회복이었던 만큼 만해는 표면적으로는 정치, 사회적 실천을 강조하였다. 하지만, 그와 같은 정치, 사회적 실천의 근본적인 토대는 절대평등이라는 생태주의였다는 사실을 간과해서는 안 된다. 만해의 이러한 생태주의적 세계관은 한국 현대시의 불교 생태학적 계보에 초석을 놓아준 것으로 이해할 수 있다.

2) 생태주의적 시학

만해의 시는 이와 같은 생태주의적인 사상의 연장선에 놓여 있다. 우리는 『님의 침묵』의 밑바닥에 생태주의적 세계관이 깔려 있음을 쉽게 확인할 수 있다. 이미 알려진 대로 한용운 시에서 "님"은 조국이자 부처이며 연인이고, 나아가 우주 만물이다. 여기에서 가장 넓은 범위가 '우주 만물'이다. 한용운 시를 떠받치는 사유와 상상의 근본적인 토대는 '우주 만물'을 동등하게 '님'으로 여기는 "절대평등"으로서의 생태주의적 세계관이다. 조국, 부처, 연인 등과 같은 해석의 코드는 시적 체계의 특정한 부분적인 가닥에 해당되는 것일 뿐이다. 만해는 그러한 사실을 이미 「군말」에 "「님」만 님이 아니라 기른 것은 다 님이다"라고 명기해놓고 있다.

『님의 침묵』에서 "절대평등"한 존재들의 상호관계는 "회자정리(會者定離), 거자필반(去者必反)"의 원리로 나타난다.

우리는 맛날째에 써날것을염녀하는것과가티 써날째에 다시맛날것을 믿습니다.

　아아 님은갓지마는 나는 님을보내지 아니하얏습니다.

　제곡조를 못 이기는 사랑의노래는 님의沈黙을 휩싸고돔니다.

―「님의 침묵」⁵⁷ 부분

　타고남은재가 다시기름이됨니다 그칠줄모르고타는 나의가슴은 눅의밤
을지키는 약한등쌀임닛가

―「알ㅅ수업서요」⁵⁸ 부분

　님이어 그술은 한밤을지나면 눈물이됨니다

　아아 한밤을지나면 포도주가 눈물이되지마는 쏘한밤을지나면 나의 눈물
이 다른포도주가됨니다 오오 님이어

―「葡萄酒」⁵⁹ 부분

　"회자정리, 거자필반"은 비단 인간과 인간의 만남과 이별에 국한되지 않
는 우주적인 명제이다. 그것은 타고 남은 재가 다시 기름이 되고, 술이 눈물
이 되고, 눈물이 포도주가 되는 물질과 에너지의 우주적 순환이다. 그리고
나와 님의 관계성을 망각하지 않는 정신의 순환이기도 하다. 다시 말해 그
것은 질료적이고 정신적인 범우주적인 순환을 의미하는 것이다. 우주적인
차원에서 순환성의 다른 측면이 항상성이다. 우주의 물질과 에너지, 정신은
끊임없이 순환하면서 항상성을 유지한다.⁶⁰ 이와 같은 순환성과 항상성은
개별적인 것들의 끊임없는 상호작용을 통해 확보되는 유기적 전체로서의
우주를 형성한다. 이와 같은 유기체적인 세계관이 만해 시의 저변을 떠받치

57　『님의 침묵』, 회동서관, 1926(이하에서는『님의 침묵』으로 표기한다).

58　『님의 침묵』.

59　『님의 침묵』.

60　김종욱, 앞의 책, 83~91쪽 참고.

고 있는 셈이다.

『님의 침묵』의 시적 사유와 상상의 두 축이 죽음(이별, 부재)과 사랑(그리움, 희망)이라는 사실은 이미 널리 알려져 있다. 그런데 생태주의적 세계관에서 이별이나 죽음은 완전한 결별이 아니라 새로운 생성을 위한 '전이(이행)'[61]의 과정이며, 전이는 타자의 탄생을 위한 조건이 된다. 그리하여 이별과 죽음에 의하여 자아와 타자는 동체가 된다. 이러한 사유체계의 관점에서 우리는 만해 시 구석구석에 깊이 스며들어 있는 사랑을 쉽게 동체대비심으로 이해할 수 있다.

우리는 만해 시 곳곳에서 죽음과 사랑의 역학이 순환성과 항상성으로서의 유기체적 우주를 그려내는 장면을 목격할 수 있다.

> 님이어 나의죽엄을 참을수가업거든 나를사랑하지마러주서요 그리하고 나로하야금 당신을 사랑할수가업도록 하야주서요
> 나의몸은 터럭하나도 쌔지아니한채로 당신의품에 사러지것습니다
> 님이어 당신과내가 사랑의속에서 하나가되는것을 참어주서요 그리하야 당신은 나를사랑하지말고 나로하야금 당신을사랑할수가업도록 하야주서요 오오 님이어
>
> ─「참어주서요」[62] 부분

"나의 몸은 터럭 하나도 쌔지 아니한 채로 당신의 품에 사러지것습니다"에 잘 드러나듯이 자아의 죽음은 타자의 '합생'[63] 과정이라고 할 수 있다. 자아는 죽음을 통하여 고스란히 타자에게 전이되어 자기를 초월한 우주적인 주체를 생성한다.

---

61 화이트헤드학회 편, 『창조성의 형이상학』, 동과서, 1999, 107쪽.
62 『님의 침묵』.
63 윤자정, 앞의 논문, 54~58쪽.

화자는 이러한 죽음을 "사랑의 속에서 하나가 되는 것"이라고 말한다. 만해 시에서 전이와 합생의 과정으로서 죽음은 단순한 질료적인 것들의 이합집산이 아니라 "사랑"이라는 형이상학이 전제된 것이다. 그렇다면 사랑이란 어떠한 것인가. 그것은 '나'와 '너'의 관계에 대한 그리움이고 동경이다. 자아와 타자는 질료의 상태가 아니라 '나'와 '너'의 인격적인 관계로 우주를 끊임없이 순환하면서 무수히 많은 인연을 맺게 된다. 그러한 인연을 기억하며 그리워하고 다시 만나기를 동경하는 것이 바로 사랑이다.

> 당신이 맑은새벽에 나무그늘새이에서 산보할쌔에 나의꿈은 적은별이 되야서 당신의머리위에 지키고잇것슴니다
> 당신이 여름날에 더위를못이기어 낮잠을자거든 나의꿈은 맑은바람이 되야서 당신의周圍에 써돌것슴니다
> 당신이 고요한 가을밤에 그윽히안저서 글을볼 째에 나의꿈은 귀짜람이가되야서 책상밋헤서 '귀쏠귀쏠'울것슴니다
>
> —「나의 꿈」[64] 부분

여기에서 "적은 별", "맑은 바람", "귀짜람이"와 같은 존재는 전이와 합생의 과정을 통해 생성되는 무수히 많은 개체들을 의미한다. 이와 같은 존재변용에 대한 예견 속에서 시적 자아는 이미 자기 초월적 주체가 된다. 즉, 고정된 실체가 아니라 끊임없는 변화의 과정 속에서 무수히 많은 요인들의 참여를 경험하는 과정적인 주체인 것이다.

자기 초월적인 주체와 마찬가지로 여기에서 "당신" 또한 고정적인 실체는 아니다. 그것은 끊임없이 순환하는 우주의 순간순간에 탄생하는 무수히 많은 개체들이다. 그것들은 자아를 생성하는 요인들이기도 하다. 자아는 그것

---

64 『님의 침묵』.

들 없이는 존재할 수도 없다. 그것들 또한 자아 없이는 존재할 수 없다. 그렇기 때문에 자아는 "당신"의 주위를 맴돌게 된다. "당신"은 자아를 탄생하게 하는 요인이므로, 그에 대한 사랑은 동체대비심인 것이다.

동체대비심으로서 사랑은 만해 사상의 실천적인 측면과 관련된다. 그것은 우주에 대한 자기 희생적인 실천이다.[65] 그것은 「나룻배와 행인」, 「복종」, 「오서요」 등의 시편에서 구체적으로 확인된다. 이러한 시편들에서 시적 자아는 자신을 희생하여 타자를 섬기는 자세를 보여준다. 특히, 「오서요」는 희생 정신의 위력을 보여주고 있다.

> 당신은 나의죽엄속으로오서요 죽엄은 당신을위하야의準備가 언제든지 되야잇습니다
> 만일 당신을조처오는사람이 잇스면 당신은 나의죽엄의뒤에 서십시오
> 죽엄은 虛無와萬能이 하나입니다
> 죽엄의사랑은 無限인同時에 無窮입니다
> 죽엄의압헤는 軍艦과砲臺가 씩끌이됩니다
> 죽음의압헤는 强者와弱者가 벗이됨니다
> 그러면 조처오는사람이 당신을잡을수는 업슴니다
> 오서요 당신은 오실째가되얏슴니다 어서오서요
>
> —「오서요」[66] 부분

앞에서 살펴보았듯이 만해 사상에서 독립된 실체는 없다. 우주의 만물은 서로 얽히어 순환하는 과정적인 존재들이다. 그러한 과정적인 존재에게 죽

65　기존의 논의에서 만해 사상과 시의 실천적 성격은 정치, 사회, 역사적인 것으로만 이해되어왔다. 본고는 만해 사상과 시의 실천적 측면은 본질적으로는 생태적인 것이고, 정치, 사회, 역사적인 것은 그것의 특정한 분화 현상으로 판단한다.

66　『님의 침묵』.

음은 곧 자아의 존재론적 전이 과정이며, 새로운 존재의 합생 과정이다. 이와 같은 죽음은 자기 희생의 정신이면서 실천의 정신이다. 그러한 의미에서 "죽엄의 사랑은 無限인 同時에 無窮임니다"라고 말하는 것이다.

죽음은 자아가 흩어져 타자를 생성하는 전이와 합생의 과정이기 때문에, 자아와 타자의 관계 자체를 무화하여 하나의 유기체를 생성하게 된다. 그러므로 죽음은 대립적인 관계, 적대 관계를 무화시킨다. "허무와 만능이 하나"라거나, "군함과 포대가 티끌"이 된다거나, "강자와 약자"가 벗이 된다는 표현들은 그와 같은 의미를 반영하고 있다.

이상은『님의 침묵』을 중심으로 만해의 생태주의적 시학을 살펴본 것이다. 이러한 생태주의적 상상력은『님의 침묵』을 관류하여 그 이전과 이후의 시편에도 흩어져 있다. "일경초"의 이미지는 만해의 생태주의적 시학의 일관성을 입증하는 좋은 예가 된다. 일경초란 한해살이풀이다. 일경초라는 작고 나약한 식물의 이미지에는 만해의 생태주의적 상상력의 몇 가지 측면이 잘 반영되어 있다.

> 제 아모리 惡魔라도 어찌 막으랴, 焦土의 中에서도 金石을 뚫을 듯한 眞生命을 가졌든 그 풀의 勃然을.
> 사랑스럽다, 鬼의 斧로도 魔의 牙로도 어쩌지 못할 一莖草의 生命.
> ─「一莖草의 생명」[67] 부분

> 一莖草가 丈六金身이되고 丈六金身이 一莖草가됨니다
> 天地는 한보금자리오 萬有는 가튼小鳥입니다
> 나는 自然의거울에 人生을비처보앗슴니다
> 苦痛의가시덤풀뒤에 歡喜의樂園을 建設하기위하야 님을써난 나는 아아

---

67 『惟心』2, 1918.

幸福입니다

—「樂園은 가시덤풀에서」[68] 부분

사람은 사람의 죽음을 슲어한다.
仁人志士 英雄豪傑의 죽음을 더욱 슲어한다.
나는 죽으면서도 아모 反抗도 怨望도 없는 한줄기 풀을 슲어한다.

—「一莖草」[69] 부분

먼저 각 시편이 함축하고 있는 의미를 생각해보자. 첫 번째 시에서 일경
초가 시사해주는 것은 두 가지이다. 하나는 어떠한 힘으로도 막을 수 없는
우주의 순환원리이고, 다른 하나는 작고 여린 것의 강인함이다. 두 번째 시
에서 "一莖草가 丈六金身이되고 丈六金身이 一莖草가됩니다"라는 대목은
한편으로는 작은 것이 커다란 것이 되고, 큰 것이 작은 것이 된다는 자연의
순환원리를 말해주며, 다른 한편으로는 만물이 곧 불성(장육금신)[70]이라는
의미를 담고 있다. 그리고 세 번째 시에서 한낱 미물인 일경초의 생명도 영
웅호걸과 다름없는 귀중한 가치를 지닌다는 점을 말해주고 있다.

이와 같은 세 편의 시에 공통적으로 담겨 있는 의미소는 평등이다. 이 시
들은 각각 작고 여린 것의 강인함, 작은 것과 큰 것의 동일성, 미물의 소중
한 생명에 대한 인식을 통해 평등의식을 드러내고 있다. 이와 관련하여 특
히 세 번째 시를 주목할 필요가 있다.

---

68 『님의 침묵』.
69 『조선일보』, 1936.4.3.
70 한계전의 주해에 따르면, 丈六은 一丈六尺으로, 부처님의 키로 이해할 수 있으며,
    金身은 불상을 뜻한다. 여기에서 장육금신은 표면적인 의미로는 육척이라는 길이
    로, 심층적인 의미로는 불성으로 해석할 수 있을 것이다. 한계전 편, 『님의 침묵』,
    서울대학교 출판부, 1996, 64쪽.

세 번째 시와 비슷한 시기에 만해는 「쥐」,[71] 「파리」,[72] 「모기」[73] 등의 시편을 발표한다. 만해는 「일경초」와 마찬가지로 이러한 시편들을 통해서 한낱 미물들도 인간 못지않은 가치를 지니고 있음을 알레고리적으로 이야기한다. 작은 생명체들의 알레고리는 인간과 모든 생명체가 가치론적으로 평등함을 말해준다. 근대의 인간중심주의적인 시각에서 보면 "쥐", "파리", "모기" 등은 해로운 동물이며 해충이다. 즉, 생물의 가치론적 위계에서 마이너스적인 존재들인 것이다. 만해는 이와 같은 가치의 위계화를 해체하여 모든 생명이 동등하다고 말한다. 이는 그가 추구해온 "절대평등"의 사상이 반영된 것으로 이해할 수 있다.

다음으로 우리는 첫 번째와 두 번째 시에서 유기체적인 세계관을 읽어낼 수 있다. 어떠한 힘으로도 막아낼 수 없는 자연의 순환원리는 항상성을 유지하면서, 자연을 하나의 유기체로 묶어준다. "天地는 한보금자리오 萬有는 가튼小鳥입니다"는 유기체로서의 우주 공동체의식을 잘 담아내는 표현이다.

마지막으로 두 번째 시편에서 실천의식을 시사 받을 수 있다. 화자는 "나는 自然의거울에 人生을비처보앗습니다"라고 말한다. 화자는 자연의 순환원리를 역사적 현실("인생")에 투사해보겠다는 의지를 드러내는 것이다. 그 의지는 "苦痛의가시덤풀뒤에 歡喜의樂園을 建設하기위하야 넘을써난 나"라는 자기희생적인 자아의 이미지를 생성한다. 만해는 우주의 순환의 원리를 역사—사회적 현실에 적용하여, 자기희생적 실천을 통해 "낙원"적인 세계가 건설될 수 있다고 생각한 것이다.

---

71 『조선일보』, 1936.3.31.
72 『조선일보』, 1936.4.5.
73 『조선일보』, 1936.4.5.

3) 만해 생태사상과 시학의 시사적 의의

오늘날의 생태주의는 매우 다채로운 스펙트럼으로 펼쳐진다. 논자들마다 생태주의를 분류하는 방식이 다르긴 하지만, 대체로 생태주의의 가장 대표적인 유형은 심층생태주의, 사회생태주의, 생태여성주의 등이 손꼽힌다.

서구에서는 카슨의 『침묵의 봄』[74]이 출판된 1960년대부터 환경과 생태에 대한 인식이 대중적으로 활성화된다. 환경개량주의는 1960년대식 접근법으로 세계관이나 사회체제의 근본적인 모순을 간과한 채 과학기술에 의존하여 인간의 생활환경을 개선하고자 한 사조이다. 이는 지나치게 과학기술 의존적이고 인간중심주의적이라는 점에서 온전한 생태주의로 보기 어렵다. 1970년대에 등장한 심층생태주의는 환경개량주의의 인간중심주의에 대항하여 세계관 자체의 전환을 시도한다. 이는 계몽이 몰아낸 영적인식과 신비주의적 세계관의 복원, 그리고 생명중심주의를 지향한다. 근본생태주의로부터 독립한 사회생태론은 생태위기의 근원을 인간에 의한 인간의 지배라는 사회의 구조적 모순에서 찾는다. 생태여성주의는 특히 사회의 구조적 모순을 여성의 억압이라는 차원에서 파악한다.[75]

좁은 의미의 생태주의는 1960년대 이후 생태위기에 대한 반작용으로 등장한 것이다. 그러나 좀더 넓은 의미의 생태주의는 뉴턴과 데카르트로 대변되는 근대에 대한 반작용으로서 18세기, 19세기의 낭만주의로 거슬러 올라간다. 그리고 가장 넓은 의미의 생태주의는 동서양의 고대사상이다. 고대로 거슬러 올라가면 동서를 막론하고 인간은 생태주의적인 세계관을 갖고 있

---

74 R. Carson, *Silent Spring*, New York: Fawcett Crest Books, 1962.

75 문순홍, 『생태학의 담론』, 아르케, 2006, 47~84쪽 ; J. R. DesJardins, 『환경윤리』, 김명식 역, 자작나무, 1999, 331~408쪽.

었던 것이다.

만해의 생태주의는 비록 생태위기 의식이 대두되기 훨씬 이전의 것이지만, 근대와 과학을 생태학적으로 성찰하기 시작하였다는 점에서 큰 의의를 지닌다. 만해 사상은 과학과 종교, 근대와 불교의 변증을 추구하고 있다는 점, 즉 근대의 토대 위에 영적인 것, 신비주의적인 것을 수용하고 있다는 점에서 넓은 의미에서 심층생태주의의 범주에 포함될 수 있다.

만해의 생태주의의 핵심은 "절대평등"의 사상과 "구세주의"적 실천이다. 만해의 "절대평등" 사상은 불교의 연기론을 토대로 근대의 평등사상을 수용한 것이다. 그 때문에 과도기적으로는 인간과 인간의 평등, 민족과 민족의 평등을 주장하면서도, 궁극적으로는 만물의 평등을 주장한 것이다.

"절대평등" 사상은 연기론에 토대를 두고 있기 때문에 궁극적으로 자아와 타자의 분리를 인정하지 않는다. 즉, 자아와 타자는 동체이다. 거기에서 동체대비라는 타자에 대한 윤리적 실천의 논리가 탄생하게 된다. 연기론에 토대를 둔 만해의 사상에서 타자는 동체이자 자신의 존재 근거가 되기 때문에 존중하고 섬겨야 하는 것이다. 그러한 실천을 만해는 "구세주의"로 규정하고 있다.

만해 생태사상의 근저에 연기론적 인식이 자리 잡고 있듯이, 만해 시학의 토대를 떠받치고 있는 것도 연기론적 사유와 상상이다. 만해의 모든 시편들이 생태주의로 환원될 수는 없지만, 연기론적 사유와 상상의 토대에서 생성되는 만해 시학은 근본적으로 생태주의적이다. 만해 시학의 생태학적 성격은 다음 몇 가지로 요약해볼 수 있다. 첫째, 만물을 "님"으로 보는 절대평등의 사상에 입각해 있다. 둘째, 우주를 순환성과 항상성으로 이루어진 유기체로 인식한다. 셋째, 자아를 자기초월적 주체로 인식한다. 넷째, 삼라만상을 동체로 인식하여 타자에 대한 사랑과 자기희생적 실천을 강조한다.

이와 같은 만해 사상과 시학의 생태학적 국면은 여러 면에서 심층생태주의와 유사한 양상을 보여준다. 우선 심층생태론자들은 인간중심주의를 벗어나서 생명중심적인 평등을 주장한다. 만해의 평등사상은 생명을 넘어서서 물의 영역까지 평등을 주장하는 측면에서 1970년대 이후의 심층생태론보다 더 근본적으로 생태학적이다. 둘째로는 심층생태론자들은 자아실현(Self-realization)이라는 개념을 중요시하는데, 이는 근대적인 작은 자아(self)가 아니라 우주적인 큰 자아(Self)의 확보와 관련되는 것이다.[76] 즉, 자아를 둘러싸고 있는 우주 전체와 일체감을 확보하는 과정이 바로 심층생태주의의 자아실현이다. 우주를 연기적 인과론으로 이루어지는 유기체로 파악하여 자아를 "무한아", "절대아"로 규정하는 만해의 자아론은 심층생태주의의 자아실현 개념을 선취한 것이다. 셋째, 심층생태론자들은 자아와 우주의 자기 동일성으로부터 사랑이라는 개념을 이끌어낸다. 자아는 우주 전체와 연결된 우주적인 자아이기 때문에 타자의 생명을 자기 자신처럼 사랑해야 한다는 것이다.[77] 이는 동체대비심의 발현으로서 만해의 "구세주의"와 겹쳐진다.

만해의 생태주의와 시학이 한국 근현대시사에서 갖는 위상과 의의는 다음 몇 가지로 규정할 수 있다. 우선 만해 생태사상의 의의는 첫째, 근대화와 계몽이 급선무였던 시대에 근대와 계몽을 비판적으로 수용하여 전통과의 변증을 시도한 선구적인 사상이라는 점이다. 근대 담론이 우세한 시기에 근대와 전통을 균형 잡힌 시선으로 선별하면서 확보된 생태사상이라는 점에서 의의가 크다. 둘째, "절대평등" 사상의 사상사적 의의이다. 당시에는 인간과 인간, 민족과 민족 간의 평등이 평등사상의 첨단이었다. 그런데 만해는 그와 같은 편견을 거뜬히 넘어서서 물과 물의 평등이 궁극적인 평등이라

---

76   Arne Naess, *Ecology, community and lifestyle*, D. Rothenberg, tr. and ed., Cambridge: Cambridge univ. press, 1995, pp.171~181.

77   D. Rothenberg, "Introduction: Ecosophy T - from intuition to system", *ibid.*, p.11.

고 주장한 것이다. 이는 시대를 몇 걸음 앞서간 안목이다. 만해는 현상적으로는 불평등한 현실을 직시하면서, 본질로서 절대평등을 상정하였다. 그리하여 식민지적 불평등의 모순을 간파하고 실천의 논리를 만들어 낼 수 있었으며, 자신의 생태주의가 에코파시즘의 논리에 휩쓸리는 것을 견제할 수 있었다. 셋째, 만해의 생태사상은 공허한 독백이 아니라 실천을 동반한 사상이다. 만해의 실천은 근대인이 자칫하면 상실하기 쉬운 생명윤리를 제시하고 있다는 점에서 오늘날의 우리들에게 많은 것을 시사해준다. 넷째, 만해의 생태사상은 한국 '근대' 불교 생태사상 나아가 한국 '근대' 생태사상의 첫머리에 자리 잡는다. 후속연구가 이루어져야 할 것이지만 한국 근대 불교 생태사상은 한용운에서 김달진, 조지훈, 서정주 등으로 이어지게 된다. 따라서 만해의 생태사상은 한국 근대 불교 생태사상의 초석을 다졌다는 면에서 의의가 크다.

　다음으로 시사적인 관점에서 만해의 생태시학이 갖는 의의를 생각해보자. 첫째, 상징주의가 수입되어 문단을 휩쓸고 있는 시기에 근대와 불교를 변증하여 독창적인 시학을 수립하였다는 점이다. 근대나 전통을 맹목적으로 추종하거나 배척하지 않고 중립적인 시각으로 고유한 생태시학을 수립하여 문화적 주체성을 확보하였다는 점에서 큰 의의를 갖는다. 둘째로는 만해의 사상뿐만 아니라 생태시학 또한 한국 근대 불교 생태시학 나아가 한국 근대 생태시학의 초석을 다져놓았다는 측면에서 큰 의의를 지닌다. 만해 사상과 시학은 명실공히 한국 근대 생태시학의 첫머리를 장식하고 있는 셈이다. 만해 이전에도 조선 후기 실학자들이 내밀하게 근대와 전통의 변증을 시도했던 것도 사실이다. 하지만, 조선 후기에는 아직 근대화가 본격화되지 않았으며, 실학자들에게도 근대에 대한 비판의식이 활성화되지 않았기 때문에, 근대에 대한 비판의 차원에서 전개된 심층생태학적 사상과 상상의 선구적인 면모는 단연 만해의 사상과 시학에서 찾아볼 수 있다.

4. 결론

만해 사상의 요체는 불교를 토대로 한 근대의 수용과 탈근대적 비전이다. 만해의 사상적 근대 기획은 매우 독특한 것이다. 만해는 불교를 사상적 기저로 선택하였기 때문에, 유교에 토대를 둔 국수주의와 거리를 둘 수 있었으며, 동시에 맹목적으로 근대를 추수하는 진보주의와도 일정한 거리를 둘 수 있었다. 그는 비판적으로 근대를 수용하여 기독교, 이슬람교, 유교, 불교 등의 미신적인 요소를 비판한다. 즉, 구시대의 미신적인 사유에 대하여 계몽의 태도를 취하는 것이다. 동시에 그는 불교를 토대로 근대의 계몽에 대한 계몽의 자세를 취하면서 탈근대적인 전망을 확보한다.

만해의 생태주의는 바로 그러한 사상에서 탄생된 것이다. 그는 자연에 인과론적 질서가 내재한다고 믿었다. 그는 기계적인 질서가 아니라, 온 우주가 협력하는 카오스모스적인 인과론적 질서에 의해 우주가 운행된다고 생각하였다. 그에게 우주는 카오스모스적인 인과론적 질서에 의해 꽉 짜여진 하나의 유기체이다. 그리고 그는 과학적 지식과 이성으로 물질과 에너지 세계의 인과론을 파악 가능하다고 생각하였다.

그러나 그는 우주가 물질과 에너지만으로 이루어져 있다고는 생각하지 않았다. 물질과 에너지 너머의 어떤 것들, 초감각적인 것들의 세계가 감각적인 것들과 뒤엉켜있다고 생각했다. 그러나 초감각적인 것들은 결코 감각적인 것들과 별개의 것이 아니라 감각적인 것들을 통해 유추할 수 있는 것들이었다. 만해는 감각적인 세계에 대한 인과론적 인식을 초감각적인 영역으로 확대하여 마음으로 믿는 것을 신앙, 종교라고 생각했다. 이는 자연에 대한 과학적, 객관적 지식을 바탕으로 하는 것이기 때문에 결코 과학에 위배되지 않는다고 여겼다.

이와 같은 유기체론에서 도출한 만해의 생태주의는 다음과 같이 요약할 수 있다. (1) 만물은 평등하다. (2) 만물은 인과론적으로 관련되어 있다. (3) 우주는 만물이 펼치는 인과론적 상호작용의 유기체이다. (4) 타자는 인과론적으로 자아를 탄생시키는 원인자이므로 어버이와 같다. (5) 타자를 존중하고, 평등을 실현해야 한다.

근대과학과 불교의 선택적 결합에서 빚어진 이와 같은 생태주의는 최근 근대에 대한 위기의식에서 급부상한 생태학 담론에도 뒤지지 않는 참신한 면모를 갖추고 있다. 만해 시대의 시대적 사명이 조국의 근대화와 독립이었기 때문에 만해의 생태주의는 크게 주목받지 못했다. 만해의 생태주의는, 탈근대적 전망으로서 생태주의의 관점에서, 과정 신학, 과정적 유기체론, 동양의 사상이 대안으로 주목받는 오늘날에 많은 시사점을 제공해준다.

그리고 만해의 생태주의는, 한국 현대시의 생태주의가 산업화 시대 이후, 특히 1990년대 이후 갑작스럽게 급조된 것이 아니라 근대의 출발과 동시에 시작되었음을 말해준다. 후속 연구가 이루어져야 할 것이지만, 불교 계열에 국한할 경우 만해 이후 한국 근현대시의 생태주의는 김달진, 조지훈, 서정주 등에 의해 넓고 깊은 심급을 확보한다. 가령, 김달진의「샘물」,「벌레」, 조지훈의「풀잎 단장」계열의 시편, 서정주의「인연설화조」를 위시한 '중생 일가관'을 반영한 시편 등은 그것을 명백하고 입증하고 있다.

이제 한국 현대시의 생태주의에 관한 연구는 산업화 시대 이후의 시편 편중 현상에서 벗어날 필요가 있다. 그리하여, 한국 현대의 생태주의가 어떻게 전통의 형이상학을 창조적으로 수용하고 있는가, 그리고 산업화에 의한 자연 파괴의 인식이 돋아나기 이전에는 어떠한 방식으로 생태적인 사유와 상상을 축적하여왔는가를 밝혀내야 한다. 그렇게 될 때 비로소 한국 근현대시의 생태주의의 진면목이 드러나게 될 것이다.

제2장

이광수의 불교 생태사상과 상상력

인과론, 과학, 전일론, 유기체, 우주, 사랑, 중생총친화, 에코파시즘

1. 서론

소설이나 산문과 비교해볼 때 이광수의 시는 충분히 주목받지 못했다. 무엇보다도 이광수 문학의 본령은 소설이며, 그에 비하여 시는 수준 미달이라는 선입견이 크게 작용한 것으로 사료된다. 이광수의 시는 비록 미학적인 수준은 낮지만 그의 문학 전반을 관류하는 심층적인 정신을 이해하는 데에 소중한 자료이다. 왜냐하면 시는 창작 주체의 영혼이 가장 진솔하게 드러나는 장르이기 때문이다.[1] 특히, 이광수의 시는 정교한 미학적 장치의 여과를 거치지 않고 주체의 내면을 고스란히 드러내는 경우가 많다. 소설과 산문,

---

[1] 시에 대한 이러한 인식은 이광수의 글에서도 확인할 수 있다. 이광수는 "때때로 무슨 하소연을 하고가 싶어서 생각하고 적어놓은 것이 내 詩歌입니다", "내 노래는 이렇게 되고 싶다는 情의 發露"라고 스스로 밝힌다. "淸淨하고 純粹한 魂의 所有者가 아니고서 어떻게 詩人이 될 수 있겠습니까?"라는 설의에서 확인할 수 있듯이, 이광수는 시와 시인을 매우 각별하게 인식하고 있었다. 이광수, 「내 詩歌」, 『춘원시가집』, 박문서관, 1940, 1~2쪽 참고. 이와 관련된 논의로는 최동호, 「춘원 이광수 시가론」, 동국대학교 한국문학연구소 편, 『이광수 연구』 下, 태학사, 1984, 599쪽.

시가 상호텍스트적으로 맞물려 있는 상황에서, 이광수의 시에 대한 연구는 우리를 그의 문학 정신의 정수로 안내해줄 수 있을 것이다.

이 글은 이광수 시에 나타난 생태의식을 탐구한다. 생태의식에는 우주와 자아, 그리고 양자의 관계를 바라보는 주체의 세계관이 포함된다. 다양한 양태로 나타나는 생태의식은 세계관의 가장 중요한 부분이다. 우리는 시는 물론 그와 관련된 산문을 참조하여 이광수가 품었던 생태의식의 본질에 다가가면서, 이광수 세계관의 심층을 들여다보고자 한다.

한국 현대시의 생태시학에 대해서는, 20세기에서 21세기로의 전환기를 전후하여 생태위기를 경험한 산업화 시대 이후 시편을 대상으로 평론적인 논의가 밀도 높게 전개되었다. 최근에는 산업화 시대 이후 생태시학의 기원이나 전사(前史)로서 혹은 고전 생태시학과 현대 생태시학의 연속성 차원에서, 산업화 시대 이전의 현대 생태시학에 대한 논의가 다양한 관점에서 활발하게 이루어지고 있다.[2] 논문의 말미에서는 축적된 연구 성과와 관련하여 이광수의 생태시학이 갖는 시사적인 위상과 의의, 그리고 한계를 점검한다.

2. 인과론 — 과학과 불교의 접점

이광수는 다양한 종교에 대하여 지속적인 관심을 보여주었는데, 어느 한

---

2 대표적인 성과물로 다음을 참고할 수 있다. 이문재, 「백석 시의 생태학적 상상력 고찰」, 경희대학교 석사학위 논문, 2004 ; 이혜원, 「백석 시의 에코페미니즘적 고찰」, 『한국문학이론과비평』 28, 2005 ; 김옥성, 「한용운의 생태주의와 시학」, 『동양학』 41, 2007 ; 김옥성, 「서정주의 생태사상과 그 시학적 양상」, 『한국문학이론과비평』 34, 2007 ; 김옥성, 「조지훈의 생태시학과 자아 실현」, 『한국문학이론과비평』 37, 2007 ; 김옥성, 「한국 현대시의 불교생태학적 상상력 연구」, 『한국문학이론과비평』 42, 2009.

종교에 대해 편협한 시각을 보이지 않고 장단점을 동시에 지적하는 객관적인 태도를 견지해왔다.[3] 이광수는 여러 종교를 신앙이라기보다는 문화나 사상의 차원에서 바라보았으며,[4] 종교다원주의의 태도를 취하였다.[5] 그러나 유독 불교에 대해서만은 강한 신앙심을 보여준다.[6] 그렇다면 종교다원주의자인 이광수가 여러 종교 중에서 불교를 신앙으로 선택한 이유는 무엇인가. 다양하고 복합적인 이유가 있을 수 있지만 가장 중요한 원인은 그의 과학과 이성에 대한 신뢰에서 찾을 수 있다. 십 대의 소년 시절부터 일본 유학을 통해 근대학문을 경험한 이광수는 과학에 대한 기대가 컸다. 그에게 과학은 새로운 시대를 헤쳐 나갈 수 있는 힘의 근원이었다.[7] 그런데 이광수가 생각

---

3 가령 이광수는 다음 두 편의 글에서 기독교의 공과 과를 적절하게 짚어내고 있다. 「耶蘇教의 朝鮮에 준 恩惠」, 『청춘』 9, 1917.7 ; 「今日 朝鮮教會의 缺點」, 『청춘』 11, 1917.11.

4 다음과 같은 글이 그 예이다. "유교사상", "기독교사상", 「신생활론」, 『매일신보』, 1918.9.6~1919.10.19 ; 「佛教와 朝鮮文學」, 『불교』 7, 1925.1 ; 이광수, "무당과 조선 문학", 「朝鮮文學의 槪念」, 『新生』, 1929.1.
    백철은 이광수가 작품을 통하여 다양한 종교의 사상성을 표현하고 싶어 했는데 특히 기독교와 불교에 치중하였다는 견해를 밝힌다. 백철, 「춘원문학과 기독교」, 동국대학교 한국문학연구소 편, 앞의 책, 63쪽.

5 송명희, 「이광수의 기독교 사상과 종교다원주의」, 『한국문학논총』 46, 2007.8.

6 이광수는 1922년 석왕사에서 『화엄경』을 접한 것을 시작으로 불경을 가까이했으며, 1923년 금강산에서 『법화경』을 읽었다. 특히, 1934년에는 차남을 잃고 소림사에 칩거하면서 불서에 열중한다. 1937년 수양동우회 사건으로 곤욕을 치르면서 불교 신앙은 더욱 강화된다. 1930년대 중반 전후부터 불교 신앙이 표면화됨과 동시에 이광수의 생태시학도 적극적으로 전개된다. 이광수의 생애와 관련된 불교 신앙에 대한 견해는 다음을 참고할 수 있다. 강창민, 「이광수의 시세계―불교적 세계인식의 내적 진실성」, 연세대학교 국학연구원 편, 『춘원 이광수 문학 연구』, 국학자료원, 1994, 156쪽 ; 김윤식, 「『법화경』과 일장기」, 『이광수와 그의 시대』 3, 한길사, 1986, 908~920쪽.

7 이광수의 과학적 세계관이나 과학에 대한 신념에 관해서는 다음 글들을 참고할 수 있다. 김종욱, 「이광수의 '개척자' 연구」, 『국어국문학』 132, 2002 ; 백지혜, 「1910년

하는 자연과학의 근본적 원리는 인과론이었다.

> 因果의 理는 物理學이나 化學의 根本 原理이다. 그러할 뿐 아니라 우리
> 日常生活에도 根本原理다.
> 에네르기 不滅, 物質不滅은 宇宙의 眞相이라, 運動의 에네르기에서 熱이
> 나 光이나 音響의 에네르기로 變하기는 한다. 그러나 秋毫만큼도 消滅하
> 지는 아니한다고 物理學이 우리에게 가르친다. 物體를 燃燒하면 그 物體
> 가 다 거기 있고 거기 있다. 그야말로 不生不滅, 不增不滅, 無去無來다.
> 이것이 眞理다. 宇宙의 根本眞理다. 모두 어디서 오며 가기는 어디로 가
> 리. 꼼짝달싹할 수 없는 것이다.[8]

그는 자연과학의 인과론으로서 "에네르기 불멸"과 "물질 불멸"을 예시한
다. "에네르기 불멸"의 법칙은 물리학에서 통용되는 '에너지 보존의 법칙'을
의미한다. 열역학 제1법칙으로도 알려져 있는 에너지 보존의 법칙에 의하
면 우주에서 에너지는 형태가 변하거나 이동할 뿐 전체의 양에는 변함이 없
다.[9] "물질 불멸"의 법칙은 근대 화학의 근본 토대가 되는 법칙으로서 라부
아지에에 의하여 확정된 질량 보존의 법칙을 의미한다. 질량 보존의 법칙에
의하면 물질은 상태나 형태는 변하지만 소멸하거나 새롭게 생성되지는 않
는다.[10]

이 두 가지 법칙에 의하면 우주 안에서 에너지나 물질은 결코 소멸하거나
새롭게 형성되지 않고 다양한 형태로 변화하면서 순환한다. 이광수는 에너

대 이광수 소설에 나타난 '과학'의 의미」, 『한국현대문학연구』14, 2003.12 ; 와다 토
모미, 「이광수의 '생명' 의식 연구」, 서울대학교 박사학위 논문, 2007.

8 「因果의 理」, 『이광수 전집』8, 457쪽(『매일신보』, 1940.3.8~9).

9 김영식 외, 『과학사』, 전파과학사, 1995, 169~171쪽.

10 위의 책, 141~143쪽.

지와 물질의 순환을 인과론의 차원에서 이해하였다. 즉, 우주만물은 결코 소멸하거나 생성되지 않고 인과의 원리에 의하여 끝없이 우주 내부를 순환한다는 것이다.[11]

이광수는 자연과학과 마찬가지로 불교사상 또한 인과론의 토대 위에 구축되어 있다고 보았다. 그는 자연과학과 동일하게 인과론의 토대 위에 세워져 있다는 이유로 불교를 과학적인 종교라 생각하였다.[12]

> 因緣法이란 무엇인가. 自然科學에서 因果律이라고 稱하는 것과 마찬가지로, 因은 緣은 만나서 반드시 果를 낳는다는 것이다. 因 없는 果는 없고, 因이 있고 緣이 있으면 반드시 果를 生한다. 因緣法은 偶然을 容許하지 않는다. 宇宙人生에는 偶然이란 것은 없다.
>
> 自然界나 人事나 다 因緣法으로 織成된 것이다. 毫末만한 因緣法이라도 어그러지는 날이면 宇宙는 壞滅될 것이다.

---

11 이광수의 이러한 견해는 헤켈의 이론에서 많은 것을 수용하고 있다. 구체적으로 '물질 보존의 법칙(the law of conservation of matter)', '에너지 보존의 법칙(the law of conservation of energy)', '인과론(the universal law of causality)' 등의 개념은 헤켈의 『세계의 수수께끼』(Die Welträtsel, 1899)에서 고스란히 끌어온 것이다. Ernst Haeckel, *The Riddle of The Universe*, trans. Joseph McCabe, New York & London ; Harper & Brothers Publishers, 1902, pp.211~232.

12 이광수는 불교에 앞서 기독교를 신앙으로 수용하였으나, 과학적 사고와 배치된다는 판단에 의해 신앙이 아닌 도덕적 가치로 받아들이게 된다. 반면, 과학적 우주론과 불교의 우주론이 일치한다는 생각으로 인하여 불교적 신앙심은 강화된다. 이에 대한 자세한 사항은 다음을 참고할 수 있다. 「그의 자서전」, 『이광수 전집』 6, 429쪽.
다음 인용의 "신앙"에 가장 근접한 개념의 종교는 불교이다. "信仰과 科學은 背馳되는 것이 아닙니다. 오직 迷信만이 科學의 敵입니다. 眞正한 信仰은 科學的일 것입니다. 다만 오늘날의 科學은 아직 發達途中에 있기 때문에 科學으로 說明하지 못하는 것이 있지마는 科學的인 精神은 人類를 不合理에서 救濟하는 燈불입니다." 「民族에 關한 몇 가지 생각」, 『이광수 전집』 10, 222쪽(『삼천리』 1935.10).

큰 機械에 조그마한 못 하나만 튕겨도 運轉이 不可能함과 같다.[13]

이광수가 불교에서 발견한 인과론은 "인연법", 즉 연기론이었다. 불교의 연기론은 가시적·불가시적인 인과와 직접적·간접적인 인과 등을 모두 수용하는 포괄적인 인과론이다. 즉, 물리·화학적인 인과 관계만이 아니라, 행동, 생각, 말 등 모든 정보와 모든 검증 불가능한 신비주의적 인과 관계를 포괄하는 비선형적 인과론이라 할 수 있다. 그에 의하면 우주는 인과론적 질서에 의하여 정교하게 직조된 하나의 "기계"이며,[14] 우주만물은 인과론적 질서의 그물에 얽히고설키어서 살아가는 "우주인생"이다.

이광수는 불교의 신비주의적인 비선형적인 인과론으로 근대과학의 기계적이며 선형적인 인과론을 덮어씌워버린다.

> 科學이란 自然現象과 人事現象의 法則을 찾아내려는 人生의 努力이다.
> 그러므로 科學이 成立됨에는 自然과 人事의 錯然雜然한 듯한 萬般現象―
> 이른바 森羅萬象에 法則이 嚴存한다는 根本假定, 아니, 根本信念이 필요
> 하다. 이 信念은 事實이다.
> 그러면 그 法則이란 무엇인고? 1. 힘의 不滅. 2. 因果律의 普遍的 必然性
> 이다.
> 모든 現象은 힘으로 피는 것이요, 힘이라는 因이 있는 곳에 반드시 꼭 그
> 만한 果가 나타나는 것이다. 뒤집어 말하면, 힘의 原因 없는 現象은 없는
> 것이다. 宇宙는 힘의 因果的 表現의 連鎖다. 人生도 宇宙의 一部分이니 人

---

13 「生死關」, 『이광수 전집』 10, 261쪽(『신시대』, 1941.2).
14 우주를 인과론적으로 조립된 기계로 보는 견해는 헤켈의 영향을 받은 것이다. 헤켈의 이론에서 인과론적 기계는 무기체에 가깝다. 그러나, 헤켈의 이론과 불교를 변증시킨 이광수의 사유체계에서 인과론적 기계는 "마음"과 "생명"을 지닌 유기체-생명체이다. 헤켈의 기계론과 인과론에 대해서는 다음을 참고할 수 있다. Ernst Haeckel, *ibid*, pp.211~232, pp.254~274.

生의 모든 現象—興亡·盛衰·文野·貧富·强弱이 모두 힘에서 오고 因에서 오는 果며, 그 果가 또 因이 되어 다음 果를 결정하는 것이다.

그런데 甚히 怪異한 일이 있으니 그것은 自然界의 힘과 因果律은 믿으면서도 人事—個人生活이나 集團生活의 興亡盛衰에 이르러서는 힘과 因果律을 否認하고 偶然(僥倖)과 妖術(神秘力)을 바라는 것이다.[15]

헤켈적인 의미에서 근대과학의 인과론은 에너지나 물질의 연속성에 관한 것으로 기계적이며 실험으로 입증이 가능하다. 반면, 불교의 인과론은 그 범위가 훨씬 더 넓다. 그것은 에너지와 물질의 연속성은 물론 행위나 정보의 연속성도 포함한다. 전생-현생-내생으로 이어지는 행위나 정보의 연속성은 불가시적이며 신비주의적이다. 따라서 실험적으로 입증이 불가능하다. 이광수는 이와 같은 차원의 차이를 무시하고 근대과학과 불교의 인과론을 동일한 지평에 올려놓고서 자신의 생태사상을 전개한다.

이광수의 생태의식의 근간이 되는 인과론은 불교의 연기론을 토대로 근대과학을 수용하는 양상을 보인다. 이광수는 연기론과 과학적 인과론의 부분적 유사성을 확장하여 불교사상 전체가 과학적이라는 입장을 견지한다.

불교와 과학의 변증을 추구하는 이광수의 생태의식은 이러한 논리적 오류를 떠안고 있지만, 창조적인 상상력, 문학적 사유의 토대가 되는 사상이라는 점에서 일정한 의의를 지닌다. 특히, 과학과 불교의 접점으로 규정한 인과론은 그의 생태의식의 근간이 되고 있다는 점에서 의미심장하다.

이광수에게 우주는 가시적·불가시적, 직접적·간접적인 인과 관계로 조직된 "기계"[16]이자 "대기구(大機構)"[17]이다. 인과론적 기계-시스템으로서의

---

15 「科學的」, 『이광수 전집』 9, 406~407쪽(1935.4.20).
16 「生死關」, 『이광수 전집』 10, 261쪽(『신시대』, 1941.2).
17 「因果의 理」, 『이광수 전집』 8, 458쪽(『매일신보』, 1940.3.8~9).

우주는 죽어 있는 물리적 구조물이 아니라 살아 있는 우주–생태계이다. 우주만물은 인과론적 관계로 긴밀하게 연결되어 있다. 우주–생태계는 "호미(毫末)"만 한 빈틈도 없이 인과론적 질서에 의해 꽉 짜여 있는 전일적인 유기체이다. 다음 시에는 이광수의 생태학적 인과론이 적절히 반영되어 있다.

> 꽃이 한 송이 피기에 얼마나 힘이 들었나
> 해의 힘 바람의 힘 물의 힘 땅의 힘
> 그리고 시작한 때를 모르는 알 수 없는 생명의 힘
> 꽃이 한 송이 피기에 알 수 없는 힘이 다 들었다.
>
> —「꽃」[18] 부분

서정주의 「국화 옆에서」와 매우 유사한 상상력을 보여주는 대목이다. 화자는 한 송이 꽃을 피우기 위하여 "해", "바람", "물", "땅", 그리고 "알 수 없는 생명의 힘"까지 우주만물의 "알 수 없는 힘"들이 협력하였음을 이야기하고 있다.

근대과학에서 우주의 모든 힘은 '알 수 있는 것', 즉 '수학적으로 계측 가능한 것'이다. 근대과학의 인과론은 '알 수 있는 것들'에 한정된 기계적 인과론이다. 그러나 불교의 인과론은 '알 수 없는 것들'로서 신비로운 힘들을 포괄하는 인과론이다. 연기론은 우주의 모든 현상과 변화를 직접적인 원인으로서 인(因)과 간접적인 원인으로서 연(緣)의 화합으로 규정한다. 연기론적 인과율은 삼생(三生)과 삼계(三界), 즉 우리가 알 수 없는 시간과 공간을 관통하는 알 수 없는 질서이다. 우주는 수학적으로 계측이 불가능한 불가사의한 인과론적 힘들로 가득한 것이다.

이 작품에서 환경과 꽃의 관계는 불교의 신비주의적인 인과론을 암시하

---

18 『이광수 전집』9, 533쪽(『사랑』).

고 있다. 근대과학이 "해", "바람", "물", "땅"의 작용과 같은 직접적인 인과율만을 고려하는 데 반해 연기론은 "알 수 없는" 모든 힘을 고려하는 것이다.

이와 같이 근대과학의 가시적–물리적 인과론은 물론 불가시적–신비주의적 인과론까지 포함하는 불교의 연기론적 인과론이 이광수의 생태의식을 떠받치고 있는 근본적인 토대이다. 과학과 불교를 동종관계로 해석한 이광수는 과학적 지식과 불교적 지식을 적절하게 활용하면서 자신의 생태의식을 펼쳐나간다.[19]

3. 우주–전일적 유기체

이광수에게 우주–생태계는 인과론적 질서에 의해 정교하게 빚어진 하나의 유기적 전체이다. 이광수는 과학적 지식과 불교적 지식을 동원하여 유기적 전체로서의 우주–생태계를 설명하고자 하였다. 인용한 부분에는 이광수의 생물학적 지식이 잘 나타나 있다.

> 그렇게 말하면 우리 피의 적혈구 백혈구는 말할 것도 없이 먹기도 하고 숨도 쉬고 싸움도 하고 단결도 하고 배척도 하는 생물이지마는 우리의 내장으로부터 힘줄, 껍질, 머리카락, 손톱, 발톱에 이르기까지 세포라고 일컫는 미생물이 아님이 없으니 이로 보건댄 우리 몸이 곧 한 나라요 한 우주다. 수억 수십억 인구(?)가 모여서 각기 분업을 하고 얼키설키 엉키어서 사는 대집단이다. 대집단이기 때문에 반란도 일어나고 외적의 침입도 있

---

19 물론 이광수가 자신의 생태사상을 체계적으로 전개한 것은 아니다. 그러나 다양한 글에서 반복적으로 자신의 생태의식을 드러내고 있으며, 그것은 어느 정도의 일관성을 확보하고 있다.

어서 이것이 병이 되는 것이다.[20]

여기에서는 사람의 몸 또한 무수히 많은 세포로 이루어진 유기체적 소우주라고 말한다. 인체가 하나의 소우주라는 것은 이광수의 지론이다. 어느 단상에서 이광수는 "내 肉體는 실로 많은 生物과 無生物의 共同墓地여니와, 내 肉體가 同時에 新生의 原料가 되는 것이다."[21]라고 말한 바가 있다.

이광수는 우주를 무수히 많은 겹이나 층으로 이루어진 것으로 생각하였다. 육체가 하나의 소우주이듯이 대우주의 내부에는 "은하계", "태양계", "지구", "인류" 등과 같은 소우주들이 겹과 층을 이루고 있다. 이러한 겹으로서의 우주에 대한 이광수의 인식에는 불교의 신화적 우주론이 맞물려 있다.

이 宇宙間에는 우리 世界보다 몇 갑절 몇 百 갑절 몇 千 갑절 限量없이 아름답고 즐거운 世界가 있고, 우리도 우리가 짓는 業報를 따라 그 世界들 중에 어느 世界에나 태어날 수 있으니 즐겁고, 우리의 마음이 完全히 깨끗하여지고 우리의 맑은 行이 具足할 때에 우리는 限量없이 넓고 限量없이 아름답고 즐거운 世界를 이루어 限量없는 衆生으로 하여금 그속에서 살고 즐기게 할 수 있으니 더욱 기쁘고 더욱 즐겁도다.[22]

삼천대천세계(三千大天世界)나 육도삼계(六道三界), 화엄(華嚴)사상 등에 나타나는 불교의 우주는 무수히 많은 겹과 층으로 이루어져 있다. 우주 내부에 존재하는 헤아릴 수 없이 많은 세계는 인과론(연기론)적 질서에 의해 서로 연결되어 있으며, 중생들은 인과론적 질서에 따라 세계를 이주하면서

---

20 「忍土」, 『이광수 전집』 8, 303쪽(『돌베개』, 1946.10~1947.2).

21 「生死片感」, 『이광수 전집』 8, 363쪽(『새사람』, 1937.4).

22 「心懷」, 『이광수 전집』 8, 364~365쪽(『조광』 4권 11호, 1938.11).

혈연관계를 맺는다.

이광수가 과학적 지식과 불교적 지식을 끌어들여서 전개하는 우주-생태계는 다층구조(multileveled structure)를 취하고 있다. 생태계를 다층구조로 보는 인식은 전형적인 생태학적 세계관의 산물로서, "각각의 구조들은 그 부분들의 관점에서는 전체를 형성하지만, 동시에 그보다 큰 전체에 대해서는 부분이" 된다는 것이다. 다층구조는 생물의 조직 특성일 뿐만 아니라 생태계나 사회 시스템 내에도 존재한다. 살아 있는 시스템들은 다른 더 큰 살아 있는 시스템 내부에 깃들어 있다.[23]

데이비드 봄의 홀로그램(hologram) 우주론은 이러한 생태학적 다층구조와 연결되어 있다. 봄의 가설에 의하면 우주는 무수히 많은 겹과 층으로 이루어진 홀로그램 구조로 이루어져 있다. 부분은 더 큰 부분에 담겨 있으며, 모든 부분들은 전체를 반영하고 있다. 홀로그램 우주는 경직된 구조가 아니라 부분과 부분, 부분과 전체가 직물처럼 정교하게 상호연결되어 끊임없이 역동적으로 상호작용하는 유동적 구조인 홀로무브먼트(holomovement)이다.[24] 홀로무브먼트로서의 우주는 전일적 단일체이다.[25] 이러한 홀로그램 우주론은 화엄사상과 매우 유사한 사유체계이다.[26]

이광수의 우주-생태계에 대한 사유와 상상은 이러한 생태학적 다층구조

---

23 F. Capra, 『생명의 그물』, 김용정 · 김동광 역, 범양사, 2004, 47~48쪽.
24 그래서 봄(David Bohm)은 "영원히 살아 움직이는 역동적 우주의 성질"을 담아내기 위해 홀로무브먼트(holomovement)라는 표현을 사용한다. Michael Talbot, 『홀로그램 우주』, 이균형 역, 정신세계사, 2007, 77쪽.
25 "봄은 이것이 우주가 하나의 거대하고 획일적인 덩어리임을 의미하는 것은 아니라고 지적한다. 사물은 나뉘지 않는 전체의 일부분이면서도 동시에 자신의 고유한 속성을 지닐 수 있다."
    봄의 홀로그램 우주론에 대한 일반적인 사항은 다음을 참고할 수 있다. 위의 책, 56~87쪽.
26 위의 책, 407~408쪽.

론의 맥락과 맞닿아 있다.

> 뉘라 지구더러 마음이 없다 하던고?
> 지구에 마음 없으면 내게 마음 있으리
> 나의 괴로움은
> 지구의 괴로움이다
>
> 그가 구는 것도 달리는 것도
> 난 날이 있으니 끝날 날도 있다
> 그의 業障이 다할 때
> 그의 大願이 이룰 때
>
> 나의 業과 願은 地球의 業과 願
> 地球의 業과 願은 太陽의 業과 願
> 그리고 太陽의 運命은
> 곧 宇宙의 運命이다
>
> 아아 無始의 한 生命 한 願의 마음
> 쉬움 없이 움직이고 변화하는 그 애씀
> 그 願이 무엇이런가
> 더욱 큰 사랑의 調和
>
> —「地球」[27] 부분

이 시에서 우주는 겹으로 이루어져 있다. 나는 지구에 담겨 있고, 태양계가 지구를 감싸고 있으며, 태양계는 우주에 포함되어 있다. 우주는 나–지구–태양계–우주의 겹으로 이루어져 있는 것이다. 이러한 인식체계에서는

27　『이광수 전집』9, 520쪽(『문예』제2권 6호, 1950.6).

나에게 마음이 있으므로, 내가 놓여 있는 지구에 마음이 담겨 있는 셈이고, 지구에 마음이 있으므로 태양계에 마음이 있고, 태양계에 마음이 있으므로 우주에도 마음이 깃들여 있는 것이 된다. 결국 우주는 하나의 마음으로 통일되어 있는 전일적 단일체이다.

이 시의 사유체계에서 하나의 마음은 우주의 가장 작은 부분인 "나"의 마음이면서 동시에 우주 전체의 마음이다. '일체유심조(一切唯心造)'와 연결하여 생각해보면, 우주 전체가 "나"의 마음 안에 담겨 있는 것과도 같다. 이러한 사유와 상상 속에서 전체는 부분을 담고 있으며, 부분은 전체를 반영한다.

화자는 "나의 業과 願은 地球의 業과 願, 地球의 業과 願은 太陽의 業과 願"이라고 말한다. "나의 업과 원"은 나에게서 끝나는 것이 아니라 인과론적 질서에 의하여 더 큰 부분, 그리고 전체를 향하여 퍼져나간다. 우주의 다층적 구조 안에서 부분과 부분, 부분과 전체는 인과론적 질서에 의하여 치밀하게 짜여진 전일적 단일체를 이루고 있는 것이다.

이광수는 우주-생태계의 전일성을 다음과 같이 표현한다.

> 萬物은 빛으로 이어서 하나
> 衆生은 마음으로 붙어서 하나
> 마음 없는 衆生 있던가?
> 빛 없는 萬物 있던가?
> 흙에서도 물에서도 빛은 난다
> 만일에 탈 때에는 왼 몸이 모두 빛
>
> 해와 나
> 모든 별과 나
> 빛으로 얽히어 한 몸이 아니냐?

소와 나, 개와 나
마음으로 붙어서 한 몸이로구나
마음이 엉키어서 몸, 몸이 타면은 마음의 빛

恒星들의 빛도 걸리는 데가 있고
赤外線 엑스線도 막히는 데가 있건마는
願없는 마음의 빛은 十方을 두루 비춰라.

—「빛」[28] 전문

"만물"이 "빛"으로 연결된 "하나"이듯이, "중생"은 "마음"으로 이어진 "하나"라고 말한다. "흙", "물", "해", "별"과 "나"가 빛으로 얽힌 "한 몸"이며, "소"와 "개"와 "나"가 마음으로 엮인 "한 몸"이다. 이 작품의 논리에 따르면 "마음이 엉키어서 몸, 몸이 타면은 마음의 빛"이 되므로 몸과 마음은 분리할 수 없는 것이다. 따라서, 우주는 하나의 몸과 하나의 마음으로 빚어진 전일적 유기체이다.

이광수의 세계관에서 전체로서의 대우주는 부분으로서의 무수히 많은 개체들과 소우주로 구성되어 있다. 그에 의하면 개체들과 소우주는 생멸을 반복하지만 대우주 차원에서는 영원한 생명만이 있다. 부분들이 생사를 되풀이하면서 전일적 단일체로서의 대우주의 생명을 유지해주기 때문이다. 그는 "生死를 兩分해서 볼 때에 死가 있고 生이 있고, 死는 슬픈 것, 生은 기쁜 것이라고 보지마는 人生을 全體로, 또는 宇宙를 全體로 볼 때에는 오직 生 하나가 있을 뿐이다."라고 말한다.

永劫의 生命은 시들함이 없어라

---

28 『이광수 전집』 9, 495쪽(『朝光』, 1936.2).

오긴 어디서 오며 가긴 어디로 가리

나다 죽다 있다 없다 해도

모두가 한 生命 빛이 넘실거려 걸이러라

— 산문 「生死片感」 중에서[29]

이광수는 무한한 생사의 반복으로 항상성이 유지되는 대우주의 생명을 "영겁의 생명"으로 규정한다. 대우주라는 전체의 차원에서는 부분의 형태나 상태만 변할 뿐 어느 것도 소멸하거나 새로이 생성되지 않는 "불생불멸, 부증불감, 무거무래"의 항상성이 유지된다.[30] 하나의 생명으로 충일한 대우주는 죽은 사물이 아니라 살아 있는 유기체이다. 이광수에게 우주는 단순한 하나의 유기체가 아니라 하나의 통일된 마음으로 연결된 전일적인 생명체이며, 무수히 많은 개체들이 인과론적인 관계를 형성하면서 살아가는 우주-생태계이다.

4. 자아 - 허무와 불멸

이광수의 시와 산문에는 상반된 두 가지의 자아관이 나타난다. 하나는 '찰나적 자아'이고, 다른 하나는 '불멸의 자아'이다.

찰나적인 자아 개념은 불교의 오온론과 맞닿아 있다. 오온론에 의하면 자아는 색수상행식의 무상한 다섯 가지 요소가 결합되어 생성된 가상적 자아

---

29 『이광수 전집』 8, 364쪽(『새사람』, 1937.4).

30 이와 관련된 불교 생태학적 견해는 다음을 참고할 수 있다. 김종욱, 『불교생태철학』, 동국대학교 출판부, 2004, 23쪽.

이다.[31] 따라서 진정한 자아란 존재하지 않는다. 나아가 오온의 해체와 더불어 가상적인 자아도 순식간에 소멸하게 된다. 이광수는 이와 같은 불교의 자아관에 기대어 다음과 같이 "개인의 허망함"을 지적한다.

> 佛家의 말대로 우리네의 生은 老病死와 憂悲苦惱에 찬 이른바, 火宅의 生活이요, 常住하는 生命이란 것도 없고 幸福이란 것도 없다. 즉, 저라는 個體의 生命은 時間當으로는 石火, 空間的으로는 一粟에 밎지 못하는 하잘 것 없는 것이다. 百年을 산들 宇宙의 悠遠함에 비겨서 무엇인가.[32]

불교는 삼천대천세계라는 광활한 우주 공간과 더불어, 겁 · 대겁 · 아승지겁 등의 무궁한 시간의식을 지니고 있다. 불교 신화에 의하면 부처는 3아승지겁 동안 보살행을 닦았는데, 3아승지겁은 3×1059겁이며, 겁은 1천 6백 8십만 년에 해당된다.[33] 이와 같은 불교의 시간 관념 속에서 인생 백 년은 찰나와도 같이 덧없는 순간이다.

불교는 인생과는 비교할 수 없을 만큼 어마어마한 규모의 시간을 제시하면서 인간을 겸손하게 한다. 불교의 신화적 시간관 앞에서 우리는 우주–생태계 내에서 우리가 얼마나 하찮은 존재인지를 깨닫게 된다. 불교의 시간은 우리가 우주–생태계의 거대한 중심이 아닌 작은 구성원임을 직시하게 하여준다.

이광수는 불교의 '작은 자아' 관념에 입각하여 '허망한 자아'를 형상화한다. 그렇다고 해서 우주–생태계 내에서 자아의 가치가 폄훼되는 것은 아

---

31 이광수는 이 가상적 자아를 "환상"으로 규정한다. 「想華」, 『이광수 전집』 8, 365쪽 (『삼천리』, 1941.1).

32 「생의 원리」, 『이광수 전집』 9, 419쪽(1935.5.26~6.2).

33 동국대학교 불교교재편찬위원회, 『불교사상의 이해』, 불교시대사, 2004, 436쪽 ; 定方晟, 『불교의 우주관』, 東峰 역, 진영사, 1988, 108~111쪽.

니다.

> 나는 이슬 한 방울
> 풀잎 끝에 앉은 이슬 한 방울
> 그러면서도
> 해뜨면 햇빛 받고 달 뜨면
> 달빛 받고 모든 별의 빛도
> 다 받아 비추이는
> 여리고도 작은 이슬 한 방울
> 스러질 때 스러지더라도
> 있는 동안에 있어
> 둥그렇게 둥진 제 모양
> 안 잃으랴고 바들바들
> 풀잎 끝에서 떠는
> 천지간에 이슬 한 방울
> 그것이 나외다.

—「나」[34] 전문

  이 시에서 자아는 "이슬 한 방울"로 형상화된다. 이슬은 아슬아슬하게 형체를 유지하는 연약한 존재이며, 매우 짧은 시간밖에 지속되지 않는 순간적인 존재이다. 이광수는 자아를 유약하면서 찰나적인 존재로 규정하고 있는 것이다. 그러한 위태로운 자아가 아옹다옹 살아가는 것이 인생이라고 말해 준다.

  이 작품의 상상력은 거기에서 그치지 않는다. "그러면서도/ 해뜨면 햇빛 받고 달 뜨면/ 달빛 받고 모든 별의 빛도/ 다 받아 비추이는"에는 "이슬"로

---

34 『이광수 전집』 9, 510쪽(『사랑』).

표상되는 자아는 비록 우주의 작은 부분이지만 우주 전체를 반영한다는 의미를 함축하고 있다.

이광수의 생태학적 사유체계에서 부분과 전체는 등가적인 관계이다. 그는 "개인의 허망"을 상기시키면서 우주-생태계라는 전체에 대한 인식을 강조한다. 그의 인과론에 의하면 개체로서의 "이슬"은 해체되어 다시 우주의 영원한 순환으로 편입된다. "이슬"이 없다면 우주가 존재할 수 없다. 부분과 전체는 상호의존적인 관계로 맺어진 유기적 단일체이다. 우주-생태계 내의 찰나적 자아들은 끊임없는 생멸을 되풀이하면서 우주-생태계를 구성한다. 이러한 사유와 상상에서 찰나적 자아는 생태학적 자아이다.

이광수는 '찰나적 자아'와 더불어 '불멸의 자아'를 상정하는데, 자아의 불멸성은 두 가지 차원에서 논의된다. 첫째는 "행의 불멸"이고, 둘째는 "생명(의식)의 불멸"이다.

첫째, "행의 불멸"[35]에 대해서 이광수는 '힘의 불멸'이나 '업의 불멸' 등과 같이 표현을 달리하기도 한다. 이것은 개체는 소멸하더라도 행위, 말, 생각 등 개체의 모든 행과 업은 소멸하지 않고 우주에 스며든다는 것이다.

> 나는 因果應報를 믿습니다. 힘의 불멸을 믿습니다. 내가 몸으로, 입으로 마음으로 짓는 일(업)은 하나도 소모됨이 없고 반드시 그만한 결과로 갚아진다는 이치를 부처님께서 배워서 믿습니다. 또 물리학과 화학에서 배워서 믿습니다.
>
> 내가 하는 일은 말할 것도 없고, 말 한 마디, 생각하나도 불멸입니다. 그러므로 내가 이 나라, 이 백성이 가장 좋은 나라, 가장 좋은 백성이 되어지라 하는 내 願力도 불멸입니다.
>
> 그러므로 비록 머리카락 한 올만한 힘밖에 못되는 내 원력이라도 백성,

---

35 「생의 원리」, 『이광수 전집』 9, 419쪽(1935.5.26~6.2).

천생에 쌓이고 쌓이면 반드시 그대로 실현될 것을 나는 굳게 굳게, 진실로 진실로 믿습니다. 그것을 믿길래로 나는 희망을 잃지 아니합니다.[36]

인과응보의 논리로 행의 불멸에 대해서 언급하고 있다. 그에 따르면 자아가 죽더라도 "내가 몸으로, 입으로 마음으로 짓는 일"인 업은 하나도 소모되지 않고 고스란히 우주에 축적되어 영향력을 발휘하게 된다. 나아가 현생의 "행"과 "업"은 윤회에 의하여 다시 태어난 자신에게 고스란히 돌아오게 된다. 이광수의 논리에 의하면 아무리 작은 것일지라도 자신에 의해 생성된 에너지나 정보는 우주로 퍼져나가 영향력을 미치고 결국은 자기 자신에게 돌아오는 것이다. 이는 우주-생태계에 대한 자아의 책임을 강조한 것이다. 자아의 "一念, 一言, 一行"이 모두 우주-생태계의 가족에게, 그리고 자신에게 영향을 미치게 되므로, 하나의 생각, 한 마디 말, 하나의 행동까지도 신중해야 한다.[37] 「지구」에서 확인할 수 있듯이, 우주-생태계의 다층구조 내에서 자아의 행은 지구에서 태양계로, 태양계에서 우주 전체로 퍼져나가게 되어 있다. 결국, 자아가 고립되고 덧없는 존재가 아니라, 우주-생태계 내의 책임 있고 비중 있는 존재임을 강조하는 논리인 것이다.

둘째로 이광수는 "생명(의식)"[38]의 불멸성을 윤회의 차원에서 논의한다. 우주 안에서 새롭게 생겨나거나 소멸하는 것은 없다는 견해를 골자로 하는 이

---

36 「인과응보」, 『이광수 전집』 8, 369쪽(1949.3.23).

37 이와 관련하여 「생의 원리」에서는 다음과 같이 말하고 있다.
    "현재에 '내가 하는 一念, 一言, 一行은 선이거나 악이거나 반드시 미래에 '내게로 돌아올 報'라는 우주의 법리를 자각하고 확신하여 퇴전치 아니하는 것이 생을 원하는 자가 가질 철학이다." 「생의 원리」, 『이광수 전집』 9, 419쪽(1935.5.26~6.2).

38 이광수에게 "생명(의식)"은 자기동일적 윤회의 주체로서 불멸하는 영혼의 개념에 가깝다. 「神秘의 世界-慈悲의 原理」, 『이광수 전집』 8, 406~409쪽(『大潮』 5, 1930.8) 참고.

광수의 인과론 체계에서 자아는 윤회의 방식으로 불멸한다. 그는, 에너지와 물질, 행위나 정보가 불멸이라면, 틀림없이 육체와 행의 주체로서 영혼에 해당하는 "생명(의식)" 또한 당연히 불멸하리라 생각했다.

> 나는 죽어서 다시 태어난다는 것을 믿습니다. 극히 사랑하는 곳에나 극히 미워하는 곳에 태어난다고 합니다. 악을 한 자는 악한 곳에 선을 한 자는 선한 곳에 태어난다고 부처임이 가르쳤거니와, 나는 그 말씀에는 흥미가 없습니다. 오직 내가 믿고 싶은 것은 극히 사랑하는 곳에 태어난다는 것입니다.[39]

그는 윤회를 믿었다.[40] 그에 의하면 자아는 끊임없이 몸을 바꾸면서 사람뿐만 아니라 동물로도 윤회한다. 비록 육체는 변하지만 "생명(의식)"은 소멸하지 않고 영원히 우주에 남는다고 생각하였다.[41] 우주–생태계 내의 어떠한 것도 소멸하거나 새로이 생성되지 않는다는 인과론의 사유체계에서는 생명(의식)도 소멸하지 않는 것이다.

---

39 「輪廻無盡」,『이광수 전집』9, 537쪽(『사랑』).
40 다음과 같은 글들에서 이광수의 윤회에 대한 신념을 확인할 수 있다. 「因果應報」 (1949.3.23) ; 「輪廻無盡」(『사랑』) ; 「神秘의 世界–慈悲의 原理」(『大潮』5, 1930.8) ; 「心懷」(『조광』4권 11호, 1938.11).
41 자아를 이슬과 같은 찰나적인 존재로 보면서도, 동시에 영원히 윤회하는 존재로 규정한다는 점에서, 이광수의 자아관은 일견 모순으로 보인다(이러한 의문은 무아론과 윤회론을 인정하는 불교사상 자체에서도 발견된다). 이광수는 이 두 가지 자아관을 각각 다른 글들에서 단편적으로 다룬다. 따라서 두 가지 자아관 사이의 거리를 해소하고자 하는 적극적인 노력을 보여준 적이 없다. 그렇다고 해서 두 자아관이 양립할 수 없는 것은 아니다. 두 자아는 동일한 자아의 서로 다른 측면으로 바라볼 수 있기 때문이다. 찰나적 자아가 하나의 영혼과 육체로 이루어진 개체의 차원이라면, 영원한 자아는 그 찰나적 자아의 영혼이 고립된 개체의 육체를 버리고 끝없이 새로운 육체로 옮겨가는 과정의 차원에서 이해할 수 있다.

영원한 역사를 씨에 담아 또 피고 또 피어
한없이 같은 꽃을 피어도 다 새 꽃이다
무궁한 윤회에 그의 바라는
목적은 무엇인고?

─「꽃」⁴² 부분

이광수는 윤회를 끊임없이 피고 지는 꽃에 비유하고 있다. 죽음과 탄생이 끝없이 반복되는 "무궁한 윤회"에서 윤회의 주체인 "생명"은 영원한 존재이지만 낡은 존재는 아니다. 화자는 "한없이 같은 꽃을 피어도 다 새 꽃이다"라고 말한다. 윤회에 의하여 재탄생하는 생명은 같은 생명이지만 새로운 육체와 결합된 새로운 존재인 것이다. 자아는 불멸의 자기 동일성을 유지하면서도 끝없이 새로운 존재로 거듭나는 것이다. 다음 장에서 다시 살펴보겠지만 윤회론에 호흡을 대고 있는 "생명(의식)"의 불멸성은 모든 생물을 인간과 대등한 생명권을 갖는 평등한 "동포"로 규정하는 급진적으로 생태적인 사유체계이다.

이광수가 생각한 자아들은 결코 고립된 개체가 아니다. 대우주를 반영한 소우주이며, 우주─생태계에 영향력을 행사하면서 우주─생태계 내를 끝없이 순환하고, 우주만물과 유기적인 관련을 맺고 있는 생태학적 자아이다.

5. 생명 평등 의식

이광수가 생각한 "생명(의식)의 윤회"⁴³에서 "생명(의식)"은 사람뿐만이 아

---

42 『이광수 전집』 9, 533~534쪽(『사랑』).
43 「神秘의 世界─慈悲의 原理」, 『이광수 전집』 8, 406쪽(『大潮』 5, 1930.8).

니라 다양한 생물들로 몸을 갈아입는다. 「신비(神秘)의 세계(世界)−자비(慈悲)의 원리(原理)」에서는 닭과 닭을 잡는 사람이 서로 입장을 바꾸어가는 서사로서 윤회에 대해서 논하고 있으며, 「돌베개」에서는 죽은 새의 윤회에 대해 언급한다.

> 나는 동물원에서 여러 가지 동물들이 살아가는 모양을 볼 때에 그들의 지력과 정의의 움직임이 너무도 나 자신에게 가까운 것을 놀라지 아니할 수 없소. (중략)
> 내가 놀라는 자극에는 그도 놀라고 내가 슬퍼할 일에는 그도 슬퍼하오. 그는 다만 말을 못 통하는 외국 사람일지언정 나와 같은 동포임에는 틀림없지요.[44]

윤회론에 입각한 이광수의 사유체계에서 모든 생물은 동일한 생명을 지니고 있기 때문에 평등하다. 그러한 평등의식은 "동포"라는 단어에 집약되어 있다. 그는 "사람과 닭은 동포가 아닌가"라고 반문하기도 하며,[45] 한편으로는 사람을 "생물"로 지칭하기도 한다. 또한, 동물원의 동물들이 사람들이 놀라는 자극에 같이 놀라고, 사람들이 슬퍼할 일에 슬퍼한다는 점을 근거로, 동물들을 "다만 말을 못 통하는 외국 사람일지언정 나와 같은 동포"로 평가한다. 「삼계중생(三界衆生)」에서는 "三界衆生이 모도다 同胞"[46]라고 말하기도 한다. 이광수는 모든 생물체는 인간과 대등한 생명권을 가진다고 생각한 것이다.

윤회론적 인식은 시에도 잘 드러나고 있다. 「비둘기」[47]에서 봄 아침 비둘

---

44 「神秘의 世界−慈悲의 原理」, 『이광수 전집』 8, 409쪽(『大潮』 5, 1930.8).
45 「神秘의 世界−慈悲의 原理」, 『이광수 전집』 8, 405쪽(『大潮』 5, 1930.8).
46 「三界衆生」, 『이광수 전집』 9, 559쪽(『衆明』 1권 1호, 1933.5).
47 『이광수 전집』 9, 496쪽(『朝光』, 1936.5).

기의 울음소리는 죽은 아이가 비둘기로 환생하였음을 암시해준다. 그리고, 「할미꽃」에서 "할미꽃"은 "찌그러진 집"에 살다가 보리밭 가 "찌그러진 무덤"에 묻힌 노파의 환생이다.

> 이 봄에도
> 보리는 푸르고 할미꽃이 피니
> 그의 손자 손녀의 손에
> 나물 캐는 흙 묻은 식칼이 들렸고나
>
> 변함 없는 農村의 봄이여
> 끝없는 흐르는 人生이여
>
> ─「할미꽃」[48] 부분

죽은 노파는 "할미꽃"으로 환생하여 나물 캐는 손자와 손녀를 곁에서 지켜보고 있다. 이광수의 세계관에서 생명은 소멸하지 않고 끊임없이 윤회를 하며 후손들과 인연을 맺는다. 이광수는 윤회론에서 한 걸음 더 나아가 모든 생명을 인간과 대칭적 관계에서 바라본다. 대칭적 사유의 시각에서는 모든 생명체가 인간과 같은 희로애락을 지니고 있다.

> 뜰 가에 우는 버러지
> 그 작은 가슴에도
> 기쁨도 있고
> 슬픔도 있고
> (중략)
> 가을비 부실부실

---

48 『이광수 전집』 9, 503~504쪽(『춘원시가집』).

찬 기운조차 도는 날
벌레와 나와
잠 못 일고 생각하는 밤

—「귀뚜라미」[49] 부분

전차 소리도 끊긴 깊은 밤에 잠을 이루지 못한 화자는 홀로 뜰에 나와서 서성거리고 있다. 가을비가 부슬부슬 내려 찬 기운이 도는 뜰에는 벌레 소리가 가느다랗게 명멸하고 있다. 화자는 귀뚜라미 또한 자신과 마찬가지로 잠을 이루지 못하고 깊은 사색에 잠겨 있다고 생각한다. 따라서 귀뚜라미도 사람과 같이 기쁨과 슬픔을 지닌 존재라고 말한다.

이광수의 대칭적 상상력은 동물에 국한되는 것이 아니라 식물에도 적용된다. 가령, 「그 나무 왜 꺾나」에서는 "애기네들/ 그 나무 왜 꺾나/ 애기네 손가락 발가락/ 똑똑 꺾으면 안 아프겠나"[50]라고 말한다. 식물도 사람과 같이 손가락, 발가락을 가지고 있으며 고통을 느끼는 것이다.

앞에서 살펴본 바와 같이 이광수의 생태학적 상상력 속에서 우주는 여러 개의 겹과 층으로 구성되어 있으며, 부분은 전체를 반영하고, 전체는 부분을 감싸고 있다. 그러한 상상력에 의하면 모든 생명체들은 자신을 에워싼 소우주를 가지고 있다.

적은 일이라 하면 적다마는
크게 보면 宇宙와 같이 크다
알 수 없는 生命의 神秘
야속히도 살려는 종내 慾心

---

49 『이광수 전집』 9, 496쪽(『여성』, 1937.1. 신년호).
50 「그 나무 왜 꺾나」, 『이광수 전집』 9, 511쪽(『사랑』).

그러면서도 안타까와라

無明에 가리워진 마음의 힘

—「구더기와 개미」⁵¹ 부분

「구더기와 개미」는 총 22연으로 이루어진 대단히 긴 시이다. 생존을 위한 구더기와 개미의 싸움을 내용으로 한다. 화자는 수챗구멍을 빠져나온 구더기가 우화하기 위해 머무를 공간을 찾으면서 개미를 만나 사투를 벌이다가 마침내는 개미의 먹이가 되기까지의 과정을 한 편의 드라마처럼 사실적으로 그려내면서 논평을 가하고 있다.

집안 뜰의 "한 구석"에서 벌어진 "적은 일"이지만 "크게 보면 우주와 같이 크다"고 말한다. 작품에서 다루는 장면은 우주의 한 귀퉁이에서 벌어진 작은 사건이지만, 구더기와 개미에게는 우주 전체에서 벌어진 일과도 같다. 이 시는 구더기와 개미의 마이크로코즘에서 벌어지는 사건을 다루고 있는 것이다.

시적 주체는 구더기와 개미의 사투를 "욕심"과 "무명"에 사로잡힌 인간의 삶과 겹쳐놓고 있다. 인간의 삶도 결국은 구더기와 개미의 싸움에 불과한 것이다. 이광수의 생태학적 상상력에서는 곤충의 사회도 인간의 사회와 대칭적인 유사성을 확보하고 있다. 모든 생명체들은 자신들의 마이크로코즘에 담겨 있고, 그 소우주들은 대칭적인 관계를 확보하고 있다. 무수히 많은 소우주는 다 같은 하나의 사회이고, 모든 생명체와 그들이 담겨 있는 소우주는 평등한 가치를 갖는다.

이광수의 시에 나타난 생명 평등 의식은 다음 몇 가지로 정리해볼 수 있다. 첫째, 모든 생명은 평등한 가치를 지닌다. 둘째, 모든 생명체는 희로애

51　『이광수 전집』 9, 512쪽(『희망』 1, 1950.2).

락을 지닌 존재들로 인간과 대칭적 관계를 맺고 있다. 셋째, 모든 생명체들이 담긴 소우주 또한 대칭적이다.

6. 사랑-생태학적 실천 원리

앞장에서 살펴본 바와 같이 이광수의 시에서 모든 생명은 동등한 가치의 생명(의식)을 지닌 평등한 존재들이다. 그렇기 때문에 「할미꽃」, 「그 나무 왜 꺾나」, 「귀뚜라미」 등에 나타난 바와 같이 풀 한 포기, 나뭇가지 하나, 벌레 한 마리도 함부로 대해서는 안 된다. 그러한 논리를 근거로 시적 주체는 모든 생명에 대한 사랑과 존중을 권장한다.

> '악한 귀신들도 다들 와서 먹었으라
> 내 손에 죽은 버러지의 귀신들도
> 능금을 먹어 보라'고 다시 합장하니라
>
> ─「능금 공양」[52] 부분

이광수의 시적 상상력에서 생명(의식)은 소멸하지 않고 끝없이 우주를 순회한다. 끊임없이 육체를 갈아입으며 죽음과 탄생을 반복하는 것이다. 따라서 "모든 생물"은 평등한 가치를 지니게 된다.[53] 나아가 아직 육체를 얻지 않은 "귀신"들과 심지어는 "악한 귀신"들까지 우주-생태계 내의 모든 거주자

---

52 『이광수 전집』 9, 567쪽(『춘원시가집』),

53 "남이(家族이, 民族이, 人類가 子孫이, 누군지 모르나 뒤에 올 사람들이, 또는 짐승들이, 모든 衆生이, 過現未의 모든 存在가) 잘 되기 위하여, 조금이라도 苦를 덜기 위하여 조금이라도 樂을 더하기 위하여 제 몸을 희생하는 맘!" 「神秘의 世界-慈悲의 原理」, 『이광수 전집』 8, 408~409쪽(『大潮』 5, 1930,8).

들은 평등한 생명체이다. 이러한 세계관에 입각하여 시적 주체는 "삼계 중생이여 우리 미워하지 말고 서로 사랑합시다"(「우리 서로」)라고 말한다.

> 나는 그대를 사랑하노라
> 하고 싶어하는 사랑이매
> 그대에게 구하는 바 없노라
>
> ─「無所求」[54] 부분

이광수 시에서 사랑은 타자에 대한 존중과 배려를 넘어서서 자기 희생을 요구한다. 이광수에게 사랑은 '주고 받는' 사랑이 아니라 무조건적으로 주는 이타적인 사랑이다. 그러한 이타적인 사랑은 인과론에 토대를 두고 있다. 이는 「생의 원리」를 통해 확인할 수 있다.

> (一) 因果의 理
> (二) 全體를 爲하여 個體를 바침
> (三) 個體의 生命과 富貴의 虛妄함.
> 이 세 원리를 포함한 철학을 생의 철학이라고 할 것이다.[55]

이광수가 '생의 원리'로 제시하는 세 가지 항목은 밀접하게 엮여 있다. 첫째, "인과의 이" 항목은 우주는 인과의 원리에 의해 꽉 짜여진 전일적 유기체라는 것이다. 우주만물과 사건이나 정보는 서로 인과론적으로 연결되어 전일적인 우주─생태계를 형성하게 된다는 세계관이 이광수 생철학의 제1조이다.

---

54 『이광수 전집』 9, 498쪽(『조선문학』 14, 1937.8).
55 「생의 원리」, 『이광수 전집』 9, 420쪽(1935.5.26~6.2).

두 번째와 세 번째는 동일한 사항에 대하여 표현을 약간 달리한 것이다. 둘째 항목은 개체는 전체를 위해 존재한다는 것이다. 셋째는 개체의 생명과 부귀는 허망하다는 것으로 둘째 항목에 대한 부연에 가깝다. 두 항목에 의하면, 개체의 생명은 찰나적인 것이지만 개체들이 빚어낸 전체는 영원하다. 개체의 개체성은 허망하며, 개체는 "宇宙 全體의 有目的的 運行의 一所任"을 수행하기 위하여 존재한다. 따라서 "꿈 같고 물거품 같은" 개체는 전체를 위하여 생명을 바쳐야 한다. 이광수는 이러한 무조건적인 사랑의 원리를 "행의 불멸이라는 인과의 이법에서 배웠"다고 말한다.[56]

> 진 빚은 갚아야 한다
> 갚을 날짜는 못 물린다
> 하루도 못 물린다
> (중략)
> 지워 버릴 수 없는 영원한 기록
> 줄 것 받을 것의 정확한 기록
> 아 因果應報―이것이 운명이란 것이다
>
> ―「因果應報」[57] 부분

무조건적인 사랑은 사실 무조건적이지 않다. 왜냐하면 인과의 원리에 의하여 받은 것을 돌려주는 것이기 때문이다. 이광수는 "물질적으로 세력이 불멸인 것 같이 인사에서도 행의 불멸을 확신"[58]한다고 말한다. 시 「인과응

---

56 "오직 이 꿈 같고 물거품 같은 生命을 全體를 위하여 바치는 데만 진정한 榮光이 있고 永生이 있는 것이다. 왜 그런고 하면 衆生은 永生하는 것이요, 衆生의 幸·不幸은 내의 行의 如何에 달린 것을 行의 不滅이라는 因果의 理法에서 배웠으므로." 「생의 원리」, 『이광수 전집』 9, 420쪽(1935.5.26~6.2).

57 『이광수 전집』 9, 510쪽(『사랑』).

58 「생의 원리」, 『이광수 전집』 9, 419쪽(1935.5.26~6.2).

보」에서는 "행"의 불멸로서 "인과응보"를 "지워버릴 수 없는 영원한 기록"이라 규정하고 있다. 모든 생명은 과거에 자신이 지은 업과 타자에게서 받은 사랑의 대가를 지불해야 한다. 현재의 삶에서 요청되는 무조건적인 사랑은 그와 같은 인과론적인 대가라 할 수 있다.

이광수는 불성이란 다름이 아닌 사랑이라고 생각했다. 표범, 곰 같은 맹수들마저도 부부 간에, 그리고 어미 새끼 간에 사랑의 정을 보인다는 사실을 내세우면서 "개유불성(皆有佛性)"을 모든 생명체에 내재된 사랑의 의미로 해석한다.[59] 인과론적인 원리에 의하여 운행되는 우주-생태계 내의 모든 생명은 사랑을 지니고 있으며, 이 사랑이 곧 불성이다. 불성으로서의 무조건적이고 자기희생적인 사랑은 전생이나 과거에 자신이 받은 사랑에 대한 인과론적인 대가이다.

> 무엇은 못 드리리, 몸이어나 혼이어나
> 억만 번이나 죽고 나고 죽고 나서
> 그 목숨 모다 드려도 아까울 것 없어라
>
> 三千大千世界 바늘 끝만한 구석도
> 임 목숨 안 버리신 따이 없다 하였어라
> 중생을 사랑하심이 그지 없으시어라
>
> 어둡던 맘일러니 이 빛이 어인 빛고?
> 久遠劫來에 못 뵈옵던 빛이어라
> 그리고 굳은 業障이 이제 깨어지니라
>
> 무엇을 바치리까? 박복하고 빈궁하와

---

59 「神秘의 世界-慈悲의 原理」, 『이광수 전집』 8, 409쪽(『大潮』 5, 1930.8).

바칠 것 바없어라. 그동 몸을 아끼리만

한 송이 꽃만 못하오매 그를 설어합니다.

—「佛心」[60] 부분

"임"은 "불심"이고 "불성"이며, 그것을 담고 있는 모든 생명체이자 전일적인 우주이다. 화자는 "三千大千世界"의 우주-생태계가 그러한 "임"의 사랑으로 가득하다고 말한다. 그런데 "임"의 사랑은 죽음이다.[61] 풀 한 포기, 벌레 한 마리도 모두 "임"으로서, 아무리 하찮게 여겨지는 생물일지라도 모든 생물의 죽음은 결국 우주 전체를 위한 자기희생적 사랑이다. "임"으로서의 모든 생명체들의 끝없는 죽음에 의하여 우주-생태계는 지속된다. 따라서 어떤 죽음도 헛된 죽음은 없다. 모든 생명체는 결국 죽음을 통해 전일적인 우주-생태계에 기여하게 된다. 그러므로 죽음은 곧 우주와 타자에 대한 "사랑"이며, 우주만물에 담겨 있는 불성이라 할 수 있다. 이광수는 "죽음"에 대한 강조를 통해, 우주-생태계 내에서의 타자에 대한 무한한 희생의 중요성을 말해준다.

이광수의 생태학적 사랑은 이원적인 의미 체계로 구성된다. 한편으로는 동등한 생명체로서 모든 생명체에 대한 배려와 존중의 의미를 지닌다. 다른 한편으로는, "삼천대천세계"로서 우주-생태계 전체를 위한 개체의 희생을 의미한다.

---

60 『이광수 전집』9, 571쪽(『춘원시가집』).

61 "임 목숨 안 버리신 따이 없다 하였어라" 이 대목은『법화경』에서 인유한 것이며, 자연의 끝없는 순환이 투영된 윤회론적 죽음과 재생의 원리, 그리고 우주만물의 상호의존성을 반영하고 있다. 박정호는『춘원시가집』의 서문에서 부처의 무수한 죽음을 사랑과 연결시킨다. 박정호, 「序」,『춘원시가집』, 7쪽 참고.

7. 시사적 의의와 한계

생태주의는 이광수 사상의 한 측면이며, 그것은 전일적 유기체론으로 규정할 수 있다. 카프라는 20세기 후반 이후의 생태주의 운동을 기계론적 세계관에서 전일론(holism)적 세계관으로의 패러다임 전환(paradigm shift)으로 규정한다.[62] 전일론은 아득한 고대부터 신비적 합일(unio mystica)을 본질로 하는 신비주의의 흐름 속에 보존되어왔으며 생태담론과 더불어 활성화된다. 일방적으로 전체를 강조하는 전일론은 자칫 에코파시즘으로 전락할 수 있다. 생태학적 전일론에는 부분과 부분, 부분과 전체의 조화와 균형에 대한 인식이 전제되어야 한다.

이광수가 많은 개념을 빚지고 있는 헤켈의 일원론(monism)[63]은 정신적인 것이나 영적인 것을 추방한 일종의 유물론적 전일론이라 할 수 있다. 헤켈은 자신의 일원론의 기원을 스피노자에게 돌린다.[64] 스피노자에게 우주는 인과론적 질서에 의해 구성된 단일체로서, 거기에는 인간의 의지나 자유가 개입할 틈이 없다.[65] 스피노자를 창조적으로 계승한 헤켈의 일원론에서 모든 개체들은 "실체의 일시적인 형상들(transitory forms)"일 뿐이다.[66] 인간의 영혼도 화학적·물리적 실체의 법칙을 따르는 자연 현상의 하나이다.[67] 개인과 영혼을 부정하면서 유물론적·인과론적 전체를 강조하는 헤켈의 일

---

62 F. Capra, 앞의 책, 17~24쪽.

63 헤켈은 자신의 우주론을 일원론으로 규정한다. 일원론에 대해서는 다음 부분을 참고할 수 있다. Ernst Haeckel, *ibid*, pp.20~21.

64 위의 책, 215~216쪽.

65 이러한 스피노자의 인과론은 19세기 결정론에 이론적인 토대를 제공해준다. J. Hirschberger, 『서양철학사』 下, 강성위 역, 이문출판사, 1987, 230~232쪽.

66 Ernst Haeckel, *ibid*, p.216쪽.

67 위의 책, 88~107쪽.

원론은 반인간주의라는 지적을 충분히 받을 수 있다. 실제로 헤켈의 일원론은 나치즘에 이론적인 토대를 제공한 것으로 평가된다.[68] 『에코파시즘』의 저자들이 경계하듯이, 전일론에 호흡을 대고 있는 생태주의는 파시즘의 전체주의(totalism)에 손쉽게 휩쓸리는 경향이 있다. 생물학–생태학의 범주와 사회학의 범주에서 부분과 전체의 관계는 유사하지만 동일하지 않다. 따라서 양자의 차이를 간과한 전일론의 사회적 적용은 파시즘적인 폭력의 정당화로 이어질 수 있다.

생태주의적 전일론과 전체주의는 이광수 사상의 빛과 어둠이다. 양자는 샴쌍둥이처럼 불가분의 관계로 맞물려 있다. 이광수의 전체주의는 파시즘의 관점에서 활발하게 연구되었으나[69] 그것의 다른 얼굴인 생태주의는 간과되어왔다. 일제 파시즘의 '전체'가 '일본 제국'이나 '대동아공영권'이라면, 생태주의의 '전체'는 '우주–생태계'로서, 범주가 명백하게 다르지만 이광수는 생태주의적 희생의 논리를 파시즘의 논리로 전용한다.

> 不知中 싱긋 웃고 키를 누른다. / "敵艦隊 찾았노라, 지금 突入하노라." /
> 父母님 모양, 故國의 山川, 번개지내듯, / 눈에 오직 겨누는 검은 點 하나.
> ──「敵艦隊찾았노라─神兵·松井伍長을 노래함」[70] 부분

---

68 헤켈은 '생태학'이라는 용어를 창안하였으며, 그는 생태학의 논리를 사회의 범주에 적용하면서 나치즘에 이론적인 근거를 제공하게 된다. J. Biehl and P. Staudenmaier, 『에코파시즘』, 김상영 역, 책으로만나는세상, 2003, 23~26쪽.

69 이광수의 파시즘에 대한 연구로는 다음을 참고할 수 있다. 김현주, 「이광수의 문화적 파시즘」, 『현대문학의 연구』14, 2000 ; 박찬승, 「이광수와 파시즘」, 김경일 편, 『한국사회사상사연구』, 나남, 2003 ; 최주한, 「1930년대 전반기 이광수의 지도자론과 파시즘」, 『어문연구』35권 3호, 2007 ; 차승기, 「'생'에의 의지와 전체주의적 형식」, 『원우론집』3권 1호, 1999.

70 『신시대』, 1944.12.

이 작품은 필리핀 가미카제 공격에서 전사한 것으로 알려졌던 조선 청년 마쓰이 히데오(인재웅)를 기리고 있다. 마쓰이의 자살 공격은 "부모님"과 "임금님"과 "고국"으로 표상되는 전체를 위한 개체의 희생으로 찬양된다. 이광수는 개체는 허망하지만 전체는 영원하다는 자신의 전일적 유기체론에 입각하여 자연스럽게 파시즘의 멸사봉공 정신을 선전한다.

> 一億一體로 皇國을 직히자/ 一億一體로 皇謨를 翼贊하자/ 이제 彼와 此가 업다/ 오즉 하나니라, 아아 오즉 하나니라. (중략) 내 生命 그것조차 바처올니자 / 우리 님금님께, 우리 님금님께.
> ——「모든 것을 바치리」[71] 부분

이 작품에서 확인할 수 있듯이 가미카제의 죽음은 "님금님"과 "황국"으로 표상되는 천황과 제국을 위한 죽음이다. 인류나 생태계 전체를 위한 희생이 아니라 특정한 집단을 위한 죽음인 것이다. 전체주의는 제한된 전체를 위해 개인의 희생을 강요하면서, 개인의 행복과 자아실현을 간과한다. 개인의 무조건적인 희생의 강요는 반인간주의적이다.

이광수 사상에는 헤켈적인 일원론과 불교적인 전일론이 공존한다. 스피노자와 헤켈의 일원론은 전체에 무게를 두어 부분의 가치를 간과하지만, 불교의 화엄사상이나 라이프니츠의 단자론[72]은 부분과 전체의 조화와 균형을

---

71 『매일신보』, 1945.1.18.
72 스피노자의 인과적 전일론에는 개인의 자유가 없다. 왜냐하면 개인은 인과론적 질서에 종속되기 때문이다. 어떻게 보면 이러한 인과론에서 개인은 무의미한 존재이다. 반면, 라이프니츠의 단자론에는 인과론적 질서와 개인의 자유가 공존한다. 라이프니츠의 단자는 "다른 것의 강압을 절대로 받지 않으며", "언제나 자유롭다." 화엄사상과 유사하게 라이프니츠의 단자론에서 부분은 전체와 대등하다. J. Hirschberger, 앞의 책, 254~256쪽.

강조한다. 본론에서 살펴보았듯이 이광수의 전일적 유기체론에는 부분과 부분, 부분과 전체의 조화와 균형이 전제되어 있다. 불교사상은 이광수의 생태사상에서 그러한 조화와 균형을 담보해준다.

반면, 파시즘의 논리에서는 스피노자-헤켈에서와 같이 개인의 자유와 의지가 억압되고 전체의 영원만이 부각된다. 이광수는 생태학적 희생의 윤리를 앞세우면서, 그러한 파시즘의 반인간주의적인 폭력과 부도덕을 은폐하고 정당화할 수 있었다. 적어도 스스로에게 윤리적인 면죄부를 부여하고 있었다.[73] 생태주의는 그의 전체주의를 방어하는 일종의 윤리적인 보루를 제공한 것으로 이해할 수 있다.

이광수의 생태시학은 1930년대 중반에서 한국전쟁에 이르는 기간 동안 활발하게 펼쳐진다. 한국 현대시사에서 이광수 외에도 1920년대의 한용운[74]과 전후의 서정주[75]가 인과적 우주론을 기반으로 생태시학을 보여주었다. 이광수와 유사하게 한용운이나 서정주도 근대과학의 근본 법칙을 인과론으로 이해하였으며, 불교사상의 근간을 이루는 법칙인 연기론이 일종의 인과론이라는 점을 근거로, 불교적 사유가 충분히 근대과학과 보조를 맞추

---

73 가령, "만물이 다 내 살이지마는" "더 사랑하는 이를 위하여서 인연이 먼 이를 희생할 경우도 없지 아니하단 말요."라는 논리로 전쟁을 정당화한다. 「육장기」, 『이광수 전집』 8, 56쪽.

74 한용운의 인과론과 생태시학에 대해서는 다음을 참고할 수 있다. 「宇宙의 因果律」, 『한용운 전집』 2(『불교』 90, 1931.12.1) ; 김옥성, 「한용운의 생태주의와 시학」 참고.

75 미당은 스피노자나 헤켈로부터 필연성("Notwendigkeit"), 물질불멸의 법칙("the law of the indestructibility of matter") 등과 같은 개념을 수용하여 과학과 불교를 변증시킨 불교생태사상을 전개하고 있다. 미당의 생태사상과 생태시학에 대해서는 다음을 참고할 수 있다. 서정주, 「내 마음의 현황」, 『서정주 문학 전집』 5, 일지사, 1972 ; 김옥성, 「서정주의 생태사상과 그 시학적 양상」 참고.
필연성의 법칙이나 물질불멸의 법칙에 대해서는 다음을 참고할 수 있다. J. Hirsch-berger, 앞의 책, 230쪽 ; Ernst Haeckel, *ibid*, p.212쪽.

어나갈 수 있다고 생각했다. 그리하여 근대과학과 불교를 변증시키면서 자신들의 독창적인 생태학적인 사유를 전개한다.

한용운, 이광수, 서정주의 생태사상은 우주를 신비적인 인과론으로 정교하게 짜여진 단일체로 바라보는 데에서는 매우 유사하다. 그러나 자연과 역사를 바라보는 시각에는 큰 차이가 존재한다. 한용운의 경우는 본질로서의 자연과 현상으로서의 역사를 분명하게 구분하고, 자연과 우주의 본질로서 부분과 부분, 부분과 전체의 조화와 균형을 이상으로 제시하였다. 현상적인 차원에서 차별을 인정하고, 부분과 부분, 부분과 전체의 조화와 균형을 실현하기 위한 실천을 강조하였다.[76] 만해는 궁극적으로 우주만물이 평등해지는 "절대평등"을 자신의 생태적 이상으로 설정하였다.

이광수와 서정주는 달랐다. 이들은 만해와 같은 부분과 부분, 부분과 전체의 "평등"보다는, 중생의 "총친화(總親和)"[77]와 "중생일가관(衆生一家觀)"[78]이라는 전일성의 논리를 앞세웠다. 부분과 부분, 부분과 전체의 조화와 균형보다는 전체의 번영에 무게를 두어 전체를 위한 부분의 희생을 요구하였다. 특히, 자연과 역사의 차이를 구분하지 않고, 자연과 우주의 전일성의 논

---

76 한용운의 생태사상은 "절대평등"으로 요약할 수 있다. 만해의 생태사상은 만유의 평등을 본질로 하지만, 현상적인 위계와 불평등의 정황을 시인한다. 만해는 본질적으로는 만유가 평등하지만, 현상적으로는 불평등한 상황에 놓여 있음을 분명하게 지적하고 있다. 한용운, 「朝鮮佛敎維新論」, 『한용운 전집』 2, 신구문화사, 1973, 44쪽 참고.

77 「육장기」의 결론 부분에는 이광수의 생태의식이 압축적으로 제시된다. 그에 의하면 우주는 살아 있는 하나의 유기체이며, 우주만물은 하나의 육체를 구성하는 형제들이다. 이광수는 이러한 사유를 "중생(衆生)"의 "총친화(總親和)" 사상으로 규정한다. 「육장기」, 『이광수 전집』 8, 56~57쪽.

78 서정주, 「불교적 상상과 은유」, 『서정주 문학 전집』 2, 일지사, 1972. 미당의 "중생일가관"에 대한 자세한 논의는 다음을 참고할 수 있다. 김옥성, 「서정주의 생태사상과 그 시학적 양상」, 124쪽.

리를 역사와 사회의 범주에 직접적으로 적용하여 에코파시즘적인 양상을 띠게 된다.

만해-춘원-미당으로 이어지는 생태사상은 인과론을 공분모로 긴밀하게 연결된다. 근대과학의 인과론과 불교의 연기론적 인과론은 분명히 다른 차원에 속한다. 그러나 이들은 양자가 동일한 범주에 해당한다고 판단하여, 불교의 연기론적 인과론이 근대과학의 원리에 충분히 부합된다고 주장한다. 그리하여 불교사상을 적극적으로 끌어들여 자연과 우주를 해석하는 논리로 활용한다. 이들의 생태학적 사유와 상상은 불교도 충분히 과학적이며, 따라서 과학의 시대에 생존할 수 있는 경쟁력을 갖추고 있다는 항변을 담고 있다. 그러한 주장은 명백한 오류를 떠안고 있다. 그러나 과학이 지배하는 시대에, 전통으로서의 불교를 과학과 변증시키면서 고대로부터 흘러오는 생태학적 사유를 우리 현대시의 흐름 속에 보존하여왔다는 점에서 의의가 크다. 이들의 문학적 성과는 생태위기 시대 우리 생태시학의 활성화를 위한 초석을 다져준 것으로 평가할 수 있다. 특히, 이광수의 생태시학은 식민지 시대 후반 우리 문학사의 암흑기에 집중적으로 전개되면서, 인과론적인 불교 생태시학의 명맥을 유지하였다는 점에서 의미심장하다.

한편 이광수의 생태시학은 우리 시대 생태시인들에게 경각심을 일깨워줄 수 있을 것이다. 인간과 자연의 조화와 화해, 생태계의 전일성에 대한 시적 낙관은 자칫 현실의 차별과 불평등을 은폐하는 데에 동조할 수 있다. 인간의 존엄성을 간과하고 자연과 생태계의 가치를 절대화하는 생태시학적 논리는 반인간주의나 에코파시즘으로 전락할 수 있다. 따라서 오늘날의 생태시인들은 현실의 차별과 불평등을 직시하면서, 개인과 자연, 생태계 전체의 가치에 대한 균형 잡힌 시각을 확보할 필요가 있다.

제3장

조지훈의 불교 생태시론과 상상력

심층생태론적 시론, 자아실현, 사랑, 에고이즘, 에코이즘

1. 서론

한국 현대시의 생태시학에 대한 연구가 활기를 띠기 시작한 것은 1990
년대부터이다. 그러나 20세기 후반 생태시학의 논의는 대체로 산업화 시
대 이후 시편에 대한 비평적 차원에서 이루어졌다. 비평적 차원의 논의들
은 2000년대 초반까지 열기를 잃지 않으면서 놀랄 만한 성과들을 보여주었
으나, 한편으로는 논의 대상이 산업화 시대 이후 시편에 편향되어 문학사적
연속성에 대한 인식을 확보하지 못하는 한계를 보이기도 하였다. 2000년대
중반에 이르러서야 그러한 경향에 대한 성찰이 대두되면서 생태시학에 대
한 학술적인 연구가 본격적으로 이루어지기 시작하였다. 그러한 연구는 대
상을 산업화 시대 이전 시인들의 시편으로 확장하여, 생태위기 의식이 대두
되기 이전의 생태학적 상상력과 미학의 몇 가지 양상을 밝혀내었다.[1]

---

1   이문재, 「백석 시의 생태학적 상상력 고찰」, 경희대학교 석사학위 논문, 2004 ; 김성
     화, 「박용래 시의 생태학적 상상력 연구」, 고려대학교 석사학위 논문, 2004 ; 이혜

그러나 산업화 시대 이전의 생태시학에 대한 연구는 아직 초보적인 단계에서 벗어나지 못하고 있다. 생태시학에는 전통과 근대가 맞물려 있는 만큼, 이 시기 생태시학에 대한 보다 넓고 깊은 연구를 통해 근대 이전의 전통에서 오늘날로 이어지는 다양한 생태시학의 계보를 파악할 필요가 있다. 그러한 성과를 토대로 한국 현대시의 생태시학이 생태위기 의식으로부터 급조된 것이 아니라, 유구한 전통과 근대의 변증 과정을 거쳐 면면히 이어져 온 것이라는 사실을 드러낼 수 있을 것이다. 글로벌한 차원에서 당면한 생태위기와 맞물려 생태시학이 21세기 시의 미래로 주목받는 상황에서 그러한 탐구는 큰 의미를 갖는다.

이 글은 조지훈의 시를 불교 생태학적 관점에서 살펴보고자 한다. 이미 많은 연구가 이루어진 바와 같이 유가적 가풍과 불가적 학풍의 영향 속에서 성장한 사상적 전기[2]와 무관하지 않게 조지훈의 시편에는 유가[3]와 불

<hr />

원,「살아 있는 관계의 회복을 실천하는 시-백석 시의 에코페미니즘적 이해」,『생명의 거미줄』, 소명, 2007 ; 이혜원,「박용래 시의 생태미학」,『생명의 거미줄』, 소명, 2007 ; 김옥성,「한용운의 생태주의와 시학」,『동양학』 41, 단국대학교 동양학연구소, 2007 ; 김옥성,「서정주의 생태사상과 그 시학적 양상」,『한국문학이론과비평』 34, 한국문학이론과비평학회, 2007.

2　이에 대한 논의는 다음 글들에서 찾아볼 수 있다. 박호영,「조지훈 문학 연구」, 서울대학교 박사학위 논문, 1988 ; 서익환,「조지훈 시 연구」, 한양대학교 박사학위 논문, 1988 ; 박경혜,「조지훈 문학 연구」, 연세대학교 박사학위 논문, 1992 ; 조석구,「조지훈 문학 연구」, 세종대학교 박사학위 논문, 1994 ; 주승택,「전통문화의 지속과 단절이 갖는 문화사적 의미」,『한문학논집』 12, 근역한문학회, 1994 ; 박제천,「조지훈의 인간과 사상」,『한국문학연구』 18, 동국대학교 한국문학연구소, 1995 ; 김옥성,『한국 현대시의 전통과 불교적 시학』, 새미, 2006, 20~21쪽 ; 송명희,「조지훈의 수필문학연구」,『한국문학이론과 비평』 35, 한국문학이론과비평학회, 2007.

3　김용직,「청록파의 초기시」,『정명의 미학』, 지학사, 1986 ; 박호영,「조지훈 문학 연구」, 서울대학교 박사학위 논문, 1988 ; 최승호,『한국적 서정의 본질 탐구』, 다운샘, 1998 ; 최승호,『한국 현대시와 동양적 생명사상』, 다운샘, 1995, 191~200쪽 ; 오세영,「선비정신과 자연의 의미」,『한국현대시인연구』, 월인, 2003.

가[4]의 정신사가 도저하게 흐르고 있다. 유교와 불교에 다 같이 생태학적 사유가 내재된 것이 사실이다. 그러나 본질적으로 유교는 인간관계의 윤리학에 초점을 두는 반면, 불교는 만물의 평등한 관계 회복에 대한 생태윤리에 관심을 둔다. 그렇게 볼 때 조지훈의 사회참여적 시학은 유교적 차원과 연결되며, 생태시학은 불교적 차원과 자연스럽게 이어진다.

　최근 다양한 분야의 연구자들이 불교 생태학에 큰 관심을 보이고 있다. 대부분의 종교들이 생태론적인 면을 구비하고 있지만, 특히 불교는 가장 생태적인 종교로 평가되고 있다. 한국 현대시의 불교 생태학적 연구는 한용운, 서정주를 중심으로 이루어졌다.[5] 이 글은 한국 현대시사에서 한용운, 서정주의 시학과 더불어 불교적 시학의 최고봉의 하나로 손꼽히는 조지훈의 시론과 시에 나타나는 생태론적 국면을 살펴보고 그 시사적 의의와 위상을 점검하고자 한다. 우선 불교 생태학의 상위차원으로서 심층생태론적 관점에서 조지훈의 시론을 살펴보고 나서 그를 토대로 구체적인 작품에 접근한다.

4　김동리, 「자연의 발견」, 『문학과 인간』, 청춘, 1948 ; 박희선, 「지훈의 초기작품에 나타난 禪趣」, 『시문학』 47. 시문학사, 1975 ; 김해성, 「禪的 詩觀考」, 『한국현대시비평』, 1976 ; 김용태, 「조지훈의 禪觀과 시」, 『睡蓮語文論集』 3, 1975 ; 현광석, 「한국 현대 선시 연구―한용운, 김달진, 조지훈, 고은」, 경희대학교 석사학위 논문, 2000 ; 정형근, 「범아와 자아의 합일―조지훈의 禪詩에 대한 한 해석」, 『만해학보』 7호, 만해사상선양회, 2004 ; 김옥성, 앞의 책.

5　김옥성, 「한용운의 생태주의와 시학」 ; 김옥성, 「서정주의 생태사상과 그 시학적 양상」.

2. 심층생태론적 시론과 사랑

1) 심층생태론의 자아실현

생명에 대한 태도를 돌아보면, 마르쿠제의 지적대로 근대인에게는 타나토스적 에너지가 지배적이었다.[6] 근대인들은 생명을 가까이하고 돌보는 대신 생명을 파괴하고 멀리 내쫓아왔다. 생명이 충만한 들판을 무자비하게 밀어내고 콘크리트와 아스팔트로 이루어진 무기체적인 도시를 건설하면서, 인간과 자연 사이에 벽을 쌓아왔다. 그리고 과학과 기술을 내세워 자연에 개입하면서 생태계의 질서를 파괴하여왔다. 오늘날 지구 온난화와 기상 이변, 생태계 교란 현상은 근대 이후 인류가 파괴적인 충동에 휩쓸려 전 지구적인 공멸을 향해 달려왔다는 견해를 설득력 있게 만들어주고 있다.

마르쿠제는 생태위기에 대한 근본적인 치유책으로 타나토스적 에너지를 에로스적 에너지로 전환할 것을 제안한다.[7] 살아 있는 것을 보호하고 돌보는 생명의 본능으로서 에로스를 만개시킴으로써 죽음을 향한 항로에서 벗어날 수 있다는 것이다. 이는 생태위기에 당면한 후기산업사회에서 개인과 사회가 취해야 할 정신적인 태도의 방향 전환에 관한 것으로 심층생태론의 견해와 유사한 점이 많다.

심층생태론자 네스는 생태위기를 넘어서기 위하여 무엇보다도 필요한 항

6 　마르쿠제는 프로이트의 에로스와 타나토스 개념을 사회학적으로 확장하여, 근대 사회의 타나토스적 속성에 대해 지적한다. 그에 의하면 근대적 개인의 내면과 그것의 사회화된 차원은 파괴적인 경향을 보이고 있으며, 그러한 파괴성은 오늘날의 생태위기와 직결되어 있다. H. Marcuse, 「정신 분석학적 생태학 : 생태학과 현대 사회 비판」, 문순홍 편, 『생태학의 담론』, 솔, 1999.

7 　위의 논문, 63쪽.

목으로 자아실현(Self-realization)을 제시한다. 그가 말하는 자아실현이란 자아를 근대적 세계관에 기초한 협소한 자아(narrow self)로 받아들이는 것이 아니라, 생태론적으로 확장된 넓은 자아(Self)로 인정하는 인식론적 전환을 의미한다.[8] 자아실현은 결국 자아를 자연의 일부로 받아들이고, 나아가 자아와 자연을 생물권이라는 그물망의 차원에서 인식하는 삶의 한 방법이며 과정이다.

자아실현을 통해 우리는 자연과 자아를 동일화하게 된다. 로덴버그는 네스가 말하는 동일화란 결국 사랑의 일종이라고 말한다.[9] 여기에서의 사랑이란 마르쿠제가 제안한 에로스와 동궤에 놓이는 것으로서 자연에 대한 심층적인 생명의 충동이라 할 수 있다. 그러한 사랑을 통해서 심층적인 차원에서 자연을 향하여 넓게 확장된 더 큰 정체성을 확보할 수 있게 된다.

여기서의 사랑은 인간관계에 국한되는 것이 아니다. 그것은 나뭇잎, 햇빛, 동물과 식물 등 생태계의 모든 존재들에 대한 경외심을 바탕으로 하는 것이다. 그렇다고 해서 그것이 전적으로 비합리적인 것은 아니다. 자연에 대한 경외심은 자연의 상호 의존 관계에 대한 논리적인 추론에 의지하고 있다. 추론에 의하여 우리는 자연과 우리가 서로 연결되어 있으며, 결국 분리될 수 없는 한 몸이라는 사실을 인식하게 된다.[10] 그러한 인식에 기반하여 우리는 자연을 사랑하게 된다. 심층생태론자들은 결국 깊은 곳에서 우리의 의식이 변해야 한다고 말한다.

심층생태론의 자아실현과 동일화의 미학적 측면을 우리는 서정시의 동일성에서 찾아볼 수 있다. 서정시의 동일성은 미학적 '순간'에 관련되는 반면

---

8   A. Naess, *Ecology, community and lifestyle*, D. Rothenberg trans and ed., Cambridge : Cambridge univ. press, 1995, pp.171~181.

9   D. Rothenberg, "Introduction : Ecosophy T - from intuition to system", *ibid.*, p.11.

10   *op.cit.*, p.10.

생태론의 자아실현과 동일화는 삶과 인식의 '과정'에 해당된다는 점에서 차이가 있지만 양자는 많은 부분 겹쳐진다. 서정시의 동일성은 생태위기가 인식되기 이전부터 근대의 반생태적 세계관에 대한 항의를 표출해왔다.[11]

조지훈은 우리 문학사에서 심층생태론적 시론을 탐구한 대표적인 시인이다. 그는 자신의 시론에서 심층생태론적인 "사랑"을 미학적 개념으로 사용하면서, 생태론적인 시론을 전개한다.

2) 사랑의 시론

칸트의 예술철학에 토대를 두고 있는 근대 미학의 핵심적인 논리는 미적 자율성이다. 그것은 근대 미학이 주권성을 확보하는 데에 결정적인 기여를 하였다. 그러나 다른 한편으로는 예술의 고립화를 초래하였다. 근대의 속성으로서 파편화와 고립화는 생태위기의 결정적 요인이다. 따라서 미적 자율성 차원의 근대 미학은 반생태적인 길을 걸어올 수밖에 없었다.

칸트는 예술미와 자연미를 날카롭게 구분한다.[12] 칸트는 예술미의 경우는 도덕과 무관한 자율적인 것이지만, 자연미의 경우는 근본적으로 도덕법칙과 겹쳐진다고 보았다. 그에 의하면 자연의 미는 우주적인 도덕적 질서의 표상이며, 자연의 미에 대해 직접적인 관심을 갖는 것은 언제나 도덕적으로 선한 영혼의 징표이다.[13] 그렇게 볼 때 근대 미학의 반생태화는 예술미와 자연미의 분리와 밀접한 관련이 있다. 예술가에 의한 창조물로서의 예술미는

---

11 가령, 근대 초기 낭만주의적 반동은 심층생태론의 근대적 기원이라 할 수 있다. 근대에 대한 낭만주의적 반동에 대해서는 다음을 참고할 수 있다. 김종서, 「과학과 종교, 그리고 환경」, 『종교와 과학』, 아카넷, 신장판, 2001, 218쪽 ; A.N. Whitehead, 『과학과 근대세계』, 오영환 역, 서광사, 2003, 119~149쪽.

12 I. Kant, 『판단력 비판』, 이석윤 역, 박영사, 1996, 175~180쪽.

13 M. C. Beardsley, 『미학사』, 이성훈 외 역, 이론과실천, 1989, 242~259쪽.

어떤 것으로부터도 자유로운 것으로 인식되면서, 근대 미학은 자율성이라는 명목 아래에서 자연이나 우주, 도덕에 대해 적극적인 저항을 전개하기도 하였다. 현대시의 퇴폐와 관능, 위반과 해체의 경향은 그러한 근대 미학의 논리에 토대를 두고 있다.

조지훈 시론은 예술미와 자연미의 관계 회복에 주안점을 두고 있다는 점에서 의의가 있다.[14] 조지훈은 "사랑"을 매개로 예술미와 자연미의 장벽을 허물어낸다. 조지훈 시론에서 "사랑"은 크게 두 가지 의미를 지닌다. 하나는 대자연의 생명으로서의 "사랑"이고, 다른 하나는 시인의 천분으로서의 "사랑"이다.

> 대자연의 생명을 현현(顯現)시키는 시인은 먼저 천분(天分)으로 뜨거운 사랑을 가진 사람이 아니면 안 되고 노력으로 사랑하고자 애쓰는 사람이 되지 않으면 안 될 것이다. 왜 그러냐 하면, 대자연의 생명은 하나의 위대한 사랑이요 그 사랑은 꿈과 힘을 지니고 있기 때문이다.[15]

조지훈 시론에서 대자연의 생명은 다음 몇 가지로 요약된다. 첫째는 상호 존중하는 정신이다. 둘째, 자라려고 하는 힘이다. 셋째, 장차 있어야 할 것에 대한 꿈이다. 대자연의 생명으로서의 "사랑"이란 그러한 생명의 제 차원들에 질서를 부여하여 우주에 생명이 가득하도록 유지하는 생명의 또 다른 차원이다.

다음으로 시인의 천분으로서의 "사랑"은 시정신에 관한 것이다. 조지훈은

---

14 이에 대해 조지훈은 다음과 같이 말한다. "자연에 더 많이 통할수록 우수한 시며 실제에서도 훌륭한 예술작품은 하나의 자연으로 남는 것을 볼 수 있다. 이로써 우리는 '自然美의 究極이 예술미에 結晶되고 예술미의 구극은 자연미에 환원된다'는 것을 알 수 있다."『조지훈 전집』2, 나남, 1998, 21쪽.
15 『조지훈 전집』2, 26쪽.

그것을 "애(愛)"와 "모(慕)"가 나누어지지 않은 에로스적인 것으로 설명한다. 에로스는 이데아로서 '대자연의 생명'[16]으로서의 사랑을 포착하여, 제2의 자연으로서 시를 창조하게 된다. 조지훈이 말하는 에로스는 피상적으로는 플라톤적인 개념에 가까워 보이지만, 실상은 시를 자연보다 저급한 모방으로 보지 않는다는 점에서 플라톤의 모방론의 입장과는 변별된다.

조지훈의 시론에서 시는 자연의 모방이 아니라 "자연의 연장"[17]이다. 시인의 천분으로서 사랑에 의해서 시인의 생명은 대자연의 생명과 호흡이 맞물리게 되고, 시인의 생명은 다시 시의 생명을 낳게 된다. 그리하여 시인–시–자연은 하나의 생명으로서 "유일생명(唯一生命)"[18]으로 연결된다. 그러한 까닭에 그는 "인간 의식과 우주 의식의 완전 일치 체험이 시의 구경"[19]이라고 말한다.

이렇게 볼 때 조지훈 시론에서 시인의 사랑은 대자연의 생명을 포착하여, 자연의 연장으로서 시를 창조하게 된다. 그리하여 시인–시–자연은 각각 고립된 개체로 존재하는 것이 아니라, "유일생명"으로 묶인 통합된 전체로 존재하게 된다. 조지훈의 시론에서 자아는 사랑을 매개로 시와 자연으로 확장된 자아인 셈이다.

조지훈 시론의 사랑은 오늘날 심층생태론자들이 말하는 자아실현과 동일화를 선취한 것이다. 심층생태론의 자아실현과 동일화는 윤리적인 것이며 동시에 미학적인 것이기도 하다.[20] 우주와 자아를 심미적인 유대관계로 인

---

16 여기에서의 대자연의 생명이란, 위에서 살펴본 생명의 세 차원과 그것의 조절 기제로서의 사랑을 포괄하는 개념이다.

17 『조지훈 전집』 2, 21쪽.

18 『조지훈 전집』 2, 32쪽.

19 『조지훈 전집』 2, 26쪽

20 근대 미학은 종교와 윤리로부터 독립된 자기준거적인 영역을 확보하기 위하여, 윤리에 대하여 대단한 거부감을 보여왔다. 그러나 순수하게 미적인 것만을 추구하는

식하면서, 윤리적인 실천을 추구하기 때문이다. 조지훈 또한 미학이 윤리와 독립된 것으로 보지는 않았다. 그는 미학은 지성과 윤리를 포용하여야 한다고 생각했다.[21] 따라서 조지훈의 시론은 심층생태론의 윤리적 측면과 미학적 측면을 포용하고 있는 것으로 평가할 수 있다.

조지훈은 어느 단상에서 자기 시론의 사랑이 깊이 뿌리내리고 있는 전통을 추측해볼 수 있는 단서를 암시한다.

> 사랑(愛) 때문에 집착이 생긴다. 그것이 애착(愛着)이란 게다. 애착 때문에 슬픈 업보(業報)가 생긴다. 사랑(愛)을 버려라. 사랑(大悲)으로 해탈(解脫)의 공덕이 온다. 그것이 자비라는 게다. 자비 때문에 아름다운 정토(淨土)가 이루어진다. 사랑(悲)하여라. (중략)
> 불타의 사랑은 자궁 없는 설움의 가엾은 모성애로다. 줌으로써 받고 받음으로써 주는 사랑이 아니라 줌으로써 주고 줌으로써 주는 사랑, 소애소욕(小愛小慾)이 아니라 대자대비(大慈大悲). 주고받는 사랑은 구경(究竟) 서로 빼앗고 빼앗기는 사랑이다.[22]

여기에서 조지훈은 "애착(愛着)"으로서 자기중심적인 편협한 사랑을 부정

견해는 근시안적인 것이다. 정화열이 지적하는 바와 같이 예술 혹은 미학적인 것은 문화적 공백에서 존재할 수도 없고 살아남을 수도 없다. 오늘날의 문화적 풍토에서 미학은 (생태)윤리를 강력하게 요청하게 되었다. 그러한 점에서 윤리적이며미학적인 차원으로서 생태학은 새로운 미학의 가능성을 제시해준다. 생태학의 윤리적미학적인 차원에 대한 견해는 다음을 참고할 수 있다. 장원철, 「자연, 생태, 그리고 문학생태비평의 가능성」, 경상대 인문학 연구소 편, 『인문학과 생태학』, 백의, 2001, 151~152쪽 ; F. Guattari, 『세 가지 생태학』, 윤수종 역, 동문선, 2003, 56~57쪽 ; Hwa Yol Jung(정화열), 『몸의 정치와 예술, 그리고 생태학』, 이동수 외 역, 아카넷, 2006, 177~178쪽.

21 『조지훈 전집』 2, 33쪽.
22 『조지훈 전집』 4, 나남, 1998, 172쪽.

한다. 나아가 계산적인 사랑, 인간중심적인 사랑, 심지어는 인간관계의 절제된 사랑까지 넘어서고자 한다. 그러한 점에서 그가 말하는 사랑은 '근본적으로' 인간관계의 윤리에 국한된 유교의 인(仁)도 넘어서는 것이다. 그는 계산적이고 절제된 행위로서 주고받는 상호작용이 아니라 무조건적으로 줌으로써 성취되는 사랑으로서 불교의 자비를 제안한다. 자비는 대상의 제한이 없는 폭넓은 개념으로 생물과 무생물, 가상과 실체의 구분을 부정하는 불이론(不二論)에 토대를 두고 있다. 조지훈 시론의 사랑은 그러한 불교의 자비에 호흡을 대고 있기 때문에, 인간과 예술, 그리고 자연의 벽을 허물고 시인-시-자연을 하나의 생명으로 묶어놓을 수 있는 것이다.

조지훈의 생태시학은 그러한 사랑의 시론에 기반을 두고 있다. "자연시"로 일컬어지는 일련의 시편들에서 조지훈은 자연의 생명력을 포착하여 자아와 자연을 연결하고자 하는 심층생태론적 자아실현에 대한 집념을 보여주었다.

다음 장에서는 불교 생태학적 관점에서 조지훈의 생태시학에 나타난 자아실현의 양상을 고찰하고자 한다. 먼저 초기 습작기 시편에서 어떻게 생태시학의 초석이 마련되는가를 살펴보고, 불교 생태학적 차원에서 생태시학에 나타난 자아실현의 구체적인 양상과 그 시사적 의의를 탐구한다.

2. 근대적 실존 비판과 자아실현

1) 고립된 자아와 자연의 발견

널리 알려진 바와 같이 조지훈은 초기시에서 모더니즘의 수련과정을 보여주었다. 비록 습작기 시편이기는 하지만 시적 주체는 일관적인 지향성을 보여준다.[23] 최근의 연구 성과들에 의해 그의 초기 시편이 이후의 시편들과 자연스럽게 이어지는 내적 논리를 지니고 있음이 밝혀졌다. 여기에서는 초기 모더니즘적 시편들로부터 어떻게 생태시학의 생성 계기가 마련되는가를 살펴본다.

> 六十七分勞動代價一金五錢也. 막걸리一盃一金五錢也. 막걸리一盃快飮所要時間二十三秒. 六十七分과二十三秒나의定價는五錢. 五錢에괴롭고五錢에즐거우니 六十七分에괴롭고二十三秒에즐거웁다. 이술이들어가면 二十四時間後에 五臟六腑에서刺戟을攝取하고꿈을먹고남은뒤 모든것에 濾過當하여排出되리니 아-六十七分의 剩餘價値. 아니二十三秒즐거움代價

—「計算表」[24] 전문

이 시는 숫자와 비문(非文)을 활용하여, 수량화되고 분열된 근대세계와 그 세계에 구속된 근대인의 모습을 암시해준다.[25] 근대는 자아와 세계에서 생명력을 탈취해가고 앙상한 숫자만을 남겨놓은 것이다. 수량화된 자아와 세계는 유기체적으로 통합되지 못하고 파편화된다. 시적 주체는 근대 세계 내의 자아를 외적 세계로부터 고립된 유폐적 실존으로 규정한 것이다. 수량화된 근대 세계에 유폐된 자아의 이미지는 「재단실」에서는 사방의 벽이 거울

---

23 최근에는 상대적으로 소홀하게 다루어져온 조지훈의 초기시에 대한 연구가 활발히 이루어지고 있다. 대표적인 논의로 다음을 참고할 수 있다. 김옥성, 앞의 책, 138~162쪽 ; 엄성원, 「조지훈의 초기시 연구」, 『한국문학이론과 비평』 35, 한국문학이론과비평학회, 2007. 김옥성은 모더니즘 경향의 초기시에서 어떻게 불교적 시학이 형성되는가를 면밀히 밝히고 있다. 그러한 논의의 연장선에서 엄성원은 '시적 영향의 불안'이라는 관점에서 초기시를 검토하고 있다.

24 『조지훈 전집』 1, 372쪽.

25 "나의 定價는 五錢"은 단적으로 근대인의 수량화를 말해준다.

로 이루어진 '재단실'에 사로잡힌 자아의 모습으로 변주되어 나타난다.

> 네 개의 거울 사이에서 나는 방황한다./ 네 개의 거울 사이에서 무수한 나를 찾아낸다./(중략)어느 것이 진실眞實로 나인가./단 혼자 다가서는 나 앞에 있는 '나'/여럿이 숨어 있어도 볼 수 없는 '나' 뒤에 있는 '나'/나를 찾아 맴돌면 나는 없어지고 만다.
>
> —「裁斷室」[26] 부분

이상(李箱)의 시편에 나타나는 거울 이미지[27]와 마찬가지로, 이 시에서 거울은 근대라는 장벽의 기호로 해독할 수 있다. 근대의 장벽은 개인을 무기체적인 영역에 고립시켜놓았다. 고립된 자아는 세계와 적절한 관계를 맺지 못하기 때문에 통합된 자기 정체성이 형성되기 어렵다. 따라서 이 시는 현대인의 가장 큰 특징 중의 하나로 지적되는 '자아상실'[28] 현상을 반영한 것으로 해독할 수 있다. 나아가 자아가 적극적으로 "나"를 찾아 헤매는 데에서 바람직한 자아상을 추구하는 시적 주체의 의지를 읽어낼 수도 있다.

「계산표」와 「재단실」의 수량화된 세계와 유리 감옥을 통해서 시적 주체는 무기체적 세계에 감금된 근대인의 정황을 비판한 것이다. 초기시에서 그와 같은 기술 문명에 유폐된 근대인에 대한 인식은 비판에 머무르지 않고, 유토피아로서의 자연 회복의 의지로 이어진다. 그러한 의지는 이상적인 자아상의 추구와 겹쳐진다.

> 모래밭을 스며드는 잔물결같이/ 잉크 롤라는 푸른 바다의 꿈을 물고 사르르 밀려갔다./ 물새인 양 뛰어박힌 은빛 活字에 바햐흐로 海洋의 傳說

---

26 『조지훈 전집』1, 297쪽.
27 신범순, 「이상 문학에서 글쓰기의 몇 가지 양상」, 『이상리뷰』3, 2004 참조.
28 R. May, 『자아를 잃어버린 현대인』, 백상창 역, 문예출판사, 1997, 56~64쪽.

이 옮아간다. 흰 종이에도 푸른 하늘이 밴다. 바다가 젖어든다. 破裂할 듯 나의 心臟에 眞紅빛 잉크, 문득 고개 들면 유리창 너머 爛漫히 뿌려진 靑春, 복사꽃 한그루.

—「印刷工場」[29] 전문

숫자와 유리거울로 표상되는 근대의 감옥은 여기에서는 인쇄공장이라는 기술 공간으로 제시된다. 인쇄공장에 유폐된 인쇄공인 "나"는 인쇄의 공정에서 자연을 연상하면서, 자연을 기술 공간으로 대체한다. 화자는 기술 공간 안에 자신만의 기술—유토피아를 건설해 나가는 것이다. 그리하여 화자는 기술 공간을 유토피아로 착각하게 된다.

그러나 "문득" 고개를 들어 "유리창"과 그 너머를 발견하는 순간, 기술—유토피아의 꿈은 허무해진다. "청춘"으로 표상되는 생명이 부재하는 기술 공간은 결코 온전한 유토피아가 될 수 없기 때문이다. 시적 주체는 기술 공간에 포획된 근대인의 삶을 비판하면서, 유리벽 너머의 "복사꽃"으로 표상되는 자연의 회복을 제안한 것이다.

초기의 모더니즘적인 시편에서 자아는 "유리창"으로 대변되는 기술 공간에 갇혀 있는 근대인의 표상이다. 초기시에서 조지훈은 그러한 근대인의 고립된 자아가 어떻게 유리창을 뚫고 자연으로 나아가 생명력이 충만한 삶을 회복할 수 있을 것인가에 대한 물음을 보여준다. 즉, 근대의 유리감옥 안에 고립된 자아가 어떻게 유리벽 너머의 자연 속에다가 자아를 실현할 수 있을 것인가에 관한 물음으로부터 조지훈의 생태시학이 생성되는 것이다.

---

29 『조지훈 전집』1, 299쪽.

2) 슬픔과 연기론적 상상력

초기시에 나타난 자아실현의 의지는 월정사 체류기 이후 시편에서 생태시학으로 구체화된다. 조지훈은 많은 시편들에서 자아와 자연, 자연의 유기적인 관계를 천착한다. 그렇다면 구체적으로 어떠한 방식으로 시적 주체가 자아를 자연 안에서 큰 자아로 실현하는지를 살펴보도록 하자.

> 서역 만리ㅅ길/ 눈 부신 노을 아래// 모란이 진다.
>
> —「古寺 1」[30] 부분

> 조심스리 쓸어 논 맑은 뜰에/ 소리 없이 떨어지는/ 은행 잎/ 하나.
>
> —「靜夜 1」[31] 부분

> 꽃이 지기로소니/ 바람을 탓하랴//(중략)//꽃이 지는 아침은/ 울고 싶어라.
>
> —「洛花」[32] 부분

"모란이 진다", "떨어지는 은행 잎", "낙화" 등은 모두 소멸의 이미지이다. 조지훈의 많은 시편들에는 이와 같은 소멸의 이미지가 빈번하게 등장한다. 「낙화(洛花)」의 "울고 싶어라"에서 확인할 수 있듯이 시적 자아는 그러한 소멸하는 대상에 대하여 슬픔의 감정을 드러낸다. 이 슬픔은 소멸하는 대상과 소멸할 존재인 자아의 동일화에서 비롯되는 것이다. 시적 주체는 슬픔을 매개로 자아와 자연 사이에 단단하게 결속된 매듭을 더듬어나간다.

---

30 『조지훈 전집』1, 32쪽.
31 『조지훈 전집』1, 104쪽.
32 『조지훈 전집』1, 28~29쪽.

이러한 슬픔은 유교적인 로고스로 해명하기 어렵다. 그것은 만물평등주의에 기초한 불교적 파토스로서, 생물은 물론 무생물까지도 자아의 연장선에서 섬기는 '동체대비(同體大悲)'[33]의 정신인 자비로 이해해야 한다. 자비는 타자의 즐거움을 함께 하고 배가시키는(與樂) "慈"의 측면과 괴로움을 공감하고 덜어주는(拔苦) "悲"의 측면으로 이루어진다.[34] 양자는 모두 자타불이의 동일성 윤리에 기초한 것인데, 조지훈 시에서 슬픔은 "悲"의 측면이 강화된 것이다.

그렇기 때문에 조지훈 시에서 소멸과 슬픔은 부정적인 것이 아니다. 소멸에 대한 슬픔은 자아와 자연의 동일성에 대한 인식이라는 점에서 심층생태론적 자아실현으로 이어지는 감정이기 때문이다. 따라서 슬픔은 쉽게 즐거움으로 전환되기도 한다.

> 외로이 스러지는 生命의/ 모든 그림자와// 등을 마주대고 돌아 앉아/ 말없이 우는 곳// 至大한 공간을 막고/ 다시 無限에 통하나니// 내 여기 기대어/ 깊은 밤 빛나는 별이나// 이른 아침/ 떨리는 꽃잎과 얘기하여라
>
> ─「窓」[35] 부분

개체적인 차원에서 모든 생명은 "외로이 스러지는 생명"으로서 슬픈 운명을 지니고 있다. 시적 자아는 유한한 자아와 유한한 생명들에 대해 동체대비로서 슬픔을 드러낸다. 그러나 그 슬픔은 개체적인 차원에 국한된 것이다. "등을 마주대고 돌아 앉아 말없이 우는 곳"은 창(窓)으로 구획되어진 방 안의 영역으로서 개체적 생명의 유한성을 의미한다.

---

33 고영섭, 『연기와 자비의 생태학』, 연기사, 2001, 68~78쪽.
34 김종욱, 『불교 생태 철학』, 동국대학교 출판부, 2004, 120쪽.
35 『조지훈 전집』 1, 52~53쪽.

시적 자아는 창밖의 "무한(無限)"을 인식하면서 슬픔을 해소한다. 그리하여 "별"이나 "꽃잎"과 이야기를 나누는 즐거움을 누리게 된다. 이것은 자비의 다른 측면으로서 "여락(與樂)"이 반영된 것이다.

자연의 개체적인 차원에 주목할 경우 슬픔의 비중이 커지지만, 개체들이 어울려 만들어내는 무한에 주목할 경우에는 즐거움이 커지게 되는 셈이다. 하지만, 이때의 슬픔이나 즐거움은 모두 자아와 타자의 동일성에 대한 인식에 기반하고 있다는 점에서 본질적으로는 같은 속성의 다른 측면이라고 말할 수 있다. 조지훈 생태시학에서 소멸과 슬픔, 그리고 무한과 즐거움은 본질적으로 불교의 연기론적 인식론[36]에 토대를 두고 있다.

> 다락에 올라서/ 피리를 불면// 萬里 구름ㅅ길에/ 鶴이 운다// 이슬에 함초롬/ 젖은 풀ㅅ잎// 달빛도 푸른채로// 산을 넘는데// 물우에 바람이/ 흐르듯이// 내 가슴에 넘치는/ 차고 흰 구름.// 다락에 기대어/ 피리를 불면// 꽃비 꽃바람이/ 눈물에 어리어/ 바라뵈는 紫霞山/ 열두 봉우리// 싸리나무 새순 뜯는/ 사슴도 운다.
>
> ―「피리를 불면」[37] 전문

피리-학, 이슬-풀잎, 달빛-산, 물-바람, 내 가슴-흰 구름, 피리-꽃비 꽃바람, 꽃비 꽃바람-눈물, 새순-사슴 등으로 이어지는 만물의 상호조응은 온 우주의 유기체적인 관계를 보여주고 있다. 시적 주체는 자연(우주)의 구성원들을 고립된 실체가 아니라 서로 인연을 맺고 있는 관계로 파악하고 있다. 물론 이때의 인연은 직접적인 원인만을 고려하는 근대의 인과론적 개념

---

36 조지훈 시에 나타난 연기론적 인식에 대해서는 다음을 참고할 수 있다. 김옥성, 앞의 책, 228~265쪽.

37 『조지훈 전집』1, 30~31쪽.

이 아니라 직접적 원인으로서 인(因)과 간접적 원인으로서 연(緣)을 포용하는 연기론적인 개념이다.[38]

연기론은, 삼라만상은 직·간접의 무수한 조건들(衆緣, pratitya)이 서로 조화를 이루어(和合, sam) 형성되는 것(生氣, utpada)이라는 상호의존적 발생의 이치이다. 김종욱은 생태계의 상호의존성이란 결국 그러한 연기성과 통한다고 말한다.[39] 연기론적으로 볼 때 생태계는 헤아릴 수 없는 조건들이 인연의 무한한 연쇄를 이루며 끊임없이 순환한다. 「피리를 불면」에서 우주는 연기론에 기반한 연쇄성과 순환성으로 이루어져 있기 때문에, 자아의 피리소리는 온 우주로 퍼져나간다. 그리하여 학이 울고, 학의 울음소리는 나의 눈물을 생성하고, 나의 눈물은 사슴의 울음소리를 생성한다. 동시에 "내 가슴에 넘치는"과 "눈물" 등에서 드러나듯이 자아의 피리 소리는 온 우주를 순환하여 다시 자아에게로 흘러들어온다.

조지훈 시에서 소멸은 조건들의 연쇄반응으로서 끝없는 생성과 소멸로 이루어지는 연기론적 순환에 토대를 두고 있기 때문에 무한으로 이어지는 것이다. 따라서 조지훈 생태시학에서 슬픔은 연기론적 순환 속의 소멸에 대한 인식에서 파생하는 자비에 가까운 개념으로 이해할 수 있다. 시적 주체는 그러한 슬픔을 매개로 자아와 대상을 동일화하면서 자연 속에 통합된 큰 자아를 실현하는 것이다.

3) "유일생명"과 윤회론적 상상력

조지훈의 생태학적 시론은 생명의 전일성이란 관점을 일관되게 유지한

---

38 송현주, 「불교의 역사」, 한국종교연구회 편, 『세계종교사입문』, 청년사, 1996, 141쪽.
39 김종욱, 앞의 책, 86쪽.

다. 그는 자연계에 흩어져 있는 다양한 개체적 생명들은 하나의 "유일생명"으로 연결된다고 보고 있으며, 훌륭한 시는 그러한 "유일생명"의 연장선에 놓인다고 주장한다.

조지훈의 생태시학은 그러한 시론에 토대를 두고 있다. 그리하여 시적 주체는 끊임없이 자연과 하나의 생명으로 연결된 큰 자아를 추구한다.

> 아 우리들 太初의 生命의 아름다운 分身으로 여기 태어나// 고달픈 얼굴을 마조 대고 나직히 웃으며 얘기 하노니// 때의 흐름이 조용히 물결치는 곳에 그윽히 피어 오르는 한떨기 영혼이여
>
> ─「풀잎 斷章」[40] 부분

이 시는 화자가 언덕에 올라서서 바람에 흔들리는 풀잎을 바라보며, 자신도 풀잎과 다름없는 존재라는 동일성에 대한 인식, 나아가 심층적인 차원에서 풀잎과의 신비적 합일에 이르는 과정을 담고 있다.[41] 여기에서 "태초의 생명"이란 모든 개체적 생명을 관류하는 전일적 생명으로서 "유일생명"을 의미한다. 현상적으로 풀잎과 자아는 독립적인 생명체이지만, 시적 자아는 그러한 독립된 개체로서의 풀잎과의 교감을 통해 "유일생명"으로서 전일성을 회복한다. 그리하여 조지훈의 생태시학에서 생명체들은 현상적으로는 독립적 실체로 존재하지만, 본질적인 차원에서는 "유일생명"으로 연결된다.

시적 주체는 생명의 전일성(wholeness)을 나타내기 위하여 연기론적 상상

---

40 『조지훈 전집』 1, 54쪽.
41 이 시에 대한 보다 면밀한 분석은 다음을 참고할 수 있다. 이숭원, 「조지훈 시와 순수의 서정성」, 최승호 편, 『조지훈』, 새미, 2003, 112~115쪽 ; 김옥성, 앞의 책, 252~254쪽. 이숭원은 이 시에서 "대승적 생명 인식"을, 김옥성은 "동체대비심"을 읽어내고 있다.

력과 더불어 윤회론적 상상력을 활용한다. 주지하는 바와 같이 불교사상에서 연기론은 가장 폭넓고 기초적인 관념이며,[42] 윤회론은 그 토대로부터 가지를 뻗어 나온다.[43] 윤회론은 특히 자기책임성으로서 개체성을 강조하는 관념이다.

조지훈은 윤회론적인 상상력을 활용하여 생명의 개체성과 전일성의 변증법적 인식을 확보한다. 그리하여 그의 시편에서 개체로서의 생명은 근원적인 생명("유일생명")으로부터 분화하여, 끊임없이 윤회하면서 몸을 바꾸는 것으로 표현된다. 따라서 모든 생명체들은 전일적인 "유일생명"의 "분신(分身)"들로서 개체이면서 하나의 생명으로 연결된다.

> 아무리 깨어지고 부서진들 하나 모래알이야 되지 않겠습니까. 石塔을 어루만질때 손끝에 묻는 그 가루같이 슬프게 보드라운 가루가 되어도 恨이 없겠습니다.// 촛불처럼 불길에 녹은 가슴이 굳어서 바위가 되던 날 우리는 그 차운 비바람에 떨어져 나온 分身이올시다. 宇宙의 한알 모래 자꾸 작아져도 나는 끝내 그의 모습이올시다.// 고향은 없습니다. 기다리는 임이 있습니다. 지극한 소망에 불이 붙어 이몸이 영영 사라져 버리는 날이래도 임은 언제나 만나뵈올 날이 있어야 하옵니다. 이렇게 거리에 바려져 있는 것도 임의 소식을 아는 이의 발밑에라도 밟히고 싶은 뜻이옵니다.// 나는 자꾸 작아지옵니다. 커다란 바윗덩이가 꽃잎으로 바람에 날리는 날을 보십시오. 저 푸른 하늘가에 피어 있는 꽃잎들도 몇 萬年을 닦아온 조약돌의 化身이올시다. 이렇게 내가 아무렇게나 바려져 있는 것도 스스로 움직이는 生命이 되고자 함이올시다.// 출렁이는 波濤속에 감기는 바위 내 어머니 품에 안겨 내 太初의 모습을 幻想하는 조개가 되겠습니다. 아— 나

---

42 方立天, 『불교철학개론』, 유영희 역, 민족사, 1992, 193쪽.
43 윤회론은 연기론의 한 측면으로 이해할 수도 있다. 김종욱, 앞의 책, 87쪽.

는 조약돌 나는 꽃이팔 그리고 또 나는 꽃조개.

—「念願」[44] 전문

「염원」에는 윤회론적 사유가 분명하게 드러난다. "바위"가 "모래알"이 되고, "꽃잎"이 되어 날리며, 자아가 "조개", "조약돌", "꽃이팔", "꽃조개"로 환생한다는 사유는 윤회론에 기반한 것이다. "분신(分身)"과 "화신(化身)" 등의 시어는 윤회론적 색채를 더욱 명백하게 드러낸다.

이 시에서 "바위"의 이미지는 「풀잎 단장」의 "태초의 생명"에 해당하는 근원적인 생명을 의미한다. 그 때문에 그것은 "임", "어머니" 등으로 변주되는 것이다. 모든 개체적 생명들은 거기에서 분화되어 나온 분신이며, 끊임없이 윤회하는 화신들이다. 개체적 생명은 결국은 서로 몸을 바꾸어 순환하기 때문에 종국에는 나와 너의 구분이 없는 하나의 전일적 생명체가 되어버린다.

이와 같은 윤회론적 상상력은 미당의 것과는 차이가 있다. 미당 시의 윤회론이 통시적인 차원에서 자아의 영원성 형상화에 주력하는 반면, 조지훈 시의 윤회론은 공시적인 차원에서 자아와 자연의 유대감 회복을 지향한다. 즉, 시적 자아는 전일적인 생명을 매개로 그것의 분화인 모든 개체적 생명들과 신비적인 합일을 이루고자 하는 것이다. "내 어머니의 품에 안겨 내 太初의 모습을 幻想하는 조개가 되겠습니다"는 온전하게 자연 속에 융화된 자아의 상태에 대한 동경을 잘 드러내주는 대목이다. 시적 주체는 자아와 자연의 거리의 무화를 도모하면서, 태초의 상태로서 "유일생명"의 지평을 추구하는 것이다.

살아 있는 모든 것의/ 가슴 속 깊이// 꽃다이 흐르는/ 한 줄기 鄕愁// 짐

---

44 『조지훈 전집』 1, 96쪽.

짓 사랑과/ 미움을 베풀어// 다시 하나에 통하는/ 길이 있고나// 내 또한 아무 느낌 없는/ 한 오리 풀잎으로// 고요히 한줌 흙에/ 의지하여 숨쉬노니// 구름 흘러가는 언덕에/ 조용히 눈 감으면// 나의 영혼에 連하는/ 모든 生命이// 久遠한 刹那에/ 明滅하노라.

—「풀잎 斷章 2」[45] 전문

"살아 있는 모든 것의 가슴 속 깊이 꽃다이 흐르는 한 줄기 향수"는 다름 아닌 "유일생명"의 지평에 대한 그리움이다. 그러한 그리움의 이면에는 근대의 기계적 세계관이 초래한 근대인의 고독이 깃들어 있다. 근대의 유리감옥에 고립된 자아가 유리벽을 허물고 드넓은 자연을 향해 자아를 확장하고자 하는 것이다.

"하나에 통하는 길"은 바로 "유일생명"에 이르는 길이라 할 수 있다. 시적 자아는 "한 오리 풀잎"과의 교감에서 "모든 생명"과의 교감으로 나아간다. "나의 영혼에 연하는"에서 확인할 수 있듯이 시적 주체는 자아를 "모든 생명"이라는 큰 자아로 확장하는 것이다. 그러한 자아실현을 통해 삼라만상이 윤회론적으로 끝없이 생성소멸하는 우주의 영원한 시간은 찰나에 압축된다. "구원한 찰나"는 바로 자아와 우주(자연)가 신비적으로 합일을 이루는 명상의 순간을 함축하고 있다.

「풀잎 단장」과 「풀잎 단장 2」는 조지훈의 생태시학을 대변해주는 작품이라 할 수 있다. 시적 주체는 "풀잎"이라는 작은 생명체에 큰 관심을 보인다. 그러한 관심이 다름 아닌 사랑이라 할 수 있다. 사랑을 통해 자아는 풀잎, 나아가 모든 생명체와 교감을 형성한다. 그리하여 작은 자아를 넘어서 자연 속에 큰 자아를 실현하게 된다. 조지훈은 그러한 생태학적 상상력을 자신의

---

45 『조지훈 전집』 1, 289~290쪽.

시편들에 고스란히 담아 넣을 때, 자연과 시가 "유일생명"으로 묶이게 된다고 생각한 것이다.

4. 시사적 의의

1) 근대 미학과 생태시학

근대시 탄생기 가장 큰 소명 중의 하나는 종교와 윤리로부터 독립된 시의 주권성을 확보하는 일이었다. 그렇기 때문에 근대시의 큰 흐름의 하나는 종교와 윤리에 대한 강력한 거부의 태도를 취해왔다는 것이다. 나아가 세계 자체를 부정하는 흐름을 낳기도 하였다. 현대시의 퇴폐적인 경향이나, 해체적인 경향, 무의미시적 경향 등은 그러한 계보에 속한다. 그러한 일련의 경향은 자율성에 편집증적으로 집착하면서 윤리적이고 의미 있는 세계로부터 자아를 내면에 고립시키는 에고이즘(egoism)으로 이어졌다.[46] 근대의 파편화와 고립화 현상을 반영하는 근대시의 에고이즘은 자아와 자연이나 우주와의 연대를 부정하기 때문에 반생태적이다. 그렇게 볼 때 극단적인 자율성의 논리가 근대시를 반생태적인 방향으로 몰아오면서, 근대사회의 파괴

---

46 근대의 근본적인 속성은 개체, 자아중심주의로서의 에고이즘(egoism)이다. 에고이즘은 근대 문환 전반에 걸쳐 파편화와 고립화 현상을 초래하였다. 미적 자율성이라는 개념도 사실은 그러한 근대의 파편화, 고립화 현상의 하나이다. 미학의 주권성 회복은 아이러니하게 미학을 스스로의 내면에 고립시키는 과정이었던 셈이다. 한편으로 근대라는 에고이즘에는 에코이즘의 반작용이 유령처럼 달라붙어 있었다는 점을 간과해서는 안 된다. 가령, 근대시사를 볼 때 낭만주의나 전통주의 등의 반동이 그것이다. 근대를 에고와 에코의 변증법으로 보는 견해는 윌버의 논의에서 단초를 얻은 것이다. K. Wilber, 『모든 것의 역사』, 조효남 역, 대원출판, 2004, 452쪽.

적 충동에 동참해왔다고 말할 수 있다.

그러나 근대시에서도 일련의 낭만주의나 전통주의적 경향은 자율성의 범주에 종교와 윤리를 끌어들이고자 했다. 그들은 근대의 에고이즘적인 경향에 저항하면서, 끊임없이 고대로부터 흘러내려오는 종교와 윤리의 생태학적 상상력을 수용하여 자아와 자연이나 우주와의 연대를 추구해왔다. 근대시의 에고이즘의 옆에는 언제나 에코이즘(ecoism)의 반작용이 유령처럼 달라붙어 있었던 것이다.

시가 무한한 자유를 구가하며, 어떠한 가치도 시의 머리 위에 군림하기를 원하지 않는 오늘날에는 시의 자율성이 근대시 초기와 같은 큰 의미를 지니지 못한다. 특히, 그것은 생태 문제가 인류의 가장 다급한 과제로 대두된 21세기에 시의 소명을 충족시키기에는 역부족이다. 우리가 결코 미학의 자율성을 전적으로 포기해서는 안 되고 포기할 수도 없지만, 오늘날에는 자율성이라는 논리에 의해 점차 밀려난 종교와 윤리의 소중한 가치들을 적극적으로 발굴하고, 수용하면서 자율성의 범주 내에서 새로운 시대의 요청에 걸맞는 시의 새로운 차원을 개척할 필요가 있다.

그러한 점에서, 한국 현대시사에서 에코이즘의 높은 봉우리를 점유한 조지훈의 시론과 생태시학은 우리에게 많은 점을 시사해준다. 조지훈 시론에서 "사랑"은 미학적이면서도 종교-생태-윤리적인 개념이다. 그것은 심층적인 차원에서 불교 생태사상과 맞물려 있다. 조지훈은 사랑을 매개로 시인-시-자연이 "유일생명"으로 연결될 수 있다고 보았다. 사랑을 매개로 시인으로서 주체는 시와 자연을 향해 자아를 확장할 수 있게 된다. 즉, 이 때의 자아는 근대의 고립된 자아가 아니라 자연과 생명을 향해 열린 자아이다. 조지훈은 그와 같이 자연 속에 자아를 실현하는 시학은 근대 미학에서 추방당한 자연미와 통하게 된다고 보았다.

조지훈의 생태시학은 근대에 대한 날카로운 비판에서 발아한다. 초기 시편에서 조지훈은 근대인을 숫자와 기술에 갇힌 고립된 존재로 파악한다. 시적 주체는 그러한 고립감의 근원을 자연으로부터의 단절에서 찾고 있다. 이는 근대인의 실존을 예리하게 포착한 것이다. 프롬에 의하면 인간은 계통발생학적으로나 개체발생학적으로 증대하는 자유를 경험하면서, 동시에 개체화(고립화)에서 오는 고독과 소외를 겪게 된다. 근대인은 무한한 자유를 확보한 것처럼 보이지만 한편으로는 그와 동시에 고립감을 경험하게 된다는 것이다. 프롬이나 메이 등의 정신분석학은 인간의 고독감과 소외감의 가장 중요한 근원의 하나를 자연과의 연대 상실에서 찾고 있다.[47] 따라서 현대인의 고독감과 소외감을 치유하는 방법의 하나로 자연과의 적절한 조화를 제안한다.

조지훈 또한 초기 시편에서 근대인을 감금된 실존으로 파악하고 있으며, 나아가 근대의 장벽 너머로 자연의 세계에서 자아를 실현하고자 한다. 조지훈 생태시학에서 자아실현은 주로 연기론적 상상력과 윤회론적 상상력으로 나타난다. 시적 자아는 자연의 소멸하는 대상에 대하여 슬픔을 보인다. 이 슬픔은 소멸하여야 할 존재로서의 자아와 대상과의 동일화에서 비롯되는 것이다. 그러나 이 때의 슬픔은 소멸이 생성으로 이어지는 연기론적 사유에 토대를 둔 것으로 부정적인 것은 아니다. 시적 자아는 연기론적 사유에 입각한 동체대비(同體大悲)로서 자비를 통해 대상과의 동일성을 확보한다.

한편으로 시적 주체는 윤회론적 상상력을 통하여 자아와 자연을 하나의 생명으로 묶어놓는다. 그것은 조지훈이 시론에서 일관되게 견지한 "유일생

---

47 E. Fromm, 『자유에서의 도피·사랑의 예술』, 고영복 역, 학원출판공사, 1993, 37쪽 ; E. Fromm, 『인간 소외』, 김남석 역, 을지출판사, 1995, 188~189쪽 ; R. May, 앞의 책, 68~75쪽.

명"이라는 생명관의 시적 형상화라 할 수 있다. 미당 시학에서 윤회론이 자아의 영원성 탐구에 무게를 두는 반면, 조지훈 생태시학의 윤회론은 자아와 자연의 공시적인 일체감 형상화에 천착한다.

연기론이나 윤회론에 기반한 사유와 상상에 의하여 자아는 자연 속에 자아를 실현하게 된다. 그리하여 자아는 고립된 존재가 아니라 자연의 "유일생명"에 통합된 존재가 된다. 조지훈은 자연 속에 자아가 실현되는 세계를 담아내는 시의 미학은 자연미와 통한다고 보았다.

끊임없이 낯선 것, 새로운 것, 난해한 것을 요구하는 모더니즘 혹은 아방가르드의 견지에서 바라본다면, 조지훈 시학은 매우 평범하고 단순하다는 인상을 줄 수도 있다. 그러나 그러한 시각이 시를 보는 절대적 관점은 아니다. 오히려 시의 본질에서 멀리 떨어져 있는 관점이다. 조지훈은 모더니즘이나 아방가르드적 경향의 시를 추종하는 경향에 대하여 "이로써 잃는 것은 예술이요, 얻는 것은 예술가를 부질없는 流行兒로 만드는 일"[48]이라고 호되게 비판한다.

그리하여, 그는 현대시가 나아가야 할 방향으로서 시의 본질을 '복잡의 단순화', '평범의 비범화', '단면의 전체화'라는 세 가지로 요약한다.[49] 조지훈의 생태시학이 표면적으로 평범하고 단순하다는 인상을 강하게 주는 것은 그와 같이 시론이 근저에서 작동하고 있기 때문이다. 조지훈은 평범함과 단순함 속에 우주의 비밀을 담아낼 수 있다고 보았다. 조지훈의 생태시학은 평범하고 단순한 미학 속에 우주의 비밀로서 자아와 자연 사이의 신비스러운 생명의 연대를 담아내고자 하였다. 그리하여, 생명을 매개로 시와 자연

---

48 『조지훈 전집』 2, 220쪽.

49 이 세 가지 미학에 대한 면밀한 논의는 다음을 참고할 수 있다. 김옥성, 「현대시와 선적 미학」, 『현대시의 신비주의와 종교적 미학』, 국학자료원, 2007, 138~149쪽.

을 연결하고자 하였다. 그러한 시학은 20세기 후반 생태위기 의식과 세기 말의식이 맞물리면서 황금기를 맞이한 우리 생태시학의 중요한 전사(前史) 의 하나로서 큰 의미를 지닌다.

2) 불교 생태시학사적 위상과 의의

한국 현대시사에서 조지훈의 생태시학의 시사적 위상과 의의는 불교 생태시학의 차원에서 살펴볼 수 있다. 생태위기에 대한 인식이 강화되면서 불교는 가장 생태적인 종교로 주목받고 있다. 불교의 생태학적 차원에 주목한 불교 생태학은 생태위기의 해결방안을 불교적인 지혜에서 모색하면서, 인간과 다른 생명체, 나아가 물질과 사물과의 평등하고 유기적 관계, 그리고 그 실천적 국면을 탐구한다.

기독교 사상이나 그와 연관된 사유구조인 목적론은 목적을 중시하여 부분을 전체에 그리고 하위체제를 상위체제에 종속시킨다. 그리고 근대의 기계론은 부분의 요소를 강조하여 전체를 부분으로 환원시키는 경향을 보인다. 그러한 사유구조는 근본적으로 생태론적 관점에 위배된다. 반면, 불교 사상은 만물이 상호의존의 관계를 맺으며 평등하게 공존한다고 보는 점에서 생태학의 관점과 훌륭하게 조화를 이룬다.[50]

불교사상의 생태론적 국면으로서 불교 생태학에 맞닿아 있는, 한국 현대시의 불교 생태시학사의 맨 앞에는 한용운이 놓인다. 그리고 그 뒤로는 조지훈과 서정주 등의 시학이 이어진다. 한용운과 서정주는 깊이 있는 생태사상을 전개한 바 있다. 만해의 "절대평등"[51] 사상이나 미당의 "중생일가관"[52]

---

50   김종욱, 앞의 책, 116쪽.
51   김옥성, 「한용운의 생태주의와 시학」, 54~57쪽.
52   김옥성, 「서정주의 생태사상과 그 시학적 양상」, 124~126쪽.

은 오늘날의 심층생태학이나 영성생태학을 선취한 사상이었다. 이들은 그러한 생태사상을 토대로 자신들의 고유한 생태시학을 펼쳐보였다.

만해나 미당이 깊이 있는 생태사상을 전개했지만, 그것을 미학적으로 체계화된 시론으로 정립하지는 못한 반면, 조지훈은 자신의 생태사상을 시론에 녹여냈다는 점에서 큰 의의를 지닌다. 생태윤리를 미학과 변증시킨 조지훈의 시론은, 예술미 중심적이고 자율성 편향적인 근대 미학을 넘어서는 탈근대 미학으로서 오늘날의 우리에게 많은 점을 시사해준다.

불교 생태시학사의 차원에서 만해와 미당 사이를 잇는 자리를 점유한 조지훈의 생태시학은 자아와 자연의 유기적인 연대 회복, 즉 심층생태론적 자아실현에 관심을 집중하고 있다. 만해의 생태시학이 자연과 역사, 미당의 생태시학이 자아의 영원성과 정령론적 우주에 관심을 두고 있는 데에 반하여, 조지훈의 생태시학은 자연 속의 자아실현에 무게를 둔다는 점에서 변별점을 갖는다.

불교를 통해 근대를 바라보고, 자연과 역사의 동일성과 차이를 변증시킨 만해의 생태시학은 식민지 현실의 위계와 차별에 대한 저항의 논리로 작용할 수 있었다. 반면, 미당은 자아의 영원성과 정령론적 우주의 논리에 역사와 사회를 환원하면서 에코파시즘의 함정에 노출되었다.[53] 미당의 생태시학은 전후 황폐한 역사의 현실을 건너는 데에는 유효한 것이었으나, 한편으로는 경험적 현실의 차이를 생태론적 전일주의로 은폐하면서 미학과 역사의 균형을 잃었다.

조지훈의 생태시학은 일제말기 상황에서 그 시대적 의미를 살펴볼 수 있다. 이 시기 조지훈은 은일의 방법론으로 역사와 사회에 괄호를 치고 자아와 자연의 관계 회복에 상상력을 집중하면서, 생태론적 전일주의가 역사와

---

53 위의 논문, 134~136쪽 참조.

사회의 차별성을 덮어씌울 수 있는 가능성을 차단하였다. 자아와 자연의 관계를 천착하는 조지훈의 불교 생태시학은, 생명과 자연의 전일성을 역사와 사회로부터 분리하여 파악함으로써 에코파시즘의 덫을 피할 수 있었으며, 당위적 진실을 내세워 경험적 현실의 위계와 차이에 대한 저항의 논리를 확보할 수 있었던 것이다.

제4장

서정주의 불교 생태사상과 상상력

신라정신, 물질불멸의 법칙, 필연성의 법칙, 심층생태론, 중생일가관,
트랜스 퍼스널 생태사상, 에코파시즘

1. 서론

고은의 「미당 담론―자화상과 함께」[1]에서 발화된 21세기 벽두의 미당에
대한 논쟁은 학계와 언론에 큰 파문을 던졌으며 세기의 전환기에 유명을 달
리한 미당의 업적을 다시 한번 정리, 재조명할 계기를 마련해주었다.[2] 그러
나 그 논쟁이 생산적이었다고 보기는 어렵다. 왜냐하면 그것은 미당 생전에
꾸준히 진행되어온 상반된 평가를 집약적으로 반복해서 보여준 것 이상의
큰 의의를 얻을 수 없기 때문이다. 결국 논쟁의 요지는 미당의 예술적인 과
업은 우리 문학사에 빛날 만한 것이나, 정치적인 처세는 부끄럽기 그지없는
것이라는 기존 논의의 연장선에 크게 벗어나지 않았던 것이다.

우리 시문학사에서 미당의 예술적 성취에 대해서는 대체로, 그가 전통
주의―반근대주의의 수장이라는 데에 의견 일치를 이루고 있다. 그리고

---

1   고은, 「미당 담론―자화상과 함께」, 『창작과 비평』 112, 2001. 여름.
2   이 논쟁의 전말은 박순희가 일목요연하게 정리하고 있다. 박순희, 「미당 서정주 시
     연구」, 성신여자대학교 박사학위 논문, 2005, 1~2쪽.

미당 시의 부정적인 측면은 근본적으로 현실의식의 부재에서 비롯된 것으로 규정되고 있다. 미당이 '오래된 미래'로서 신라정신을 수용하면서 근대에 대한 항의를 표출해온 공과나, 현실의식의 부재로 인하여 정치적인 부도덕과 무책임한 초월의 함정에 걸려든 과실은 이미 정설로 굳어진 것이다. 그리고 그러한 규정은 후속 연구들에서 되풀이되며 재생산되고 있는 실정이다.

그렇다면 현금의 시점에서 우리가 미당에게서 새롭게 배울 수 있는 미학과 교훈은 무엇인가. 정체된 미당 담론의 새 활로는 단연 심층생태학적 차원에서 찾아야 할 것이다.

학제적인 학문으로서 생태학은 20세기 후반 지구적 담론의 황금 부분으로 부상하였다. 그러한 현상은 문학 분과에서도 마찬가지였다. 냉전시대의 종식과 함께 생태학의 정신은 새로운 이데올로기로 수용되었으며, 근대라는 이름의 전차가 막무가내로 치달아온 전 지구적인 생태위기에 봉착한 시점에서 새로운 세기의 학문으로 각광을 받게 되었다.

국내의 현대시 연구에서도 예외는 아니었다. 한국 현대시의 생태론적 연구에서는 짧은 시간 동안 놀랄 만한 성과가 축적되었다.[3] 그런데, 이 분야의 연구는 결정적으로 산업화 시대 이후, 특히 1990년대 이후의 시편을 주된

---

3 정현기, 「풍요호로 출발한 죽음의 항로 – 한국 현대 문학에 나타난 환경문제」, 『문학사상』 241, 1992.11 ; 오성호, 「생태계의 위기와 시의 대응」, 『시와사회』 2, 1993.8 ; 홍용희, 「신생의 꿈과 언어」, 『시와 사상』, 1995. 겨울 ; 송희복, 「서정시와 화엄경적 생명원리」, 『시와 사상』, 1995. 겨울 ; 송희복, 「푸르른 울음, 생생한 초록의 광휘」, 『현대시』, 1996.5 ; 임도한, 「한국 현대 생태시 연구」, 고려대학교 박사학위 논문, 1999 ; 장정렬, 「한국 현대 생태주의 시 연구」, 한남대학교 박사학위 논문, 1999 ; 정효구, 『우주공동체와 문학의 길』, 시와시학사, 1994 ; 정효구, 『한국현대시와 자연탐구』, 새미, 1998 ; 신덕룡 편, 『초록 생명의 길』, 시와사람사, 1997 ; 신덕룡 편, 『초록 생명의 길 Ⅱ』, 시와사람사, 1997 ; 김욱동, 『문학 생태학을 위하여』, 민음사, 2003 ; 김경복, 『생태시와 넋의 언어』, 새미, 2003.

대상으로 삼고 있다. 물론 최근의 연구 경향을 보면 비평과 학술논문의 경계가 애매해진 것은 사실이지만, 엄밀한 의미에서 1990년대 이후의 시편들은 학술적인 연구보다는 비평의 대상에 적합하다.

우리가 한국 현대시의 생태론적 면모를 보다 진지한 차원에서 접근하고자 할 때에는 산업화 시대 이전으로 거슬러 올라가 생태론적 기반이 어떻게 다져져왔는가를 고찰할 필요가 있다. 그러한 과정을 통해서 산업화 시대 이후의 시학이 생태위기 의식으로부터 급조된 것이 아니라 점진적으로 축조된 생태론적 인식의 토대에서 생성된 것임이 드러나게 될 것이다.

그러나 이러한 접근의 방식에는, '과연 산업화 이전의 시대, 즉 생태위기 의식이 활성화되기 이전의 시편이 생태론적 연구의 대상이 될 수 있는가' 하는 의문이 제기될 수 있다. 이와 같은 의문을 해결하기 위해서는 생태론의 범주를 시대별로 나누어 생각해볼 필요가 있다.

첫째, 가장 좁은 의미의 생태론은 산업화 시대 이후, 생태위기 의식이 활성화된 이후의 담론을 의미한다. 일반적으로 그 기점은 카슨의 『침묵의 봄』[4]이 출판되고, 화이트의 「생태학적 위기의 역사적 기원」[5]이 발표된 1960년대로 잡을 수 있다. 카슨의 저서는 '환경문제'에 대한 대중적인 관심을 폭발적으로 불러일으킨 계기가 되었으며, 화이트의 논문은 '생태학적 위기'의 가장 깊은 뿌리를 기독교에서 찾으면서 서구적 근대에 대한 진지한 반성의 계기를 마련하였다. 이후 1970년대부터는 생태론이 학문적으로 보편화되는 양상을 보인다.

둘째, 조금 더 넓은 의미의 생태론은 뉴턴과 데카르트 이후, 즉 근대 이후

---

4   R. Carson, *Silent Spring*, New York: Fawcett Crest Books, 1962.
5   L. White, Jr., "The Historical Roots of Our Ecologic Crisis", *Science* vol.155, no.3767, 10. March 1967.

의 근대 비판과 관련된 생태학적 논의를 의미한다. 비록 생태위기 의식이 활성화되기 이전이지만 근대 이후 많은 사상가와 문인들이 근대가 깨뜨려 놓은 자연과 인간의 유대관계를 회복하려는 노력을 보여주었다. 그러한 관점에서는 루소, 산타야나, 하이데거, 화이트헤드 등의 사상가[6]와 블레이크, 워즈워스, 괴테, 소로 등의 문인들[7]을 생태론자의 범주에 넣을 수 있게 된다.

셋째, 가장 넓은 의미로 신화와 고대 종교, 동양의 전통사상 등에서 발견되는 생태론적 사상이다. 이는 근대와는 관계없이, 자연과 인간의 유대관계를 추구하는 근본적으로 생태론적인 사상을 모두 포함한다.[8]

생태위기가 근본적으로 근대의 대립적 세계관에 의해서 초래된 것이라는 점에서 둘째의 범주를 첫째의 연장선에서 바라보는 시선은 이미 보편화되어 있다. 많은 논자들이 생태론을 계몽담론과 함께 근대가 낳은 쌍생아로 파악할 만큼 생태론은 근대와 떼려야 뗄 수 없는 관계이다.[9] 따라서

6   J. Barry, 『녹색사상사(*Environment and Social Theory*)』, 허남혁 · 추선영 역, 이매진, 2004, 79~81쪽 ; W. Fox, 『트랜스퍼스널 생태학(*Toward a Transpersonal Ecology*)』, 정인석 역, 대운출판, 2002, 10쪽.

7   김종서, 「과학과 종교, 그리고 환경」, 『종교와 과학』, 아카넷, 신장판, 2001, 218쪽 ; K. Wilber, 『모든 것의 역사(*A Brief History of Everything*)』, 조효남 역, 대원출판, 2004, 454쪽.

8   가령, 박희병과 김욱동은 한국 전통사회의 텍스트와 문화에 담긴 생태론적 세계관을 밝히고 있다. 이러한 논의는 흔히 동서를 막론하고 근대 이전의 세계관은 근본적으로 생태론적이었기 때문에 전통사회의 텍스트와 문화를 생태론적 코드로 읽어내는 것은 무의미하다는 비판에 직면한다. 그러나, 근대에 의하여 생태위기에 봉착한 오늘날의 시각에서 전통사회의 생태학적 세계관을 재조명하고 세계관 수정을 위한 자양분으로 삼으려는 의도는 결코 폄하될 수 없는 것이다. 박희병, 『한국의 생태사상』, 돌베개, 1999 ; 김욱동, 『한국의 녹색문화』, 문예출판사, 2003.

9   G. Myerson, 『생태학과 포스트모더니티의 종말(*Ecology and the End of Postmodernity*)』, 김완구 역, 이제이북스, 2003, 8~10쪽 ; K. Wilber, 앞의 책, 453~456쪽 ; 이진우, 『녹색 사유와 에코토피아』, 문예출판사, 1998, 216쪽.

둘째의 범주는 이제 당연히 생태론의 범주에 포함된다. 하지만 셋째 범주에 대해서는 논란의 여지가 충분히 남아 있다. 근본적으로 셋째 범주는 첫째, 둘째와 달리 근대와의 변증을 거치지 않았기 때문이다. 그러나 셋째 범주의 생태사상이라 할지라도 근대인의 비판적인 지성에 의해 수용된 경우는 첫째, 둘째 범주의 연장선에서 생태담론에 포함하는 것이 일반화되어 있다.

첫째와 둘째의 범주가 이미 생태론적 연구 대상으로 공인되어 있음에도 불구하고 한국 현대시에 대한 생태론적 연구는 첫째 범주에 해당되는 1990년대에 지나치게 집중되어 있는 실정이다. 산업화와 그에 따른 생태위기 자체가 근대의 산물이기 때문에, 근대 자체에 대한 비판과 성찰에서 내밀하게 생성된 전대의 생태론을 방기하고, 최근의 성과만을 주목하는 연구는 본질적인 부분을 놓치게 될 수 있다. 따라서 한국 현대시의 생태론적 연구는 이제 둘째 범주로 대상을 확장시켜 산업화 시대 이전 한국 근현대 시인들의 사상과 그 시학에 관심을 기울일 필요가 있다. 그렇게 될 때 한국 현대시의 생태론적 시학의 심층적 차원과 그 총체적 면모를 확인할 수 있을 것이다.

화이트가 생태계 위기의 근본적인 기원을 기독교에 돌린 이후 서구의 심층생태론자들이나 시인들은 동양의 전통사상에서 풍부한 생태론적인 사유와 상상을 발굴, 수용하고 있다. 최근 불교는 가장 생태적인 동양의 전통으로 주목받고 있으며, 현대시 연구의 경우에도 불교적 관점에서 생태론적 사유와 상상을 탐구하는 경우가 늘고 있다.[10]

---

10 가령, 스나이더의 경우도 유교의 인간중심주의를 비판하고 불교를 높이 평가하고 있다. G. Snyder, "Buddhism and the Possibilities of a Planetary Culture", in B. Devall and G. Sessions, *Deep Ecology: Living as if Nature Mattered*, Salt Lake City: Gibbs M. Smith, Inc., 1985, pp.251~253 ; 김욱동, 『문학 생태학을 위하여』, 49쪽.

그러한 현상에 비추어볼 때 불교정신을 계승한 서정주의 생태사상과 그 시학적 양상의 연구는 의미 있는 일이다. 한국 현대시사에서 불교를 수용하면서 생태론적 시학의 토대를 다져놓은 시인들로는 한용운, 김달진, 조지훈, 서정주 등이 대표적이다. 현대시의 불교 생태학적 미학을 선취하고 있는 이 시인들의 생태사상과 그 시학에 대한 연구가 조속한 시일 내에 이루어질 필요가 있다. 이 글에서는 우선 가장 활발하게 생태론적 시학을 전개하였고, 전대와 산업화 시대 이후를 잇는 매개적인 위치에 놓여 있는 미당의 생태사상과 그 시학적 양상을 살펴보고자 한다.

2. 서정시와 심층생태론

널리 알려진 바와 같이 서정시는 주관적 인식론을 취하고 있으며,[11] 자아와 세계의 동일성을 세계관의 본질로 한다.[12] 자아와 세계의 동일성은 주관적 인식론으로서 '자아의 세계화'('회감', '내면화')에 의하여 확보되는 것이므로 양자는 서로 겹쳐진다. 주관적 인식론이 방법이라면, 동일성은 본질에 관한 것이라는 점에서 차이가 있을 뿐이다.

근대사회 내에서 서정시의 동일성이 근대가 갖는 분열과 대립의 속성에 대한 가장 강력한 비판자의 역할을 담당해온 것은 주지의 사실이다. 그러나 20세기 후반 생태위기 의식이 대두됨과 동시에 근대에 대한 비판의 최전방

---

11 모든 문학은 본질적으로 주관적이지만, 서정시는 가장 주관적이다. 가령, 서사문학에서는 비록 세계가 주관으로 이입해 들어오더라도 주관 내에서 객관화되지만, 서정시에서는 그 자체가 주관화된다. 오세영, 『문학과 그 이해』, 국학자료원, 2003, 372~378쪽.

12 김준오, 『시론』, 삼지원, 2006, 34~36쪽.

에는 생태론이 서게 되었다. 가령 윌버는 근대와 생태론의 대결을 '에고 진영(the Ego Camp) 대 에코 진영(the Eco Camp)의 전투'로 규정한다.[13]

앞서 살펴본 바와 같이 동서의 고대사상이나 동양의 전통사상은 근본적으로 생태론적이지만, 보편적인 의미에서 받아들여질 수 있는 생태론은 첫째와 둘째 범주로서 근대 이후 근대에 대한 비판의식을 동반한 사상체계로 한정할 수 있다. 그렇게 볼 때 서구의 생태론은 루소[14]나 블레이크, 워즈워스, 괴테 등의 낭만주의 문학자들로부터[15] 시작된다. 이들은 계몽주의와 근대의 기계적 자연관을 거스르고, 고대적이고 전통적인 자연관을 복원하면서 생태주의적 인식을 주장하였던 것이다.

오늘날 생태론은 매우 다양한 차원으로 세분화되었다. 환경개량론, 심층생태론, 사회생태론, 생태마르크시즘, 생태페미니즘 등이 그것이다. 다양한 생태담론 가운데 서정시와 가장 밀접한 관계를 갖는 분야는 심층생태론이다. 물론 심층생태론도 매우 넓은 스펙트럼을 지니는 것이 사실이지만, 그것이 다른 어떤 분야보다도 주관적이며, 미학적인 성격을 지닌다는 점은 부인하기 어렵다.[16] 다양한 편차에도 불구하고 대부분의 심층생태학이 중요시하는 근본적인 성격은 다음 몇 가지로 요약해볼 수 있다.

첫째, 심층생태론은 전일적인(holistic) 세계관에 토대를 두고 있다. 심층생태론에는 자연과학으로서 생태학적 인식과 신비주의적인 형이상학이나 종

---

13 K. Wilber, 앞의 책, 452쪽.

14 J. Barry, 앞의 책, 79~81쪽.

15 김종서, 앞의 글, 218쪽.

16 하지만, 보다 근본적이고 넓은 의미에서 생각해보면, 가타리가 말하듯이 다양한 생태론은 각각을 특징짓는 실천의 관점에서는 서로 변별되지만, 본질적으로는 공통되게 미학적-윤리적 범주에 해당하는 것이다. F. Guattari, 『세 가지 생태학(Les trois écologies)』, 윤수종 역, 동문선, 2003, 57쪽.

교적 인식이 맞물려 있다.[17] 심층생태론은 근대에 의해 추방된 신비주의적인 인식론을 복원하면서 전일론적 세계관으로의 "코페르니쿠스 혁명에 필적할 만큼 혁명적인 패러다임의 변화"[18]를 추구하였다. 카프라에 의하면 심층생태학은 세계를 분리된 사물들의 단순한 집적이 아니라, 근본적으로 상호연결되어 있으며 상호의존적인 현상들의 연결망으로 본다. 그리하여 지구나 자연이 하나의 거대한 유기적 단일체로 인식된다. 따라서 심층생태학은 일종의 유기체론인 것이다.

둘째, 생명중심적 평등의 원리이다.[19] 표층생태학이 인간중심적이거나 혹은 인간을 그 중심에 놓은 관점의 생태학인 반면, 심층생태학은 인간을 자연으로부터 그리고 그 무엇으로부터도 분리시키지 않는다.[20] 따라서 모든 생명체는 상호연관된 전체의 평등한 구성원이며, 모든 구성원은 동등한 본질적 가치를 갖는다.[21] 그렇다고 해서 심층생태학이 생명체의 평등만을 주장하는 것은 아니다. 궁극적인 관점에서 심층생태학의 평등은 생명에 국한되는 것이 아니라, 생명의 토대가 되는 물질의 영역까지 포함하게 된다.[22]

셋째, 심층생태학에서 두드러지는 또 하나의 요소가 "자아실현(Self-realization)"이다. 이는 첫째와 둘째의 우주론에 자아를 위치시키는 방법론적인 차원으로서, 자아의 세계관 전환과 관련된다. 네스, 그리고 그를 잇는 드볼

17　F. Capra, 『생명의 그물(*The Web of Life*)』, 김용정 · 김동광 역, 범양사, 2004, 23쪽 ; B. Devall & G. Sessions, *Ibid*, pp.79~108.

18　F. Capra, 『생명의 그물』, 18쪽.

19　B. Devall & G. Sessions, *Ibid*, pp.67~69.

20　F. Capra, 『생명의 그물』, 23쪽.

21　J. R. DesJardins, 『환경윤리(*Environmental Ethics*)』, 김명식 역, 자작나무, 1999, 353쪽.

22　W. Fox, 앞의 책, 161~162쪽.

과 세선에게 자아실현은 전체(wholeness)로서의 자연에 자아를 정위시키는 과정이다. 자아실현을 통해 자아는 자연과의 상호연관 속에 존재하는 것으로 이해되며, 인간과 비인간, 자기와 타자 사이의 어떤 확고한 존재론적 구분도 없어진다. 결국 자아실현은 자신과 자연이 하나라는 인식에 도달하는 자기 동일화(self-identification)의 과정인 셈이다. 이때의 자기 동일화는 인간을 넘어 비인간적인 모든 타자를 포용하는 개념이다.[23]

심층생태론은 근대과학의 객관주의적 인식론과 기계론적 세계관을 수정하는 과정에서 탄생된 것이다. 상대성 원리와 양자역학의 이론이 제기되면서 근대 물리학의 기초였던 객관주의와 기계적 인과론은 깨어졌다.[24] 이제 과학은 물리학 중심에서 생명과학 중심으로, 객관주의에서 주관주의로 이동하게 되었으며, 부분이 아니라 전체를 바라보기 시작하였다.[25]

그러한 과정에서 탄생한 심층생태론은 주관주의적인 인식론과 전일론적 세계관을 취한다. 그렇다고 해서 심층생태론이 객관적인 근대과학의 법칙을 전적으로 폐기처분하는 것은 아니다. 심층생태론은 과학의 객관적인 법칙에 주관을 적용하면서, 기계론적 세계관에서 전일론적 세계관으로의 전환을 추구한다. 심층생태론의 근본적인 의도는 바로 세계관의 전환인 것이다.

주관적 인식론, 그리고 통합적 세계관이라는 점에서 심층생태론은 서정성의 논리와 유사한 면을 보여준다. 물론, 서정성은 미학적 '순간'에 관련되

---

23   Arne Naess, *Ecology, community and lifestyle*, D. Rothenberg, tr. and ed., Cambridge: Cambridge univ. press, 1995, pp.171~181 ; B. Devall & G. Sessions, *Ibid*, pp.66~67.

24   F. Capra, 『현대물리학과 동양사상(*The Tao of Physics*)』, 이성범·김용정 역, 범양사, 3판, 1994, 67~98쪽.

25   F. Capra, 『생명의 그물』, 17~57쪽.

며, 심층생태론은 자기 동일화의 '과정'에 무게를 둔다는 데에서 결정적인 차이가 있지만, 양자의 지향점은 근본적으로 겹쳐진다. 심층생태론에서 말하는 자기 동일성이나 전일성은 이미 서정 시인들이 생태위기가 대두되기 오래전부터 이야기하여왔던 것이다. 한국 현대시사에서 그 대표적인 예의 하나를 우리는 미당의 사상과 시학에서 찾아볼 수 있다.

3. 신라정신과 생태사상

1) 신라정신

스스로 술회하는 바에 따르면, 미당은 한국전쟁을 거치면서 "민족정신의 가장 큰 본향으로 생각되는 신라사의 책들을" 정독해 읽으면서 "신라정신"을 배우기 시작했다.[26] 미당은 무수히 많은 산문에서 자신이 삼국사에서 배운 신라정신을 줄기차게 내세웠다. 그가 스스로 밝히는 신라정신이란 삼국유사나 삼국사기 등의 삼국사에서 배운 신라인의 정신이다. 그러나 그것은 비단 '신라인'에 국한된 것이 아니라, 고대 선조들의 정신 일반에 다름 아니다. 미당은 신라정신을 다음과 같이 요약한다.

> 간단히 그 重要點만 말하자면, 그것은 하늘을 命하는 者로서 두고 地上現實만을 重點的으로 현실로 삼는 儒敎的 世間觀과는 달리 宇宙全體─即天地全體 不治의 等級 따로 없는 한 有機的 關聯體의 현실로서 자각해 살던 宇宙觀이 그것이고, 또 하나는 高麗의 宋學 以後의 史觀이 아무래도 當代爲主가 되었던 데 反해 亦是 等級 없는 영원을 그 歷史의 시간으로 삼았

---

26 「내가 아는 永遠性」, 『미당 수상록』, 민음사, 1976.

던 데 있다. 그러니, 말하지면 宋學 이후 지금토록 우리의 人格은 많이 當代의 現實을 표준으로 해 성립한 現實的 人格이지만, 新羅 때의 그것은 그게 아니라 더 많이 宇宙人, 永遠人으로서의 人格 그것이었던 것이다.[27]

미당은 삼국사에서 발견한 신라인의 정신, 즉 신라정신을 "영원인"의 정신과, "우주인"의 정신으로 요약한다. "영원인"의 정신이란 "영혼은 영원히 살아서 미래의 민족정신 위에 거듭 거듭 재림한다"[28]는 믿음을 말한다. 그리고 "우주인"의 정신이란 "대우주의 일들을 한 有機體의 일로, 한 家庭의 일로 사람이 참견[29]하는 삶의 정신을 말한다. 즉, 영원인의 정신은 영혼불멸에 대한 믿음이며, 우주인의 정신은 우주가 하나의 유기체라는 신념이라고 할 수 있다.

미당은 신라정신에 무유불도(巫儒佛道)가 융합되어 있지만 그 근간은 불교라고 생각했다. 그러한 까닭에 신라정신을 종종 불교정신과 동일시한다. 미당은 자신이 파악한 불교정신을 "3世를 通한 現實觀"과 "衆生一家觀", 이 두 가지로 요약한다.[30] 전자는 시간적 개념, 후자는 공간적 개념이라는 점에서 차이가 있지만, 양자는 공히 우주만물이 하나의 유기체라는 우주적인 "血緣關係"에 대한 인식이다.[31] 삼세를 관통하는 현실관이란 전생, 현생, 내생을 관류하는 영혼불멸의 사상으로 윤회사상, 인연사상인데, 그것은 결국 우주만물을 동일한 가족으로 묶어놓게 된다는 점에서 "중생일가관", "혈연관계"와 상통하는 것이다. 결국 미당이 삼국유사의 신라정신에서 배운

27 「新羅文化의 根本精神」, 『서정주 문학 전집』 2, 일지사, 1972, 303쪽.
28 「新羅의 永遠人」, 『서정주 문학 전집』 2, 316쪽.
29 「新羅文化의 根本精神」, 『서정주 문학 전집』 2, 304쪽.
30 「佛教的 想像과 隱喻」, 『서정주 문학 전집』 2, 268쪽.
31 「釋迦牟尼에게서 배운 것」, 『미당 수상록』, 89~91쪽.

것은 우주 만유를 일가족으로 여기는 "생명의 사제자"로서 선조들의 생태 정신이었다.

> 우리 눈앞에 남은 記錄이 안 보여 그렇지, 新羅 사람들은 길 가다 담장 머리에 피는 한 포기 풀꽃을 아껴 사랑하고 紀念해서도 이어 절간을 지어 간 건 아닐까. 生命의 司祭者로서의 人生의 멋, 아마 이 以上을 더 갈 수는 없을 것이다.[32]

미당은 신라인들에게 우주는 "魂身"이라는 비물질이 물질들 사이를 빈틈 없이 메우고 있는 영역이라고 말한다. 그에 의하면 윤회전생하는 혼신들은 결국 우주를 일가족의 혈연관계로 묶어놓게 된다. 미당은 그와 같은 생태 학적 세계관을 가진 신라인들을 "생명의 사제자"라 하고, 신라인의 정신을 "자연주의 정신"[33]이라고 칭한다.

고대의 선조들에게 신라정신과 같은 신비주의적 인식은 종교이자 삶의 근본 원리였다. 미당은 그와 같은 신라정신을 고스란히 자신의 종교적 신념 으로 수용하지는 않았다. 메이어호프가 말하듯이 종교적 신앙이 퇴조한 근 대 이후에는 미학이 고대인의 종교적 역할을 대체하고 있다.[34] 근대인으로 서 미당은 신라정신을 종교적 신념으로 복원하기보다는, 시적 사유와 상상 을 위한 미학적 토대로서 창조적으로 수용한다.[35]

---

32 「新羅讚」, 『서정주 문학 전집』5, 315~316쪽.

33 「新羅의 永遠人」, 『서정주 문학 전집』2, 315쪽.

34 H. Meyerhoff, 『문학과 시간의 만남(*Time in Literature*)』, 이종철 역, 자유사상사, 1994, 103~104쪽.

35 지금까지 고대적 정신으로서 "신라정신"의 생태적 측면에 관한 연구는 종종 제기되 어왔다. 그러나 본격적으로 미당의 생태사상과 그 시학적 양상을 탐구하는 논의는 거의 찾아보기 어렵다. 더군다나 근대와의 변증의 과정에서 구축되는 미당의 생태 사상의 내밀한 측면을 주목한 논의는 전무한 실정이다.

    그러나 미당의 신라정신 수용은 현실감각을 상실한 신비주의라는 무수한
비판에 직면하게 된다. 우리는 그러한 비판의 대표적인 예를 김종길의 논의
에서 찾아볼 수 있다.

    김종길은 "영매", "접신술가", "묏점쟁이" 등과 같은 용어로 미당의 시가
"신비주의"에 경도되는 양상을 경계하였다.[36] 그는 몰개성론의 입장에서, 시

    신라정신에 대한 주목할 만한 기존의 연구 성과로는 손진은과 진창영의 것이 대표
적이다. 손진은은 신라정신 논의가 주로 "영원성"의 구명에 집중되어 있음을 비판
하고, 신라정신의 다른 한 차원으로서 "자연 친화성"을 밝혀냈다는 점에서 큰 의의
를 지닌다. 손진은, 「서정주 시와 '신라정신'의 문제」, 『서정주 시의 시간과 미학』,
새미, 2003.
    진창영은 신라정신의 생태론적 성격에 관한 논의를 전개한 바 있다. 이 논의는 미
당 산문에 나타난 신라정신의 샤머니즘적, 불교적, 노장적 성격에 주목하고, 그와
관련하여 서정주, 김춘수, 정일근의 시를 살펴보고 있다. 이 논의는 선도적인 의의
를 지니기는 하지만, 본격적으로 미당의 생태사상과 시학을 고찰한 논의는 아니다.
진창영, 「현대시의 신라정신과 그 생태주의적 요소 고찰－서정주, 김춘수, 정일근
의 시를 중심으로」, 『어문학』 74, 2001.
    본고는 이와 같은 논의들에서 한 걸음 더 나아가 미당이 근대 세계 속에다가 어떠
한 방식으로 신라정신의 생태학적 세계관을 풀어놓고자 하는가에 주목할 것이다.
그리하여 신라정신과 근대가 어떻게 화해되어 생태론적 사상을 생성하는가를 생
각해볼 것이다.

36 이는 미당과 김종길의 논쟁에서 제기된 것이다. 이 논쟁에서 근본적으로 김종길
은 미당의 시가 신비주의에 경도되어 이성적 구조를 결여하게 되었다는 입장을
취하며, 미당은 신비주의적 사유와 상상에도 얼마든지 이성적 구조를 찾아낼 수
있다는 입장을 취한다. 두 논객이 지닌 근본적인 입장은 확실했으나 감정에 치
우쳐 문제의 핵심을 놓치는 양상을 보이기도 한다. 그러한 탓에 김종길이 스스
로 천명한 바와 같이 "빗나간 논쟁의 한 모델 케이스"(「센스와 넌센스」)의 양상을
띠게 된다. 그러나 이 논쟁은 한국 근현대시사의 근대주의와 반근대주의, 윌버식
의 표현을 빌리면, '에고주의'와 '에코주의'의 충돌을 집약적으로 보여준다는 점에
서 시사적인 의의가 매우 크다. 미당과 김종길의 논쟁은 다음과 같은 순서로 진행
된다. 김종길, 「實驗과 才能－우리 詩의 現況과 그 問題點」, 『문학춘추』, 1964.6 ;
서정주, 「내 詩精神의 現況－김종길 씨의 「우리 시의 현황과 그 문제점」에 답하
여」, 『문학춘추』, 1964.7 ; 김종길, 「詩와 理性－서정주 사백의 「내 시정신의 현황」

인의 개인적인 신념에서라면 상관이 없지만 시에 있어서는 현실성과 이성적 구조를 확보해야 한다고 보았다. 김종길은 본질적으로 근대주의자였기 때문에 미당에게 시의 합리적 구조를 요청한 것이었다.

하지만 미당은 개성론의 입장, 즉 시와 시인이 분리될 수 없다는 입장에 서 있었다. 미당이 자신의 미학을 옹호하기 위해서는 무엇보다도 먼저 김종길의 몰개성론을 비판해야 옳았다. 즉, 왜 시의 미학과 시인의 신념이 분리되어야만 하는가를 우선적으로 반문했어야 했다. 그러나 미당은 차원의 어긋남을 간파하지 못하고 문제의 본질을 놓친 채, 자신의 신비주의를 변호하는 방향으로 김종길의 비판에 대한 반론을 제기하였다.

미당의 반론은 논리적인 것이 아니다. 하지만 행간의 논리를 숙고해보면, 자신의 신비주의가 합리주의에 위배되는 것이 아님을 말하고자 하는 의도가 드러난다. 미당은 "물질불멸의 법칙"이나 "필연성"의 법칙 등을 통해 자신의 신비주의가 근대인의 합리주의적 상식으로 충분히 이해될 수 있음을 말해주려고 했다. 미당은 비록 근대의 과학을 신비주의로 환원하는 오류를 범하고 있지만, 자신의 신비주의가 근대인의 합리주의와 분리된 것이 아니라 그것을 포용하는 보다 넓은 합리주의임을 강변하고 있다. 그렇다면 구체적으로 어떠한 방식으로 미당이 근대과학의 상식을 신비주의 논리의 강화에 동원하는지를 살펴보자.

2) 물질불멸의 법칙

미당은 신라정신에서 수용한 윤회론적 인식을 근대과학의 "물질불멸의

을 읽고」, 『문학춘추』, 1964.8 ; 서정주, 「批評家가 가져야 할 詩의 眼目 － 김종길씨의 『詩와 理性』을 읽고」, 『문학춘추』, 1964.9 ; 김종길, 「센스와 넌센스」, 『문학춘추』, 1964.11.

법칙"으로 설명한다. 물질불멸의 법칙이란 라부아지에에 의해 확정된 질량 보존의 법칙을 말한다.[37] 이는 화학반응이 일어나기 전부터 후까지, 화학변화의 전 과정을 통하여 원소의 질과 양이 불변한다는 사상으로 근대과학의 기초 이론의 하나이다. 과학으로서 물질불멸의 법칙에서 물질은 가치론적으로 중립적인 타자이다. 하지만 미당은 과학의 법칙을 주관적이고 신비적으로 해석하여 자신의 논리를 강화하는 데에 활용한다.

> 몸도 죽는다 해도 그게 어디 별 구멍이라도 뚫고 가 없어질 수 있는 게 아니라, 결국은 피는 물로 구름으로, 살과 뼈는 흙으로─무엇보다도 가장 일을 많이 하는 흙으로 다시 살 것임에 틀림없는 것이다.[38]

> 이 하늘과 땅 사이에는 우리가 아는한 따로 아주 도망갈 수 있는 좁쌀알 만한 구멍도 없다. 하늘과 땅 사이는 한 사람의 死體가 分散하여 旅行하는 푼수로도 모두 가득히 充實한 터전일 뿐, 딴 아무 虛한 것도 있을 수는 없는 것이다.[39]

미당의 사유체계에서 우주는 물질이 이합집산하는 순환으로 이루어진다. 물질이 순환하면서 사람도 만들고, 물과 흙을 이루기도 하고, 식물과 동물이 되기도 한다. 사람과 동물 등의 사체가 흩어져서 생성된 물질이 소멸하지 않고 우주를 순회한다는 것이다. 이와 같은 인식은 근대과학으로서 "물질불멸의 법칙"과 위배되지 않는다.

---

37 물질불멸의 법칙은 물질보존의 법칙, 물질불생불멸법 등으로도 일컬어진다. 그 의미와 과학사적 의의에 대해서는 다음을 참고할 수 있다. 김영식 외, 『과학사』, 전파과학사, 1995, 139~145쪽.
38 「나의 健康座右銘」, 『서정주 문학 전집』 5, 318~319쪽.
39 「하늘과 땅 사이의 사람들과 動物들의 死體 이야기」, 『미당 수상록』, 121쪽.

하지만 미당의 인식론은 근대과학의 상식 수준에서 멈추지 않는다. 근대과학에서 자연으로 환원된 사체의 파편은 자기 동일성을 확보하지 못한 타자적인 물질이다. 반면 미당은 사체가 해체되어 흩어진 물질들을 자아의 연속선에서 이해하고 있다. 나아가 자아 신체의 파편이 우주를 순회하다가 타자의 신체를 구성하게 되어도, 그것 역시 자기 동일성의 범주에서 벗어나지 않는다고 말한다. 가령 신체의 파편이 "물", "흙", "대추열매"의 일부가 되어도 그것은 자아의 연속으로 받아들여지는 것이다.

미당의 인식론에서 물질은 죽은 것이 아니라 "다시 살 것"들이다. 물질들은 흩어지고 다시 합해지면서 선대와 후대를 연결하고, 동시에 자아와 타자를 거미줄처럼 연결해놓는다. 물질과 마음을 분리하는 근대과학의 입장에서 보면 터무니없는 생각이다. 근대과학에서는 물질을 공유한다고 해서 결코 선대와 후대 사이의 인격적인 동일성이 생성되지 않는다.

그렇다면 미당의 사상에서는 어찌하여 물질을 공유하는 선대와 후대 사이의 자기 동일성이 확보되는 것일까. 그것은 미당이 물질과 마음을 분리하지 않기 때문이다.

魂뿐만이 아니라 그 物質不滅의 法則을 따라서 내 死後 내 육체의 깨지고 가루 된 조각들이 딴 것들과 합하고 또 헤어지며 巡廻하여 그치지 않을 걸 생각해 보는 것도 아울러 큰 재미가 있다. (중략) 물질만이 불멸인 것이 아니라, 물질을 부리는 이 마음 역시 불멸인 것을 아는 나이니, 이것이 영원을 갈 것과 궂은 날 밝은 날을 어느 뒷골목 어느 蓮꽃 사이 할 것 없이 방황해 다닐 일을 생각하면 매력이 그득히 느껴짐은 당연한 일이다.[40]

---

40 「내 마음의 現況－金宗吉씨의 「우리 詩의 現況과 그 問題點」에 答하여」, 『서정주 문학 전집』 5, 285~286쪽.

미당은 종종 "영혼"과 "마음"을 혼용한다. 미당의 사상에서 양자는 서로 통하는 개념이지만 그가 이 두 개념을 전적으로 동일하게 사용하는 것은 아니다. 영혼은 첫째, 마음 혹은 인식의 주체라고 할 수 있다. 그리고 둘째는 자아의 외부에 실재하는 유령과 같은 개념이다. 미당은 후자에 대해서는 대체로 불가지론적인 입장을 취한다.[41] 따라서 미당이 말하는 영혼이나 혼은 대개 첫째 개념, 즉 마음을 가리킨다.

위의 인용문에서도 혼은 마음과 같은 개념으로 사용되고 있다. 여기에서 마음은 세상에 흩어진 물질들과 더불어 우주를 순환하는 존재이다. 이와 같은 마음은 주체의 내부에 한정되지 않는 것이다. 그것은 흩어진 물질들의 이합집산을 따라 온 우주로 뻗어나가는 자기 초월적인 것이다. 미당의 인식론에서 선대들의 마음은 물질의 순회에 의해 후대의 마음으로 이어지고, 다시 그다음 세대의 마음으로 흘러들어가는 것이다. 그리하여 시간적으로 선대와 후대는 동일성을 확보하고, 공간적으로 자아와 타자는 형제 관계를 확보하게 되는 것이다. 이러한 자기 동일성의 원리에 의해 확보되는 마음은 근대적인 개인의 마음이 아니라 우주적인 마음이다.

이와 같은 미당의 인식론은 신라정신을 고스란히 계승한 것이 아니라, 신라정신으로 근대를 해석하면서 내밀하게 근대와 고대가 변증을 일으키는 과정에서 생성된 것으로 볼 수 있다. 자아를 물질들의 이합집산 과정에서 생성되는 자기 초월적인 것으로 바라보는 인식은 '근본적으로 생태학적인'[42] 화이트헤드의 과정철학과 매우 흡사하며, 물질과 마음을 연결하는 사

---

41   『미당 산문』, 민음사, 1993, 123~124쪽.

42   D. R. Griffin, 「화이트헤드의 근본적으로 생태학적인 세계관」, M. E. Tucker and J. A. Grim, eds., 『세계관과 생태학(*Worldview and Ecology*)』, 유기쁨 역, 민들레책방, 2002.

유체계는 베이트슨의 '마음의 생태학'[43]에 매우 근사한 것이다. 주지하는 바와 같이 화이트헤드나 베이트슨은 독자적인 방식으로 근대과학에 대한 반성의 차원에서 심층생태학의 생성과 발전에 크게 기여하였다.

3) 필연성의 법칙

다음으로 필연성에 대해서 살펴보자. 미당은 신라정신에서 수용한 연기론적 인식을 근대과학의 필연성의 법칙, 즉 인과의 법칙으로 설명한다. 근대 세계에서 인과의 법칙은 합리주의적 사고와 과학 법칙의 근본 토대를 이루는 것이다. 미당은 근대의 인과법칙을 연기론적으로 해석하면서 자신의 신비주의로 환원하는 양상을 보인다.

> 물질의 去來와 相逢·別離에도, 必然性의 길밖에는 없는 것이니, 이 물질을 부르는 임자인 마음—즉 魂의 길에도 必然性 이외의 딴 길이 있을 걸 생각할 수 없는 것이라면, 이 金大城과 前生의 어머니와의 相逢도 必然일밖에… 내가 내 육체를 가지고 高麗大學校 英文科 敎授室을 찾아가서 金宗吉씨를 만나는 길이 한 因緣의 必然이듯이, 金大城이가 그의 前生 어머니를 만나는 것도 한 因緣의 必然일밖에….[44]

미당은 "필연"이라는 말을 앞세워 자신의 사상이 근본적으로 인과법칙의 토대 위에 놓여 있음을 강조하고자 하였다. 그리하여 신라정신을 수용한 자신의 시를 이성적 구조가 결여된 신비주의로 규정한 김종길의 논의에 대한

---

43 G. Bateson, 『마음의 생태학(*Steps to an Ecology of Mind*)』, 박대식 역, 책세상, 2006.

44 「내 마음의 現況—金宗吉씨의 「우리 詩의 現況과 그 問題點」에 答하여」, 『서정주 문학 전집』 5, 286쪽.

반격을 시도하였다. 그러나 사실 미당이 말하는 필연성은 근대의 인과법칙에 한정되는 것이 아니었다.

이 글에서 미당은 물질뿐만 아니라 마음(혼), 사람과 사람의 만남과 헤어짐이 모두 필연성의 지배를 받는다고 말하고 있다. 미당의 사유체계에서는 아무것도 필연성의 법칙을 빠져나갈 수 없는 셈이다. 그러나 여기에서 그가 말하는 필연성은 사실은 근대의 인과법칙이 아니라 신라정신에서 물려받은 연기의 법칙이다. 주지하다시피 불교의 연기론은[45] 우주의 모든 현상과 변화가 직접적 원인으로서 인(因)과 간접적 원인으로서 연(緣)의 화합에 의해 일어난다는 것이다.[46] 그러므로 우주에서 단독적으로 발생하는 현상이나 변화란 없다. 이에 비하여 근대의 기계적 인과론은 직접적이고 가시적인 인과관계만을 전제하는 것으로, 불가시적인 조건으로서 연을 상정하는 미당의 연기론적인 필연성과는 다르다. 하지만 미당은 양자의 차이를 알아채지 못하고 있었다.

> 日前에 어떤 物理學에 精通한 친구 하나를 만났더니 말하기를 "요새 에너지의 어떤 部分的 結合과 離散에선 必然性을 볼 수 없다고 하네, 이 사람!"하여서 잠시 깜짝 놀란 일이 있거니와, 이런 변덕은 원래 主人이 아닌 物質이니 그런 것이지, 마음의 必然性 그거야 어디 差違를 計出할 나위나 있는 것인가?[47]

---

45 불전에서는 연기론에 대하여 "이것이 있으므로 저것이 있고, 이것이 일어나므로 저것이 일어난다(此有故彼有, 此生(起) 故彼生(起))"(『잡아함경』 권12)라고 말하고 있다. 이는 피차의 인과적 상대관계에서만 사물이 생기고 존재할 수 있다는 것이다. 方立天,『불교철학개론(佛教哲學)』, 유영희 역, 민족사, 1992, 191쪽.

46 송현주,「불교의 역사」, 한국종교연구회 편,『세계종교사입문』, 청년사, 1996, 141쪽.

47 「내 마음의 現況—金宗吉씨의「우리 詩의 現況과 그 問題點」에 答하여」,『서정주 문학 전집』5, 286쪽.

미당은 물리학에 정통한 친구로부터 "요새 에너지의 어떤 部分的 結合과 離散에선 必然性을 볼 수 없다"는 말을 듣고 크게 놀라면서 물질의 필연성은 몰라도 "마음의 필연성"은 불변의 진리라고 말한다. 미당은 자각하지 못했지만, 여기에서 물리학에 정통한 친구가 말하는 필연성은 이미 효력을 상실한 근대의 기계적 인과론인 반면 미당이 말하는 "마음의 필연성"은 연기론적 필연성이다. 널리 알려진 바와 같이 상대성 이론과 양자역학이 등장하면서 근대과학의 기계적 인과론은 깨어지게 되었고, 그것은 확률적 인과율이나 카오스적인 질서로 대체되었다. 나아가 현대과학은 근대과학이 추구한 우주에 대한 순수하게 객관적인 진술은 불가능하며, 주관이 참여하게 될 수밖에 없음을 인정하고 있다.[48] 카프라는 그와 같은 현대과학의 성과가 동양 신비주의의 정신과 유사하다고 말한다.

사실 미당이 말하고 싶었던 점은 바로 카프라의 의견에 가까운 것이었다.[49] 즉, 신라정신이라는 신비주의에서 근현대 과학과 공존하면서, 동시에 근대를 뛰어넘을 수 있는 사상을 얼마든지 추출해낼 수 있다는 점을 말하고 싶었던 셈이다. 그리하여 미당은 연기론으로 근대의 기계적 인과론을 감싸면서, 그것을 넘어서는 신비주의적 인과론을 전개한 것이다.

4) "중생일가관"과 트랜스퍼스널 생태사상

미당이 "물질불멸의 법칙", "필연성"과 같은 개념들을 동원하면서 자신의 신비주의를 합리화하려는 의도는 궁극적으로 근대와 고대를 화해시키려는

---

48 F. Capra, 『현대물리학과 동양사상』, 69~98쪽.
49 미당은 실제로 카프라의 견해에 많은 공감을 표현한 바 있다. 다음 글들을 참고할 수 있다. 서정주·김춘수, 「시인의 새해담론」, 『현대시학』, 1992.1 ; 서정주, 「跋辭」, F. Capra, 『현대물리학과 동양사상』, 393~394쪽.

데에서 찾을 수 있을 것이다. 미당은 신라인들에게서 배운 고대의 정신이 결코 근대와 철저하게 단절되어 있다고 생각하지 않았다. 그리하여, 근대 세계의 기초 법칙을 신비주의적으로 해석해내었던 것이다.

신비화된 물질불멸의 법칙과 필연성의 법칙으로 이루어진 미당의 사유 체계에서 우주는 하나의 "유기적 관련체"[50]이며, 우주의 만물은 상호 평등 하며, 자아는 우주 전체와 하나이다. 왜냐하면 필연성의 법칙이 우주를 하나의 신비주의적–인과론적인 유기체로 묶어놓고 있으며, 신비화된 물질 불멸의 법칙이 만물을 평등한 존재로 승격시키면서 동시에 자아를 우주 전체의 과정 속에 안치시키고 있기 때문이다. 미당의 이와 같은 생태론적 인 사상은 우주 만유를 하나의 긴밀한 가족관계로 엮어놓는다는 점에서 그가 불교에서 읽어낸 "중생일가관"이라는 말로 요약할 수 있다. 물론 미당 의 "중생일가관"은 근대와 불교적 신비주의의 내밀한 변증 과정에서 탄생 한 것이다. 때문에 미당에게 그것은 합리적 이성으로 충분히 이해가 가능 한 것이다.

서구의 심층생태론은 근대과학에 대한 수정과 비판의 과정을 통해 대두 된 현대과학 혹은 신과학의 성과에 고대적인 신비를 수용하는 양상을 보여 준다. 근대과학이 추방한 종교와 신비를 수용한다는 점에서 심층생태론은 한편으로는 탈근대적이라고 볼 수 있지만, 다른 한편으로는 과학의 성과로 종교와 신비를 해석하는 점에서 근대의 강화로 볼 수도 있다.[51]

서구의 심층생태론자들이 근대과학의 성과에 기반하여 신비주의를 수용 하는 반면, 미당의 사상은 윤회론이나 연기론과 같은 주관주의적–신비주

---

50 『서정주 문학 전집』2, 303쪽.

51 G. Myerson, 앞의 책, 8~10쪽 ; K. Wilber, 앞의 책, 453~456쪽 ; 이진우, 앞의 책, 216쪽.

의적 세계관으로 근대과학을 해석한다는 점에서 서로 상반된 태도를 취한다고 할 수 있다. 그러나 비록 접근의 경로는 다르지만, 결국은 우주가 하나의 유기체라는 동일한 결론에 접근하여 들어간다는 점에서 미당의 사상은 심층생태론의 차원에서 이해될 필요가 있다.

폭스는 확장된 자기감각을 세계에 실현하는 자기 동일화(identification)를 근본으로 하는 점에서 심층생태론을 트랜스퍼스널(transpersonal) 생태론으로 규정한다.[52] 폭스의 트랜스퍼스널 생태론은 심층생태론의 근본정신의 토대에서 트랜스퍼스널 심리학의 자기초월정신을 수용하면서 체계화된 것이다. 폭스는 트랜스퍼스널 심리학의 정신적인 위계를 부정하고 자기초월과 확장만을 수용한다. 그 때문에 폭스의 심층생태론에서는 수평적인 자기초월과 큰 자아의 확보가 특히 강조된다.[53]

그는 자기초월로서 자기 동일화의 기반을 개인적(personal), 존재론적(ontological), 우주론적(cosmological) 기반의 세 가지로 파악하고, 뒤의 두 가지가 트랜스퍼스널 생태론의 자기 동일화 기반이라고 한다. 그에 의하면 존재론적인 기반에 선 자기 동일화란 모든 것이 존재하고 있다는 사실 그 자체에 대한 깊은 인식을 통해서 만물과의 공통성을 경험하는 것이다.[54] 우주론적인 기반에 선 자기 동일화는 자아와 모든 존재가 하나의 우주 과정의 다른

---

52 이때의 트랜스퍼스널은 작은 자아와 큰 자아를 모두 포함한다는 점에 유의하여야 한다. 폭스의 트랜스퍼스널 생태론에서는 경험적 자아 즉 작은 자아를 버리고, 전적으로 큰 자아를 추구하는 것을 경계한다. 즉, 트랜스퍼스널 생태론에서는 작은 자아와 큰 자아의 균형을 전제로 한다. W. Fox, 앞의 책, 269~272쪽.

53 트랜스퍼스널 심리학은 고립된 자아의 초월, 영혼의 상승 등을 통한 인간해방에 중심을 두고 있다는 점에서 인간중심주의이다. 반면, 트랜스퍼스널 생태학은 위계화된 정신의 상승이 아니라 생명평등의 차원에서 자아와 우주의 동일화를 추구하는 점에서 결정적으로 구분된다.

54 W. Fox, 앞의 책, 343쪽.

측면이라는 사실을 깊이 이해하면서 모든 존재와의 공통성을 경험하는 것이다.[55] 미당의 생태사상이 궁극적으로 의도하는 바는 우주와 자아의 동일화이다.

지금까지 미당 사상의 핵심은 "영원성"으로 알려져 온 것이 사실이다. 그러나 그것은 미당 사상의 한 면만을 보여준 것일 뿐이다. 영원성은 시간적으로 자아를 우주의 영원성과 동일화하려는 의지이다. 지금까지 별다른 주목을 받지 못한 다른 한 면은 공간적으로 우주와 자아를 동일화하려는 의지의 소산으로서 "유기적 관련체"의 사상이다. 이 두 가지가 우주 만유를 "혈연관계"로 파악하는 "중생일가관"으로서 미당의 생태사상을 떠받치는 두 축인 것이다.

미당의 생태사상은 시간적 · 공간적으로 자아와 우주를 동화시키려는 의지가 중심이 되고 있는 것이다. 미당사상의 자기 동일화는 근대적 개인으로서 작은 자아(self)를 초월하여 거대한 자아(Self)인 우주와의 동일화를 추구한다는 점에서 폭스가 말하는 우주론적 자기 동일화에 해당된다.

4. 생태론적 시학

1) 연기론적 상상력

미당 시의 상상력을 떠받치는 근본적인 토대는 인과론의 일종으로서 연기론이다. 이는 미당이 누차 언급한 "필연성"에 해당하는 개념이다. 연기론은 전체를 부분의 논리로 환원하는 근대의 기계적 인과론이 아니라, 우주를

---

55 위의 책, 346쪽.

유기적인 전체로 파악하는 신과학이나 생태학의 탈근대적 인과론에 가까운 개념이다. 미당 시의 생태학적 상상력의 저변을 떠받치는 연기론적 상상력을 가장 잘 드러내고 있는 작품은「국화 옆에서」이다.

> 한송이의 국화꽃을 피우기위해/ 봄부터 솥작새는/ 그렇게 울었나보다//
> 한송이의 국화꽃을 피우기위해/ 천둥은 먹구름속에서/ 또 그렇게 울었나보다
>
> —「菊花옆에서」[56] 부분

화자는 한 송이의 국화꽃을 피우기 위해서 소쩍새의 울음소리, 천둥 소리, 무서리 등으로 표현되는 우주 전체가 협력한 것이라고 말하고 있다. 이는 우주-생태계의 상호의존성을 형상화하게 된다. 카프라는 생태계의 가장 근본적인 원리가 바로 상호의존성이라고 보았다.[57] 상호의존성의 개념에는 순환성과 항상성이 함축되어 있는데, 김종욱은 그러한 원리가 근본적으로 불교의 연기론과 일치한다고 말한다.[58] 그에 의하면 연기론은 "모든 것은 무수한 조건들이 서로 의존 화합하여 성립하는 것이므로, 전혀 새로운 것이 생겨나거나 완전히 사라져 없어지거나 하는 것이 아니라 끝없이 반복 순환하는 것이며, 더 늘어나거나 더 줄어듦 없이 그 관계의 그물망 전체는 언제나 평형을 이룬다"[59]는 생태계 원리를 담고 있다. 미당 시학의 근저에는「菊花옆에서」,「꽃」,「혁명」등의 시편에서 구체적으로 제시된 생태론적 질서로서 연기론적 사유와 상상이 단단한 토대를 다져놓고 있다.

---

56 『미당 서정주 시 전집』, 민음사, 1984, 93쪽.
57 F. Capra, 『생명의 그물』, 390쪽.
58 김종욱, 『불교생태철학』, 동국대학교 출판부, 2004, 20~24쪽.
59 위의 책, 23쪽.

널리 알려진 바와 같이 연기론은 불교이론의 핵심이자 초석으로서 가장 포괄적인 개념이라 할 수 있다.[60] 따라서 불교의 모든 사상은 여기에서 가지를 뻗어 나간다고 볼 수 있다. 미당은 연기론으로부터 특히 윤회론을 부각시킨다. 미당 시의 윤회론은 연기론적 상호의존의 원리에서 자아의식을 강화하여, 자아의 우주-생태계에 대한 참여를 강조한 것이다.

> 내가 살다 마침내 네 속에 들어가면/ 바람은 우릴 안고 돌고 돌아서,/ 우리는 드디어 차돌이라도 되렷다./ 눈에도 잘 안 뜨일 나를 무늬해/ 山아 넌 마침내 차돌이라도 돼야 하렷다.// 그러면 차돌은 또 아양같이 자리해서/ 자잘한 細砂, 細砂, 細砂라도 돼야 하렷다./ 그 細砂의 細砂는 또 뻘건 흙이라도 돼야 하렷다.
>
> ─「無題」[61] 부분

시적 주체는 자신이 죽어 산에 묻히면, 오랜 시간이 지난 후에 차돌이 되어 산과 하나가 되고, 다시 작은 모래가 되었다가 붉은 흙이 되고, 다시 풀이 되는 과정을 상상하고 있다. 이러한 윤회론적인 상상력은 자아와 물질, 식물, 동물을 혈연관계로 묶어놓는다. 윤회론적인 자아의 우주-생태계의 참여에 의한 혈연관계로서의 에코토피아적인 비전은 시적 주체가 추구하는 미학적인 만족과 행복의 근원이다. 그 때문에 미당의 생태론적인 상상력은 대부분 인간과 물질, 식물, 동물의 대칭적인 관계를 확보하는 데에 경주된다.

---

60 方立天, 앞의 책, 193쪽.
61 『미당 서정주 시 전집』, 139쪽.

2) 대칭적 상상력

나카자와 신이치는 다양한 신화에서 인간과 동물의 동질성, 연관성을 발견하고 이를 대칭성의 원리(principal of symmetry)라고 규정한다.[62] 그에 의하면 대칭성의 원리에 기반한 신화적 사고가 대칭적 사고이다. 인간과 동물사이에 같은 본질이 공유되어 있다고 보는 대칭적 사고에서는 동물에 대한 존중의 윤리가 탄생한다.[63] 그 윤리는 수렵사회에서 생태계를 유지하는 역할을 담당해왔다. 그러한 까닭에 나카자와는 신화의 대칭적 사고를 "에콜로지의 과학"이자 "에콜로지의 철학"으로 규정한다.[64]

미당 시의 대칭적 사고는 신화의 대칭적 사고보다는 불교의 대칭적 사고에 가깝다. 신화의 대칭적 사고가 공간 대칭인 반면, 불교의 대칭적 사고는 공간의 축을 시간의 축에 투영시킨 것이다. 불교의 대칭적 사고는 윤회론에 가장 잘 드러난다.[65] 불교의 윤회론적 인식은 가장 고차원적인 대칭적 사고이다. 시간적인 대칭성으로 인하여, 공간적으로 인간과 동물이 혈연관계를 확보하면서 다시 공간적인 대칭성을 획득하기 때문이다.

나카자와가 말하는 대칭적 사고는 수렵과 어로사회의 신화에 한정된 것이기 때문에 인간과 동물의 대칭성에 한정되어 있다. 이에 비해서 미당이 삼국사에서 발견한 대칭성의 원리는 동물뿐만 아니라 물질과 식물을 포괄하는 우주적인 대칭성의 원리이다.

---

62 中沢新一,『대칭성인류학(對稱性人類學)』, 김옥희 역, 동아시아, 2005, 35쪽.

63 위의 책, 171~173쪽.

64 中沢新一,『곰에서 왕으로-국가, 그리고 야만의 탄생(熊から王へ)』, 김옥희 역, 동아시아, 2005, 55~58쪽.

65 中沢新一,『대칭성 인류학』, 168~171쪽.

둘째 춤 아래 당도했을 땐/ 피가 아니라 피가 아니라/ 흘러내리는 물줄기더니,/ 바다가 되었다.

—「旅愁」⁶⁶ 부분

불교의 대칭적 사고를 계승한 미당시에서 우주 만유는 평등하다. 「여수」에서 자아의 피는 물질로 흩어져 물줄기가 되고 바다로 흘러들어간다. 그런데 미당은 윤회론적 대칭성의 원리에 의하여 우주를 순환하는 물질을 자아의 연속선에서 파악한다. 그러므로 미당 시에서는 물질 또한 생명을 가진 것으로서 인간과 대칭적 관계를 형성하게 된다. 가령, 「이조진사」에서 진사물감은 조선시대 진사라는 인물과 시간적으로 대칭을 이루고 있다.

그리고 식물과 동물이 인간과 대칭적인 관계를 형성하는 양상은 미당 시 곳곳에서 쉽게 찾아볼 수 있다. 「고향난초」에서 아버지의 산소 앞에서 캐어 온 난초 또한 시간적으로 아버지와 대칭 관계를 형성한다. 「어느날 까치」에서는 유년시절에 보았던 한 친척 여인네가 이를 잡는 행위의 유사성으로 인하여 관악산에서 날아온 까치와 시간적으로 대칭을 이루게 된다. 그리하여 미당 시에는 물질, 식물, 동물이 인간과 평등한 관계를 이루게 된다. 이는 오늘날의 심층생태론이 추구하는 생명중심적인 평등주의보다 더 넓고 심오한 생태론적 사유와 상상을 선취한 것이다.

3) 자아실현과 사랑

심층생태학자들은 오늘날 우리에게 필요한 것은 세계관의 전환이라고 주장한다. 생태학적 세계관으로의 전환을 위해 그들이 제시하는 것이 자아실

---

66 『미당 서정주 시 전집』, 148쪽.

현(Self-realization)이다. 심층생태학의 자아실현은 자연 혹은 우주와 자아를 일치시키는 인식론적 전환의 과정이다. 자아실현은 궁극적으로 자연, 우주와 자아의 자기 동일화를 목표로 한다. 로덴버그는 이와 같은 자기 동일화를 넓은 의미에서 "사랑"의 다른 이름이라고 말한다.[67] 자기 동일화는 자기 자신의 연장선에서 자연에 대한 사랑을 동반하게 되기 때문이다.

그런데 이와 같은 자아실현과 자기 동일성, 사랑은 불교에서 오래전부터 말해왔던 '동체대비(同體大悲)'에 대한 주석에 불과하다. 불교사상에서 동체대비는 우주가 상호의존의 관계라는 점에서 우주 만유는 한 몸이라는 '동체'의 개념과 상호의존의 관계이기 때문에 상호존중해야 한다는 '대비'의 개념으로 이루어진다.[68] 미당은 오랫동안 우주-생태계에서 큰 자아를 실현할 것과 동체대비심을 발휘할 것을 자신의 다양한 에세이와 작품에서 말해왔다.

> 그리하여 思想만이 바람이 되어/ 흐르는 내 兄弟의 앞잡이로서/ 철따라 꽃나무에 기별을 하고,/ 옛 愛人의 窓가에 기별을 하고,/ 날과 달을 에워싸고 돌아다닌다./ 눈도 코도 김도 없는 바람이 되어/ 내 兄弟의 앞을 서서 돌아다닌다.
>
> ─「旅愁」[69] 부분

미당의 시는 결코 초월을 이야기하지 않는다. 「선덕여왕(善德女王)의 말씀」에서 확인할 수 있듯이 시적 주체는 피가 있는 세계, 즉 우주적인 혈연관

---

67 D. Rothenberg, "Introduction : Ecosophy T - from intuition to system", Arne Naess, *op.cit.*, p.11.

68 김종욱, 앞의 책, 28쪽 ; 고영섭, 『연기와 자비의 생태학』, 연기사, 2001, 68~78쪽.

69 『미당 서정주 시 전집』, 148쪽.

계의 그물에서 벗어나려고 하지 않는다. 그것은 「여수」에서도 마찬가지이다. 이 시는 피의 영역에서 출발하여 피가 정화되어 가장 순수한 상태로 우주를 순환하는 자아에 대한 상상을 담고 있다. 그런데 물질성이 제거된 가장 순수한 자아로서 "사상만이 바람이 되어" 순환하는 자아 또한 "형제"와 "애인"의 주변을 떠나지 못하고 맴돈다. 그것은 시적 주체의 세계관에서 자아가 우주의 부분들, 그리고 우주 전체와 동일화가 되어 있기 때문이다. 결국 자기 동일성의 사랑이 자아를 형제와 애인으로 가득 채워진 우주를 순환하게 만드는 것이다.

우리는 「인연설화조」, 「마른 여울목」, 「내가 돌이 되면」 등에서 사랑하는 남녀가 몸을 바꿔가며 우주를 순환하는 모습을 확인할 수 있다. 그러한 상상력은 우주의 거대한 흐름 속에서 나는 네가 되고, 너는 내가 되므로, 나와 너의 구분이 무의미해짐을 보여준다. 삼세를 관통하는 그와 같은 사랑에서, 오늘날의 우리는 자아와 자연의 동일성과 그에 기반한 동체대비심을 읽어낼 수 있다.

우리는 미당시를 무책임한 초월주의로 규정하는 비판에 쉽게 접할 수 있다.[70] 논자들은 초월의 개념을 구체적으로 정의하고 있지 않지만, 적어도 미

---

70 가령, 구모룡의 글이 그 대표적인 예가 된다. 구모룡의 글은 초월주의와 저항의 차원에서 한국근대시의 불교적 상상력에 접근하고 있다. 그의 글은 한국 근현대시사에서 불교를 수용한 가장 대표적인 시인들로 손꼽히는 한용운, 조지훈, 서정주의 시를 대상으로 식민지 시대 불교적 상상력의 세 가지 대응 양상을 밝혀낸 매우 의미 있는 논문이다. 하지만, 미당론에 한정해서 살펴볼 경우, 미당의 불교적 상상력을 "현실 초월"로 규정하는 논의는 기존의 미당에 대한 비판론의 범주에서 벗어나지 못하고 있다. 왜냐하면, "현실"의 범주를 사회에 한정하고 있기 때문이다. 이와 달리, 본고는 현실의 범주를 사회에서 우주(자연)로 확장해서 미당의 시를 바라볼 필요가 있다고 생각한다. 그 경우 미당의 시는 "현실 초월"이 아니라 보다 넓은 현실로서의 우주를 향해 자아를 생태론적으로 확장하는 것이 된다. 구모룡, 「한국근대시와 불교적 상상력의 양면성」, 『한국시학연구』 9, 2003, 15~20쪽.

당의 초월은 우주–생태계를 떠나려거나, 아니면 트랜스퍼스널 심리학에서와 같이 '위계화된 우주–생태계'[71]의 높은 영역으로의 상승을 시도하지 않는다. 시적 주체는 평원으로서의 우주–생태계 내에서 물질, 식물, 동물과 평등한 자리에서 가이아와 같은 지구 생명체로서 큰 자아를 실현하고자 할 뿐이다. 즉, 미당의 시적 세계는 현실의 범주를 사회에서 우주–생태계로 확장한 것이지 현실을 초월해버린 것으로 보기는 어렵다. 그렇기 때문에 미당의 시학은 초월주의라기보다는 생태주의로 규정하는 것이 옳다.

5. 시사적 의의와 한계

1) 불교적 생태사상과 시학

한국 근현대시사를 돌아보면, 근대에 대한 비판으로서 생태사상은 1920년대부터 본격적으로 대두된다. 불교 계열로 한정할 경우, 이 시기 우리는 불학자로서 한용운이 불교와 근대의 변증을 통하여 자신의 독자적인 사상을 체계화해나가는 양상을 볼 수 있다. 이 과정에서 만해가 제시하는 "절대평등"은 근대적 평등의 이념과 불교사상이 결합된 것이다. 만해사상의 본질을 압축해놓은 이 "절대평등"은, 만물평등의 사상으로서 오늘날 심층생태론자들의 주장을 선취한 것이다.[72]

---

71 동시대 트랜스퍼스널 심리학의 "가장 위대한 사상가"로 꼽히는 윌버는 중세 신비주의를 계승하여 우주를 위계화된 것으로 파악하고 상승을 통한 자기초월을 권장한다. 윌버는 그와 같은 입장에서 에콜로지즘을 근대의 연장선에 선 평원주의로 비판한다. K. Wilber, 앞의 책, 71~90쪽.

72 한용운의 "절대평등"은 불교에서 배운 것이지만, 근대와의 변증을 거친 것이다. 그는 근대의 과도기적 사명으로 인간과 인간의 평등, 민족과 민족의 평등이 우선적

한용운의 뒤를 이어 김달진과 조지훈에 의하여 생태사상과 시학이 펼쳐진다. 김달진의 산문 「산거일기」나 「삶을 위한 명상」 등은 생태학적 직관으로 충만하며, 「샘물」, 「벌레」, 「고독한 동무」, 「산장의 밤」 등의 작품은 생태학적 우주론과 생명의식을 잘 보여준다. 이미 널리 알려진 바와 같이 조지훈의 시론과 시학은 생명사상에 기반하고 있다.[73] 조지훈은 『시의 원리』뿐만 아니라 다양한 산문을 통해 불교적인 생태의식을 드러내고 있으며, 「풀잎 단장」 계열의 시편에는 그의 생태학적 우주론과 생태시학이 압축되어 있다. 김달진과 조지훈이 불교적인 생태사상에 관심을 가지기 시작한 시기는 일제 말기 선의 대중화 운동에 직간접적으로 관여하기 시작하면서부터이다. 비슷한 시기에 비슷한 조건에서 불교에 접하게 된 김달진과 조지훈의 생태사상과 시학은 많은 면에서 유사한 양상을 보여준다.[74]

보다 자세한 사항은 후속 연구에 의해 규명되어야 할 터이지만, 조국의 근대화와 불교 개혁이라는 사명의식에 입각한 한용운이 근대과학과 불교

으로 이루어져야 한다고 본다. 그 다음 점차적으로 만물이 평등한 "절대평등"의 경지로 인간의 의식과 역사가 발전하여야 한다고 주장하였다. 만해의 생태사상은 비단 평등의 차원에만 국한된 것이 아니다. 만해의 사상은 우주를 인과론적인 유기체로 파악하였으며, 자아를 우주와 유기적으로 연결된 큰 자아로 파악하였다는 점에서, 심층생태론의 자아실현과 자아동일화의 개념을 선취하는 양상을 보여준다. 이상과 같은 사항은 다음 글들에서 확인할 수 있다. 한용운, 『朝鮮佛敎維新論』, 불교서관, 1913 ; 한용운, 「宇宙의 因果律」, 『불교』 90, 1931 ; 한용운, 「禪과 自我」, 『불교』 108, 1933.

73 최승호는 「조지훈 서정시학 연구」, 「조지훈 시학에 있어서의 형이상학론적 관점」, 「조지훈 순수시론의 몇 가지 이론적 근거」, 「조지훈의 자연시에 구현된 형이상」, 「조지훈, '멋'의 미학과 생명사상」 등의 논문에서 조지훈 시론과 시학의 근저에 자리 잡은 생명사상을 밝혀왔다. 최승호, 『한국적 서정의 본질 탐구』, 다운샘, 1998.

74 김달진과 조지훈의 시학의 상호 영향 관계에 대해서는 다음 논문을 참고할 수 있다. 김옥성, 「김달진 시의 선적 미의식과 불교적 세계관」, 『한국언어문화』 28, 2005, 111~115쪽.

의 변증을 통한 생태의식을 생성한 것과 달리, 일제의 군국주의가 극에 달한 시대의 김달진과 조지훈은 근대에 괄호를 치고, 자연에 은거하면서 자연과 자아의 교감에 입각한 생태사상을 전개한다.

이에 반해 미당은 한국전쟁을 거치는 과정에서, "신라정신"에 관심을 가지게 되면서 거기에서 불교적인 생태사상을 흡수하게 된다. 한국전쟁은 미당에게 근대에 대하여 전면적으로 회의할 계기를 제공해준다. 전쟁이라는 구체적인 경험에 의해 미당에게 근대는 죽음의 형상으로 찾아왔다.[75] 그 죽음은 자연과 인간, 물질과 마음의 분리에 따른 고립감에서 파생되는 '데카르트적인 불안(Cartesian anxiety)'[76]에 가까운 것이었다. 미당은 신라정신으로부터 자연과 인간, 물질과 마음을 '다시 묶는(religio)'[77] 생태론적인 인식을 추출해내었다. 그리하여, '당대의 현생과 자기 한 몸'만을 전부로 아는 근대의 세계관을, 영원을 살고 우주를 한 가족으로 여기는 "중생일가관"의 세계관으로 전환할 수 있었던 것이다.

미당은 불교의 연기론이나 윤회론으로 근대과학의 법칙을 재해석하면서 자신의 사상이 근대의 합리주의에 위배되지 않음을 강조한다. 비록 환원론의 오류를 껴안고 있기는 하지만 근대과학과 불교적 신비주의가 내밀하게 변증된 생태사상을 모색하였다는 점에서 큰 의의를 지닌다. 왜냐하면 탈근대적 비전으로 제시되는 심층생태론은 대부분 과학으로서 생태학과

---

75 『미당 산문』, 107~111쪽, 357~360쪽 ; 『서정주 문학 전집』 5, 283쪽.

76 F. Capra, 『생명의 그물』, 387쪽.

77 종교(religion)의 어원은 라틴어로 재연결(religio)이다. 카프라는 심층생태학의 정신적 기반의 핵심을 인간과 전체 생명의 그물의 재연결이라고 표현한다. 카프라는 "religio"라는 라틴어를 사용하여 심층생태론의 종교적 측면을 강조하는 것이다. 즉, 심층생태학의 핵심부분에 종교성의 회복이 놓여 있음을 말해주는 셈이다. 위의 책, 388쪽.

신비주의의 절충을 시도하고 있기 때문이다.[78] 그러한 점들을 고려한다면 미당의 트랜스퍼스널한 생태사상에는 심층생태론을 선취한 선구적인 면이 있다.

자신이 받는 찬사만큼의 비판과 비난을 떠안고 있기는 하지만, 미당이 혹독한 도전에 직면하면서도 지켜낸 생태론적 사상과 시학은 그만큼 소중한 것이다. 산업화 시대 이후에도 김지하의 생태사상이 신비주의라는 호된 질책에 직면한 사실을 우리는 아직도 선명하게 기억하고 있다. 사실 최근까지도 한국 문학계의 신비주의는 편견 속에서 현실도피적인 것, 부정적인 것으로 인식되고 있는 실정이다. 신라정신에 대한 무수한 비판자들의 견해를 살펴보면 미당의 시대에 신비주의에 대한 편견은 더욱 심한 것이었다. 그러한 어려운 여건을 견뎌내며 신비주의적인 사유와 상상으로 충만한 트랜스퍼스널의 생태사상을 끝까지 고수한 미당의 성과는 오늘날 생태론의 시각에서 볼 때 찬란히 빛나는 보배가 아닐 수 없다. 따라서 현금의 시점에서 미당의 문학사적 의의는 무엇보다도 한국 현대시사에 고대적 신비로 충만한 신비주의적—불교적인 생태사상과 시학을 하나의 안정되고 큰 조류로 정착시켰다는 데에서 찾을 수 있을 것이다.

2) 에코파시즘

생태주의는 근본적으로 만물이 서로 유기적으로 연결되어 있으며, 만물은 평등하다는 전일론(holism)에 입각해 있다. 생태주의뿐만 아니라 서정주의, 파시즘, 신비주의 등도 깊은 곳에서는 서로 일치하는 전일론에 토대를 두고 있다. 그 때문에 생태주의—서정주의—파시즘—신비주의 등은 상호간

---

78 위의 책, 21~24쪽 ; B. Devall and G. Sessions, *Ibid.*, pp.79~108.

에 쉽게 결합하게 한다. 가령 "에코파시즘"[79]이나 "신비주의적 서정성"[80]과 같은 개념은 그 구체적인 예가 된다. 이미 널리 알려진 바와 같이 심층생태학은 과학으로서의 생태학과 신비주의가 결합된 양상을 보이며, 파시즘은 신비주의와 생태주의를 껴안은 형국이다.

여기에서는 에코파시즘의 함정을 통해서 미당의 생태사상과 시학의 한계를 살펴보도록 하자. 생태주의 정신과 파시즘의 정신은 많은 면에서 차이를 보이지만, 전일론 혹은 일원론이라는 점에서 자석의 양극처럼 강하게 결합된다. 우리는 독일의 경험으로부터 그 구체적인 실례를 확인할 수 있다. 가령, '생태학'을 창안한 에른스트 헤켈은 생태론적 전체주의를 순수 독일주의 사회관과 결합시키면서, 나치 정권 탄생의 토대를 닦아놓은 대표적인 이데올로그가 되었다.[81] 『에코파시즘』의 저자들이 보여주는 수많은 독일의 사례는 생태학이 그 탄생부터 자연신비주의와 야합하였으며, 파시즘에 이론적인 근거를 제공하였다는 사실을 입증해준다.

에코파시즘을 겨냥하는 비판의 화살은 오늘날의 심층생태학을 향해서도 날아가고 있다. 심층생태학의 전체주의적이고 탈인간중심적 성향이 파시즘적이라는 비판이다.[82] 심층생태학은 우주(자연)와 자아의 동일화라는 명목 아래에서 개체로서의 인간을 희생시킬 가능성을 떠안고 있는 것이다.

가난이야 한낱 襤褸에 지내지않는다/ 저 눈부신 햇빛속에 갈매빛의 등성이를 드러내고 서 있는/ 여름 山같은/ 우리들의 타고난 살결 타고난 마

---

79 J. Biehl and P. Staudenmaier, 『에코파시즘(*Ecofascism: Lessons from the German Experience*)』, 김상영 역, 책으로만나는세상, 2003.

80 김옥성, 앞의 책, 26~38쪽.

81 J. Biehl and P. Staudenmaier, 앞의 책, 23~28쪽.

82 J. R. DesJardins, 앞의 책, 359쪽.

음씨까지야 다 가릴 수 있으랴// 青山이 그 무릎아래 芝蘭을 기르듯/ 우리
는 우리 새끼들을 기를수밖엔 없다

—「無等을 보며」[83] 부분

　이 시는 자연과 인간의 대칭적 상상력으로 이루어져 있다. 시적 주체는
사람의 마음이란 녹음이 우거진 여름 무등산 같아서, 가난쯤은 별것이 아니
라고 말한다. 대칭적 상상력은 자연과 인생의 동일화를 통하여 현실의 고통
과 상처를 위무하며 자아를 미학적 행복으로 이끌어준다.

　하지만, 동시에 신비화된 자연의 논리를 사회의 논리에 적용함으로써, 경
험 세계의 차이를 은폐하고 개인의 고통과 상처를 무시하게 될 수가 있다.
이와 같은 미당의 사상과 시학은 에코파시즘 미학의 울타리 안에 갇혀 있는
것이다. 일찍이 동양 고전에서 전일적인 세계관을 수용한 미당이 파쇼적인
대동아공영 사상이나 독재정권의 민족주의에 쉽게 포섭된 것은, 에코파시
즘 논리의 연장선에서 이해할 수 있다.

　미당과 마찬가지로 한용운, 김달진, 조지훈 등도 불교 생태사상을 수용하
였지만 이들은 파시즘의 논리에 휘말리지 않았다. 한용운의 경우는 미당처
럼 근대를 신비주의로 환원하지 않고, 근대가 초래한 위계와 차이를 직시하
였기 때문이다.[84] 만해에게 불교 생태사상은 근대의 위계와 차이를 극복하
고 나아가야 할 이상을 제공해주었지만, 그것이 근대의 부조리를 은폐하지
는 않았던 것이다. 반면, 김달진과 조지훈은 일제 말기에 은일을 택함으로

83　『미당 서정주 시 전집』, 90쪽.
84　한용운의 "절대평등" 사상은 만유의 평등을 본질로 하지만, 현상적인 위계와 불평
　　등의 정황을 시인한다. 만해는 본질적으로는 만유가 평등하지만, 현상적으로는 불
　　평등한 상황에 놓여 있음을 분명하게 지적하고 있다. 한용운, 「朝鮮佛敎維新論」,
　　『한용운 전집』 2, 신구문화사, 1973, 44쪽.

써 심층생태학의 논리가 사회의 논리에 적용되는 것을 피할 수 있었다. 이와 달리 미당은 근대를 신비주의로 환원하고, 심층생태학적 논리로 사회의 논리에 접근하였기 때문에 에코파시즘의 덫에 걸리게 된 셈이다.

21세기의 생태시인들은 미당의 사상과 시학에서 근본적으로 생태학적인 전통의 사유를 많은 부분 본받을 수 있을 것이다. 하지만 한편으로는 생태주의가 떠안고 있는 파시즘적인 논리를 경계하지 않으면 안 될 것이다. 그것은 서정시의 논리뿐만 아니라 모든 유형의 생태론이 경계해야 할 부분이다.

6. 결론

불교에 정신사적 계보를 대고 있는 시인들로 한용운, 김달진, 조지훈, 서정주 등이 있지만, 특히 한용운의 "절대평등" 사상과 서정주의 "중생일가관"은 여러 면에서 유사한 점이 많다. 양자는 불교의 연기론적 세계관에 입각하여 세계를 유기적 전체로 파악하고, 자아와 우주의 구성원들을 평등한 관계로 인식하며, 나아가 자아와 우주 전체를 동일시한다. 하지만 이러한 사유체계가 전적으로 불교로 환원되는 것은 아니다, 만해와 미당은 불교와 근대의 내밀한 변증을 통하여 근대와 불교(신비주의)의 화해를 도모하면서 자신들의 고유한 생태론적 사상을 탄생시킨다.

하지만 만해와 미당 사이에는 건널 수 없는 간극이 놓여 있다. 만해 시대의 시대정신에는 근대화에 대한 강력한 요청이 놓여 있었다. 그러한 까닭에 만해는 근대를 신비주의로 환원하지 않고 근대와 불교의 적절한 긴장을 유지할 수 있다. 가령, 만해는『조선불교유신론』에서 불교의 근대적 개혁을 요청하면서, 동시에 근대의 불교적 해석을 시도하는 균형 잡힌 시선을 보여준다.

하지만 미당의 시대에는 사정이 달랐다. 미당은 이미 1930년대에 세계적으로 폭넓게 확산된 근대회의론에 접했으며, 결정적으로 한국전쟁을 계기로 근대에 대한 강력한 불신을 품게 된다. 그 때문에 미당에게는 무엇보다도 세계관의 전환이 문제되었다. 미당은 삼국사에서 '오래된 미래'로서 선조들의 세계관을 찾았고, 그것을 근대 미학의 영역으로 이끌어내어 자신의 고유한 사상과 시학 체계를 세운 것이다. 만해와 달리 미당은 불교적-신비주의적 세계관으로 근대를 주관적으로 해석하면서, 자신의 세계관이 결코 근대의 외부에 속하지 않는 것임을 주장한다. 비록 미당의 견해는 환원론적인 오류를 떠안고 있는 것이지만, 근대와 불교를 화해시키면서 자신의 독자적인 생태사상과 시학의 틀을 견고하게 확립하고, 산업화 시대 이후 생태학적 시학에 든든한 기반을 제공하여주었다는 점에서 큰 의의를 지닌다.

생태위기의 근본적인 문제는 근대적 세계관의 구조적인 모순에서 비롯된다. 그 때문에 생태론을 생태위기 의식이 표면화된 20세기 후반의 담론으로 제한할 수는 없다. 근대 내부에서 일어난 근대 비판담론으로서 생태론은 근대의 탄생기에서 그 기원을 찾을 수 있다. 가령, 계몽에 대한 낭만주의적 반동이 그 예가 된다. 그 때문에 최근 서구 현대시의 생태학적 연구는 초기 낭만주의 시대로 거슬러 올라가는 경향이 강하게 대두되었다.

이에 반하여, 한국 현대시의 생태학적 연구는 여전히 1990년대 이후 시편에 그 대상이 편중되어 있다는 인상을 지우기 어렵다. 현대시의 생태학적 연구가 비평의 수준에서 벗어나고, 문학사적 연속성의 시각을 확보하기 위해서는 산업화 시대 이전의 시편들로 연구 대상을 확장할 필요가 있다. 그렇게 할 때, 한국 근현대시가 축적하여온 풍요로운 생태론적 사유와 상상의 다양한 국면이 총체적으로 조망될 수 있을 것이다.

그러한 점에서 미당 문학의 생태학적 조망은 큰 의의를 지닐 수 있다. 우선, 정체된 미당 담론이 새 활로를 찾는 데에 기여할 수 있을 것이다. 나아가, 전통(불교)과 산업화 시대 이후의 생태시를 잇는 일종의 매개항으로서 미당 사상과 시학의 새로운 공과가 입증될 수 있을 것이다. 이는 미당 사상과 시학의 생태론적 국면이 보다 넓고 깊게 조망될 때에 가능한 일이다. 그러한 점에서 미당 문학의 생태학적 국면, 나아가 산업화 시대 이전 시인들의 시적 세계의 생태학적 국면에 대한 연구는 이제 첫 걸음을 내딛는 단계이다. 미당 문학의 생태적 차원에 대한 보다 심도 있는 논구나, 한용운, 김달진, 조지훈 등의 생태시학에 대한 체계적 탐구는 조속히 이루어져야 할 과제로 우리 앞에 남아 있다.

제4부

미당의 종교적 구원론과 미학주의

제1장

미당 문학의 종교적 구원론
통과제의, 자기 구원, 공동체의 치유, 무한포용

1. 서론

최근 20권으로 구성된 『미당 서정주 전집』[1]이 완간되면서 다시 한번 미당이 집중적으로 언론 조명을 받았다. 그러나 내용은 반복되어온 것으로 별로 새로울 것이 없다. 즉, 정치적인 과오에도 불구하고 그의 문학적 업적을 높이 평가해야 한다는 입장과 그의 정치적인 과오는 간과하기 어려운 치명적인 것이라는 비판적 입장이 팽팽하게 맞서고 있다.[2]

친일, 친독재 등 미당의 정치적인 과오는 부정할 수 없는 사실이며, 소멸 시효가 없이 지속적으로 반성해야만 하는 과거이다. 그럼에도 불구하고 60여 년에 걸쳐 전개된 미당의 방대한 문학세계는 매우 다양한 의미와 가치를 지닌다. 그것은 한국 현대 문화사의 소중한 성취의 하나이다. 그의 시와 관

---

1   서정주, 『미당 서정주 전집』 1~20, 은행나무, 2015~2017.
2   이러한 상반된 입장은 2000년 미당 타계 직후 논쟁의 형태로 집중적으로 전개된다. 이에 대해서는 박순희, 『미당 서정주 시 연구』, 성신여자대학교 박사학위 논문, 2005, 1~2쪽.

련하여 수십 년에 걸쳐 주목할 만한 연구의 성과가 축적되었지만 여전히 파헤칠 수 있는 다양한 미개척지가 존재한다.

본고는 미당 문학의 종교(학)적 의미를 조명하고자 한다. 미당 시에 나타난 샤머니즘[3]이나 불교적 상상력[4]에 대한 연구는 상당히 진척되었지만 개별 종교의 차원이 아닌 보편적인 종교적 차원에 대한 심도 있는 연구는 영세한 편이다.

니니안 스마트는 "현대 종교학은 세계관과 다양한 신념체계들을 학문적으로 연구하기도 하지만 영적 진리에 대한 개인적인 탐구에도 관심을 가진다"[5]고 말한다. 뿐만 아니라 "현대 종교학은 결코 폐쇄적인 학문이 아니며", "문학에도 관심을 가질 수가 있다"고 말한다.[6] 본고는 이러한 점에 착안하여 미당 서정주 시에 나타난 종교적 상상력을 자기 구원과 공동체의 치유의 관점에서 고찰하고자 한다.

미당의 종교적 상상력은 한국전쟁을 경험하면서 본격적으로 전개되어 1960년대 중반까지 활발하게 전개된다.[7] 그러나 일제 말기 중앙불전에서

---

3 이상오, 「서정주 시의 무속적 상상력 연구」, 『인문연구』 51, 2006 ; 오태환, 『미당 詩의 山經表 안에서 길을 찾다-미당 詩의 무속적 상상력 연구』, 황금알, 2007 ; 오문석, 「한국시에 나타난 샤머니즘 연구」, 『한국시학연구』 38, 2013 ; 이찬, 「서정주『화사집』에 나타난 생명의 이미지 계열들」, 『한국근대문학연구』 17-2, 2016.

4 배영애, 「현대시에 나타난 불교의식 연구」, 숙명여자대학교 박사학위 논문, 1999 ; 김옥성, 『한국 현대시의 전통과 불교적 시학』, 새미, 2006 ; 김옥성, 「서정주 시의 윤회론적 사유와 미학적 의미」, 『종교문화비평』 9, 2006 ; 문태준, 「서정주 시의 불교적 상상력 연구」, 동국대학교 박사학위 논문, 2011 ; 송희복, 「서정주의 시 세계에 비추어진 반근대성의 생각틀」, 『한국불교사연구』 3, 2013 ; 고영섭, 「서정주 시의 불교 훈습」, 『불교학보』 63, 2012 ; 한만수, 「서정주 시의 불교적 상상력과 생태적 세계관」, 『불교어문논집』 5, 2000.

5 Ninian Smart, 『현대종교학(Worldviews)』, 강돈구 역, 청년사, 1995, 33쪽.

6 위의 책, 20쪽.

7 『서정주 시선』(1955), 『신라초(新羅抄)』(1960), 『동천(冬天)』(1968) 등의 시집이 이 시

동양사상을 접하면서 종교적인 사유를 내면화하기 시작했다고 할 수 있다. 한편 60년대 초중반 김종길과의 논쟁[8]을 거치면서 종교적 색채가 미묘하게 줄어들기는 하지만 본질적인 차원에서는 여전히 영적인 면모를 갖추고 있다. 종교적 사유와 상상이 미당 시의 저변을 관류한다고 할 수 있다.

본고는 미당 종교적 상상력의 정수라고 판단되는 『서정주 시선』(1955), 『신라초(新羅抄)』(1960), 『동천(冬天)』(1968) 등의 작품과 그와 맞물린 산문을 대상으로 미당 시에 나타난 종교적 상상력과 그 종교적 의미를 고찰한다.

2. 통과제의적 상상력 – 자기 구원

미당 문학에서 독특한 지점의 하나가 자아 서사이다. 그는 방대한 양의 자서전과 시 텍스트를 통해 자신의 삶을 재구성하는 양상을 보여주었다. 미당의 자아 서사의 독특한 점은, 그것이 생전에 그치지 않고 사후로 확대된다는 것이다. 미당의 자아 서사의 한 측면에는 영적인 성숙의 과정과 자아의 종교적 욕망이 반영되어 있다. 미당 문학에 반영된 종교적-영적 욕망은 다른 어떤 문인들의 것보다도 집요하고 강력한 것이다. 이 장에서는 미당 문학에 나타난 종교적-영적 자아 서사의 의미를 고찰하고자 한다.

미당의 영적 자아 서사는 통과제의적 상상력의 관점에서 조명할 수 있다. 엘리아데에 의하면 통과제의(rite of passage) – 입문식(initiation)에는 종교적 인간의 영적 욕망이 집약되어 있다.[9] 종교의 영향력이 퇴색한 오늘날 통과제

기에 해당한다.

8   서정주와 김종길과의 논쟁에 대해서는 다음 참고. 박현수, 『현대시와 전통주의의 수사학』, 서울대학교 출판부, 2004, 96~133쪽.

9   M. Eliade, 『성과 속 – 종교의 본질』, 이동하 역, 학민사, 1992, 140~146쪽 ; M. Eli-

의는 문학 텍스트에 스며들어 인간의 영적 욕망을 충족시키는 경향이 있다.[10]

미당은 다양한 글에서 지속적으로 영적 변화의 체험을 드러내는데 그것은 통과제의적 성격을 보인다. 그는 여러 글에서 한국전쟁 중 1·4후퇴 전후로 신경증과 자살 미수를 경험했다고 고백한다. 그리고 동양사상과 신라사의 책들을 통해 "영원성"을 체득하며 영적인 치유를 체험했다고 말한다.[11]

> 그야 어이튼 자살 미수자의 그 미수 직후의 한동안은 또 별다른 맛인 것이다. 내장이야 상했건 어쨌건 햇볕의 그리운 간절도가 한결 더해지는 것만은 사실이다.
> 그래 나는 상당히 엉망이 되었을 내 내장이 나아가는 동안의 이 높아진 간절도 속에서 공자의 『논어』와 『중용』 그리고 또 우리 『삼국유사』와 『삼국사기』 같은 책의 내용을 한길 더 깊이 애독하게 되고, 다니는 길가의 풀포기, 그 곁의 어린애들의 눈을 좀 더 유심히 바라다보게 되었다.[12]

그는 영적 변화 과정을 거치면서 세계를 이전과는 '다른 시각'으로 바라보게 되었다고 한다. 그가 말하는 '다른 시각'의 확보는 '현세와 인간'의 관점에서 벗어나 '영원과 자연'의 관점으로의 세계관의 전환을 의미한다.[13] 이러한 세계관의 전환은 세속적 인간에서 영적 주체로 재탄생하는 통과제의와

---

ade, 『종교의 의미-물음과 답변』, 박규태 역, 서광사, 1990, 169~190쪽.

10 S. Vierne, 『통과제의와 문학』, 이재실 역, 문학동네, 1996.

11 「무등산 밑에서」, 「내가 아는 영원성(永遠性)」 등.

12 「무등산 밑에서」, 『미당 서정주 전집』7, 은행나무, 305쪽.

13 미당은 다양한 글을 통해 영적 주체로 거듭났음을 고백하면서 자신의 종교적인 세계관을 피력하는데, 그의 세계관에서 자연과 영원은 맞물려 있다. 이와 관련된 미당의 글들로는 다음 참고. 「자연과 영원을 아는 생활」, 「신라(新羅)의 영원인(永遠人)」, 「신라문화(新羅文化)의 근본정신(根本精神)」.

유사한 의미를 지닌다. 즉, 그것은 "죽음을 지배하고 인간조건의 비극적 국면을 초월하려는"[14] 영적 욕망의 실현에 가까운 것이다.

통과제의적인 세계관 전환을 경험한 미당은 '죽음'에 대한 재인식을 보여준다. 영적 주체에게 죽음은 끝이 아니라 다른 단계로 나아가는 '통과'의 과정이다. 미당은 「애인의 자격 ─「연꽃 만나고 가는 바람같이」」라는 산문에서는 이러한 통과제의적 죽음을 "새로운 입학"으로 표현한다.

> 나는 최근 10여 년, 저승이라는 것을 이승과 아울러 많이 느끼고 생각해 왔고 또 삶에서 죽음으로 넘어갈 때에 덜 섭섭하게 넘어갈 연습을 상당히 많이 해 왔다. (중략)
> 죽음이 어떻게 해서든 새로운 입학이라는 것을 알게 되고, 이것은 불가불 영원한 과정에 들어서는 것이라는 것을 알게 되면 육체가 아니라 결국 남아서 영원히 떠나가는 나그네는 마음뿐이라는 것도 알게 된다. (중략)
> 이런 것들을 몇 깨 써내면서 살아오는 동안에, 나는 인제 죽을 때 발버둥 치고 끌려가는 사람이 될 위험성에서는 구제받게 되어가고 있다. 이것으로써 시가 내게 갚아야 할 의무는 다 갚은 것이다.[15]

『동천(冬天)』(1968)에 수록된 「연꽃 만나고 가는 바람같이」는 윤회적 상상력을 담고 있는 텍스트이다. 이 시에는 전생, 현생, 내생을 관류하는 윤회하는 자아가 형상화되어 있다. 이 시를 예로 들면서 미당은 한국전쟁 이후 10여 년 동안 이와 같은 종교적─영적인 글쓰기를 통해 죽음에 대한 공포에서 "구제받게 되어가고 있다"고 말한다. 종교적 상상력에 의해 죽음이 끝이 아니라 "새로운 입학"으로 전환되면서 미당은 자기 구원을 성취한 것이다.

---

14 S. Vierne, 앞의 책, 135쪽.
15 「애인의 자격 ─「연꽃 만나고 가는 바람같이」」, 『미당 서정주 전집』 11, 172~175쪽.

미당의 종교적 상상력은 한국전쟁을 거치면서 그 진면목을 드러내었지만, 그의 강력한 영적 욕망은 초기시부터 그 윤곽을 드러낸다.

> 덧없이 바래보든 壁에 지치어
> 불과 時計를 나란이 죽이고
>
> 어제도 내일도 오늘도 아닌
> 여긔도 저긔도 거긔도 아닌
>
> 꺼저드는 어둠속 반딧불처럼 까물거려
> 靜止한 「나」의
> 「나」의 서름은 벙어리처럼…
>
> 이제 진달래꽃 벼랑 햇빛에 붉게 타오르는 봄날이 오면
> 壁차고 나가 목매어 울리라! 벙어리처럼
> 오 — 壁아.

　　　　　　　　　　　　　　　　　　　—「벽」[16] 전문

미당의 등단작 「벽」(1939)에는 "벽"에 갇힌 자아와 "벽"을 뚫고 나아가고자 하는 의지가 형상화되어 있다. 주체는 스스로를 유폐된 존재로 인식하면서 "벽"을 '통과'하고자 하는 욕망을 드러낸다. 그는 닫힌 실존에서 "세계를 향해 열린 실존"[17]으로의 존재론적 변화를 소망한다.

　　같은 『화사집』 시기의 「문(門)」은 「벽」과 상호텍스트적인 작품이다. 「문」에서 화자는 존재론적 어둠("밤")에서 벗어나고자 "집과 이웃을 이별해" 버리

16　『미당 서정주 시전집』 1, 민음사, 47쪽(『花蛇集』, 1941).

17　M. Eliade, 『성과 속−종교의 본질』, 123~127쪽.

고 밖으로 빠져나갈 "문"을 찾는다. "벽"과 마찬가지로 "문"은 닫힌 실존에서 열린 실존으로 나아가기 위해 '통과'해야만 하는 경계이다. 이러한 경계로서의 "문"의 이미지는 『귀촉도』, 『신라초』 등의 시집들에서 지속적으로 나타난다.[18]

> 노래가 낫기는 그 중 나아도
> 구름까지 갔다간 되돌아오고,
> 네 발굽을 쳐 달려간 말은
> 바닷가에 가 멎어 버렸다.
> 활로 잡은 山돼지, 매[鷹]로 잡은 山새들에도
> 이제는 벌써 입맛을 잃었다.
> 꽃아, 아침마다 開闢하는 꽃아.
> 네가 좋기는 제일 좋아도,
> 물낯 바닥에 얼굴이나 비취는
> 헤엄도 모르는 아이와 같이
> 나는 네 닫힌 門에 기대 섰을 뿐이다.
> 門 열어라 꽃아. 門 열어라 꽃아.
> 벼락과 海溢만이 길일지라도
> 門 열어라 꽃아. 門 열어라 꽃아.
>
> ─「꽃밭의 獨白─娑蘇 斷章」[19] 전문

이 시는 『삼국유사』의 사소 서사에서 소재를 취한 텍스트이다. 처녀의 몸으로 임신한 사소가 속세를 떠나 입산하기 전의 독백이라는 부기가 달려 있

---

18 이러한 "문"의 이미지는 「문 열어라 정도령아」(『귀촉도』), 「꽃밭의 독백」(『신라초』) 등에서 지속적으로 나타난다.
19 『미당 서정주 시전집』 1, 민음사, 114쪽(『新羅抄』, 1960).

다. 처녀 임신으로 인해 현실의 장벽에 부딪힌 사소는 '다른' 세계를 꿈꾼다. 구름까지 갔다가 되돌아오는 노래와 바닷가에서 멈춘 말은 현실의 장벽, 인간의 유한성을 상징한다. 「벽」의 화자와 마찬가지로 사소 또한 닫힌 실존에서 '열린 실존'으로 전환하고자 한다. "꽃"은 장벽 너머 '다른' 세계로 가는 관문이다. '다른' 세계를 엿본 사소는 '현실'에 입맛을 잃고 '다른' 세계를 갈구한다.

미당의 사소 연작 시편들에서 사소는 속세를 떠나 산속으로 들어가 자연과 합일하면서 영적으로 재탄생한다. 이 시에서 "꽃"과 "문"은 바로 영적으로 재탄생하기 위해 거쳐야 하는 통과제의적 과정을 상징한다.

이처럼 미당은 다양한 시편들에서 지속적으로 통과제의적 이미지를 활용하여 영적인 재탄생의 욕망을 보여준다. 이러한 통과제의적 상상력은 사후의 윤회하는 자아에 대한 상상과 맞물려 있다.

「여수」(『新羅抄』, 1960)[20]는 죽은 뒤 우주를 떠도는 자아를 형상화한 텍스트이다. 미당의 윤회적 상상력 속에서 사후의 자아는 몇 단계의 관문을 통과하면서 존재론적인 변화를 겪는다. "첫 窓門"이 아직 "피"가 남아 있는 상태 즉, 육체적인 욕망이 남아 있는 단계라면, "둘째 窓"은 "피"로 상징되는 육체적 욕망이 사라진 "물줄기"와 "바다"의 상태이다. "세째 窓門"은 한 단계 더 정화된 상태로 "가마솥이 끓어서 새로 솟구는" 수증기의 상태이다. 시적 주체는 거기에서 한 단계 더 나아가 물질의 단계를 넘어선 "사상만이 바람이 되어 흐르는" 상태를 상상한다.

미당의 윤회적 상상력은 불교의 윤회와는 많이 다르다. 미당은 육체가 분해된 물질적 파편과 마음까지도 자아의 분신으로 이해하였다. 사후에 육체의 파편과 마음이 우주를 떠도는 것을 상상하면서 미당은 자아의 영원성을

---

20 『미당 서정주 시전집』1, 148~149쪽.

선취하였다. 불교에서 윤회는 벗어나야 할 폐쇄적 순환이지만, 미당에게 윤회는 죽음의 두려움을 극복할 수 있는 구원의 논리이다. 미당은 다양한 형태로 우주를 떠도는 사후의 자아를 상상하면서 죽음의 공포에서 벗어날 수 있었다.[21]

이와 같은 논리에서 미당은 영원성을 포착할 수 있는 영적 주체를 이상적인 인간으로 제시한다. 전후 전통주의의 수장 격인 미당은 일제강점기 전통주의 시인인 김소월을 그러한 영적 주체로 평가한다. 그에 의하면, 김소월은 "이승과 아울러 저승을" 함께 살아간 자,[22] 즉 "영통(靈通)", "혼교(魂交)"의 실현자이다. 미당은 1950년대 후반에서 60년대 초반에 걸쳐 연달아 네 편의 김소월론을 개진하면서 문학사적으로 김소월을 잇는 전통주의의 적장자이며 영적 주체임을 자처하는 모습을 보인다.[23]

미당은 여러 시편에서 "이승과 아울러 저승을 함께 살아가는" 영적 주체들을 형상화한다.

말라붙은 여울바닥에는 독자갈들이 들어나고
그 우에 늙은 巫堂이 또 포개어 앉아

---

21 김옥성, 「서정주의 생태사상과 그 시학적 양상」, 『한국문학이론과 비평』 34, 2007, 119~124쪽.

22 "이렇게 하여 이승과 아울러 저승을 가짐으로써 우리들이 흔히 월거리로밖에는 가지고 있지 못한 무형한 과거 인류의 세계를, 그는 실체험으로 겪는 역사인으로서 자기를 개척해 가지게 되고, 또 저승을 이승과 함께 실제로 겪음으로써 사물을 함축된 것으로 파악해 가질 수가 있었다.
이 일은 한국 개화 이후의 신시사상에서는 소월이 맨 먼저 우리의 전통으로부터 선택해 받아들인 것이다. 이 점에서도 그는 역시 한 사람의 철저한 전통주의자였음을 본다." — 『미당 서정주 전집』 13, 은행나무, 148쪽.

23 미당의 소월론에 대한 보다 자세한 논의는 다음 참고. 이유미, 「서정주의 김소월론에 관한 몇 가지 주석」, 『한국현대문학연구』 47, 2015.

바른 손 바닥의 금을 펴어 보고 있었다.

이 여울을 끼고는
한켠에서는 少年이, 한켠에서는 少女가
두 눈에 초롱불을 밝혀 가지고 눈을 처음 맞추고 있던 곳이다.

少年은 山에 올라
맨 높은데 낭떠러지에 절을 지어 지성을 디리다 돌아 가고,
少女는 할수없이 여러군데 후살이가 되었다가 돌아 간 뒤…

그들의 피의 소원을 따라 그 피의 분꽃같은 빛깔은 다 없어지고
맑은 빛날이 구름에서 흘러내려 이 앉은 자갈들우에 여울을 짓더니
그것도 할 일 없어선지 자취를 감춘 뒤

말라붙은 여울바닥에는 독자갈들이 드러나고
그 우에 늙은 巫堂이 또 포개어 앉아
바른 손바닥의 금을 펴어 보고 있었다.

—「마른 여울목」[24] 전문

"늙은 무당"은 미당이 지향하는 이상적인 인간으로서 영적 주체의 이미지이다. "늙은 무당"은 말라붙은 여울 바닥의 자갈 위에 앉아 손바닥을 펴 손금을 들여다보면서 어떤 소년과 소녀의 죽음을 넘어선 사랑과 인연에 대해서 상상하고 있다. 미당은 이러한 상상력을 통해 영적 주체는 단지 마른 여울 바닥과 같은 물리적인 세계만이 아니라 거기에 깃들이어 있는 저승과 영적 존재들을 사유하고 상상할 수 있어야 한다고 주장한다.

---

24 『미당 서정주 시전집』1, 민음사, 167쪽(『冬天』, 1968).

전후의 미당은 이러한 신비주의적인 상상력의 세계로 깊이 침잠해 들어 갔다. 그러한 영적 상상력은 절정에 이를 무렵 호된 비판에 직면하면서 점 차 약화된 모습을 보인다. 그러나 종교적 인간으로서 미당은 비록 약화된 형태이지만 지속적으로 종교적 상상력을 전개하였다.

미당은 영적인 욕망이 매우 강한 종교적 인간이었다. 특히, 그는 죽음에 대한 공포의 해소에 큰 관심을 기울이면서, 끊임없이 죽음을 극복한 영적 주체로 재탄생하고자 하는 사유와 상상을 전개하였다. 그는 많은 글들에서 다양한 형태의 통과제의적 상상력을 펼치면서 영적 주체로의 재탄생을 지 향한다. 그가 지향하는 영적 주체는 죽음의 공포를 해소하고, 물리적 세계 의 이면에 깃들인 영적 존재를 사유하는 존재이다. 미당은 그러한 상상력을 통해 자기 구원을 성취할 수 있었던 것으로 판단된다.

3. "무한포용"의 정신 – 공동체의 치유

미당의 공동체 인식은 "중생일가관(衆生一家觀)"이라는 자신의 표현에 집 약되어 있다.[25] 영적 주체로서 미당은 자연과 인간의 유기적 공동체에 집중 적으로 관심을 기울이면서 우주 만물("중생")을 혈연관계("일가")로 설정한다. 그의 공동체론의 주된 관심사가 자연과 인간의 공동체였기 때문에, 사회적 공동체에 대한 입장에 대해서는 깊이 있게 탐구되지 못했다. 이 장에서는 종교적 주체로서 미당의 사회적 공동체에 대한 인식을 살펴보고자 한다. 본 고의 관심은 단순한 '사회적 공동체'가 아니라 '종교적 주체'로서 미당의 사

---

25 김옥성, 「서정주의 생태사상과 그 시학적 양상」, 『한국문학이론과 비평』 34, 124~126쪽.

회적 공동체 인식이다.

역사적으로 종교는 "세계를 유지하는 힘과 세계를 뒤흔드는 힘"[26]이라는 양날의 검을 담보하여왔다. 그러나 세계를 유지하는 역할이 더 강했다는 사실을 부인하기는 어렵다. 전통사회에서 종교는 사회질서를 설명해주고 정당성을 부여하는 정당화의 기능을 수행하였다. 통합된 사회는 통합의 상징으로 종교를 활용하고, 종교는 체제 유지와 강화에 협력해왔고[27] 이처럼 종교는 세속 권력과 결탁하여 사회 유지에 복무하면서 보수성을 보이는 경향이 강했지만, 한편으로는 세속 권력을 비판하면서 사회 변화를 추구하는 진보적인 역할도 담당해왔다.[28] 가령, 기독교의 예언자들은 신성의 영원성과 절대성을 내세워 세속 권력의 덧없음을 폭로하면서 사회 변화를 추동하였다.[29]

전기적인 차원에서 미당의 행적을 검토해보면, 그는 늘 체제에 협력적인 모습을 보여주었다. 체제 순응적인 태도에 대하여 무수한 비판이 쏟아졌지만 그는 자서전적 글쓰기를 통하여 그것을 정당화하는데, 그 논리는 종교적 세계관에 입각해 있다.

> 나는 이조 사람들이 그들의 백자에다 하늘을 담아 배우듯이
> 하늘의 그 무한포용을 배우고 살려 했을 뿐이다.
> 지상이 풍겨 올리는 온갖 美醜를

---

26 Peter Berger, 『종교와 사회』, 이양구 역, 종로서적, 1982, 115쪽.
27 종교의 사회통합 기능에 대한 논의에는 이러한 관점도 있지만 보다 다양하고 복잡한 견해들도 있다. 이에 대한 자세한 논의는 다음 참고. 김종서, 『종교사회학』, 서울대학교 출판부, 2006, 179~202쪽.
28 진보적 기능에 대한 자세한 논의는 다음 참고. 오경환, 『종교사회학』, 서광사, 1990, 341~351쪽.
29 Walter Brueggemann, 『예언자적 상상력』, 김쾌상 역, 대한기독교출판사, 2000.

하늘이 「괜찮다」고 다 받아들이듯
그렇게 체념하고 살기로 작정하고
일본총독부 지시대로의 글도 좀 썼고,
일본군 사령부의 군사훈련 때엔
일본 군복으로 싸악 갈아입고
종군기자로 끼어 따라다니기도 했던 것이다.

—「從天順日派?」[30] 부분

「종천순일파?」는 '친일파'라는 세간의 비난에 대한 답변의 형식을 취하고
있는 텍스트이다. 그는 당시 정세로 보아 일제의 "100년 200년 장기 지배
만"이 조선인의 운명이라고 생각하고 호구지책으로 친일을 할 수밖에 없었
다고 적는다. 나아가 그러한 행동의 배후에 "종천(從天)"의 논리가 깔려 있
음을 밝힌다. 그에게 "하늘"-초월적 질서는 "지상의 온갖 美醜를" 다 받아
들이는 "무한포용"의 존재이다.

미당의 "중생일가관"은 이러한 "종천"-"무한포용"의 논리와 맞물려 있다.
중생일가관의 논리에 의하면 파리, 모기, 기생충까지도 인간과 혈연관계에
놓인다. 그러한 논리에 의한다면 조선과 일본은 밀접하게 협력해야 하는 피
붙이이다. "중생일가관", "무한포용"의 논리에는 부조리에 대한 분노나 변
화 의지가 개입할 여지가 없다. 이러한 종교적 세계관은 현재의 지배 체제
를 긍정하고 수호하는 보수적 기능을 수행하게 된다.

미당의 종교적 세계관이 구체화되기 시작한 것은 한국전쟁 중이지만, 그
토대는 이미 일제 말기에 그가 동양사상을 학습하기 시작하면서부터 다져
졌다고 할 수 있다. 그리하여 일제, 이승만 정권, 신군부 정권 등 세속적 권
력에 협력적인 태도를 견지해온 것이다. 종교적 보수성은 미당 시 깊이 스

---

30 『미당 서정주 시전집』 2, 민음사, 961~963쪽(『팔할이 바람』, 1988).

며들어 있다. 미당은 '신라'라는 가상을 유기적 전일체로서의 비전으로 제시하면서 현실의 모순과 고통을 은폐하는 양상을 보인다.

> (전략)
> 살(肉體)의 일로써 살의 일로써 미친 사내에게는
> 살 닿는 것 중 그중 빛나는 黃金 팔찌를 그 가슴 위에,
> 그래도 그 어지러운 불이 다 스러지지 않거든
> 다스리는 노래는 바다 넘어서 하늘 끝까지.
> (중략)
> 朕의 무덤은 푸른 嶺 위의 欲界 第二天.
> 피 예 있으니, 피 예 있으니, 어쩔 수 없이
> 구름 엉기고 비 터잡는 데 — 그런 하늘 속.
>
> 내 못 떠난다.
>
> —「선덕여왕의 말씀」[31] 부분

이 시는 지귀(志鬼) 설화에서 소재를 취한 텍스트이다. 선덕여왕을 사모하여 상사병에 걸린 지귀는 신분질서를 어지럽힌 자이다. 그러나 선덕여왕은 이를 문제 삼지 않고 오히려 기다리다 잠든 지귀의 가슴팍 위에 팔찌를 벗어놓는다. 지귀의 상사병은 더욱 심해져 화귀(火鬼)로 변하고 만다. 미당은 이런 신라 설화에 담긴 인간적인 사랑을 높이 평가한다. 그리하여 선덕여왕이 인간적인 사랑("피")으로 충만한 신라의 땅을 떠나지 못하고 "구름 엉기고 비 터잡는" 가까운 하늘에 머물고자 했다고 상상한다.

미당의 상상력 속에서 신라의 신분제는 정당화된다. 그는 신라가 비록 신

---

31 『미당 서정주 시전집』1, 민음사, 113쪽(『新羅抄』, 1960).

분제 사회였지만 지배층과 피지배층의 인간적인 사랑, 진정한 사랑이 가능했다고 말한다. 이러한 상상력은 손쉽게 체제의 모순과 피지배층의 고통을 은폐시켜버린다. 그의 세계관에서 신라는 인간적인 사랑으로 모순과 갈등이 녹아내리는 통합된 전일적 유기체이다. 미당의 세계관에서는 그러한 전일체적 사회가 이상적인 것이다.

> (전략)
> 천길 땅 밑을 검은 물로 흐르거나
> 도솔천의 하늘을 구름으로 날더라도
> 그건 결국 도련님 곁 아니예요?
>
> 더구나 그 구름이 소나기 되어 퍼부을 때
> 춘향은 틀림없이 거기 있을 거예요!
>
> ──「春香遺文─春香의 말 參」[32] 부분

미당이 자기 구원의 논리로 활용한 윤회적 상상력은 현실 소망의 실현을 내세로 연기하면서 현실의 고통을 정당화한다. 미당은 춘향 연작 시편들에서 춘향의 내면을 섬세하게 형상화하며 미화한다. 「춘향유문(春香遺文)」은 수청을 거절하고 난관에 처한 춘향이 내세를 기약하는 장면이다. 춘향은 윤회를 통해 현세의 사랑이 내세로 연장되는 상상을 하며 현실의 고통을 해소한다. 이처럼 내세나 천국의 개념은 현실의 고통을 정당화하면 피지배 계층의 반발을 차단하게 된다. 미당의 영원주의는 내세를 중시하면서 현실의 모순과 고통을 미화하는 경향이 강하다.

이처럼 미당의 사유와 상상에서 이상적 사회는 전일적 유기체이다. 그리

---

32 『미당 서정주 시전집』 1, 민음사, 99쪽(『서정주 시선』, 1955).

고 그러한 사회에서 현실의 모순과 개인의 고통은 은폐되거나 미화되어버린다. 개인은 전체를 위하여 희생하는 것이 아름다운 것이다. 이러한 전일론적 사상은 파시즘의 논리와 맞물려 있다. 미당이 가미카제 특공대원을 찬양하고,[33] 이승만 전기와 전두환 찬가[34]를 집필한 것도 그러한 맥락에서 이해할 수 있다. 미당은 체제의 모순과 부조리에는 눈을 감고, "무한포용"의 정신으로 체제와 현실을 긍정하고 정당화하면서 사회의 안정과 유지에 협력하였다. 그런 점에서 그의 종교적 세계관은 진보적인 예언자의 맞은편에 놓인 명백한 보수주의라 할 수 있다.

그렇다고 해서 미당의 종교적 상상력이 무의미한 것은 결코 아니다. 미당은 제국주의나 냉전체제, 독재와 군사정권 등 고통의 배후에 대해서는 눈을 감고 나아가서는 협력적 태도를 보였지만, 민중의 고통을 치유하는 데에는 누구보다도 열정을 쏟았다. 그가 자연에서 찾은 "무한포용"의 정신은 특히 전후의 시대적 상황에서 빛을 발했다.

> 기러기같이
> 서리 묻은 섣달의 기러기같이
> 하늘의 얼음짱 가슴으로 깨치며
> 내 한평생을 울고 가려 했더니
>
> 무어라 江물은 다시 풀리어
> 이 햇빛 이 물결을 내게 주는가
> (중략)
> 黃土 언덕

---

33 「松井伍長 頌歌」.
34 「처음으로—전두환 대통령각하 제56회 탄신일에 드리는 송시」.

꽃 喪輿
떼 寡婦의 무리들
여기 서서 또 한 번 더 바라보라 함인가

江물이 풀리다니
江물은 무엇하러 또 풀리는가
우리들의 무슨 설움 무슨 기쁨 때문에
江물은 또 풀리는가

—「풀리는 漢江가에서」[35] 부분

"黃土 언덕/ 꽃 喪輿/ 떼 寡婦의 무리들"은 전후의 상처를 의미한다. 영
적 주체는 "풀리는 한강"을 바라보며 자연의 재생 능력을 인식한다. 자아는
고개를 숙여 겨울을 지나 새로 돋아나는 "민들레"나 "쑥니풀"을 내려다보며
소생하는 자연을 다시 확인한다. 미당은 소생하는 자연과 고통받는 인간을
병치하면서 민족의 상처도 곧 치유될 것을 암시해준다.
　전후의 미당은 여러 시편들에서 집요하게 상처의 치유를 형상화하였다.

　　가난이야 한낱 襤褸에 지나지 않는다. 저 눈부신 햇빛 속에 갈매빛의 등
　　성이를 드러내고 서 있는 여름 山 같은 우리들의 타고난 살결 타고난 마음
　　씨까지야 다 가릴 수 있으랴.

—「無等을 보며」[36] 부분

　　괜, 찬, 타, ……
　　괜, 찬, 타, ……

35　『미당 서정주 시전집』1, 민음사, 101쪽(『서정주 시선』, 1955).
36　『미당 서정주 시전집』1, 민음사, 90쪽(『서정주 시선』, 1955).

괜, 찬, 타, ······

괜, 찬, 타, ······

수부룩이 내려오는 눈발속에서는

까투리 메추래기 새끼들도 깃들이어 오는 소리. ······

　　　　　　　—「내리는 눈발 속에서는」[37] 부분

「무등(無等)을 보며」에서 영적 주체는 "무릎 아래 지란을"을 품어 기르는
무등산을 "무한포용"의 상징으로 제시한다. 그는 "우리들"의 "타고난 살결,
타고난 마음씨"가 "여름 산"을 닮았다며, 무등산과 민족을 동일시한다. 그
리하여 무등산의 "무한포용" 정신으로 살아간다면 "가난이야 한낱 남루에
지나지 않는다"고 선언한다.

　「내리는 눈발 속에서는」에서 "내리는 눈발"은 자연의 "무한포용"의 상징
이다. 눈발은 "까투리 메추래기 새끼들", "낯이 붉은 處女아이들", "청산",
'울고 웃고 수그리고 새파라니 얼어붙은' 모든 "운명들", 즉 자연의 모든 구
성원들을 품어 안아준다. 영적 주체는 "내리는 눈발"에서 "괜찮타"는 소리
를 듣는다. 거대한 자연의 품속에서 모든 갈등과 고통은 용해되어버린다.

　이처럼 전후의 시편들에서 영적 주체는 자연에서 "무한포용"의 정신을 발
견하고, 자연과 닮아가고자 한다. 자연이 보여주는 "무한포용"의 정신에 따
라 살고자 한다. 미당은 이와 같은 상상력으로 전후의 가난과 고통을 위로
하고 치유하고자 하였다. 그 때문에 많은 독자들의 관심과 사랑을 이끌어낼
수 있었다.

　미당이 공동체를 바라보는 "무한포용"의 정신은 한편으로는 전후의 민중
을 치유하고 위로하는 힘을 발휘하였지만, 한편으로는 사회의 모순과 부조
리를 은폐하는 부작용도 있었다. 이는 전통사회에서 많은 보수적인 종교들

---

37 『미당 서정주 시전집』 1, 민음사, 102쪽(『서정주 시선』, 1955).

이 보여준 모습과 유사하다. 전통사회의 보수적 종교를 일방적으로 비판할 수 없듯이 미당의 영적인 공동체 인식이 갖는 공과 과를 정당하게 평가할 필요가 있다.

4. 결론

전후 미당은 활발하게 종교적 상상력을 전개하면서, "시골 무당이나 점쟁이의 것 같은 언어", "단순하고 시골 노인들의 말처럼 구식의 것", "신비주의",[38] "기만적인 접신술가"[39] 등과 같은 호된 비판에 직면하였다. 이러한 비판에 대해 미당은 자신의 신비주의가 현대사회의 합리주의에 위배되는 것이 아니며 유용한 것이라는 반론을 펼친다.[40] 미당은 지속적으로 신비주의적인 종교적 상상력을 통해 자기 구원을 성취하였으며 전후 공동체의 상처, 현대인의 불안을 치유할 수 있다고 말하였다. 즉, 미당은 문학을 통해 펼쳐지는 사유와 상상을 통해 종교의 기능을 어느 정도 대체할 수 있다고 생각한 것이다.

미당은 다양한 글쓰기를 통해 끊임없이 영적 존재를 지향해왔다. 그는 통과제의적 상상력을 전개하며 죽음의 공포를 해소한 영적인 주체의 이미지를 보여주었다. 그러한 상상력은 자기 구원의 의미를 지닌다.

미당의 종교적인 공동체 인식은 보수성을 띤다. 그의 "무한포용"의 정신은 체제 순응적인 것이다. 미당의 보수적인 종교적 공동체 인식은 체제의 모순과 피지배 계층의 고통을 정당화하게 된다. 그러나 한편으로는 단기간

---

38 김종길, 「실험과 재능—우리 시의 현황과 그 문제점」, 『문학춘추』, 1964.6.

39 구중서, 「서정주와 현실도피」, 『청맥』, 1965.6.

40 김옥성, 「서정주의 생태사상과 그 시학적 양상」, 118~119쪽.

에 해결하기 어려운 현실의 고통과 상처를 치유하고 위무하는 기능도 하게 된다.

미당 문학에 나타난 자기 구원과 공동체 치유의 상상력은 종교의 핵심에 근접한 것이다. 미당 시의 종교적 상상력은 전통사회에서 종교가 담당하던 역할의 일부를 문학의 영역에서 수행하였다는 점에서 의미심장하다. 그의 문학은 종교의 영향력이 쇠퇴한 시대에 종교의 역할을 대체하고자 하였다는 의미를 지닌다. 미당이 비록 불교와 샤머니즘에 치우치기는 했지만 전적으로 특정 종교에 의존했다고 할 수는 없다. 미당은 자신만의 종교적 세계관을 수립했다고 할 수 있다. 그리고 그것을 문학으로 펼쳐보였다. 그러한 점에서 미당의 문학은 종교의 개인화, 그리고 종교의 문학화를 보여주었다고 평가할 수 있다.

전통사회의 종교는 통합 기능에 역점을 두면서 조화와 화해를 강조했다. 그런 점에서 보수적 종교와 서정시는 심층적인 면에서 맞물린다. 서정시는 본질적인 면에서 자아와 세계의 동일성을 지향한다. 서정적 동일성 또한 치유와 위무의 힘을 발휘하지만 다른 한편으로는 사회의 갈등과 고통을 은폐하는 경향이 있다.

60여 년에 걸친 시작 기간 동안 그가 보여준 영적인 글쓰기의 진정성을 의심하기는 쉽지 않다. 미당 문학의 종교적 상상력은 보수적인 종교가 담당하던 역할을 문학 차원에서 보여주었다는 점에서 틀림없이 중요한 의미를 지닌다. 그러나 그의 종교적 상상력은 현대 사회의 많은 진보적인 종교가 수행한 비판적인 역할은 감당하지 못했다. 그의 종교적 상상력이 전통사회의 보수적 종교성에 머물고 있는 것은 분명한 한계이다. 그러한 한계는 친일 시, 이승만 전기, 전두환 찬양시 집필 등의 과오와 맞물려 있다. 미당의 문학과 종교가 일정한 성취를 이룬 것은 분명하지만 그렇다고 해서 역사와 윤리를 배반한 그의 과오가 사면되는 것은 아니다.

미당 윤회론적 사유의 종교적 성격과 미학주의

민중불교, 윤회론, 자아 서사, 영원, 죽음, 야만주의, 미학주의

1. 서론

1) 연구사 검토와 문제 제기

서정주는 기나긴 시력을 거치면서 깊고 넓은 시적 세계를 일구어낸다. 1970년대 이후 서정주 시에 대한 거리가 어느 정도 확보되면서 오래되고 다채로운 서정주의 시적 세계를 관류하는 일관된 논리와 그것의 변주 과정이 다양한 관점에서 논의되어왔다.[1] 그러한 과정에서 서정주 시의 다양한

---

1   천이두, 「지옥과 열반-서정주론」, 『시문학』, 1972.6~9(천이두, 「지옥과 열반」, 조
    연현 외, 『미당 연구』, 민음사, 1994); 김화영, 『미당 서정주의 시에 대하여』, 민음
    사, 1984; 황동규, 「탈의 완성과 해체-서정주의 정신과 시」, 『현대문학』, 1981.9;
    송하선, 『미당 서정주 연구』, 선일문화사, 1991; 김재홍, 「미당 서정주-대지적 삶
    과 생명에의 비상」, 조연현 외, 앞의 책; 육근웅, 『서정주 시 연구』, 국학자료원,
    1997; 김수이, 「서정주 시의 변천 과정 연구」, 경희대학교 박사학위 논문, 1997; 윤
    여탁, 「서정주, 시의 논리와 시 세계」, 『시 교육론 · Ⅱ』, 서울대학교 출판부, 1998;
    전미정, 『한국 현대시와 에로티즘』, 새미, 2002; 김정신, 『서정주 시정신』, 국학자료
    원, 2002; 오세영, 「영원과 현실」, 『한국현대시인연구』, 월인, 2003; 손진은, 「서정

사상적 배경으로 니체와 보들레르,[2] 민속 및 샤머니즘,[3] 불교[4] 등이 논의되었다.

니체와 보들레르의 영향은 『화사집』에 해당되며, 샤머니즘과 불교는 중·후기 시편에 해당된다. 불교적 영향은 대체로 『신라초』, 『동천』 등의 중기시를 대상으로 논의되었다. 그것은 구체적으로 서정주가 시적 이념으로 "신라정신"을 내세우는 데에서 발단된다. 김운학은 서정주의 신라정신이란 "한국 특유의 인간정신"이며 그 저변에는 불교정신이 자리 잡고 있는 것으로 규정한다. 그에 의하면 "신라가 그대로 불교국이었기 때문에 그 모든 정신구조가 다 이 불교적인 데서 기인"한다. 김운학은 신라정신이 곧 불교정신이라는 등식을 설정한 셈이다.[5] 최원규도 '신라정신=불교정신'이라는 김

주 시의 시간성 연구」, 『서정주 시의 시간과 미학』, 새미, 2003 ; 김점용, 「미당 시의 변모 과정과 죄의식」, 『미당 서정주-시적 환상과 미의식』, 국학자료원, 2003.

2 김학동, 「서정주 초기시에 미친 영향」, 『어문학』 16, 1967.5 ; 남진우, 「남녀 양성의 신화」, 『시운동』, 1987 ; 황현산, 「서정주-농경사회의 모더니즘」, 조연현 외, 앞의 책 ; 임재서, 「서정주 시에 나타난 세계 인식에 관한 연구」, 서울대학교 석사학위 논문, 1996 ; 신범순, 「용의 바다와 짜라투스트라의 바다」, 『애지』, 2001. 여름.

3 박진환, 「삼교의 혼융과 샤먼의 신화 창조」, 『현대시학』, 1974.12 ; 김종대, 「한국시에서의 민속 수용 양상」, 『돌곶 김상선 교수 화갑 기념 논총』, 1990 ; 김열규, 「俗信과 神話의 서정주론」, 조연현 외, 앞의 책 ; 박철희, 「서정주와 민간전승」, 『화강 송복주 선생 화갑기념 논총』, 1994 ; 김헌선, 「한국문화와 샤머니즘」, 『시안』, 2002. 겨울, 18~20쪽.

4 김운학, 「한국현대시에 나타난 불교사상」, 『현대문학』, 1964.10 ; 김현, 「서정주 혹은 불교적 인생관의 천착」, 『한국문학사』, 민음사, 1973 ; 최원규, 「미당시의 불교적 영향」, 『현대시학』, 1977.12(『한국근대시론』, 학문사, 1981에 재수록됨) ; 김해성, 「서정주론-그의 불교 사상을 중심으로」, 『월간문학』, 1981.8 ; 구자성, 「한국 현대시에 나타난 불교사상-만해와 미당의 시를 중심으로」, 연세대학교 석사학위 논문, 1984 ; 천이두, 「지옥과 열반」, 조연현 외, 앞의 책.

5 김운학, 「한국현대시에 나타난 불교사상」, 『현대문학』, 1964.10.

운학의 설정을 그대로 계승한다.[6] 그런데 여기서 주의할 점은 이들이 말하는 불교정신이 "우리 고유한 한국적 풍토"와 결합되어 형성된 것으로 인도나 중국과 다른 "한국 특유의 인간정신", "토착 불교사상"이라는 것이다. 김운학이 서정주의 시가 한국적인 불교정신에 기반하고 있다고 언급하는 차원에서 머무르고 있는 반면, 최원규는 불교정신을 윤회사상으로 좁혀놓고 있다.[7] 서정주 중기시를 불교의 윤회론에 기반한 것으로 보는 견해는 이후 대부분의 논의에서 되풀이되고 있다.

한편, 1990년대 후반부터 서정주 시의 윤회사상은 문학사적 의미로 해석되기 시작되었다. 송기한은 서정주 시의 윤회사상을 순환적 시간의식과 영원성의 개념에 포함시킨다.[8] 그에 의하면 서정주 시의 순환론적 시간의식과 영원성은 "죽음을 생산하는 시간성의 압박을 벗어나고자 하는 의지와 전후 분열된 현실에 대한 새로운 질서 의식에서 나온 것으로, 근대의 역사철학적인 시간의식인 직선적인 시간에 대한 영원한 맞수"로 제기된 것이다. 서정주의 윤회사상은 전쟁으로 발현된 직선적 시간의 파탄에 대한 인식에서 생성된 것으로 문학사적으로 '전후시'[9]적 의미를 지니는 셈이다. 남기혁은 박재삼, 이동주, 김관식 등과 함께 서정주를 전후 전통주의자로 규정하고, 서정주 시의 윤회사상을 "자아와 세계의 유기적 통합에 대한 가상을 확립하고 이를 통해 근대의 위기에 대응하고자"[10] 하는 의도에서 도입한 것으로 규정한다.

6 　최원규, 앞의 글.
7 　최원규와 마찬가지로 천이두 또한 『신라초』와 『동천』의 중심사상을 윤회사상으로 규정한다. 천이두, 앞의 글.
8 　송기한, 『한국전후시와 시간의식』, 태학사, 1996.
9 　전후시에 대해서는, 위의 책, 9쪽 참고.
10 　남기혁, 「1950년대 시의 전통지향성 연구」, 서울대학교 박사학위 논문, 1998, 91쪽.

서정주의 중기시에 나타난 윤회론적 사유에 대해서는 대부분의 논의에서 반복적으로 지적하고 있는데, 대부분 중기의 소수 시편을 대상으로 단편적으로 언급하는 실정이다. 따라서 윤회론적 사유의 시학적 성격에 대해서는 충분한 해명이 이루어졌다고 볼 수는 없다. 여기에서 두 가지 문제가 도출된다. 우선, 서정주의 윤회론이 중기시에만 나타나는가 하는 문제이다. 그리고 다른 하나는 불교의 '본질적인' 윤회론과 다른 서정주 시의 윤회론적 사유와 상상의 특수한 성격은 어떠한 것인가 하는 점이다.

본고는 이러한 문제를 해결하기 위하여, 서정주의 시론, 그리고 중기시와 후기 시집 『질마재 신화』를 대상으로, 불교의 윤회론으로 환원될 수 없는 서정주 시의 미학적 체계 내의 고유한 윤회론적 사유가 어떠한 것인가, 그리고 그것은 어떠한 미학적 의미와 시사적 의의를 지니는가에 대해서 살펴보고자 한다.

2) 자아서사로서의 윤회론

영혼의 재탄생이라는 넓은 의미의 윤회사상은 세계 여러 곳에 흩어져 있다. 그러나 업사상과 연결된 윤회사상은 인도 고유의 것이라 할 수 있다.[11] 이와 같은 윤회와 업은 기계적 인과론과 윤리적 인과론이 결합된 종교적인 인과론이다.

불교는 힌두교의 업사상과 결합된 윤회사상을 수용하였다. 그러나 힌두교의 윤회사상이 윤회의 주체(atman, 자아)를 상정하는 반면, 불교는 자아를 부정하는 무아(anatman) 사상을 전개한다.

'본질적으로' 불교는 윤회의 주체를 부정하는 무아윤회론의 입장을 취한

---

11 류경희, 「힌두교의 역사」, 한국종교연구회 편, 『세계종교사입문』, 청년사, 1996, 47쪽.

다.[12] 『잡아함경』에 의하면 "윤회란 고정 불변하는 어떤 주체가 한 생에서 다른 생으로 옮아가는 것이 아니라 존재 그 자체가 변화하면서 계속하는 것"이다. 불경에서는 이와 같은 존재의 변화를 우유가 낙(酪)으로, 낙이 생소(生酥)로, 생소가 숙소(熟酥)로, 숙소가 제호(醍醐)로 변하는 과정으로 설명한다. 우유에서 제호 사이에는 동일성이 없지만, 우유가 없는 제호도 있을 수 없다. 이 우유의 비유는 윤회하는 불변의 주체는 없지만 업은 지속적으로 이어진다는 것을 설명한다. 우유와 낙, 생소, 숙소, 제호 등은 다른 존재이지만 우유의 업은 이후의 존재들에게로 이어진다는 것이다.[13] 이러한 논리에 의한다면 이후의 존재들에게 악업을 물려주지 않으려면 현생에서 선행을 해야만 한다. 불교의 윤회사상은 현생에서의 선행을 권장하는 윤리적 역할을 하는 것이다.

그러나 불교는 윤회의 수레바퀴에서 벗어날 것을 권장한다. 그것은 제행이 무상하며 제법이 무아라는 깨달음에 의해 가능해진다.[14] 자아란 실체가 없다는 '무아'의 깨달음을 통해 열반, 즉 불교적 자기 구원이 가능해지는 것이다.

---

12 자명한 사실이지만 불교의 윤회사상은 근본불교, 부파불교, 후기불교(대승불교) 등의 시대와 종파에 따라 매우 다채롭고 복잡한 양상으로 전개된다. 따라서 불교의 윤회사상을 체계적으로 분류하는 일이나 개념 정의하는 일은 매우 어렵다. 그리고 그것은 본서의 논의에서 해결할 수 있는 사안이 아니다. 다만, 본서에서는 불교의 '본질적인' 윤회사상은 무아윤회론이라는 입장을 견지한다. 나아가, 본서는 '불교'의 윤회사상이 아니라 시인들의 작품에 나타난 '윤회론적인 상상력'을 밝혀내는 데에 주안점을 두고 있음을 밝힌다.
불교의 무아과 윤회, 영혼 등에 대한 불교학의 논의는 다음 저서들을 참고할 수 있다. 정승석, 『윤회의 자아와 무아』, 장경각, 1999 ; 오형근, 『불교의 영혼관과 윤회관』, 새터, 1995.

13 불교의 무아윤회론에 대해서는 다음 참고. 동국대학교 불교교재편찬위원회, 『불교사상의 이해』, 불교시대사, 2004, 120~123쪽.

14 위의 책, 105쪽.

'본질적인' 차원에서 불교는 무아윤회를 논하지만, 민중(범부, 기층민)들은 그렇지 않다. 민중들은 '무상', '무아', '열반'과 같은 철학적인 개념들보다는 개인적인 욕망을 따르는 경향이 강하다. 불교의 정토사상은 그와 같은 민중의 기복적인 신앙의 경향을 반영하고 있다. 주지하듯이 정토사상에서 중요한 개념이 극락왕생이다. 정토사상은 민중의 욕망과 맞아떨어졌기 때문에 신라대부터 이미 민중 속으로 깊이 파고들었다.

기복적인 민중의 욕구는 무불습합 현상으로 이어지기도 한다. 불교의 윤회사상은 무속과 결합하여 샤머니즘적인 영혼불멸 사상의 색채를 띠기도 한다.[15] 무불습합에서 생성된 민간전승 속의 많은 인연설화는 영혼불멸의 서사를 담고 있다. 민중들에게는 난해한 불교철학보다는 흥미롭고 기복적인 성향의 영혼불멸의 윤회론이 더욱 호소력이 있다. 따라서 『삼국유사』와 같은 고대 서적이나 민간신앙에서 확인할 수 있는 민중불교의 윤회사상은 유아윤회론의 색채가 강하게 나타난다.

불교의 근본적인 교리는 윤회의 끝없는 순환을 고통으로 규정하고 그것으로부터의 해탈을 구원론으로 제시하고 있다. 하지만 그러한 논리는 자기보존이라는 근원적이고 보편적인 인류의 욕망을 충족시켜주지 못한다. 기층민에게 보다 호소력이 있는 것은 해탈과 열반 없이 자기 동일성을 유지하는 구원론이다. 삼계와 육도의 윤회론에도 그러한 구원론이 담겨 있다. 삼계와 육도의 세계는 한편으로는 정신적 위계의 메타포로 이해되기도 하지만,[16] 다른 한편으로는 "업력에 따라 지옥에 가서 나고 또는 천국에 가서 난

---

15 불교와 무속의 습합 양상에 대해서는 다음 참고. 김태곤, 『한국민간신앙연구』, 집문당, 1994, 336~345쪽. 김태곤은 "그러나 그 윤회설 자체가 불교 고유의 것이냐는 데에는 논의의 여지가 있다"라고 이론의 가능성을 남긴다.

16 위계화된 불교의 공간은 종교적 실천의 정도에 상응한다는 점에서 정신적 위계를 반영하는 것으로 볼 수 있다. 方立天, 『불교철학개론(佛教哲學)』, 유영희 역, 민족사,

다는 인과설"[17]과 결합하여 자기 동일성의 영속성을 보장해준다. 천국의 관념을 포함한 삼계와 육도의 윤회론은 해탈 없이 그 자체 내에 자기보존의 영속성으로서의 구원론적 체계를 구비한 셈이다. 이러한 윤회론은 민중불교적인 사유에 가깝다.

미당은 스스로『삼국유사』와 같은 고대사 관련 서적들을 탐구하며 자신의 문학사상과 상상력을 전개하였음을 밝히고 있다. 미당 서정주의 윤회론적 상상력은 무속과 불교가 뒤섞인 민중불교의 윤회론의 색채가 강하다고 볼 수 있다.

이미 선행 연구에서 깊이 있게 조명되었듯이 전후 전통주의 시인들은 신비화된 자아서사(self narrative)를 매개로 존재론적 안정감을 추구하였다.[18] 미당의 윤회론적 상상력은 그와 같은 신비화된 자아서사의 일종으로 이해할 수 있다.

경험 세계에 국한된 자아서사는 '죽음'의 문제를 쉽게 해결할 수 없다. 그것은 '세계를 향해 닫힌 실존'의 자아서사로서 죽음에 대한 인식에서 파생하는 근원적인 불안과 공포에는 취약하다. "유한성에 대한 불안"[19]은 언제든 존재론적 안전감을 뒤흔들어놓을 수 있는 것이다.

미당 시의 민중불교적–유아윤회론적 상상력은 그와 같은 경험적 세계에 유폐된 자아서사의 한계를 거뜬히 초월하는 양상을 보여준다. "세계를 향하여 열린 실존"[20]으로서의 미당의 윤회론적 자아서사는 자아와 세계의 관

1992, 176쪽.

17 오형근, 앞의 책, 158~159쪽.

18 남기혁, 앞의 논문, 57~73쪽.

19 A. Giddens,『현대성과 자아정체성』, 권기돈 역, 새물결, 1997, 107쪽. "개인의 심리적 발달에서 비롯하는 유한성에 대한 불안은 보편적인" 것이다.

20 세계를 향하여 열린 실존이란 인간의 존재양식에 엄격히 갇히지 않는 초인간적이고 우주적인 존재양식이다. 그것은 상동성 즉 아날로지적 비전을 단순한 관념이

계를 동일성의 원리로 설정하면서 자아를 영원의 지평 위에 올려 놓는다.

2. 서정주 시론의 윤회론적 사유

서정주는 토착신앙에 통합된 민중적인 윤회론의 관념을 현대시문학사에 적극적으로 끌어들인다. 그의 자전적인 산문에 의하면 서정주가 불교, 윤회론적 사유에 관심을 갖기 시작한 것은 한국전쟁을 거치면서이다. 구체적으로 그는 1952년 1·4후퇴 이후 "신라정신"을 시적 이념으로 수용하기 시작한다.[21] 그런데 그러한 작업은 김종길의 호된 비판에 직면한다. 이에 대해 서정주는 자신의 문학적 이념으로서 신라정신을 옹호하는 글을 발표한다.[22] 이를 계기로 그는 자신의 시적 이념을 회고하고 정리할 기회를 얻는다.

> ① 나는 그냥 新羅的인 精神態의 한 두어가지가 近年(자세히 말하면 1952
> 년 一.四 後退 以來) 매력이 있어서 시험삼아 본따 보고 있을 뿐이다.
> 그것은 大別하자면 두 가지로서, 그 하나는 '靈通'이나 '魂交'라는 말로써
> 전해져 오는 그것이고, 다른 하나는 佛敎의 三世因緣과 輪廻轉生이다.[23]

아니라 경험으로 살아가는 실존이다. M. Eliade, 『성과 속―종교의 본질(*The Sacred and the Profane: The Nature of Religion*)』, 이동하 역, 학민사, 1992, 123쪽.

21 서정주가 산문을 통해 신라정신을 표방한 것은 한국전쟁을 거치면서부터이지만, 서정주 시에서 고대적 사유는 「부활」 등의 시편에서 확인할 수 있듯이 『화사집』 시기부터 지속적으로 제기되어왔다.

22 김종길과 서정주의 논쟁에 대한 자세한 분석은 박현수, 『현대시와 전통주의의 수사학』, 서울대학교 출판부, 2004, 16~18쪽 참고.

23 서정주, 「내 마음의 現況―金宗吉씨의 「우리 詩의 現況과 그 問題點」에 答하여」, 『서정주 문학 전집』 5, 일지사, 1972, 283쪽(이 글은 「내 시정신의 현황―김종길 씨의 「우리 시의 현황과 그 문제점」에 답하여」, 『문학춘추』, 1964.7을 재수록한 것이다).

② 形而上的 志向을 안 가질 수 없었던 모든 思索家나 宗敎家가 그랬던 것
처럼, 나도 마지막으로 택한 문제는 '어떻게 생각하고 느끼며 살다 죽으
면 죽을 때 섭섭하지 않느냐?' 하는 문제였고, 앞뒤의 그리운 것들 가운
데 나서 살다가 죽는 일을 인식하고 느끼니, '마음 傳達의 영원한 繼續—
즉 다른 말로 하면 '靈通'이라는 것 속에 끼여서 安心하는 者의 自覺을
안 할 수 없었고, 그런 영원한 參與者로 자기를 定하니, 죽을 者로서의
섭섭함은 서서히 감소해 가고 있다.[24]

③ '靈通'이라는 것은 다만 佛敎에만 있는 것이 아니라, 고대로부터 오는 종
교에는 공통되는 것으로 이것이 歷史 參與意識을 긴밀히 하여 永遠性이
라는 것을 우리에게 實有ㅎ게 하는 것이라는 뜻의 말씀을 나는 위에서
한 듯하다.
　이 밖에 내가 新羅 사람들에 準해서 배운 것은 별 것이 아니라, 佛敎에
조금만 길든 사람들이며 누구나 다 아는 三世因緣說과 輪廻轉生觀이다.
이것도 내게는 '靈通主義'와 아울러 지금도 크게 매력있다.[25]

　서정주의 시론에서 "신라정신"으로 대변되는 고대적 사유의 의미는 '죽
음'의 무화에 있다. 현대인의 자아서사는 죽음을 은폐함으로써 자아정체성
을 정초시킨다. 그런데 죽음은 그러한 자아서사의 보호막을 뚫고 들어와 내
밀하게 신경증을 야기한다.[26] ②에서 서정주는 고대적 사유를 수용함으로
써 죽음에 대한 공포와 불안을 극복할 수 있게 되었다고 말한다. 서정주에
게 고대적 사유는 죽음 이후의 영역으로 자아서사를 확장하면서 존재론적

24　위의 글, 283쪽.

25　위의 글, 285쪽.

26　이와 관련하여 융의 견해를 참조할 만하다. 융은 현대인의 노이로제가 인류의 가장
　　오래된 가장 보편적인 종교적 태도의 상실과 관련된다고 보았다. 이부영, 『분석심
　　리학』, 일조각, 1999, 328쪽.

안정감을 확보해주는 역할을 하는 셈이다. ①에서 확인할 수 있듯이 서정주가 수용한 고대적 사유로서 신라정신은, "영통", "혼교"와 불교의 "삼세인연설", "윤회전생관" 두 가지로 대별된다. ③에서 그는 영통의 관념을 종교적 보편성을 갖는 고대적 사유로 보고 있다.

서정주에 따르면 영통은 샤머니즘, 기독교, 불교를 막론하고 모든 종교에서 발견되는 보편적인 사유이다.[27] 그는 영통을 매우 넓은 개념으로 사용하고 있다. 그것은 첫째, 고대 신앙적인 관념으로 영혼의 불멸설이다. 그는 『삼국유사』에 실린 죽통(竹筒)에 담긴 혼의 이야기를 예로 들어 그것을 설명하고 있다. 이러한 영혼의 불멸설에서 육체가 죽은 후에도 영혼은 죽지 않고 살아서 살아 있는 사람과 소통할 수 있다. 둘째, 그는 영통을 꿈에 의한 영혼의 현시로 설명하고 있다. 이것은 첫 번째 관념처럼 영혼이 재생하여 직접적으로 생자와 교통하는 것은 아니다. 하지만 생자는 꿈에 본 영혼의 계시를 믿는다는 점에서 이 영통은 현실력을 갖는다. 셋째, "역사적 전승"의 개념으로 "상대(上代)로부터 이어 내려오는 모든 좋은 진리와 교훈을 현실력(現實力) 있는 것으로 제사(祭祀)하고 이어가는 것"이다. 그런데 이 개념에도 전통적 유풍을 통해 선대의 영혼과 교감한다는 관념이 포함되어 있다.

이 세 가지는 조금씩 다르긴 하지만 실재하는 것이든, 실재하지 않지만 믿음에 의한 현시이든, 죽은 자들의 영혼이나 그 대체물인 마음과의 교감이 전제되어 있다. 그러한 점에서 이상의 세 가지 개념을 포괄하는 영통의 관념은 "마음 전달의 영원한 계속"이라 할 수 있다. 그러므로 서정주가 말하는

---

27 이와 관련하여 다음 대목을 참고할 수 있다. "샤머니즘 말고, 基督教나 佛教 등의 종교의 靈通도 역시 공통하는 것 아니던가? 基督의 復活을 보는 막달라 마리아와, 佛教의 그 많은 肉體 없는 現身과, 아까의 그 竹筒 속의 魂과의 對話는 다 古代 以來의 精神態度로서의 공통점을 가진다." 서정주, 앞의 글, 284쪽.

영통은 죽은 자의 영혼이나 마음과의 교감이 가능하다는 믿음에 기초한 주관적인 사유로 규정할 수 있다. 이러한 사유는 영혼이 실재하건 않건 간에 자아의 자기 동일성이 영원히 지속된다는 신념체계인 셈이다.

그렇게 볼 때 "영통"은 윤회론과 크게 다르지 않다. 윤회론이 고대의 정령론과 영혼 재생설을 수용하면서 전개되었고, 또 민중에 의해 고대적인 신앙체계와 결합되면서 수용되었다는 점을 고려할 때 서정주의 영통은 윤회론과 밀접하게 관련된다. 하지만 영통에는 영혼의 재생과 불멸의 관념만이 있지만 윤회론에는 거기에 육체의 변신 개념이 덧붙여진다는 점에서 차이를 보인다.

"삼세인연설"과 "윤회전생관"으로 표방되는 서정주의 윤회론은 네 가지 개념으로 나누어진다. 첫째는 영통과 다름없는 영혼불멸의 관념이며, 둘째는 물질불멸의 법칙이다. 물질불멸의 법칙에 의해 자아의 육체는 깨어지고 가루가 되어 다른 물질과 합하고 헤어지면서 우주를 순환한다. 과학적으로 육체가 분해된 물질이 자아의 연속성을 보장해준다고 볼 수는 없다. 하지만 서정주의 주관적인 인식체계에서는 물질도 자아의 연속성을 보장해주는 것으로 이해되는 셈이다. 셋째는 환생의 관념이다. 서정주는 김대성 설화의 환생담을 예로 들어 불교의 인연법을 설명하고 있다. 넷째, 어떠한 행위의 반복이다. 이 행위의 반복은 선대와 후대 사이의 마음과 마음의 교감으로 설명된다.

이상에서 살펴본 서정주의 영통이나 윤회 관념은 불가시적인 영혼이나 교감과 같은 원리를 상정하는 주관적 인식의 산물이다. 여기에서 영혼이나 원리가 객관적으로 실재하는가 아닌가는 중요하지 않다. 그것은 주관적인 인식론에 근거한 미학적 신념체계라는 점에서 의미가 있다.

이러한 서정주의 주관적인 인식론은 시학적으로 슈타이거의 회감 개념을 통해 이해될 수 있다. 슈타이거의 회감은 "현재의 것, 과거의 것, 심지어 미래의 것도"[28] 서정적 순간 속으로 끌어들인다. 서정주의 영통과 윤회 관념에서 전생-현생-내생이 소통을 이루는데 그것은 과학적 · 합리적 인식이 아니라 서정적 회감에 의해서 전생과 내생이 현생에 통합되기 때문에 가능해지는 셈이다.

3. 반근대적 자아서사와 자아의 영원성

서정주의 윤회론적 시학은 중기시에서 정점에 이른다. 하지만 서정주 시의 윤회론적 사유는 중기시에서 갑작스럽게 나타난 것이 아니라 초기 시편에서부터 점차적으로 숙성된 것이다. 『화사집』에서 기독교적 세계관에 기반한 죄의식과 거기에서 파생되는 유폐의식이 두드러지는데, 시적 자아는 유폐적 정황을 기독교적인 구원의 방식으로 극복하는 것이 아니라 자력적인 초월의 방식으로 타개한다. 『화사집』에서 『귀촉도』에 이르는 초기시의 흐름에서 자력적인 초월의식은 신비적 인과론의 사유로 구체화되면서 윤회론적 상상력에 수렴해간다. 그리하여 윤회론적 사유는 중기시에서 무르익은 모습으로 나타난다.[29]

이 장에서는 『서정주 시선』, 『신라초』, 『동천』 등의 중기시를 중심으로 서정주 시에 나타난 불교적 시학의 전개양상을 구명한다. 서론에서 지적한 바와 같이 중기시에 나타난 윤회론적 사유에 대해서는 많은 논자들이 지적해왔으나 부분적으로 다루어왔을 뿐 이에 대한 본격적인 논의는 찾아보기 어

---

28 E. Steiger, 『시학의 근본개념(*Grundbegriffe der Poetik*)』, 오현일 · 이유영 역, 삼중당, 1978, 96쪽.

29 김옥성, 「한국 현대시의 불교적 시학 연구」, 서울대학교 박사학위 논문, 2005, 117~137쪽.

렵다. 그러므로 기존의 논의를 토대로 시학적 토대로서 윤회론적 사유의 전개 양상을 구명할 필요가 있다.

> 香丹아 그넷줄을 밀어라
> 머언 바다로
> 배를 내어 밀듯이,
> 香丹아
> (중략)
> 珊瑚도 섬도 없는 저 하눌로
> 나를 밀어 올려다오.
> 彩色한 구름같이 나를 밀어 올려다오
> 이 울렁이는 가슴을 밀어 올려다오!
>
> 西으로 가는 달 같이는
> 나는 아무래도 갈수가 없다.
>
> ―「鞦韆詞―春香의 말 壹」[30] 부분

이 시에서 화자는 그네를 타고 하늘로 올라가려는 시도를 보인다. 지상의 삶을 초월하고자 하는 의지를 드러낸 셈이다. 여기에서 하늘은 불교의 낙원인 서역(西域)으로 나타나는 점을 고려한다면, 그것은 열반이나 해탈의 상징으로 이해될 수 있다. 그네의 의미도 그러한 맥락에서 살펴볼 수 있다. 화자는 서역으로 가는 달처럼 날아오르고 싶지만 그네는 끊임없이 반복운동을 할 뿐이다. 그네는 주기적인 왕복운동의 속성으로 인하여 전형적인 윤회의 상징의 하나로 자리 잡고 있다.[31] '춘향의 말' 연작이 불교적 사유에 기반

---

30 이 장의 시 인용은, 서정주, 『미당 서정주 시전집』, 민음사, 1984에 준한다.
31 윤호진, 『무아 · 윤회 문제의 연구』, 민족사, 1996, 17~18쪽.

하고 있다는 점을 고려해본다면 이 시의 그네는 바로 그러한 윤회의 상징임을 어렵지 않게 간취할 수 있다.

이 시에서 윤회와 해탈 사이의 거리는 결코 좁혀지지 않는다. 그리하여 화자는 "서으로 가는 달같이는/ 나는 아무래도 갈 수가 없다"고 하는 자포자기에 빠진다. 이러한 자포자기는 아이러니의 사유에서 기인하는 것이다. 파스에 의하면 아이러니는 "상상력과 감수성의 영역에 대한 비판이며 그 본질은 죽음에 이르게 되는 직선적 시간이다".[32]

시적 주체는 윤회의 대척점에 해탈을 상정하여 아이러니에 빠지면서 자포자기의 상황에 처하게 된다. 이러한 아이러니의 난국으로부터 자아를 구제하기 위해서는 아날로지로 나아갈 수밖에 없다. 아날로지는 우주를 상응의 체계로 보는 비전이며, 생성과 소멸, 죽음과 부활로 이루어지는 순환적 시간의식에 기반해 있다.[33] 불교적 사유체계에서 해탈은 순환적 시간, 나아가 시간에 대한 부정의 사유에 기반해 있는 반면, 윤회는 순환적 시간의식을 담고 있다. 그 때문에 시적 주체는 아날로지를 회복하기 위해 윤회를 선택한다.

> 그러나 그의 모습으로 어느날 당신이 내게 오셨을때
> 나는 미친 회오리 바람이 되었습니다
> 쏟아져 네리는 벼랑의 폭포
> 쏟아져 네리는 쏘내기비가 되었습니다
>
> 그러나 신령님…….

32 O. Paz, 『흙의 자식들 외』, 김은중 역, 솔, 1999, 245쪽.
33 위의 책, 244~245쪽.

바닷물이 적은 여울을 마시듯이
당신은 다시 그를 데려가고
그 훠-ㄴ한 내 마음에
마지막 타는 저녁 노을을 두셨읍니다.
그러고는 또 기인 밤을 두셨읍니다

신령님…….

그리하여 또 한번 내위에 밝는 날
이제
산ㅅ골에 피어나는 도라지 꽃같은
내 마음의 빛갈은 당신의 사랑입니다.

　　　　　　　　　　　　─「다시 밝은날에─春香의 말 貳」 부분

　이 시에서 "아지랑이", "애기구름", "회오리 바람", "쏘내기비", "저녁 노을", "도라지 꽃" 등은 이 도령과의 사랑과 인연으로 전개되는 춘향의 '자아서사'[34]이다. 춘향의 자아서사는 "내 마음"의 변신사(變身史)로 나타나고 있는 셈이다. 표면적으로 그러한 자아서사는 아이러니에서 벗어나지 못하고 있다. 여기에서 "같았습니다"는 자아가 "아지랑이", "애기구름" 등이 형성하는 영원성과 온전히 동화되지 못했음을 보여준다. 춘향의 자아서사는 우주의 영원성과 동일화되지 못한 채 "내 마음"의 영역 안에 갇혀 있다. 그러나 심층적인 측면에서는 아날로지적 상상력이 강력하게 작동하고 있다. 그것은 일차적으로는 이 도령을 신령님과 동일화하고 있는 데에서 잘 드러난다.

34　서정주 시에 나타난 자아서사를 포착한 글로 다음이 있다. 남기혁, 앞의 논문, 65쪽; 최현식, 『서정주 시의 근대와 반근대』, 소명, 2003, 153쪽.
　　이러한 논의에서 자아서사는 단편적으로 언급되고 있다. 본고에서는 윤회론과 결부하여 시학적 차원에서 자아서사의 개념을 활용한다.

자아의 초월 의지는 이 도령을 초월적인 타자와 동일화함[35]으로써 현실과 신비를 조응의 관계로 이어놓고 있는 것이다.

마지막 연에 오면 그러한 아날로지가 아이러니를 몰아내는 양상을 보인다. "내 마음의 빛깔은 당신의 사랑입니다"에서 알 수 있듯 "내 마음" 안에 갇혀 있는 춘향의 자아서사는 신령님이라는 초월적 신비적 지평으로 통합된다. 춘향의 자아서사는 우주의 영원성과 동일성을 형성하게 되는 셈이다. 그렇게 본다면 표면적으로 드러나는 것과는 달리 이 시에 나타난 "내 마음"의 변신사는 전생에서 현생에 이르는 자아서사로서 윤회의 긴 과정을 함축한 것이다.

앞서 우리는 「추천사—춘향의 말 일(壹)」에서 시적 자아가 윤회의 현실로부터 해탈을 꿈꾸지만 아이러니에 빠지는 양상을 살펴보았다. 그러나 「다시 밝은 날에—춘향의 말 이(貳)」에서 자아는 윤회론적 영원성의 지평에 놓이게 된다. 종교적 믿음의 본질적 요소의 하나가 죽음에 대한 부정이며,[36] 그러한 맥락에서 종교적 신비주의는 영원성을 추구한다.[37] 전통사회에서 신비주의는 죽음의 힘을 무력화시키면서 존재론적 안정감을 강화하는 기능을 수행하였다. 그러나 종교의 힘이 퇴조한 현대사회에서 신비주의의 영향력은 미미하다. 현대사회에서 신비주의의 자리를 대체하는 요소 중의 하나가 미학주의라고 할 수 있다.[38]

35　여기에서 이 도령은 신령님과 동일시되고 있다. "신령님……. 그러나 그의 모습으로 어느날 당신이 내게 오셨을때"

36　H. Meyerhoff, 『문학과 시간의 만남(*Time in Literature*)』, 이종철 역, 자유사상사, 1994, 100쪽.

37　"시간성과 대조된 영원성에 대한 강조는 동서고금을 막론한 모든 형태의 신비주의에 공통된 요소이다." 위의 책, 84쪽.

38　"종교적 신앙이 퇴조한 이래로, 미학적인 삶의 방식이 죽음의 도전과 우리 시대의 지적 기류에 만연해 있는 전반적인 비관주의에 대한 가장 의미 있는 세속적 반응들

미학적 신비주의(미학주의)에서 죽음에 대한 극복과 자아의 영원성은 "자아의 미학적 재구성"[39]에 의해서 가능해진다. 미당의 윤회론적 자아서사는 현대인의 연대기적 자아서사를 미학적으로 재구성하여 연대기적 시간에서 해방된 자아서사를 형성함으로써 자아를 영원성의 지평에 정주시킬 수 있게 된다. 이렇게 본다면 우리는 미당의 윤회론적 상상력을 한편으로는 종교적 구원론(soteriology)으로 해석할 수 있지만, 다른 한편으로는 미학주의(aestheticism)"[40]로 해석할 수도 있다.[41]

> 안녕히 계세요
> 도련님
> (중략)
> 천길 땅밑을 검은 물로 흐르거나
> 도솔천의 하늘을 구름으로 날드래도
> 그건 결국 도련님 곁 아니예요?
> (후략)
>
> ―「春香 遺文―春香의 말 參」 부분

자아는 죽음을 눈앞에 두고 있다. 죽음에 대한 공포에서 종교가 생겨났다고 하는 사람도 있을 만큼 죽음은 종교의 주된 관심사의 하나이다.[42] 사후의

중의 하나가 되었다." 위의 책, 103쪽.

39 위의 책, 45~55쪽.

40 위의 책, 101쪽.

41 종교적 구원론의 차원에서 우리는 미당 시에서 치열한 자기 구원 의지와 인류애, 생명애를 읽어낼 수 있다. 미학주의의 차원에서 고대적 사유를 초월적 상상력으로 재구성해내는 미학적 의지를 읽어낼 수 있다. 후자의 차원에서 미당의 시학은 흔히 '무책임한 초월의 미학'이라는 비판에 직면한다.

42 류성민, 『종교와 인간』, 한신대학교 출판부, 1997, 115쪽.

세계에 대한 해답의 체계는 문화적 배경에 따라 다양하게 나타나지만, 모든 종교적 사유에서 죽음은 끝이 아니다.[43]

불교에서 죽음은 현생과 내생을 연결하는 과정이다. 이에 반해 현대인의 시간의식은 사물의 단회성(Einmaligkeit)에 토대를 두고 시간의 반복성, 순환성을 부정한다. 예를 들어, 순환성과 영원성을 본질로 하는 자연의 리듬은 현대인의 시간의식 속에서 역사를 형성하지 못한다.[44] 현대인이 자기정체성을 유지하는 하나의 수단인 경험적 자아서사는 그러한 탄생에서 죽음의 순간으로 한계지어진 단회성에 기초한 서사이다.

이와 달리 윤회의 자아서사는 전생-현생-내생에 걸쳐 형성되는 영원한 서사이다. 윤회론의 사유는 혼의 재생과 육체의 변신 관념으로 구성된다. 윤회의 혼은 우주의 리듬을 따라 삼계와 육도를 순환하면서 반근대적인 자아서사를 형성하는 셈이다. 궁극적인 현실이 "죽음"으로 규정되는 실존주의적인 한계상황이 말해주듯 현대인의 자아서사는 닫힌 실존 안에서만 이루어진다.[45] 반면 윤회의 자아서사는 우주를 향하여 열린 실존으로서의 자기정립을 가능하게 하여 준다.

이 시의 화자는 현대인의 닫힌 실존의 궁극적 정황인 죽음 앞에서 자신의 실존적 정황을 우주를 향하여 펼쳐 보임으로써 우주의 리듬과 동일화되는 양상을 보인다. "검은 물", "구름", "소나기" 등은 순환성과 영원성을 본질로 하는 우주의 리듬을 상징한다. 그러한 것들은 자아의 혼의 재생과 변신에 대한 믿음을 담고 있다. 춘향의 사랑은 그런 윤회론의 사유에서 궁극적으로 완성되는 셈이다.

---

43 위의 책, 122쪽.
44 정진홍, 앞의 책, 99쪽.
45 위의 책, 78쪽.

여기에서 윤회론적 아날로지는 아이러니를 흔적도 없이 몰아내고 있다. 「추천사」에는 아이러니가 압도적이고, 「다시 밝은 날에」는 아이러니와 아날로지가 공존하는 반면 「춘향유문」에는 아날로지가 시적 분위기를 강력하게 장악하고 있는 셈이다. '춘향의 말' 세 편의 시는 차례로 죽음 앞에서 좌절한 자아, 전생의 통찰을 통해 죽음을 극복한 자아, 내생의 통찰에 의해 영원성을 획득한 자아를 그려내며 "세계를 향하여 열린 실존"으로서의 자아의 서사를 형상화하고 있다. 그리하여 자아는 다분히 신비화된다. 서정시에서 자아의 신비화는 아이러니를 지연시키거나 억압한다.[46] 자아의 신비화는 아이러니를 억제하고 아날로지를 유발함으로써 자기 동일성을 강화하고 확장시키고 있는 것이다.[47]

불교의 '본질'에서는 벗어나는 것이지만, 민중의 관점에서 본다면 윤회론은 열반 없이도 독자적으로 하나의 구원론을 형성한다. 영혼이 윤회하는 세계인 삼계와 육도가 지옥과 극락을 포함하고 있기 때문이다. 삼계와 육도는 위계화된 공간이다.[48] 선정과 수행의 정도나 업의 내용에 따라서 지옥에 떨어질 수도 있고 극락에 태어날 수도 있다. 그런 점에서 윤회의 원리는 철저한 인과론에 근거한다. 엘리트층은 윤회론을 정신적인 위계로 이해할 뿐 영혼의 영원성을 믿지는 않는다.[49] 그들은 무아와 열반의 사변적 교리를 신앙

---

46 P. de Man, "The Rhetoric of Temporality", *Blindness and Insight*, Minneapolis : University of Minnesota Press, 1992, pp.208~228 참고.

47 자아의 신비화와 아이러니를 이러한 관점에서 파악한 논의로는 다음을 참고. 남기혁, 앞의 논문, 73쪽 ; 최현식, 앞의 책, 160쪽.

48 오형근, 앞의 책, 157~169쪽 참고.

49 이러한 윤회론은 정신적 세계설에서 찾아볼 수 있다. "정신적 세계설은 선정과 수행의 단계르 추정하여 욕계, 색계, 무색계로 정한 것을 말한다." "이는 지옥과 극락이 우리 인간 밖에 존재하는 것이 아니라 오히려 인간 안에 있으며, 마음이 기쁘면 그것이 바로 극락이요, 마음이 괴로우면 그것이 바로 지옥이라는 정신 위주의 세계관에서 출발한 것이다." 위의 책, 158쪽.

의 중심으로 삼는다. 이에 반해 기층민에게 윤회론은 영혼의 영원성으로 받아들여진다. 이들은 열반이나 해탈보다는 내세에 더 나은 조건에서 태어날 수 있다는 믿음을 선호한다. 이러한 까닭에 윤회론은 기층민의 민간신앙과 쉽게 결합한다. 서정주 시의 윤회론적 시학은 엘리트층의 정신적인 위계설보다는 민간신앙과 결합한 민중적인 윤회론에 가깝다. 그렇다고 해서 서정주 시의 윤회론이 민중적인 윤회론과 전적으로 동일한 것은 아니다. 시적 주체는 민중적인 윤회론에 기반해서 자신의 독자적인 불교적 시학을 전개한다.

세마리 獅子가
이마로 이고 있는 房 공부는
나는 졸업했다.

세마리 獅子가 이마로 이고 있는 房에서
나는
이 세상 마지막으로 나만 혼자 알고 있는
네 얼굴의 눈썹을 지워서
먼발치 버꾸기한테 주고

그 房 위에 새로 핀
한송이 蓮꽃 위의 房으로
핑그르르
蓮꽃잎 모양으로 돌면서
시방 금시 올라 왔다.

—「蓮꽃 위의 房」 전문

세 마리의 사자가 이고 있는 방, 그리고 그 위에 피어 있는 연꽃 위의 방은 불교적인 우주의 위계를 형상화한 것이다. 연꽃 위의 방은 우주의 정점으로 붓다의 자리를 상징한다. 분석심리학에서는 붓다를 자기 원형으로 파악하므로, 연꽃 위의 방은 결국 자기 원형의 자리라고 할 수 있다. 시적 자아의 자기 원형의 자리로의 상승은, '네 얼굴의 눈썹을 지워버리는 행위'로 가능해진다. 서정주 시의 이미지 체계에서 '눈썹'은 아니마를 상징한다. 이 시에서 '버꾸기'는 동천의 매와 마찬가지로 아니마와 통합되어 자기 원형에 도달한 자아의 이미지이다.[50]

여기에서 자아가 연꽃 위의 방, 즉 자기 원형의 자리에 올라오긴 했지만 그 자리에 온전히 자리 잡고 들어앉지 않는 점에 주의하여야 한다. 「부처님 오신 날」이라는 시는 「연꽃 위의 방」의 윤회적 공간 상상력을 변주하고 있는데, 이 시는 윤회하는 영혼이 도달할 수 있는 지상천인 연꽃 위의 방은 그렇게 중요하지 않다는 것을 잘 보여준다.

> 獅子가 업고 있는 房에서
> 공부하던 少年들은
> 蓮꽃이 이고 있는 房으로
> 一學年씩 進級하고,
>
> 불쌍한 아이야.
> 불쌍한 아이야.
> 세상에서 제일로 불쌍한 아이야.
> 너는 세상에서도 제일로
> 남을 불쌍히 여기는 아이가 되고,

---

50 육근웅은 그러한 '버꾸기' 이미지와 더불어 '졸업'이라는 시어에 유념하여 이 시의 자아가 성스러운 각성자의 위치에 도달했음을 지적한다.
육근웅, 앞의 책, 126쪽, 139쪽.

(중략)
텔레비여.
텔레비여.
兜率天 너머
無雲天 非想非非想天 너머
阿彌陀佛土의 사진들을 비치어로 오라, 오늘은……

三千年前
자는 永遠을 불러 잠을 깨우고,
거기 두루 電話를 架設하고
우리 宇宙에 비로소
작고 큰 온갖 通路를 마련하신
釋迦牟尼 生日날에 앉아 계시나니.

—「부처님 오신 날」 부분

　여기에서 공부하던 소년들은 정신적 수련을 통해 보다 높은 세계로 윤회해가는 영혼들이다. 그렇게 정신적 심급을 높여가지 못하는 중생이 "불쌍한 아이"이다. 그러나 그 아이는 낮은 세계에 남아 "세상에서도 제일로 남을 불쌍히 여기는 아이"가 된다는 점에서 오히려 전자의 소년들보다도 더 높은 정신적인 등급을 얻게 된다. 시적 주체에게 정신적으로 지고한 높이를 상징하는 "아미타불토"는 저 너머에 실재하는 공간이 아니라 텔레비전이 비추어지는 가상 공간에 불과하다. 전화선과 전파로 인해 공간적으로 온 지구가 연결되어 있듯이 "아미타불토"는 낮은 세상과 평등하게 연결되어 있다. 그 때문에 시적 주체는 정신적으로 지고한 공간으로의 윤회를 꿈꾸는 것이 아니라 낮은 세계 안에 놓여 있는 "영원"을 꿈꾼다.
　그렇다면 시적 주체는 왜 열반과 상승의 꿈을 버리고 지상의 영원성을 선택한 것일까. '춘향의 말' 연작은 그것이 사랑 때문이라는 점을 잘 말해주고 있다. 「부처님 오신 날」에서 알 수 있듯이 그 사랑은 남녀 간의 관계에 국한된 것이 아니라 불쌍한 이를 불쌍히 여기는 자비사상에 기반하고 있는 것이다. 그것은 '춘향의 말' 연작뿐만 아니라 「인연설화조」에서도 남녀 간의 사랑으로 나타나며, 「여수」에서는 애인과 혈육 간의 우애로 변주되며, 「선덕여왕의 말씀」에서는 중생에 대한 자비로 재연된다.

> 朕의 무덤은 푸른 嶺 위의 欲界 第二天.
> 피 예 있으니, 피 예 있으니, 어쩔 수 없이
> 구름 엉기고, 비타잡는 데— 그런 하늘 속.
>
> 피 예 있으니, 피 예 있으니,
> 너무들 인색치 말고
> 있는 사람은 病弱者한테 柴糧도 더러 노느고
> 홀어미 홀아비들도 더러 찾아 위로코,
> 瞻星臺 위엔 瞻星臺 위엔 그중 실한 사내를 놔라.
> (후략)
>
> —「善德女王의 말씀」 부분

여기에서 "피"는 『화사집』에 나타난 악의 상징으로서의 리비도적인 충동과는 다르다. 천이두는 이 시의 피는 윤회의 차원으로 승화된 것이라고 말한다.[51] 그러나 그것이 『화사집』의 피와 온전히 분리된 것은 아니다. 이 시에서 지귀의 "살"과 "불"은 악의 상징으로서의 피의 계보를 이어받은 것이다. 하지만 자아는 "황금 팔찌"로 그것을 정화시켜버린다. 황금 팔찌는 윤회적

---

51 천이두, 앞의 글.

영원성을 상징하는 것인데, 그것은 "살"과 "불" 같은 현세적인 욕망을 다스려 정화시킴으로써 지상적인 영원성으로 이끌어준다.[52] 그리하여 피는 서라벌의 땅 위에 늘 항상 더 타고 있어야 할 영원한 "사랑"으로 환원된다.

화자가 색계, 무색계의 지고한 영역으로의 비상을 거부하고 "피"가 있는 욕계의 하늘에 자리 잡고 있겠다는 것은 지상의 영원성을 이어나가야 하기 때문이다. 지상의 영원성을 이어가게 할 수 있는 것은 여왕이 비천한 지귀에게 베푼 은총과 같은 약자에 대한 자비이다. "병약자", "홀어미", "홀아비"는 「부처님 오신 날」에 언급된 세상에서 제일 불쌍한 아이들이다. 그러한 중생들에게 자비를 베풂으로써 피를 사랑으로 환원시키면서 지상의 영원성은 끊이지 않고 이어지는 셈이다. 삼계론에서 본다면 욕계는 가장 낮은 세계로, 사랑과 자비를 필요로 하는 세계이다. 시적 자아는 욕계의 땅에서 사랑과 자비로 피를 다스리며 영원을 살고자 기원하는 것이다.

서정주 시의 윤회론은 일면 종교적 윤회론의 핵심적인 요소인 업과 고통을 배제하고, 존재의 영생을 보장하는 초월적 논리로 변용하여 자아와 현실을 신비화하고 있는 것으로 이해될 수 있다.[53] 그러나 심층적인 면에서는 업과 고통에 대한 인식이 강력하게 작동한다. 이 시에서 미치광이 사내, 병약자와 홀어미, 홀아비 등은 지상에 만연한 고통을 담고 있는 인물들이다. 불교의 윤회론은 그러한 고통으로부터 벗어나는 해탈을 최종적인 목적으로 설정한다. 하지만 시적 자아인 선덕여왕은 그러한 지상의 고통에 대한 대승적인 자비심으로 인하여 지상을 떠나지 않겠다고 선언한다. 그때의 고통은 유마힐적인 고통이라 할 수 있다. 유마힐의 고통은 지상에 중생의 고통

---

52 남기혁에 의하면, "살"과 "불"은 피가 갖는 현세적 욕망의 측면을 말해주는 반면, "황금 팔찌"는 그것을 다스리는 영원성으로서 피의 정화된 측면을 상징하고 있다. 남기혁, 앞의 논문, 72쪽.
53 최현식, 앞의 책, 264쪽.

이 남아 있을 때까지 지속되는 고통이다.[54] 그러나 지상에서 고통이 사라질 수 없으므로 그것은 영원한 고통이라 할 수 있다. 이와 마찬가지로 시적 주체는 일국의 여왕으로서 선덕여왕의 해탈은 온 신라에서 모든 고통이 사라지는 때까지 영원히 지속되어야 한다고 생각한 것이다. 그러한 사유에는 업의 사상이 스며들어 있다. 서정주는 산문에서 "욕계 제이천"으로 제시된 도리천(忉利天)을 "선덕여왕이 자기의 본분을 알아 자기의 갈 하늘이라고 말해놓은"[55] 곳이라고 지적한다. 그것은 욕계 제이천이 선덕여왕의 업에 걸맞은 공간이라는 점을 말해준다. 선덕여왕은 선업을 더 쌓아야 더 나은 세계에 태어날 수 있는 셈이다. 이렇게 볼 때 서정주 시의 윤회론에서 업과 고통이 배제되어 있다고 보기는 어렵다. 업과 고통은 사랑과 자비의 정신에 포함되어 서정주 시의 윤회론적 시학에 참여하고 있는 것이다.

「선덕여왕의 말씀」의 자아는 자아가 현세에서 자신의 내세를 욕계로 설정하고 사후를 예견하고 있다. 이에 비해 「여수(旅愁)」에서는 현세는 드러나지 않고 내세로의 윤회론적인 여정만이 제시되고 있다.

「여수」는 윤회론적인 사후의 여정을 통과제의적인 상상력으로 형상화하고 있다. 여기에서 "창문"은 통과제의의 수행자가 지나가는 관문들이다.[56] 자아의 변신 과정은, 첫째 관문 앞에서는 "피어린 목단 꽃밭", 둘째 관문에서는 바다, 셋째 관문에서는 천체("별", "해", "달")와 "김"으로 나타난다. 피에서 시작한 윤회론적 혼은 물("바다")로 정화되고, 다시 천상적인 것으로 승화되는(천체) 과정을 보여주는 셈이다. 그러나 그러한 3단계의 상승은 결국 "사랑의 김떼"로 귀결되는 양상을 보인다. 그것은 3단계의 윤회가 사랑과

54　유마힐의 고통에 대해서는, C. S. Prebish, et al., 『불교―그 현대적 조명』, 박용길 편역, 고려원, 1989, 133~137쪽.

55　서정주, 「자연과 영원을 아는 생활」, 『서정주 문학 전집』 5, 300쪽.

56　육근웅, 앞의 책, 134쪽.

제2장　미당 윤회론적 사유의 종교적 성격과 미학주의

자비를 필요로 하는 욕계의 영역에서 이루어지고 있음을 말해준다.

5연에서 화자는 이상의 3단계의 윤회가 "몸"을 가지고 다니는 순회라는 것을 알려준다. 서정주는 산문에서 두 가지의 윤회를 밝힌 바 있다.[57] 하나는 영혼의 윤회이고 다른 하나는 육체의 윤회이다. "몸"을 가지고 다니는 윤회는 후자에 속한다. 후자에 대해서 서정주는 "내 육체의 깨지고 가루 된 조각들이 딴 것들과 합하고 또 헤어지며 순회하여 그치지 않는 것"이라고 밝히고 있다. 그것은 질료의 형태로 우주를 순회하는 것인 셈이다. 반면 6연의 "사상만이 바람이 되어" 흘러가는 윤회는 질료의 형태를 벗어난 영혼의 윤회이다.

이 두 가지 윤회는 자유자재로 교환될 수 있는 성질을 갖는다. 4연까지의 질료의 상태로 이루어지는 윤회가 '가기 싫고', '가도가도 안 끝나는 머나먼 여행'으로 지루하게 여겨질 때 자아는 영혼의 윤회를 택하게 된다. 질료의 상태로 이루어지는 윤회의 여정과 달리 영혼의 여정은 "애인"과 "형제"를 느낄 수 있는 즐거운 여행으로 묘사되고 있다. 그것은 시적 주체가 자비와 사랑을 영원성의 기본조건으로 설정하고 있기 때문이다. 이와 관련하여 시적 상상력으로서 윤회에 대한 서정주의 다음 글을 참고할 수 있다.

　　육체만이 아닌 영혼으로 살기로 하면 죽음이라는 것은 없어지는 것이고, 그리운 것들을 두고 죽는 섭섭함도 견딜만한 것이 되는 것인데다가, 이 魂뿐만이 아니라 그 物質不滅의 法則을 따라서 내 死後 내 육체의 깨지고 가루 된 조각들이 딴 것들과 합하고 또 헤어지며 巡廻하여 그치지 않을 걸 생각해 보는 것도 아울러 큰 재미가 있다.[58]

57　서정주, 「내 마음의 현황」, 『서정주 문학 전집』 5, 285쪽.
58　위의 글, 285쪽.

이 글은 서정주 시의 윤회론적 시학이 죽음을 무화시키면서 영원한 자아의 서사를 형성한다는 것을 뒷받침해준다. 우리는 앞에서 서정주 시의 윤회론적 상상력이 해탈이나 열반이 아니라 지상에서의 자아의 영원성을 추구함을 살펴보았다. 그리고 그것이 지상에 대한 사랑과 자비의 정신에 기반한 것임을 구명하였다. 서정주는 이 글에서 그러한 윤회론이 "그리운 것들을 두고 죽는 섭섭함도 견딜 만한 것"이 되게 한다고 말하는데, 그리운 것들에 대한 애정은 앞에서 살펴본 사랑과 자비의 정신을 방증해준다. 그렇게 볼 때 서정주 시의 윤회론적 시학에서 "그리운 것들"에 대한 사랑과 자비가 시적 자아의 영원성을 지상에 붙들어놓는 셈이다. 앞서 언급한 것처럼 이러한 윤회론은 영혼과 그것의 영원성을 상정한다는 점에서 엘리트적인 윤회론보다는 민간신앙과 결합한 민중적인 윤회론에 가깝다.

그러한 윤회론적 시학은 「인연설화조」, 「내가 돌이 되면」, 「연꽃 만나고 가는 바람같이」 등에서도 확인된다. 이러한 시편에서 시적 자아와 "그리운 것"으로서 사랑의 대상은 강력한 인력(引力)의 자장을 형성하며 기나긴 윤회의 여정 속에서 끈끈한 인연을 맺으며 지상을 순회한다. 이때의 윤회는 "그리운 것"과 만나고 헤어지는 일을 반복하면서 인연을 이어나가는 순회이므로 즐거운 것이다. 그 즐거움이 지상에 만연한 고통을 압도해버린다. 그 때문에 서정주 시의 윤회론에는 고통과 번뇌가 배제된다는 비판이 가해지기도 한다. 하지만 앞에서 살펴본 바와 같이 서정주 시의 사랑과 자비는 고통을 포용한 것이기 때문에 그러한 비판은 그렇게 치명적인 것이 되지 못한다.

서정주 시에 나타난 윤회론적 시학은 무속과 불교의 사유가 혼합된 민중적인 윤회론을 시적으로 재창조한 것이다. 그것은 자비와 사랑의 정신으로 민중의 고통을 포용하지만 민중의 구체적인 삶보다는 자아의 영원성의 형상화에 기울어져 민중적인 사유를 구체화시키지는 못한다. 그 때문에 "'영원성'의 관념성과 주관성, 비현실성 등에 대한 비판"[59]이 종종 제기되는 셈이다. 서정주는 그러한 비판에 맞서 자신의 유년시절의 경험을 토대로 하여, 『질마재 신화』에서는 전통사회 기층민들의 구체적인 삶을 시적 상상력의 여과를 거쳐 사실적으로 그려낸다. 다음 장에서는 그러한 민중들의 사유와 삶의 시적 형상화 속에 윤회론적 시학이 어떻게 작동하고 있는가를 고찰한다.

4. 윤회의 변주로서 인연과 공동체의 영원성

앞 장에서는 자아의 영원성을 중심으로 중기시에 나타난 윤회론적 시학을 살펴보았다. 그렇다고 해서 이 시기 서정주의 시편에서 윤회론이 자아의 영원성에 국한되는 것은 아니다. 자아의 영원성은 공동체, 그리고 그것을 에워싼 세계의 윤회론적 운명의 흐름 속에서 형성된다는 인식에 토대를 두고 있다. 앞서 언급한 바와 같이 중기시의 윤회론적 시학은 『화사집』 시기부터 이미 그 윤곽을 드러내고 있다. 「부활」이 대표적인 예인데, 여기에는 "저 많은 길거리의 젊은 소녀들은 사거(死去)한 우리 애인의 분화된 갱생"[60]이라는 윤회론적인 사유가 깃들어 있다. 죽은 유나의 영혼과 육신은 다시 저 많은 길거리의 젊은 소녀들로 부활하여 공동체의 윤회론적 운명에 참여하고 있는 셈이다. 그것은 서정주 시에서 윤회론이 자아의 서사에 국한되는 것이 아니라 공동체의 영원성과 연결된다는 것을 입증해준다. 그러한 공동체의 영원성은 중기시와 후기시에서 두드러진다. 서정주는 산문에서 종종 윤

---

59 최현식, 앞의 책, 267쪽.
60 서정주, 『시창작법』, 선문사, 1955, 107쪽(육근웅, 앞의 책, 53쪽에서 재인용).

회설과 인연설을 구분하여 설명하고 있는데, 이는 엄격하게 분리되는 것은 아니다. 자명한 사실이지만 양자는 불가분의 관계로 맞물려 있는 개념이다. 그러나 서정주 문학에서 윤회설이 주로 자아서사에 해당한다면, 인연설은 공동체와 세계의 영원성에 해당하는 개념으로 볼 수 있다.

① 이웃에게 가난한 늙은 寡婦의 외아들이 죽었다. 혼자 남은 寡婦의 울음소리가 한밤중에 들린다. 이것을 듣는 밤잠 없는 사내의 맑은 귀에는 하늘에서 오는 소리까지가 아울러 들린다. 그 소리는 "네가 죽은 大城이네를 맡아라."한다. 그래 "예"하고 대답하고, 三世因緣에 대한 마음의 가늠을 따라 마침 그의 아내의 뱃속에 들었던 제 아들이 태어나자, 이걸 이웃 가난한 늙은 과부의 죽은 아들 大城이를 그대로 붙여 기르고, 홀로 남은 그 寡婦를 모셔다가 자기 아들의 前生의 어머니의 分身으로 섬겨 받들게 한다. 그래, 그 大城이가 커선 그런 그 前生의 어머니를 기념해 저 돌들을 다듬어서 石窟庵의 그 큰 理解의 美를 이룩하고 있는 것이다.[61]

② 나는 어떤 일정한 목적지 없는 황혼의 散策 끝에 무심히 꺾어 든 한 떨기의 들꽃을 그 어디 길가에서 외로이 놀고 있는 소년의 손에 쥐여 주고는, 이 외로운 情의 手交가 後日 성장한 이 소년에 의해서 다시 딴 소년에게로 건네어지고…… 또다시 딴 소년에게로 건네어지고…… 그래서 영원을 되풀이할 것을 생각한다. 이러한 手交의 因緣들이 上代 以來 사람마다의 마음에서 마음으로 이어져 내려오고 있는 것을 생각한다. 그러면 이 地上의 일들은 남의 일 같지가 않게 되는 것이다. 이렇게 생각하고 느끼는 한 型을 나는 佛敎의 因緣觀에서 배웠다.[62]

---

61 서정주, 「새로운 詩美學의 摸索을 위한 斷想」, 『서정주 문학 전집』 2, 308쪽.
62 서정주, 「내 마음의 現況」, 『서정주 문학 전집』 5, 286쪽.

③ 해질 무렵 비오시는데 武橋洞 왕대폿집에 들러서, 密陽서 왔다는 불쌍한 색시한테 아리아리랑 스리스리랑 하는 密陽 아리랑을 듣고 있다. 턱주가리에 묻어 내리는 막걸리 特酒를 문질러 닦기 위해 잠시 때문은 무명 손수건을 꺼내들다가 "얘, 이것 혹시 密陽 너희 집 목화밭에서 네가 작년엔가 재작년에 가꿔 기르던 그 목화로 만든 것 아닌가 모르겠다. 密陽 아리랑으로 네가 먹여 길러 냈던 바로 그걸로 말이야······" 하면, 이 색시도 그저 "글쎄······"고, 나도 역시 그저 "글쎄······"지 꼭 그렇지 않다고만 할 도리도 사실은 아무데도 없는 것이다.[63]

①의 김대성 설화에는 윤회설과 인연설이 얽혀 있다. 혼의 재생과 육체의 변신 관념은 윤회론이다. 그러한 윤회론에 의해 선대와 후대가 인연을 맺으면서 공동체의 영원성이 형성되는 셈이다. 그러나 인연설이 반드시 혼의 재생과 육체의 변신이라는 윤회론을 필요로 하는 것은 아니다. ②에서 확인할 수 있듯이 인연은 어떠한 행위의 영원한 반복으로 이해되기도 한다. 이러한 인연은 행위의 윤회로 이해할 수 있다. 혼의 재생에 의한 인연이나 행위의 반복적 계승으로서의 인연이나 서정주가 말하는 인연은 어디까지나 주관적인 개념이다. 그것은 선대와 후대의 주관적인 교감에 의해서 성립한다. 서정주는 그러한 마음의 교감에 의한 인연으로서의 공동체적 영원성을 "마음 전달의 영원한 계속"[64]으로 규정한다. 공동체의 구성원들은 인연설에 입각하여 선대, 후대와의 관계를 주관적으로 설정함으로써 공동체의 영원성을 형성하는 셈이다. ①과 ②가 인간공동체의 영원성을 인연의 관점에서 설명하는 데 반하여 ③은 인간 공동체의 인연이 우주 공동체로 확장되는 양상을 보여준다. 여기에서 인간 공동체에서 맺어진 서정주와 색시의 인연은 무

---

63 서정주, 「새로운 詩美學의 摸索을 위한 斷想」, 308~309쪽.
64 서정주, 「내 마음의 現況」, 283쪽.

명 손수건을 매개로 자연과 사물의 세계로 확장된다. 이때의 무명 손수건은 목화가 질료의 상태로 윤회하여 손수건으로 부활한 셈이다. 이렇게 볼 때 서정주가 말하는 인연관은 자아서사로서의 윤회론을 공동체적 개념으로 변용한 것으로 이해할 수 있다. 그러한 인연관은 종교적인 믿음에 기인하는 것은 아니다. 서정주는 「새로운 시미학(詩美學)의 모색(摸索)을 위한 단상(斷想)」에서 불교적인 인연관을 "새로운 시 미학의 모색"을 위해 수용하고 있음을 밝히고 있다. 서정주는 실제로 이러한 인연관을 바탕으로 하여 「나그네의 꽃다발」, 「추운 겨울에 흰 무명 손수건으로 하는 기술(奇術)」 등의 시편을 제작하였다.

이처럼 서정주는 중기시에서도 윤회론을 변주한 자신의 인연관을 토대로 공동체의 영원성을 탐구하였다. 그러나 이 시기에는 공동체보다는 자아의 영원성으로서의 윤회론적 시학이 지배적이다. 이에 비해 『질마재 신화』에 오면 자아보다는 공동체에 무게 중심이 놓인다. 『질마재 신화』는 "'질마재'에서의 유년 체험을 회상, 시화"한 것이며, "자신이 직접 체험한 과거의 회상은 '질마재'의 현실성 확보에 크게 기여"하는 것으로 평가를 받는다.[65] 서정주의 자전적 산문[66]을 보면, 『질마재 신화』가 질마재에서의 체험과 밀접한 관련이 있음을 재차 확인할 수 있다. 그렇다고 해서 『질마재 신화』가 시인의 유년 체험으로 환원된다고 보아서는 곤란하다. 문학작품으로서 『질마재 신화』의 시편들은 어디까지 시적 사유와 상상의 소산이다. 그것은 자신의 유년의 체험을 시적 사유와 상상으로 재창조한 것으로 이해될 수 있다. 그리고 한 시인의 시적 세계에는 어떠한 일관된 시학적 원리가 놓여 있다는 가정에서 중기시와 『질마재 신화』에 일관되게 흐르고 있는 윤회론적 시학을

---

65 최현식, 앞의 책, 267쪽.

66 서정주, 「내 마음의 편력」, 『서정주 문학 전집』5.

도출해보고자 한다.

중기시와 달리『질마재 신화』에서는 불교적 요소를 쉽게 찾아보기 어렵다. 그 때문에 기존의 연구에서 서정주 시의 불교적 요소는 주로 중기시를 중심으로 논의되었다. 이에 비해 영원성은 중기시에서『질마재 신화』를 비롯한 후기시편까지 이어지는 것으로 논의되었다.[67] 우리는 앞에서 중기시의 자아서사의 영원성이 윤회론적 시학에 토대를 두고 있음을 살펴보았다. 여기에서는『질마재 신화』의 공동체적 영원성에서 윤회론적 시학이 어떻게 내면화되어 작동하고 있는가를 살펴보도록 한다.

『질마재 신화』의 영원성은 불교적이라기보다는 샤머니즘적, 주술적인 것이라는 평가가 압도적이다.[68] 무속(무교)은 샤머니즘이나 주술과 밀접하게 관련된 한국의 전통적인 종교이다. 무속에서는 "저승"은 독립된 공간이 아니라 지금 여기의 현실과 이어져 있는 곳이다. 그것은 '그저 막연하게' 죽으면 가는 곳으로 이해된다. 상두소리의 '북망산이 멀다더니 문턱 밖이 북망일세'에서 볼 수 있듯이 저승은 문턱 밖이며, '모퉁이를 돌아서' 있는 어떤 곳이다.[69] 그곳은 천상일 수도, 지하일 수도, 지상일 수도 해저일 수도 있고, 서방이나 극락, 지옥일 수도 있다. 그러나 저승의 공간적 위치는 막연히 '모퉁이를 돌아선 저승'으로 한계지어질 뿐이다. 저승은 실재하는 어떤 다른 공간이 아니라 지금 여기의 현실과 이질적이지만 현실의 내오(內奧)에 깃들어 있는 공간이다.[70]「해일」은 그러한 무속적인 저승 인식을 보여준다.

그때에는 왜 그러시는지 나는 아직 미처 몰랐읍니다만, 그분이 돌아 가

67 신범순,「질기고 부드럽게 걸러진 '영원'」, 조연현 외, 앞의 책 ; 최현식, 앞의 책.

68 육근웅, 앞의 책, 152~253쪽 ; 최현식, 위의 책, 267쪽.

69 장덕순,『한국사상의 원천』, 양영각, 1973, 133쪽.

70 정진홍,『한국종교문화의 전개』, 집문당, 1988, 94~102쪽.

신 인제는 그 이유를 간신히 알긴 알 것 같습니다. 우리 외할아버지는 배를 타고 먼 바다로 고기잡이 다니시던 漁夫로, 내가 생겨나기 전 어느 해 겨울의 모진 바람에 어느 바다에선지 휘말려 빠져 버리곤 영영 돌아오지 못한 채로 있는 것이라 하니, 아마 외할머니는 그 남편의 바닷물이 자기집 마당에 몰려 들어오는 것을 보고 그렇게 말도 못하고 얼굴만 붉어져 있었던 것이겠지요.

—「海溢」 부분

이 작품은『동천』에 실린「외할머니네 마당에 올라온 해일(海溢)」을 개작한 시이다. 여기에서 외할머니는 해일에 밀려온 바닷물에서 사자의 혼을 읽어낸다. 그러므로 바다는 사자의 혼을 담는 그릇으로서 "저승"의 이미지로 해석할 수 있다.「외할머니네 마당에 올라온 해일」에서 해일에 밀려온 외할아버지의 "혼신(魂身)"은 죽을 때 그대로 "스물한살 얼굴"을 하고 있다. 바다라는 저승에 보관된 외할아버지의 영혼은 "천살에도 이젠 안 죽기로 한" 영원성의 영역에 놓인 존재인 셈이다. 그렇게 볼 때 혼신을 담는 "바다"가 곧 영원의 영역이다. 시적 주체의 시적 사유와 상상 속에서 모든 떠나간 것과 죽은 것은 바다로 표상되는 저승으로 흘러들어가서 영원한 것이 되는 셈이다. 가령,「신발」에서 유년시절에 잃어버린 신발이 "바다"로 흘러가 자신의 영원한 신발로 고정되는 현상은 그것을 방증해준다.

윤회론적 사유는 이러한 무속적인 저승의 상상력 속에서 내밀하게 드러나고 있다. 그것은 저승으로 떠난 혼신이 다시 해일을 타고 이승에 출현한다는 점에서 확인된다. 이러한 혼의 재현의 개념은 불교 고유의 것이라고 할 수 없으며, 또한 무속 측에서 불교의 윤회론을 수용한 것이라고 보기도 어렵다. 하지만 시학적인 차원에서 서정주의 중기시에 나타난 윤회론적 시학의 연장선에서 볼 때 그것은 중기시의 상상력을 계승하는 것으로 평가할 수 있는 것이다.

『질마재 신화』에서는 사자의 혼을 담는 그릇인 "바다"처럼, "하늘" 또한 지상에서 사라진 자들이 안식을 취하는 저승과 같은 영역이다. 가령, 「신선 재곤이」에서 질마재 사람들은 재곤이가 마을에서 사라지자 "바다"로 들어갔거나 아니면 "하늘"로 신선살이를 하러 간 것이라고 추정한다.

> 그러나, 해가 거듭 바뀌어도 天罰은 이 마을에 내리지 않고, 農事도 딴 마을만큼은 제대로 되어, 神仙道에도 약간 알음이 있다는 좋은 흰수염의 趙先達 영감님은 말씀하셨습니다. '在坤이는 생긴 게 꼭 거북이같이 안 생겼던가. 거북이도 鶴이나 마찬가지로 목숨이 千年은 된다고 하네. 그러니, 그 긴 목숨을 여기서 다 견디기는 너무나 답답하여 날개 돋아나 하늘로 神仙살이를 하러 간 거여……'
> 그래 '在坤이는 우리들이 미안해서 모가지에 연자맷돌을 단단히 매어달고 아마 어디 깊은 바다에 잠겨 나오지 안는 거라.' 마을 사람들도 '하여간 죽은 모양을 우리한테 보인 일이 없으니 趙先達 영감님 말씀이 마음的으로야 불가불 옳기사 옳다.'고 하게는 되었습니다. 그래서 그들도 두루 그들의 마음속에 살아서만 있는 그 在坤이의 거북이모양 양쪽 겨드랑에 두 개씩의 날개들을 안 달아 줄 수는 없었습니다.
>
> ─「神仙 在坤이」부분

여기에서 재곤이는 성별(聖別)된 인물로 나타난다. 거북이의 형상을 한 앉은뱅이 재곤이는 평범한 사람들과는 '다른' 인물이다. 원시적 사유체계에서 이러한 '다름'은 신성의 가능성을 담지한다.[71] 재곤이의 '다름'은 아날로지

---

71 엘리아데에 의하면 고대인들은 이상한 것, 이례적인 것은 신성의 현현으로 간주하였다. M. Eliade, 『종교형태론(*Patterns in Comparrative Religion*)』, 이은봉 역, 형설출판사, 1992, 37쪽.
   김예리는 성별화의 조건을 '동물성'으로 간주하고 있다. 그러나 '동물성'의 논리는

의 원리에 의하여 천 년을 사는 신성한 동물인 학과 거북의 형상으로 전이되어 "거북이 모양 양쪽 겨드랑이에 두 개씩의 날개"를 달게 된다. 신선으로 성별된 재곤이는 질마재 사람들의 마음 속에서 영원성을 얻게 된다. 이러한 사유체계에는 윤회의 관념이 내면화되어 있다. 재곤이가 "바다"나 "하늘"과 같은 타계로 옮겨갔다고 보는 사유는 혼의 재생과 육체의 변신 개념을 담고 있는 것으로 윤회론적 시학에 토대를 둔 것으로 이해할 수 있다.

재곤이가 간 것으로 이해되는 "바다"나 "하늘"과 같은 타계는 이승과 분리되지 않고 이승으로 이어져 있다는 점에서, 질마재는 타계를 품은 이승이며, 재곤이는 이승 안에서 영원성을 이어가는 셈이다. 그러므로 재곤이의 영원성은 자아의 영원성이 아니라 공동체적 영원성이다. 질마재라는 공동체는 그런 식으로 선대와 후대의 교감을 형성하면서 공동체적 영원성을 형성한다. 사자와 생자, 저승과 이승이 뒤엉켜서 형성되는 이러한 공동체는 근대적-사회학적인 인간의 집단이 아니다.

고대사회에서 인간의 공동체는 외부의 세계와 정령론적으로 통합되어 있었다. 반면 근대적 세계관은 세계에서 신적인 것이나 정령론적인 것을 추방하고 인간의 집단을 외부의 세계로부터 고립시켜놓았다. 질마재는 인간의 집단을 에워싼 자연과 사물들에 담겨 있는 선대의 혼이나 정신과의 교감으로 선대와 후대가 끈끈하게 엮이어 형성되는 일종의 반근대적-정령론적인 우주 공동체라고 할 수 있다. 질마재로 표상되는 서정주 시의 우주 공동체는 윤회와 인연의 사상에 토대를 둔 "중생일가관(衆生一家觀)"[72]과 연결된다. 윤회와 인연의 원리에서 보면 생물과 무생물을 포함하는 우주의 모든 중생

『질마재 신화』에 나타난 다양한 '다름'의 양상을 해명해주지 못하는 한계를 지닌다. 김예리, 「『질마재 신화』의 '영원성' 고찰」, 『한국현대문학연구』 15, 2004.6.

[72] 서정주, 「佛敎的 想像과 隱喩」, 『서정주 문학 전집』 2, 268쪽.

제2장 미당 윤회론적 사유의 종교적 성격과 미학주의

은 하나의 가족으로서 우주 공동체인 것이다.

> 　그런데 그 웃음이 마흔 몇 살쯤 하여 무슨 지독한 熱病이라던가로 세상
> 을 뜨자, 마을에는 또 다른 소문 하나가 퍼져서 시방까지도 아직 이어 내
> 려오고 있읍니다. 그 한물宅이 한숨 쉬는 소리를 누가 들었다는 것인데,
> 그건 사람들이 흔히 하는 어둔 밤도 궂은 날도 해 어스름도 아니고 아침
> 해가 마악 올라올락말락한 아주 밝고 밝은 어떤 새벽이었다고 합니다. 그
> 리고 그것은 그네 집 한 치 뒷산의 마침 이는 솔바람 소리에 아주 썩 잘
> 포개어져서만 비로소 제대로 사운거리더라고요.
> 　그래 시방도 밝은 아침에 이는 솔바람 소리가 들리면 마을 사람들은 말
> 해 오고 있읍니다. '하아 저런! 한물宅이 일찌감치 일어나 한숨을 또 도
> 맡아서 쉬시는구나! 오늘 하루도 그렁저렁 웃기는 웃고 지낼라는가부다.'
> 고……
>
> —「石女 한물宅의 한숨」 부분

한물댁은 '남달리' 예쁜 외모를 타고났다. 그런 외모의 '다름'은 "힘도 또
그중 아마 실할 것"이라는 추측을 낳고 그것은 정설화된다. 한물댁의 막강
한 힘에서 나오는 웃음은 사람들은 물론 가축들까지 웃게 만드는 주술적인
능력이다. 그러한 능력에 의해 한물댁은 성별되고 영원성을 획득하게 된다.
　성별화를 통해 질마재 사람들은 한물댁의 힘과 바람을 연계시킨다. 질마
재 사람들은 한물댁이 살아 있을 때부터 한물댁의 힘과 바람을 연계시킨다.
바람이 불어 모시 이파리를 팔랑거리는 것이지만, 그것은 곧 한물댁의 힘의
작용으로 이해된다. 질마재 사람들의 원시적 감성이 바람이라는 자연현상
의 배후를 한물댁의 힘이라는 초자연적인 역학으로 해석하는 셈이다.
　생전에 한물댁에게 부여한 주술적인 능력은 한물댁의 사후로 이어진다.
한물댁의 힘이 생전에 바람을 일으켰듯이, 그녀가 죽은 후에도 한물댁의 한

숨이 솔바람을 일으키는 것으로 이해된다. 한물댁은 솔바람 소리로 유사성의 원리에 의해서 윤회한 셈이다.

원시적 사유체계에서 주술은 공간과 공간 사이의 거리를 뛰어넘어 작용하는 유사성의 원리이다.[73] 원시적 신앙은 본질적으로 현실 기복적이다. 현실에서의 이득을 위해 주술이 사용되는 셈이다. 그 때문에 주술적 유사성의 원리는 대부분 공간적으로 멀리에 있는 대상과의 교감을 추구한다. 그러나 이 시에서 주술적 유사성의 원리는 공간이 아니라 시간의 거리를 뛰어넘어 마음과 마음을 이어주고 있다. 시적 주체는 공동체적 영원성을 형상화하기 위해 의도적으로 주술적 유사성의 원리를 시간적 차원으로 재창조한 것으로 이해된다. 이러한 시간적인 차원으로 변용된 유사성의 원리는 윤회론적 사유에 기반한 것이다.[74]

한물댁은 윤회론적 유사성의 원리에 의해서 현실에 지속적으로 개입하면서 공동체적 영원성을 형성한다. 이러한 공동체에서 죽은 자는 이승을 떠나는 것이 아니라 이승 안의 저승에 거주하게 된다. 『질마재 신화』에서 윤회는 개인적 자아서사의 영원성이 아니라 공동체적 영원성의 형성을 도모하고 있는 셈이다. 그렇다고 해서 개인의 영원성이 훼손되는 것은 아니다. 개인적 자아서사가 공동체의 서사에 통합되면서 오히려 개인의 영원성이 강화

---

73 J. G. Frazer, 『황금 가지』, 김상일 역, 을유문화사, 1978, 55쪽 ; M. Eliade, 『종교형태론』, 26~27쪽.

74 요한슨은 윤회의 원리를 몇 가지의 법칙으로 규정하는데, 그중 하나가 유사성의 법칙이다. 유사성의 법칙은, 개처럼 사는 방식을 택하는 사람은 죽어서 개로 태어나며, 순수한 빛을 생각하고 그 빛과 하나가 되는 생각에 집중하면 순수한 빛의 신들 가운데 태어나게 되며, 몸과 말과 마음을 비비꼬는 것을 좋아하는 사람은 죽어서 몸을 비비꼬며 기어다니는 동물로 다시 태어나게 된다는 것이다. 이는 업에 의하여 내세가 결정된다는 업사상에 기반한 것이다.
R. E. A. Johansson, 『불교 심리학(The Dynamic Psychology of Early Buddhism)』, 박태섭 역, 시공사, 1996, 171~174쪽.

된다. 『질마재 신화』에 자아가 잘 드러나지 않은 것은 그러한 맥락에서 이해할 수 있다. 시적 주체는 자아를 공동체적 자아 속에 내밀하게 보존하면서 자아의 영원성을 확장하게 되는 것이다.

질마재 사람들 중에 글을 볼 줄 아는 사람은 드물지마는, 사람이 무얼로 어떻게 神이 되는가를 요량해 볼 줄 아는 사람은 퍽으나 많습니다.

李朝 英祖 때 남몰래 붓글씨만 쓰며 살다 간 全州 사람 李三晩이도 질마재에선 시방도 꾸준히 神 노릇을 잘하고 있는데, 그건 묘하게도 여름에 징그러운 뱀을 쫓아내는 所任으로 섭니다.

陰 正月 처음 뱀 날이 되면, 질마재 사람들은 먹글씨를 쓸 줄 아는 이를 찾아가서 李三晩 석 字를 많이 많이 받아다가 집 안 기둥들의 밑둥 마다 다닥다닥 붙여 두는데, 그러면 뱀들이 기어올라 서다가도 그 이상 더 넘어선 못 올라온다는 信念 때문입니다. 李三晩이가 아무리 죽었기로서니 그 붓 기운을 뱀아 넌들 행여 잊었겠느냐는 것이지요.

글도 글씨도 모르는 사람들 투성이지만, 이 요량은 시방도 여전합니다.

　　　　　　　　　　　　　　　　　　　—「李三晩이라는 神」 전문

이삼만은 질마재의 일반 무지렁이들과는 '달리' 붓글씨를 잘 쓰는 능력의 소유자였다. 재곤이나 한물댁이 일상적임과 '다른' 특징으로 성별되는 것처럼, 이삼만도 차별화된 능력으로 신성을 획득한다. 영조대의 이삼만은 매년 정월 그의 이름으로 사물화된 형태로 이승으로 윤회하여 나오게 된다. 그리하여 이삼만은 질마재에 영원한 주술적 신으로 자리 잡게 된다.

이런 차별화를 통한 성화는 이들에 국한되는 것이 아니라 질마재의 모든 인물들에게 해당된다고 이해해야 한다. 「눈들 영감의 마른 명태」에서 눈들 영감은 마른 명태를 잘 먹는 재주로, 「소X한 놈」에서 수간(獸姦)으로 각각 성별되고 있다. 원시적 사유체계에서 몹시 못생긴 인간, 신경증적인 인간, 어떤 기이한 표시가 있는 인간 등 특이한 사람은 성별화된다.[75] 이에 반해 질마재 사람들은 어떻게 보면 평범하다고 할 수 있거나 아니면 반윤리적이라고 할 수 있는 특징에 신성성을 부여하여 성별시키고 있는 것이다.

그러므로 모든 질마재 사람들은 죽어서도 질마재에서 다시 살아간다고 볼 수 있다. 눈들 영감은 '눈들 영감의 마른 명태 자시듯'이라는 말로, 한물댁은 '솔바람 소리'로, 이삼만은 '이삼만'이라는 이름 석자로 이승에 시시때때로 다시 탄생하는 셈이다. 「?」[76]에서 알 수 있듯이 서정주 후기시에서 이승과 저승은 "문" 하나만 열면 쉽게 오갈 수 있는 관계이다. 그렇게 볼 때 질마재라는 영역은 이승과 저승을 아우르는 영역이며, 마음에서 마음으로 이어온 "긴 시간을 압축하는 하나의 상징"[77]이다.

이승과 저승을 아우르며 마음에서 마음의 시간적인 사슬을 길게 이어가는 공동체적 영원성의 근저에는 윤회의 사유가 깃들어 있다. 질마재의 공동체적 영원성은, 저승을 이승 안에 품음으로써 이승과 저승을 끊임없이 오가며 윤회하는 조상들의 혼령과의 교유를 통해 가능해지기 때문이다. 이처럼 일상적인 인간들과는 '다른' 특징을 지닌 인물들의 성별화를 통한 공동체적 영원성이 있는가 하면 사물을 매개로 형상화되는 공동체적 영원성도 검출된다.

> 외할머니네 집 뒤안에는 장판지 두 장만큼한 먹오딋빛 툇마루가 깔려 있읍니다. 이 툇마루는 외할머니의 손때와 그네 딸들의 손때로 날이 날마닥 칠해져 온 것이라 하니 내 어머니의 처녀 때의 손때도 꽤나 많이는 묻어 있을 것입니다마는, 그러나 그것은 하도나 많이 문질러서 인제는 이미 때

75   M. Eliade, 『종교형태론』, 37쪽.
76   서정주, 『미당 서정주 시전집』, 민음사, 1984, 391쪽.
77   신범순, 「질기고 부드럽게 걸러진 '영원'」, 289쪽.

가 아니라, 한 개의 거울로 번질번질 닦이어져 어린 내 얼굴을 들이비칩니다.

　그래, 나는 어머니한테 꾸지람을 되게 들어 따로 어디 갈 곳이 없이 된 날은, 이 외할머니네 때거울 툇마루를 찾아와, 외할머니가 장독대 옆 뽕나무에서 따다 주는 오디 열매를 약으로 먹어 숨을 바로합니다. 외할머니의 얼굴과 내 얼굴이 나란히 비치어 있는 이 툇마루에까지는 어머니도 그네 꾸지람을 가지고 올 수 없기 때문입니다.

—「외할머니의 뒤안 툇마루」 전문

　외할머니네 집 뒤안 툇마루는 오랜 세월 동안 때를 타고 닳고 닳아서 이제는 하나의 '거울'이 되어버렸다. 툇마루는 더 이상 평범한 마루가 아닌 '다른' 어떤 것이다. 원시적 신앙체계에서 그러한 차별화된 사물은 어떠한 "신비적이고 활동적인 힘"[78]의 소유물로 인식된다. 고대인들은 그러한 힘이 배설물과 같은 것의 축적에 의해서도 형성된다고 보았는데, 이 시의 때는 마치 배설물처럼 마루에 들러붙고 또 들러붙어서 마루에다가 힘을 쌓아온 것처럼 보인다. 고대인들은 그렇게 축적된 힘을 소유한 사물을 현실적인 이득을 얻는 데에 사용한다. 이 시의 거울화된 마루의 이미지는 그러한 원시적인 감성에 의해 형성된 것처럼 보이기도 한다. 그러나 이 시에서 마루는 그런 신비적 힘이 아니라 선대에서 후대로 끈끈하게 이어지는 혈육 간의 교감을 드러내고 있다.

　시적 주체는 사물을 일상성으로부터 변별하는 원시적 감성으로 툇마루를 차별화시키지만, 그것을 공동체적 영원성으로 전이시키고 있는 셈이다. 선대의 비루한 삶의 흔적인 때를 고스란히 간직한 마루거울은 그 자체가 긴 시간을 압축하는 하나의 상징이다. 그 때문에 이 거울을 통해 선대의 삶은

78　M. Eliade, 『종교형태론』, 37쪽.

이승으로 윤회하여 들어올 수 있다. 이때의 윤회는 실제적인 것이라기보다는 지금 여기의 현실에서 죽은 자 즉 선대의 참여를 느끼는 주관적인 관념이다.

이처럼 이승과 저승을 연결시키는 거울의 이미지는 「상가수(上歌手)의 소리」와 「소망(똥간)」에도 등장한다. 이런 시편에서 "때"는 배설물로 변주된다. 원시적 사유체계에서 배설물은 그 인간이 지닌 힘을 소유하고 있으며, 변소는 "힘의 저장고"[79]이다. 「소망(똥깐)」은 그러한 원시적 사유를 고스란히 반영하고 있다. 화자는 소망 항아리를 소중하게 간직하고자 하는 의지를 보인다. 그것은 배설물이 일상적인 사물이 아니라 하늘의 해와 달과 별을 잘 받아야 하는 소중한 사물이기 때문이다. 「상가수의 소리」에서 소망 항아리는 하늘의 해와 달과 별로 표상되는 우주의 힘과 배설물 속에 내재된 인간의 힘을 조화시키며 강화시키면서 이승과 저승을 비추는 "명경"이 된다.

> 질마재 上歌手의 노랫소리는 답답하면 열두 발 상무를 젓고, 따분하면 어깨에 고깔 쓴 중을 세우고, 또 喪輿면 喪輿머리에 뙤약볕 같은 놋쇠 요령 흔들며, 이승과 저승에 뻗쳤습니다.
>
> 그렇지만, 그 소리를 안 하는 어느 아침에 보니까 上歌手는 뒤깐 똥오줌 항아리에서 똥오줌 거름을 옮겨 내고 있었는데요. 왜, 거, 있지 않아, 하늘의 별과 달도 언제나 잘 비치는 우리네 똥오줌 항아리, 비가 오나 눈이 오나 지붕도 앗세 작파해 버린 우리네 그 참 재미있는 똥오줌 항아리, 거길 明鏡으로 해 망건 밑에 염발질을 열심히 하고 서 있었습니다. 망건 밑으로 흘러내린 머리털들을 망건 속으로 보기 좋게 밀어 넣어 올리는 쇠뿔 염발질을 점잖게 하고 있어요.
>
> 明鏡도 이만큼은 특별나고 기름져서 이승 저승에 두루 무성하던 그 노랫

---

79 위의 책, 같은 쪽.

소리는 나온 것 아닐까요?

　　　　　　　　　　　　　　　　　　　　—「上歌手의 소리」 전문

　소망 항아리는 상가수가 지닌 힘을 하늘의 해와 별과 달이 지닌 우주의 힘과 결합시키면서 '특별나고 기름진' 명경으로 성별된다. 상가수는 소망 항아리를 거울로 해서 염발질을 함으로써 더욱 강력해진 소망 항아리 속의 힘을 받아들인다.[80] 그런 힘을 담은 상가수의 노래는 이승과 저승에 두루 퍼져 죽은 자와 산 자의 세계를 연결하면서 공동체의 영원성에 기여하게 된다. 여기에서 명경으로서의 소망 항아리는 이승과 저승을 비추어낸다는 점에서 세계를 윤회론적으로 매개하는 사물로 이해할 수 있다. 이승과 저승의 연결은 시간적으로는 조상과 후손의 교감을 의미한다. 시적 주체의 주관적인 인식체계 속에서 죽은 자는 현실로 윤회하여 들어오는 것이다.

　성별화된 사물의 또 다른 변주는 "침향"이다. 「침향」에서 "침향"은 선대와 "수백 수천 년" 뒤의 후대를 연결한다. 이러한 사유는 앞에서 논의한 윤회론의 공동체적 변용으로서 인연론의 관점에서 이해할 수 있다. 서정주는 그의 산문에서 인연론을 선대와 후대의 교감의 차원에서 누차 설명한다. 가령, 김대성과 전생의 어머니의 교감,[81] 선덕여왕과 문무왕의 교감,[82] 자신과 소년의 수교를 통한 행위의 반복[83] 등이 그 예이다. 그와 관련하여 다음 산문은 시사적이다.

80　『질마재 신화』의 "거울"의 미학적 의미에 대한 보다 자세한 사항은 김윤식, 「전통과 예의 의미」, 『한국근대작가론고』, 일지사, 1974 ; 김윤식, 「서정주의 『질마재 신화』 攷－거울화의 두 양상」, 『현대문학』, 1976.3 등 참고.
81　서정주, 「새로운 詩美學의 摸索을 위한 斷想」, 308쪽.
82　서정주, 「자연과 영원을 아는 생활」, 『서정주 문학 전집』 5, 300쪽.
83　서정주, 「내 마음의 現況」, 286쪽.

新羅 사람들은 여러 代를 隔해서도 서로 이야기를 주고받고 서로 이어 實踐해서, 말하자면 當代만을 能事로 삼는 時間觀念이 아니라, 先祖 萬代의 永遠을─子孫萬代에 參加하는 時間觀念을 主로 해 살아, 그들의 歷史를 빛내 왔던 걸 알 수가 있다.[84]

서정주는 이 글에서 영원을, 당대만을 능사로 삼는 시간관념이 아니라 여러 대를 격해서 선대와 후대가 교감하고 서로 이어 실천하는 삶으로 규정하고 있다. 이때의 영원은 어디까지나 주관적인 것이다. 주관적으로 선대와 교감하면서 인연을 맺고 그것을 실천으로 옮기는 삶에서 영원은 형성된다. "여러 代를 隔해서도 서로 이야기를 주고받"는다는 대목에서 알 수 있듯이 그러한 영원은 죽은 자의 삶의 내용을 지금 여기의 현실로 이끌어들임으로써 가능해진다는 점에서 윤회론적이다. 이러한 시학적 토대로서 윤회론적 사유는 샤머니즘적, 주술적 세계관이 두드러지는 것으로 평가되는『질마재 신화』에서도 내면화되어 있는 것이다.

중기시와 달리『질마재 신화』에는 윤회론적 사유가 전면화되지는 않는다. 하지만 무속적인 저승의 관념 속에서, 그리고 윤회론의 공동체적 변용으로서 인연론적 상상력 속에서 중기시에 나타난 윤회론적 시학이 내밀하게 작동하고 있다. 서정주는 다양한 산문을 통해 "마음에서 마음으로 전해져 가는 영원의 윤회",[85] "마음 전달의 영원한 계속"[86]에 대해 반복적으로 언급하고 있는데, 그것은 이상에서 확인한 바와 같이 그의 시편에서 윤회론적 시학에 의해 자아와 공동체의 영원성으로 전개되고 있다. 누차 언급한 바와 같이 서정주 시에서 윤회론적 시학은 종교적 신념체계로서 불교의 윤회론

84 서정주,「자연과 영원을 아는 생활」, 301쪽.
85 서정주,「내 시와 정신에 영향을 주신이들」,『서정주 문학 전집』5, 270쪽.
86 서정주,「내 마음의 現況」, 283쪽.

과는 다르다. 서정주는 불교의 윤회론을 시적 사유와 상상을 통해 자신의 독자적인 시학으로 변용한 셈이다.

5. 결론

　미당 시의 윤회론적 사유는 종교적 구원론의 색채가 강하다. 그러나 그것을 종교의 범주에서만 바라볼 수 있는 것은 아니다. 미당은 종교적인 사유를 자신의 시에 창조적으로 수용하면서 미학적으로 재구성하였다. 미당 시를 종교적 구원론의 관점에서 수용할 수 있다. 그러나 다른 한편으로는 경험 세계를 지양하면서 구축한 미학주의로 이해할 수도 있다. 결국 미당 시의 윤회론은 종교성과 미학성이라는 양면성을 고루 갖추고 있다고 할 수 있다. 엄밀하게 말해서 그 양자는 서로 분리된 것이 아니라 한 몸을 이루고 있다. 다만 관점을 달리하여 조명할 수 있을 뿐이다.

　서정주의 윤회론적 시학은 샤머니즘과 불교적 사유가 뒤섞인 기층민의 윤회론적 사유를 미학적 사유와 상상의 체계 내에 수용하여 창조적으로 변용하면서 전개된다. 『서정주 시선』, 『신라초』, 『동천』 등의 시편에서 윤회론적 시학은 자아서사의 영원성의 형상화에 경주된다. 이때의 자아서사는 죽음으로 한계지어진 현대인의 자아서사와는 다른 고대적인 윤회론적 자아서사이다. 윤회론적 자아서사는 연대기적 시간으로부터 자아를 해방함으로써 가능해진다. 시적 주체는 자아를 신비화하여 윤회론적 영원성의 지평에 안치시킨다. 그리하여 자아서사는 전생-현생-내생에 걸친 영원한 서사로 확장된다. 불교의 근본적인 교리체계에서 이러한 윤회론적 자아서사의 영원성은 고통의 영원한 반복으로서 극복해야 하는 부정적인 것이다. 하지만 시적 주체는 그러한 윤회론적 영원성에 절대적인 가치를 부여하고 있다.

그것은 시적 주체가 고통의 영역에 방치된 중생들에 대한 대승적인 자비심을 견지하고 있기 때문이다. 그러한 자비심이 시적 자아의 관심을 사변적이고 엘리트적 관념인 열반이나 해탈보다도 민중적인 지상의 영원성에 붙들어놓는다.

중기시의 윤회론적 시학은 샤머니즘과 불교사상이 뒤섞인 채로 기층민의 신앙 속에 담겨 전승된 민중적인 윤회론의 사유에 토대를 둔 것이다. 하지만 중기시는 자아서사의 영원성을 천착하여 민중의 구체적인 삶이나 사유를 담아내지 못하는 한계를 보인다. 『질마재 신화』에 오면 그러한 한계가 극복된다. 『질마재 신화』에서 윤회론은 인연론으로 변주된다. 서정주의 시와 산문에 나타난 인연은 윤회의 공동체적 측면이다. 개체들이 윤회를 하면서 다른 개체들과 인연을 맺으며 공동체의 영원성을 형성하게 된다. 이러한 윤회론의 변용으로서 인연론에 기반한 공동체의 영원성은, 저승과 이승, 죽은 자와 산 자, 선대와 후대 사이의 교감으로 형상화되고 있다.

미당 시의 윤회론적 상상력은 전후 시사적 관점에서 다음과 같은 의의를 지닌다. 우선, 한국전쟁으로 인하여 의식의 차원으로 표면화된 죽음에 대한 불안과 공포를 거뜬히 넘어섰다는 점이다. 이는 불안의식으로부터 탈출하려고 노력하지만 갈등 이상을 보여주지 못하는 전후 실존주의 시인들의 한계를 전통적인 사유와 상상으로 극복했다는 점에서 의의를 지닌다.

두 번째는 전쟁으로 인하여 기존의 전통과 질서가 붕괴된 현실에 대한 인식을 윤회론적으로 극복했다는 점이다. 미당 시의 윤회론적 사유는 세계를 정령론적, 인과론적으로 해석함으로써 과거와 현실을 유기적으로 연결해놓고 있다. 이러한 사유체계에서 더 이상 현실은 전통사회와 완전히 단절된 영역이 아니다. 현실의 구석구석에는 조상의 혼과 황금시대의 파편이 윤회론적으로 스며들어 있다.

셋째는 한계에 봉착한 근대정신의 대안으로서 무속과 불교가 뒤섞인 채로 기층민의 삶 속에 보존되어 전승된 민중불교적 사유를 한국적 전통으로 수용했다는 점이다. 미당 시의 불교적 시학은 반속적인 엘리트적 불교가 아니라 기층민의 삶의 애환 속에 깊숙이 파묻혀 있는 보다 한국적인 불교적 사유를 수용하였다는 점에서 전대의 한용운이나 조지훈의 불교적 시학과 변별되는 시사적 의미를 지닌다.

넷째는 전후 신세대 전통주의 시인들에게 민중적이고 전통적인 시학의 전범을 제공해주면서 전후 전통주의라는 하나의 유파의 형성을 가능하게 해주었다는 점이다. '죽음의 시대'로서 한국전쟁을 체험한 전후 신세대 시인들에게 서정주의 죽음을 초월한 영원성의 시학으로서 윤회론적 시학은 큰 호소력을 지닐 수 있었던 것이다. 전후 전통주의는 1920년대의 국민문학파, 일제 말기의 문장파의 뒤를 이어서 전통적인 정신을 한국 현대시에 수용하면서 문학사적 연속성과 문화적 주체성의 확보에 많은 기여를 하게 된다.

제5부

선적(禪的) 방법과 미학

제1장

조지훈 시론과 현대시의 선적 미학
복잡의 단순화, 평범의 비범화, 단면의 전체화, 민중불교적 미학,
사대부적 미학, 해체적 미학

1. 서론

1990년대 이후 정신주의 시 운동이 활성화되면서 현대시 연구자들에게
선이 큰 주목을 받아왔다. 그러한 경향에 힘입어 현대의 선시의 개념과 속
성에 대한 논의가 꾸준히 이루어져왔다. 그 대표적인 성과는 오세영의 연구
이다.[1] 그에 의하면 좁은 의미의 선시는 선이라는 종교적 목적에 활용되는
시를 의미한다. 이때의 선시는 종교의 시녀로서 봉사하는 중세적인 성격의
문학이다. 그는 넓은 의미의 선시를 세 가지로 분류한다. 넓은 의미의 선시
에는 좁은 의미의 선시(선의 시)와 함께, 선림의 시, 선미의 시가 포함된다.
선적인 미학을 지닌 현대시는 선미의 시에 해당된다.

현대시로서의 선미의 시는 선림에 의하여 씌어진 시도 아니고 선을 위한
시도 아니다. 그것은 선적인 미학을 지닌 현대시이다. 주지하는 바와 같이
현대시는 미적 자율성이 관건이다. 따라서 선적인 미학을 갖춘 현대시를,

---

1   오세영, 「선시의 범주와 그 전통」, 최승호 편, 『21세기 문학의 유기론적 대안』, 새미,
     2000.

선이라는 종교에 의하여 목적론적으로 정향된 중세적인 장르인 '선시'로 규정하기에는 무리가 따른다. 그러한 맥락에서 이제는 '현대의 선시는 무엇인가?'라는 물음을 '현대시에 나타난 선적 미학은 무엇인가?'로 전환해볼 필요가 있다.

그렇다면 중세적인 선시의 특성을 계승한 현대시의 미학, 즉 현대시의 선적 미학은 어떠한 것인가. 내용적인 면과 형식적인 면으로 나누어 기존의 논의를 살펴보자. 내용적인 차원에서 이에 해당하는 개념이 오세영의 "선미(禪味)의 시", 서덕주의 "선적시(禪迹詩)"이다. 오세영은 불교적인 세계를 형상화하거나 불교 교리를 탐구한 것, 선의 세계를 동경하거나 선적 취향을 내비친 것 등을 선미의 시로 규정한다.[2] 그리고 서덕주는 '선적 인식과 고전 선시의 흔적(痕迹)을 통해 형성되었다.'는 의미에서 현대 선시를 "선적시(禪迹詩)"로 규정한다.[3] 이러한 견해들을 종합해보면 내용 면에서 현대시의 선적 미학은 좁은 의미에서는 선적인식이나 고전 선시의 흔적을 담고 있는 것이며, 넓은 의미에서는 선을 포함하여 다양한 불교적 인식이나 불교사상을 내포하는 것이다.

널리 알려진 바와 같이 선은 언어도단(言語道斷), 불립문자(不立文字), 직지인심(直指人心), 견성성불(見性成佛) 등을 종지로 삼는다.[4] 이러한 선의 교의에는 두 가지 차원이 내포되어 있다. 하나는 이념적 차원으로서 '심(心)', '불(佛)'로 표상되는 '궁극성으로서의 신비'[5]이며, 다른 하나는 방법론적 차원

---

2 위의 논문, 23~24쪽.
3 서덕주, 「현대 선시 텍스트의 생성과 해체성 연구」, 서강대학교 박사학위 논문, 2003, 17쪽.
4 이종찬, 『한국선시의 이론과 실제』, 이화문화, 2001, 15쪽 ; 葛兆光, 『禪宗과 中國文化』, 정상홍 외 역, 동문선, 1991, 289쪽 ; 오세영, 「현대시론에 끼친 불교의 영향」, 『우상의 눈물』, 문학동네, 2005, 98~99쪽.
5 김옥성, 『한국현대시의 전통과 불교적 시학』, 새미, 2006, 26~38쪽 참조.

으로서 '단(斷)', '불(不)'로 표상되는 부정성이다.

전자는 선적 미학의 내용적 차원으로서 선이나 불교에 대한 지향성과 맞닿아 있으며, 후자는 형식적 차원으로 연결된다. '언어도단', '불립문자'에서 알 수 있듯이 선은 언어와 문자를 부정하기 때문에 의사소통을 위해서는 함축성, 압축성이 강한 상징을 활용하거나 아니면, 반상합도(反常合道)의 수사학으로서 역설(혹은 모순어법)을 활용하여 일상적인 언어의 질서를 파괴하면서 신비에 접근한다. 고전문학 연구자들은 주로 선적 미학의 상징적 차원에 주목하는 반면, 현대문학 연구자들은 역설적 차원에 주목하는 경향을 보인다. 그런데 선적 미학에 관한 논의에서 제기된 상징론의 입장과 역설론의 입장은 서로 상반된 성격을 지닌다. 이종찬은 "전달수단으로서의 언어나, 그것의 표현인 문자 없이 전달하는 것이 바로 이 別傳이요 禪이겠으나, 언어 표현으로 전하지 않을 수 없을 때, 그 언어의 표현은 되도록이면 압축 내지는 함축성을 띠어, 극도의 상징이 될 수밖에 없다"[6]고 말한다. 따라서 이종찬이 말하는 상징성은 함축성에 상응하는 개념이다.

역설론의 입장은 박찬두의 견해에 잘 드러난다. 박찬두가 말하는 역설은 경험세계의 이원적이고 대립적인 가치체계를 파괴하기 위한 수사학이다. 그와 같은 역설은 "현실의 가면을 벗기고 존재의 심층을 파고들게 하는 효과"[7]를 가지고 있다.

상징론의 입장은 간결한 언어적 표현에다가 거대한 우주를 압축해낸다는 점에서 선적 미학을 통합적인 것으로 파악한다고 할 수 있다. 반면 역설론의 입장은 불교-선적인 신비에 접근하기 위하여 경험세계의 질서와 체계

6 　이종찬, 앞의 책, 15쪽.
7 　박찬두, 「시어와 선어에 있어서 비유, 상징, 역설」, 이원섭 외 편, 『현대문학과 선시』, 불지사, 1993, 221쪽.

를 격파하여 파편화시킨다는 점에서 선적 미학을 해체적인 것으로 바라보고 있다고 할 수 있다.

엄밀하게 나누어지는 것은 아니지만, 선적 미학을 바라보는 입장에 따라서 선행 연구는 전자와 유사하게 선적 미학을 통합적인 것으로 파악하는 견해와 후자와 가깝게 해체적인 것으로 인식하는 견해로 분류해볼 수 있다. 전자에 입각한 논자가 이종찬,[8] 오세영,[9] 김선학[10] 등이라면, 후자에 입각한 논자는 이형기,[11] 고명수,[12] 박찬두,[13] 서덕주[14] 등이다.

1990년대 이후 '현대시'의 선적 미학에 관한 연구에서는 후자의 논의가 전자보다 훨씬 활발하게 전개되었다. 그것은 선적 미학 논의가 1990년대 전후 한국 문화계의 화두로 떠오른 포스트모더니즘 논의와 결부되었기 때문이다. 후자의 논의는 해체적 방법이라는 점에서 선적 미학을 다다이즘, 초현실주의, 포스트모더니즘 등과 비교하면서 선적 미학의 현대적 가치를 부각시키는 경향이 강하다.

그런데 이와 같은 논의는 자생적인 것이라 보기 어렵다. 이때의 선적 미학은 동아시아에서 서구로 흘러들어가 서구의 전위적인 사조들과 뒤섞이는 과정을 거치고 나서 다시 동아시아로 소환된 것이다.[15] 비트와 다다, 포스트모더니즘 등과 섞이고 나서 귀환한 선적 미학은 해체적인 성격이 크게

---

8   이종찬, 앞의 책.

9   오세영, 「선시의 범주와 그 전통」, 최승호 편, 앞의 책 ; 오세영, 「현대시론에 끼친 불교의 영향」, 『우상의 눈물』, 문학동네, 2005.

10   김선학, 「현대시와 선시의 경계」, 『2004 만해축전』, 만해사상실천선양회, 2004.

11   이형기, 「현대시와 선시」, 이원섭 외 편, 앞의 책.

12   고명수, 「현대문학사상과 선」, 위의 책.

13   박찬두, 앞의 논문.

14   서덕주, 앞의 논문.

15   고명수, 앞의 논문 ; 김현창, 『세계문학 속의 동양사상』, 서울대출판부, 1996 참조.

강화된 양상을 보인다.

그와 같은 해체적 성격에 주목한 논의는 선적 미학의 현대적 가치를 발굴하는 데에 큰 기여하기도 했지만, 다른 한편으로는 선적 미학이 매우 난해하며 전위적인 것이라는 인상을 심어주게 된 것도 사실이다. 그러한 탓에 선적 미학은 매우 낯선 것, 이질적인 것으로 자리 잡아가는 경향을 보여왔다. 그와 동시에 선을 해체론적인 차원에서 보는 논의가 확산되면서, 선적 미학은 연구자들이나 학습자들로부터 점점 멀어지게 되었다.

이제는 해체론적 입장의 선적 미학에 비해 상대적으로 주목받지 못한 통합적인 차원의 선적 미학을 발굴하고, 선적 미학의 쉽고 친숙한 면들을 밝혀내 교육 현장으로 끌어낼 필요가 있다. 전통 계승적인 면이 강한 통합적인 성격의 선적 미학은 구태의연하다는 비판에 직면할 수도 있겠지만, 그것이 한국 현대시사의 저변에 면면히 흐르고 있는 이상 정당한 가치를 부여하는 것도 필요하다. 본고는 그러한 입장에서 현대시의 통합적인 성격의 선적 미학에 대한 선구적인 논의를 제시한 조지훈의 시론과 작품을 살펴보고, 최근에 제기된 한 논의와 관련하여 그것의 교육적인 의미를 진단하고자 한다.

조지훈의 시론이 선적 미학에 대한 선구적인 논의를 담고 있다는 의견은 종종 제기되었다.[16] 하지만 조지훈 시론의 선적 미학에 대한 본격적인 논의는 거의 찾아보기가 어렵다. 조지훈의 시론은 대체로 '순수시론', '유기체시론', '생명사상' 등의 세 가지 관점에서 논의되어왔다. '순수시론'의 관점에 입각한 논의들은 대체로 조지훈 시론이 해방 공간에 취한 정치적 입장으로

---

16 이종찬, 앞의 책, 15~16쪽 ; 홍신선, 「한국시의 불교적 상상력 연구」, 『한국어문학연구』 43, 한국어문학연구학회, 2004, 50~51쪽.

서 민족주의적인 경향에 주목하고 있다.[17] '유기체시론'의 관점에 입각한 논의는 대체로 조지훈 시론에 나타난 사유가 콜리지의 낭만적 유기체론에 가깝다는 점을,[18] 그리고 '생명사상'에 입각한 논의는 유가적 형이상학에 토대를 두고 있다는 점을 논구하고 있다.[19] 특히, 동아시아 전통 미학의 관점에서 조지훈의 시론은 대개 유가적인 미의식에 기반한 것으로 알려져왔다.

비록 그의 선적 미학이 연구자들의 큰 관심을 끌지는 못하였지만, 조지훈은 해방 이전부터 지속적으로 시선일여(詩禪一如)에 대해서 언급하여왔으며, 다양한 글에서 자신의 불교 내지는 선의 사상에 대해서 이야기하여왔다.[20] 그것은 조지훈 시론에서 선적 미학이 차지하는 위치의 중요성을 방증해준다. 조지훈의 시선일여의 정신이 집약적으로 드러나는 글은 「현대시와 선의 미학」이다. 여기에서 조지훈은 시의 본질적인 측면과 선적 미학이 겹쳐지고 있음을 분명하게 지적한다.

> 나는 拙著『시의 원리』에서 시의 근본 원리로서 '복잡의 단순화', '평범의 비범화', '단면의 전체화'라를 세 가지를 들었습니다. 단순미는 시의 형식

---

17 권영민, 「조지훈과 민족시로서의 순수시론」, 『한국민족문학론연구』, 민음사, 1995 ; 홍신선, 「조지훈의 시론」, 『한국시와 불교적 상상력』, 역락, 2004 참조.

18 박호영, 「조지훈 문학 연구」, 서울대학교 박사학위 논문, 1988 ; 박호영, 「조지훈 시론 연구 : 유기체 시론을 중심으로」, 『한국 현대 시론사』, 모음사, 1992.

19 최승호, 「조지훈 서정시학 연구」, 「조지훈 시학에 있어서의 형이상학론적 관점」, 「조지훈 순수시론의 몇 가지 이론적 근거」, 『한국적 서정의 본질 탐구』, 다운샘, 1998.

20 조지훈의 불교사상 혹은 불교적 시론을 엿볼 수 있는 글은 다음과 같다. 조지훈, 「西窓集」, 『문장』 21, 1940.11 ; 조지훈, 「西窓集 — 亦一詩論」, 『동아일보』, 1940.7.9~16 ; 조지훈, 「大道無門」, 『현대문학』, 1955.1 ; 조지훈, 「放牛莊 散稿」, 『현대문학』, 1955.1 ; 조지훈, 「般若思想에 대하여」, 『불교사상』, 1963.13 ; 조지훈, 「亦一禪談」, 『신동아』, 1966.7 ; 조지훈, 「현대시와 선의 미학 — 시의 방법적 회의에 대하여」, 『조지훈 전집』 2, 나남출판, 1998, 208~225쪽.

적 특성으로서 시의 운문적 原形質이요, 비범화는 시의 내용적 특성으로서 驚異의 발견이며, 전체화는 상징성의 지향으로서 시의 기법적 기초가 되기 때문입니다. 단순미의 설계에 가장 중요한 것은 壓縮과 飛躍과 觀照입니다. 그 중에도 단순미의 큰 함정인 單調性을 초극하는 비약이 가중 중요한 것이 되겠습니다. 이 단순화 · 비범화 · 전체화는 시의 운문성 · 낭만성 · 상징성의 바탕이 되는 것일 뿐 아니라 이의 背理를 찾아 전락한 현대시를 시의 正道에 환원시키는 길인 동시에 시대적인 요청으로서 우리 현대시를 전환시키는 거점이 되기도 합니다.

이 단순화와 비범화와 전체화의 지향을 아울러서 우리에게 주는 것이 禪의 방법이요, 선의 美學입니다. (중략) 내가 여기서 禪의 방법, 선의 미학이라 부르는 것은 현대시가 섭취한 것이 선의 사상 자체보다도 선의 방법의 적용이기 때문에 선의 미학이라고 이름지은 것입니다.[21]

조지훈은 과학의 발달과 기계문명으로 인하여 현대사회의 구조와 기능이 복잡해졌고, 그에 발맞추어 현대시 또한 복잡하고 난해하여졌다고 진단한다. 그는 그러한 현상을 시가 그 본질에서 멀어진 것으로 판단한다. 조지훈의 시의 근본 원리를 "복잡의 단순화", "평범의 비범화", "단면의 전체화" 등의 세 가지로 규정한다. 나아가 이 세 가지가 "전락한 현대시를 시의 정도에 환원시키는 길"이며, "시대적 요청으로서 우리 현대시를 전환시키는 거점"이라고 주장하고 있다. 그에 의하면 그러한 세 가지 원리를 모두 제공해줄 수 있는 미학이 다름 아닌 선의 미학이다. 조지훈은 선적 미학이 현재와 분리된 구시대적인 유물이 아니라, 현대시의 본질적인 원리를 제공해줄 수 있다고 판단한 것이다. 그는 선적 미학의 도움으로 현대시는 복잡성과 난해성에서 벗어나 시의 본질적인 형태를 회복할 수 있다고 생각한 셈이다.

---

21 조지훈, 『조지훈 전집』 2, 220~222쪽.

조지훈은 "복잡의 단순화", "평범의 비범화", "단면의 전체화"를 "선의 미학"으로 규정하고 있지만, 현대시에 관한 논의에서 그것들이 온전히 선으로 환원될 수 없다는 점에서 우리는 보다 정확히 '선적 미학'으로 규정하고자 한다. 조지훈은 이러한 선적 미학이 현대시가 "선의 사상"이 아니라 "선의 방법"에서 수용한 것이라고 밝히고 있다. 즉, 선적 미학은 현대시가 선의 방법으로부터 받아들인 미학이라 할 수 있다.

조지훈이 제시한 선적 미학은 일견 편협해 보일 수도 있다. 하지만 다른 연구자들의 견해와 비교해볼 때 상당히 설득력이 있음을 확인할 수 있다. 가령, 거자오광(葛兆光) 또한 그와 비슷하게 표현의 차원에서 선적 미학을 "자연스러움", "간결성", "함축미"로 규정한다.[22] 거자오광이 말하는 "자연스러움"은 조지훈의 "평범"에 가까운 개념이며, "간결성"은 "단순화"에, "함축미"는 "비범화"와 "전체화"에 가까운 개념이다.

이종찬은 선과 시가 합류하는 지점을 "상징성"으로 규정하는데, 그에 의하면 선은 교외의 별전이기에 문자가 필요 없으나, 언어 표현으로 전하지 않을 수 없을 때에, 불가피하게 언어를 사용하지만 이때의 언어는 되도록이면 압축 내지는 함축성을 확보하여야 한다. 그는 압축과 함축성을 "상징성"으로 규정하고, 조지훈의 견해를 빌어 이 상징성에서 선과 시가 만난다고 주장하고 있다.[23] 이렇게 볼 때 우리는 조지훈이 제시한 선적 미학이 상당히 호소력 있는 개념임을 미루어 짐작할 수 있다. 본론에서는 그 구체적인 양상이 확인될 것이다.

---

22 葛兆光, 앞의 책, 279~305쪽.
23 이종찬, 앞의 책, 15~16쪽.

2. 조지훈 시론의 선적 미학

1) 복잡의 단순화

조지훈의 시론에서 복잡의 단순화는 크게 두 가지로 나뉜다. 첫째는 시의 착상 과정에 해당하는 것으로 복잡한 생각을 단순하게 정리하는 행위라고 할 수 있다. 즉 우리가 어떠한 대상에 마주하였을 때, 그 대상에 대해서는 다양한 사유가 복잡하게 떠오르게 된다. 시를 쓰기 위해서는 그 복잡한 사유와 사상을 하나의 초점으로 모을 필요가 있다. 시의 착상 과정의 차원에서 복잡의 단순화는 그러한 초점화로 이해할 수 있다. 이에 대하여 조지훈은 다음과 같이 말하고 있다.

> 무엇을 쓸 것인가보다도 무엇을 안 쓸 것이냐 하는 데 중점을 두는 까닭은 무엇을 쓸 것인가 하고 망설이는 이유가 쓸 것이 많아서 갈피를 잡을 수 없다는 말이요, 쓸 것이 많아서 생각의 갈피를 못 잡는다는 것은 한 덩이로 뭉쳐진 생각이 마련되지 못했다는 말에 지나지 않기 때문이다.
> 이런 뜻에서 混沌은 宇宙 이전이요, 생각의 錯亂이란 시에서는 무와 마찬가지라 할 것이다. 그러므로, 시의 현상은 먼저 혼돈의 질서화, 복잡의 단순화에서 비롯되는 것이다. 그 많은 有象無象의 생각 속에서 무엇을 안 쓸 것인가를 결정하고나면 써야 할 것, 씌어질 것이 스스로 고개를 들고 일어서는 것이다.[24]

그에 의하면 시인에게 문제가 되는 것은 "무엇을 쓸 것인가"가 아니라 "무엇을 안 쓸 것인가"이다. 왜냐하면 무엇을 쓸 것인가를 생각하면 써야 할 것

---

[24] 조지훈, 『조지훈 전집』 2, 102쪽.

이 너무나도 많기 때문이다. 써야 할 것이 너무 많은 경우 시인은 생각의 갈피를 잡지 못하고 "혼돈"과 "생각의 착란"에 빠지게 된다. 그러므로 시인은 과감하게 사유와 사상의 군더더기를 버리는 데에 주력해야 한다. 시인은 혼돈과 착란의 무성한 생각의 숲에서 가지치기를 통하여 한 덩이로 뭉쳐진 생각을 마련하여야 비로소 시를 쓸 수 있게 된다. 그러한 의미에서 "복잡의 단순화"는 "혼돈의 질서화"와 통하는 것이다.

둘째는 시의 표현과 형식적 특성으로서의 단순화이다. 조지훈은 생략법을 시의 중요한 언어적 특성으로 들고 있으며, 짧은 길이를 시의 본질적인 형식이라고 말한다. 그리고 이러한 것들을 "복잡한 사상의 단순화"와 연결시키고 있다. 조지훈의 시론에서 언어적 표현이나 작품의 길이의 간결성은 시의 형식적인 미학으로서 "단순미"로 일컬어진다.

『시의 원리』에서 선(禪)에 관한 논의는 쉽게 찾아보기가 어렵지만, 조지훈은 시의 이러한 표현과 형식적 특성이 선적인 미학과 관련되어 있음을 완곡하게 암시하고 있다.

> 言外言! 곧 말로서 나타나지 않은 수많은 말과 생각을 함축하기 위하여 시는 의식적으로 설명과 서술을 거부하는 것이다. (중략)
> 시의 언어는 원칙적으로 생략법의 언어이지만 산문의 언어는 지나친 생략으로써는 의사가 통하지 않는다. 우리가 일상 생활에서도 항상 느낄 수 있거니와 以心傳心으로 통하는 자리, 또는 사람 사이에는 눈을 껌적하거나 고개를 끄덕하거나 감탄사 한 마디로 뜻이 통한다. 시는 바로 이러한 언어의식을 바탕으로 한다.[25]

조지훈은 시적 언어를 원칙적으로 설명과 서술을 거부하는 생략법의 언

---

25 위의 책, 52쪽.

어로 파악한다. 그는 그러한 시적 언어의 특징을 "언외언", "이심전심"과 같은 선의 방법과 견주어 설명하고 있다. 불립문자(不立文字), 직지인심(直指人心), 견성성불(見性成佛) 등을 종지(宗旨)로 삼는 선은 본질적으로는 언어에 대하여 배타적이며, 불가피한 경우에만 최소한의 언어를 사용하기 때문에 시의 언어와 선의 방법이 근본적으로 유사하다고 본 것이다.

조지훈은 물론 시의 표현 방식이 매우 다양함을 알고 있었다. 그는 『시의 원리』에서 시적 표현의 방식을 생략과 부연, 해조와 변조, 과장과 반복 등으로 규정한다. 그런데 그에 의하면 "詩表現의 제 1원리는 '생략'"[26]이며, 그것은 곧 선적 미학에 해당한다. 따라서 그에게 가장 본질적인 시적 표현은 선적 미학인 셈이다.

그런데 여기에서 주의할 점은 조지훈 시론의 단순미는 단순히 생략을 통해서만 확보되는 것이 아니다. 조지훈이 말하는 복잡의 단순화, 단순미는 시의 가장 기본이 되는 미학으로서 뒤이어 살펴보게 될 "평범의 비범화", "단면의 전체성"과 긴밀하게 연결된다.

시는 그 본질적 형식이 單純美의 구성이기 때문에 심포니 같은 거대한 것은 敍事詩와 통하고 우리가 보통 말하는 시, 곧 '마이너 포임'(minor poem)은 그 규모에 있어 그림에다 비길 것이다. 그러므로, 시의 형식적 본질인 단순성은 그 내용에다 '斷面의 전체성'이라는 특질을 제약하는 것이다. 다시 말하면, 장황하게 서술하는 전체가 아니라 특수한 구성으로 단순하게 結晶시켜 나타내는 전체의 모습이란 말이다. 그러므로, 시의 언어는 '단순미의 설계' 속에서 비약하면서 연락되고 평범하면서 비범해지는 것이다. 언어는 적으면서 사상은 더 큰 것! 이것이 시의 本道요, 시의 자랑

---

26 위의 책, 105쪽.

이란 말이다.[27]

　단순미는 단순함 속에 커다란 것을 함축해야만 한다. 그것은 평범함 속에 비범함을 함축하고, 단면 속에 전체를 함축한다는 점에서 선적 시학의 근본 토대가 되는 것이다. 따라서 조지훈 시론의 생략에는 함축이 전제되어 있다. 조지훈이 말하는 생략은 거자오광이 말하는 간결미에 해당하는데, 그것은 "字句와 물상을 감소함으로써 배후의 상상공간을 증가"[28]시키며, "작품이 응축되고 간결할수록 그 '남은 뜻(餘意)'은 더욱 풍부해지고 사람들에게 제공하는 상상의 공간도 더욱 넓어진다."[29] 즉, 생략을 통하여 더욱 의미가 풍부하게 함축되는 것이다. 그런데 이때의 함축은 자구나 물상과 일대일 대응관계를 이루는 것이 아니라, 그것들을 멀리멀리 초월한 커다란 관념을 담아내는 것이다.

　이렇게 볼 때 우리는 조지훈이 말하는 복잡의 단순화, 혹은 단순미를 간결한 표현에 자구와 물상을 초월한 커다란 사유와 상상을 함축해내는 것으로 이해할 수 있다. 조지훈은 이를 시의 가장 기본적인 특징으로 생각했으며, 나아가 그것이 선적 미학과 일치한다고 본 것이다.

2) 평범의 비범화

　조지훈이 말하는 "평범의 비범화"라는 개념을 정확히 이해하기 위해서는 우선, "평범"의 개념부터 확정할 필요가 있다. 조지훈 시론의 "평범"은 초현실주의나 모더니즘의 감각주의와 현란한 수사학을 비판하는 개념이다.

27　위의 책, 62쪽.
28　葛兆光, 앞의 책, 292쪽.
29　위의 책, 290쪽.

감각의 첨단을 걷는 모더니즘은 이러한 난점을 벗어나기 어렵다. 왜 그러냐 하면, 그들은 비범을 평범에서 따로 떼어 찾으려 하기 때문이다. 진리는 평범한 곳에 있기 때문에 평범을 잃은 예술은 생활을 잃는 것이요, 생명적 자연을 잃게 된다.[30]

그는 초현실주의나 모더니즘이 일상적인 것, 평범한 것에서 소재를 구하지 못하고, 감각의 첨단을 걷기 위해서 신기한 것, 낯선 것에 집착하는 감각과 수사학을 취한다고 판단하여 이를 비판한다. 첨단의 감각과 수사학은 사람들의 이목은 쉽게 끌지만 오랜 세월을 두고 독자의 심금을 울려줄 수 없기에, 그것은 끊임없이 가면을 바꿔 쓰고 유행을 맞춰가야만 한다.

따라서 그는 시인의 감각과 표현은 항시 어린아이의 언어를 본받을 것을 권장한다. 그에 의하면 어린아이의 "아직 몇 마디 배우지 못한 단어의 지식으로 그의 생명의 의욕을 표현하는 것이라든가 언어의 기묘한 선택과 배열로써 하는 충분한 의사표시는 시인의 본질과 같은 것"[31]이다. 따라서 시인의 본질이란 신기하고 낯선 감각과 수사학을 동원하는 것이 아니라, 어린아이와 같은 소박한 언어를 시적으로 선택 배열하여 시적 세계를 구축하는 것이다. 따라서 조지훈 시론에서 "평범"이란 어린아이와 같은 언어적 표현이라고 할 수 있다.

그런데, 어린아이와 같은 시적 언어의 사용은 "평범"에 머무르지 않고 "비범"으로 이어진다. 왜냐하면 "어린아이는 사물을 보는 눈이 다르고 표현하는 말이 다르"기 때문이다. 여기에서 어린아이는 생물학적인 아이로 보아서는 곤란하다. 그가 말하는 어린아이의 마음은 공자가 시의 이상으로 상정한 '사무사(思無邪)'와 통하는 개념이다. "삿됨(邪)"이 없이 천진한 마음이 어

---

30 조지훈, 『조지훈 전집』 2, 83~84쪽.
31 위의 책, 84쪽.

린아이의 마음이며, 그러한 마음으로 생명을 그대로 표현하는 것이 시의 이상으로서 선적 미학이다.

이러한 선적 미학으로서 "평범"은 거자오광의 "자연스러움"과 통한다. 거자오광에 의하면 "자연스러움"은 "수식하지 않고 자연스럽게 이루어지는 것"[32]이며, "자연스럽게 흘러나오고 뜻대로 하여 渾然天成"[33]하는 것이고, "억지로 꾸미지 않아 자연스러우며, 조금도 조탁한 흔적이 없는 것"[34]이다. 거자오광이 말하는 선적 미학의 하나로서 "자연스러움" 또한 어린아이의 언어처럼 꾸미지 않고 자연스럽게 표현하는 것이다. 조지훈은 어린아이의 천진한 시선과 언어로 시적 세계를 구성할 때 평범 속에 비범함이 깃들 수 있다고 보았다.

> 마음 속에 커다란 허무를 지님으로써 일체를 洞察하면서 퇴폐에 떨어지지 않아 순정으로 진실되게 살려는 심정! 이것이 시를 구성하는 힘이 되는 것이다. 평범한 것을 그대로 보지 않고 또한 비범한 것만을 굳이 찾지 않는 것, 다시 말하면 평범한 것을 비범하게 구성할 수 있는 힘은 이러한 '허무의 진실' 속에 있다고 생각되지 않는가.[35]

마음 속의 "커다란 허무"란 "삿된 마음"을 비워내는 것이다. 따라서 이 허무로 인하여 첨단의 감각과 현란한 수사학이 빠지기 쉬운 퇴폐의 길이 차단된다. 나아가, 신기한 것, 낯선 것이 아니라 일상 세계의 평범한 대상에서 진실을 찾아내는 것, 이것이 바로 허무가 지니는 힘이다. 마음을 비워내고 허무의 자세로 시에 임할 때 평범한 것을 비범하게 구성할 수 있게 되는 것

---

32 葛兆光, 앞의 책, 284쪽.

33 위의 책, 286쪽.

34 위의 책, 288쪽.

35 조지훈, 『조지훈 전집』 2, 85쪽.

이다.

이는 러시아 형식주의자들의 견해와 상반된다. 러시아 형식주의자들에게 '낯설게 하기'는 예술의 원칙인데, 시에서 '낯설게 하기'는 일상언어, 규범문법의 파괴와 전통적 율격, 전통적 미적 규범의 파괴에서 발생한다.[36] 이러한 '낯설게 하기'는 형식적인 차원의 비범함이다.

형식주의자의 '낯설게 하기'는 모더니즘의 창작원리로서 끊임없는 부정을 통해 새로움을 추구한다.[37] 새로움, 신기성은 미학적 충격 효과를 통해 나태한 감각을 일깨워주지만, 동시에 그것은 친숙한 것을 몰아내면서 자아를 세계로부터 소외시키게 된다. 따라서 '낯설게 하기'는 자아를 파편화된 근대적 세계의 이방인으로 내던져놓는다. 이는 자아와 세계를 대립적으로 규정하는 근대적 세계관의 범주에 포위된 시학이라 할 수 있다.

반면, 조지훈은 모더니즘이나 초현실주의의 형식적 차원의 비범함으로서 낯설게 하기에 대해 매우 비판적인 태도를 취한다. 왜냐하면 형식적인 차원의 신기성은 쉽게 사람들의 이목을 끌지만 다른 한편으로는 쉽게 낡은 것이 되기 때문이다. 따라서 낯설게 하기는 끊임없는 부정을 통해 새로움을 추구하는 일을 모래성 쌓기처럼 무의미하게 반복한다. 그 과정에서 자아는 친숙한 것들로부터 소외된다.[38] 조지훈이 말하는 평범의 비범화는 그러한 미학과는 상반되는 것이다. 평범의 비범화는 평범한 것, 즉 친숙한 것들을 발굴하고 그 안에 내밀하게 감추어진 세계의 비밀을 드러내는 미학적 방법이다. 여기에 미학적 충격이 전혀 없는 것은 아니다. 외형적으로는 평범한 것들을 통해 은근하게 드러나는 비범함은 '낯설게 하기'와는 또 다른 미학적 충격

---

36 김준오, 『시론』, 삼지원, 2006, 351~353쪽.

37 구모룡, 「포위된 혁명 : 시적 근대성 비판」, 최승호 편, 앞의 책, 67~68쪽.

38 그 때문에 낯설게 하기는 소외의 기법으로 일컬어진다. 김준오, 앞의 책, 351~352 쪽.

을 안겨주게 된다. 조지훈은 형식적인 차원의 비범함으로서 '낯설게 하기'의 자리에 내용적인 차원의 비범함을 대체한 것이라 할 수 있다.

그렇다면 그의 시론에서 비범이란 어떤 것일까. 이는 단면의 전체화와 절묘하게 맞물려 있다. 비범이란 평범하고 작은 것을 통해 드러나는 커다란 우주의 비밀과 같은 것이다. 이에 대해서는 단면의 전체화의 항목에서 다시 살펴보도록 하자.

3) 단면의 전체화

앞에서 언급한 바와 같이 조지훈의 시론에서 "복잡의 단순화", "평범의 비범화", "단면의 전체화"는 불가분의 관계이다. 나아가 엄밀하게 말하자면 이들은 서로 명확하게 구분될 수도 없다. 조지훈의 시론에서 이것들은 매우 긴밀하게 맞물려 있다. 그 때문에 "단면의 전체화"는 단순화와 비범화의 개념으로 설명된다.

> 시의 형식적 본질인 단순성은 그 내용에다 '단면의 전체성'이라는 특질을 제약하는 것이다. 손바닥 위에서 세계를 보고 한 방울 이슬 속에서 우주를 본다는 것은 이 세상의 모든 생명의 완전된 모습은 그대로 小宇宙요, 개개의 太極이라는 것이다. 그러므로, 시가 몇 마디의 언어로써 완성된 언어요, 살아 있는 유기체라면 그는 혼돈과 복잡으로서 소재 그대로 방치된 것이 아니고 시인의 재창조를 통한 단순미의 설계로서 비약하면서 연락되고 나타난 이면의 無限廣大性을 간직하는 것이기 때문이다.[39]

단순화(단순성)가 외형적인 특징이라면 단면의 전체성은 그것의 내적인

39　조지훈, 『조지훈 전집』 2, 105~106쪽.

특질이다. 단면의 전체성이란 우주의 작은 단면을 통해 거대한 우주를 표현하는 시의 내면적 속성이라고 할 수 있다. 시는 형식적인 차원에서 언어를 최소한으로 하면서, 혼돈과 복잡의 상태에 놓인 우주의 단면을 포착하여 그 단면에 우주의 무한광대성을 담아낸다는 것이다. 여기에서 우주의 무한광대성은 "비범"에 해당한다. 조지훈은 "시의 언어는 단순미의 설계 속에서 비약하고 연락되고 평범하면서 비범해지는 것"[40]이라고 말한다. 따라서 우리는 조지훈이 말하는 단면의 전체화의 개념을 작고 평범한 대상을 통해 거대한 사상 혹은 우주의 섭리로서의 비범을 담아내는 것이라고 말할 수 있다.

거자오광의 "함축"은 조지훈 시론의 비범화나 전체화에 가까운 개념이다. 거자오광에 의하면 선적 미학은 선리(禪理)나 불리(佛理) 등의 표현에 대해서 부정적이며, 물상을 비유로 사용하지만 물상을 가리키지는 않는다. 거자오광은 구체적인 물상과 언어의 표면적 의미를 멀리멀리 초월하는 것을 "함축"이라고 말한다.[41] 이 "함축"은 우주의 부분, 평범한 것에 의해, 그것을 아득히 초월한 거대한 것을 함축하는 점에서 조지훈이 말하는 비범화나 전체화에 가깝다.

조지훈이 말하는 선적 미학으로서 단면의 전체화 개념은 사상적으로는 화엄사상에 토대를 두고 있는 것이다. 조지훈은 등단 무렵부터 이미 화엄적인 사유에 심취해 있었다.

> 世界를 凝視하는 곳에 하나를위한 眞實한마음이 잇고 하나에 眞實한이
> 곳 世界를 사랑함이라. 한알의 모래속에 永劫의時空을 보는…… 一卽多

---

40 위의 책, 62쪽.
41 葛兆光, 앞의 책, 298쪽.

多卽一.[42]

　"한 알의 모래 속에 永劫의 時空을 보는"은 화엄사상의 "한 알의 작은 먼지 속에 삼악도, 천, 인, 아수라가 모두 현존한다(於一微塵中現有三惡道天人阿修羅)"를 인유한 것이며, "일즉다 다즉일"은 "일즉일절(一卽一切) 일절즉일(一切卽一)", "일중다(一中多) 다중일(多中一)"을 끌어온 것이다.[43] 이러한 화엄의 사상에서는 현상 세계의 개체들은 모두 다른 개체들을 비추고 나타내면서, 개체가 전체를 반영하게 된다.

　조지훈이 시론에서 끊임없이 말하는 "손바닥 위에서 세계를 보고 한 방울 이슬 속에서 우주를 본다"[44]는 것이나 "작은 대상 속에 宇宙의 정신을 포용하는 것"[45]은 이러한 화엄의 세계관에 토대를 둔 것이다. 그가 선적 미학으로 제시한 "단면의 전체화"는 화엄사상을 표현하는 미학적 방법으로 이해할 수 있다. 부분과 전체에 대한 화엄적인 인식론을 담아내기에 적합한 수사학이 바로 제유이다. 주지하는 바와 같이 제유란 부분으로 전체를 담아내는 수사학이다. 따라서 우리는 선적 미학으로서 "단면의 전체화"에 적합한 수사학이 제유라는 것을 짐작할 수 있다.

　최근에 시의 수사학을 은유와 환유로 이분하여 설명하는 경향이 확산되었는데, 구모룡에 의하면 그러한 수사학은 주체중심적이며 기계론적인 근대적 세계관의 범주에 갇혀 있다.[46] 구모룡이나 최승호는 그러한 근대성의 수사학의 한계를 극복할 수 있는 대안으로 제유에 주목한다.

42　조지훈, 「西窓集 ─ 亦一詩論」, 『동아일보』, 1940.7.12.
43　한자경, 『불교철학의 전개』, 예문서원, 2003, 172~176쪽 참조.
44　조지훈, 『조지훈 전집』 2, 105쪽.
45　위의 책, 57쪽.
46　구모룡, 앞의 논문, 73~74쪽.

그들은 세계를 일방적으로 자아화시켜버리는 근대적 주체의 폭력성과 전체주의적 횡포를 예로 들어 은유를 비판하고 있으며, 동시에 사물들 사이의 관계를 파편화시키고 허무주의적 세계인식을 견지·유포한다는 이유로 환유를 부정하고 있다. 그에 비해 제유는 사물들 사이의 내적 연관성을 중요시하며 부분과 전체가 유기적으로 조화되어 있는 것을 전제로 하는 세계인식 방법이다. (중략)
이 제유적 수사학은 전통적인 유기론적 세계관과 잘 연결되어 있다. 유기론적 세계관이라 우주 전체를 부분과 전체가 잘 조화된 거대한 생명 체계로 인식하는 방법이다.[47]

제유는 사물과 사물들 간의 독자성을 인정하면서 내적 연관성을 확보하고, 동시에 부분과 전체의 조화를 반영하는 수사학이다. 제유의 그러한 특성에 주목한 많은 연구자들은 제유야말로 근대성을 넘어설 수 있는 진정한 탈근대적 수사학으로 주목하고 있다. 작품 내에서 "단면의 전체화"가 제유와 관련되는 구체적인 양상은 다음 장에서 살펴보게 될 것이다.

4) 불교적 세계관

조지훈에 의하면 앞의 세 가지 사항은 방법적, 형식적 차원에 주목한 선적 미학이다. 따라서 이상의 사항만 고려한다면 현대시의 선적 미학은 내용적 차원에서는 선사상이나 불교사상과 전혀 무관할 수도 있다. 조지훈은 방법적, 형식적 차원에서 선적 미학이 시의 형식적 본질과 일치한다고 본 것이다. 하지만 그렇게 볼 때 선적 미학의 범주는 지나치게 광범위해진다. 또한 시인의 정신적 지향성을 무시하고 방법론적, 형식적 차원만을 문제 삼을

---

47 최승호, 『서정시의 이데올로기와 수사학』, 국학자료원, 2002, 224~225쪽.

경우 현대시에 스며 있는 전통으로서의 '선'의 의미는 불분명해진다. 따라서 현대시의 선적 미학의 내용적, 정신적 지향성의 차원에서 불교적 세계관을 설정할 필요가 있다.

조지훈은 시의 기본적인 미학 세 가지를 우아미, 비장미, 관조미로 나눈 바 있다.[48] 선적 미학은 이 세 가지 미학 중 세 번째, 관조미에 해당한다. 조지훈에 의하면 관조미란 "대상의 깊은 곳에 파고 들어가 그 본성을 파악하는 지적 직관, 다시 말하면 감각적이면서 철학적, 종교적 의미에 도달한 것"[49]이다. 그리고 철학적, 종교적 의미를 기독교 사상이나 선사상 등과 연결하여 설명하고 있다. 그렇게 볼 때 우리는 조지훈이 말하는 넓은 의미의 선적 미학이 형식적 요건을 만족시키는 것이라면, 좁은 의미의 선적 미학은 형식적인 요건과 함께 내용적인 면에서도 선이나 불교적 세계관을 구비한 것으로 규정할 수 있다.

그러나 문학작품에서 형식과 내용이 분리될 수 없는 것처럼, 조지훈의 선적 미학에서 정신적 지향성으로서의 불교적 신비가 내용뿐만 아니라 방법과 형식 속에도 깊이 스며들어 있다는 점을 간과해서는 안 된다. 앞에서 살펴본 "복잡의 단순화", "평범의 비범화", "단면의 전체화"는 비록 방법적, 형식적인 성격이 강하지만 여기에 담겨 있는 '함축', '비범'과 '전체'는 내용이나 정신적 지향성의 성격을 지니기도 한다. 그러므로 우리는 앞에서 살펴본 선적 미학의 형식에 내용으로 전제된 '함축', '비범'과 '전체'가 불교적 세계관에 토대를 두었을 때, 이를 좁은 의미의 선적 미학에 해당하는 것으로 규정할 수 있다. 이러한 조지훈의 선적 미학은 형식과 내용 면에서 공히 불교적 신비가 깃들어 있는 것이다.

---

48 조지훈, 『조지훈 전집』 2, 86~100쪽.
49 위의 책, 98쪽.

다음 장에서는 작품을 통해서 조지훈 시론의 선적 미학의 구체적인 양상을 살펴본다. 한국 현대시사에서 통합적인 차원의 선적 미학을 추구한 대표적인 시인들로는 일제 말기의 김달진, 조지훈, 그리고 최근의 이성선이 대표적이다. 김달진과 조지훈이 한국 현대시사에 통합적인 선적 미학을 본격적으로 도입한 최초의 시인들이라면,[50] 이성선은 그것을 충실히 계승한 대표적인 시인이다. 이 세 시인의 작품을 통해 조지훈이 제시한 선적 미학의 구체적인 양상을 확인할 수 있을 것이다.

3. 현대시에 나타난 선적 미학

1) 복잡의 단순화

> 별 빛 받으며
> 발 자취 소리 죽이고
> 조심스리 쓸어 논 맑은 뜰에
> 소리 없이 떨어지는
> 은행 잎
> 하나.
>
> — 조지훈, 「靜夜 1」 전문

앞에서 언급한 바와 같이 조지훈의 시론에서 복잡의 단순화는 시적 착상·사유 과정의 차원과 시적 표현·형식의 차원, 두 면모를 지닌다. 먼저

---

50 김옥성, 「김달진 시의 선적 미의식과 불교적 세계관」, 『한국언어문화』 28, 한국언어문화학회, 2005, 100~101쪽 참조.

전자에 관점에서 살펴보자. 이 시는 고요한 밤을 제재로 삼고 있다. 그런데 고요한 밤을 표현할 수 있는 이미지는 무수히 많다. 즉, 고요한 밤은 몇 가지의 이미지로 이루어지는 것이 아니라 자아를 둘러싼 무수히 많은 사물과 분위기들로 구성되는 것이다. 그런데 그러한 모든 사항을 고려하여 고요한 밤을 형상화하려고 하면 시인을 결코 시를 쓸 수가 없다. 왜냐하면 써야만 할 것이 너무 많기 때문이다. 따라서 조지훈은 시적 착상의 과정에서 복잡한 것을 단순화할 필요가 있다고 지적한다. 그렇다고 해서 아무런 질서가 없이 무작위로 이미지를 선택해서도 안 된다. 어떠한 질서에 입각해서 특정 이미지를 선별할 필요가 있다. 이 시에서는 시적 인식의 대상을 수직적인 축으로 단순화하고 있다. 천상에 해당하는 "별 빛", 지상에 해당하는 "뜰", 그리고 그 사이의 중간자적 존재로서 "은행 잎"이 바로 고요한 밤을 구성하는 수직적인 축이다. 이처럼 고요한 밤을 구성하는 다채로운 이미지를 모두 수용하는 것이 아니라 특정한 질서에 해당하는 이미지를 시적 대상으로 축소하는 과정이 시적 착상과 사유 과정에서의 복잡의 단순화라 할 수 있다. 따라서 복잡의 단순화는 혼돈의 상태에 놓인 대상에 어떠한 질서를 부여하는 과정이라는 점에서 "혼돈의 질서화"[51]로도 명명할 수 있다. 이처럼 시적 착상·사유 과정에서의 복잡의 단순화는 시적 인식의 대상의 폭을 좁히고, 선택된 대상에 질서를 부여하는 과정이라고 할 수 있다.

다른 한편으로 표현 방식에서의 단순화 혹은 단순미에 대해서 생각해보자. 이는 표현상의 생략과 작품 길이의 단형을 의미하는 것으로 긴 설명이 필요 없을 것이다. 과감한 생략과 간결한 분량이 두드러지는 위 작품 「정야(靜夜) 1」은 단순미의 대표적인 예이다. 이 시는 의식적으로 설명과 서술을 거부하고, 단지 "별 빛", 깨끗한 "뜰", 고요히 떨어지는 "은행잎"의 이미지를

---

51   조지훈, 『조지훈 전집』 2, 105쪽.

간결하게 나열하고 있다는 점에서 표현과 형식 면에서 단순미를 잘 갖추고 있는 것이다.

"복잡의 단순화"가 갖는 이상과 같은 두 차원만을 본다면 그것은 본질적인 의미의 서정시의 미학과 변별되지 않는다. 시선일여를 주장하는 조지훈의 시론을 고려할 때, 양자가 많은 면에서 겹쳐지는 것은 당연한 일이다. 그러나 조지훈이 말하는 선적 미학은 정신적 지향성으로 인하여 서정시 일반의 미학과 변별된다. 그가 말하는 선적 미학으로서 간결의 미학, 단순미는 함축을 전제로 하는데, 그 함축하는 내용이 불교적 세계를 지향할 경우 이를 좁은 의미의 선적 미학이라 할 수 있기 때문이다. 조지훈의 선적 미학에는 정신적 지향성으로서의 불교적 신비가 방법과 형식에까지 깊숙이 스며들게 되는 것이다.

이 시에서 은행잎은 불교적 세계를 함축하고 있는 것으로 볼 수 있다. 조지훈의 시편에는 소멸성의 이미지가 두드러지는데 그것은 우주의 실상으로서 공(空)을 환기한다.[52] 공은 여러 가지 의미가 있지만, 연기론적으로 볼 때 그것은 사물들 간의 유기적인 생성과 소멸로 형성되는 일종의 꽉 찬 무(無)로서의 우주의 이법이라 할 수 있다.[53] 이 시에서 은행잎은 "떨어지는" 것이라는 점에서 소멸성을 담고 있으며 따라서 공을 환기하게 된다. 떨어지는 은행잎은 불교적 우주의 이법을 함축하고 있는 셈이다. 그렇게 본다면 밤하늘의 맑은 "별 빛"이나 "조심스리 쓸어 논 맑은 뜰"은 바로 우주의 이법

---

52 홍신선, 「한국시의 불교적 상상력 연구」, 『한국어문학연구』 43, 한국어문학연구학회, 2004, 52~54쪽 ; 김옥성, 『한국현대시의 전통과 불교적 시학』, 새미, 2006, 234~235쪽 참조.

53 동국대학교 불교교재편찬위원회, 『불교사상의 이해』, 불교시대사, 2004, 152~174쪽 참조.

을 관조하기 위한 깨끗한 마음의 상태로 받아들일 수 있을 것이다.[54]

이렇게 볼 때 이 시는 간결하고 '단순'한 형식 속에, '평범'한 이미지들로 '비범'함 혹은 우주 '전체'의 형상으로서 불교적 신비를 함축하고 있는 것이다. 따라서 복잡의 단순화, 평범의 비범화, 단면의 전체화가 불가분의 관계를 이루고 있음이 분명해진다.

2) 평범의 비범화

순이가 달아나면
기인 담장 위으로
달님이 따라 오고

분이가 달아나면
기인 담장 밑으로
달님이 따라 가고

하늘에 달이야 하나인데……

순이는 달님을 다리고
집으로 가고

분이도 달님을 다리고
집으로 가고

— 조지훈, 「달밤」 전문

---

54 물론 이러한 해석은 조지훈이 지속적으로 불교와 선에 조예가 깊은 시인이며, 지속적으로 선적 미학을 추구해온 시인이라는 기대지평 내에서 가능할 것이다.

이 시는 군더더기 하나 없는 깔끔한 표현으로 이루어졌다는 점에서 단순
미를 잘 구비하고 있다는 데에 누구나 쉽게 동의할 수 있을 것이다. 그러나
다른 한편으로는 어린아이의 천진난만한 시선으로 세계를 바라보고 있다
는 점에서 매우 평범하다는 느낌을 받을 것이다. 이 시에서는 어떠한 작위
적이거나 생경한 표현을 하나도 발견할 수 없다. 어린아이가 달을 보고 떠
올린 상상을 소박하게 전개한 느낌이다. 따라서 이 시는 동시(童詩)에 가까
운 극단적으로 평범한 작품으로 받아들여질 수 있는 것이다.

그러나 조지훈은 이 동시적인 평범함 속에 심오한 사유를 심어놓고 있다.
그것은 하나인 실재가 여럿으로 느껴질 수 있다는 사실이다. 이러한 사유는
비록 불교사상을 모른다 하여도 매우 비범한 시적 발견이라 할 수 있다. 그
런데 불교사상에 조예가 깊은 조지훈은 이러한 달의 상상력에 화엄사상을
함축하고 있다. 화엄사상에서는 개체가 곧 전체이고 전체가 곧 개체라고 말
한다.[55] 모래 한 알에는 우주가 담겨 있고, 우주에는 모든 것을 꿰뚫는 하나
의 원리가 스며 있기 때문이다. 불가에서는 그러한 화엄적 진리를 달의 비
유를 들어 설명한다. 즉, 하늘에 달은 하나이지만 그것은 세상 만물을 공평
하게 비춘다. 이렇게 볼 때 달은 하나이지만 개체의 입장에서는 무수히 많
은 것이며, 무수히 많은 사물들을 비추지만 결국은 하늘에 떠있는 달은 하
나이다. 따라서 달은 하나이면서 많고, 많으면서도 하나인 셈이다. 그러한
까닭에 달은 흔히, 하나이면서도 삼라만상에 고스란히 깃들어 있는 불성에
비유된다.[56] 이 시에서 이러한 화엄적인 사유는 비범함에 해당한다. 시적 주
체는 동시적인 평범함 속에 비범함을 감추어놓고 있는 셈이다.

1930년대 선적 미학을 추구한 대표적인 시인으로 김달진을 손꼽을 수 있

---

55 한자경, 앞의 책, 172~176쪽.
56 김옥성, 앞의 책, 205~207쪽.

는데, 다음에서는 김달진의 시를 통해 평범의 비범화를 살펴보자. 김달진의 시에는 외형적으로 너무 "평범"[57]하고 "童詩"[58] 같다는 지적을 받는 작품들이 많다. 그 대표적인 예의 하나로 「벌레」를 들 수 있다.

고인 물 밑
해금 속에 꼬물거리는 빨간
실낱 같은 벌레를 들여다보며
머리 위
등뒤의
나를 바라보는 어떤 큰 눈을 생각하다가
나는 그만
그 실낱 같은 빨간 벌레가 되다.

— 김달진, 「벌레」 전문

이 시의 화자는 고인 물 밑의 실낱 같은 빨간 벌레를 들여다보며 어린아이와 같은 동시적인 상상을 펼친다. 표면적으로는 매우 평범한 상상이지만, 여기에는 불교적인 우주관이 내밀하게 함축되어 있다. 화자는 "벌레"–"나"의 관계에서 "나"–"어떤 큰 눈"의 관계를 유추해낸다. 그러한 아날로지적 상상력에 의하여 우주는 무한히 확장되고, 역으로 자아는 축소된다. 그리하여 자아는 "벌레"가 된다. 이러한 상상력은 불교의 윤회론과도 밀접하게 관련된다. 불교의 윤회론에서 자아는 육도와 삼계를 무한히 순환하게 되는데, 이는 아날로지적인 우주 인식의 일종으로 이해할 수 있다. 아날로지적인 인식에 기반한 윤회론에 의하여 불교적 세계관에서 모든 생명체는 근본적으

---

57 조남현, 「평범에서 달관으로 – 『올빼미의 노래』론」, 『김달진 전집』 1, 문학동네, 1997, 512쪽.
58 오탁번, 「과소평가된 시 – 김달진의 「샘물」」, 위의 책, 498쪽.

로 "친밀성"[59]을 가지게 되며, "중생일가관(衆生一家觀)"[60]을 확보하게 된다. 따라서 "벌레"는 무수한 겹으로 이루어진 불교적 우주를 비범함으로 함축하는 이미지로 이해할 수 있다.

모더니즘 미학에 익숙한 연구자들은 이상과 같은 시를 미학적 성과의 면에서 수준이 낮은 것으로 평가할 수도 있다. 모더니즘 미학은 서정시의 본질적인 요건의 하나를 '낯설게 하기'로 규정하고 있기 때문이다. 그러한 관점에서는 이상과 같은 시를 미학적 퇴보로 비판할 수도 있을 것이다.

하지만 전통 계승의 관점에서 보자면 평범의 비범화는 '자연스러움'이라는 선적 미학을 충실히 계승한 것이다. 근대적 미학으로서 '낯설게 하기'가 독자를 세계로부터 소외시킴으로써 미학적 충격을 이끌어내는 데에 반하여, 평범의 비범화는 독자와 세계를 친화시키면서 그 안에 내밀하게 감추어진 비범함을 체험하게 한다. 이러한 평범의 비범화는 자아와 세계 사이에 불화가 자리 잡은 근대적 세계관에 대한 하나의 수정의 모델을 제공해줄 수 있다는 점에서 의미심장하다.

3) 단면의 전체화

木魚를 두드리다
졸음에 겨워

고오운 상좌아이도
잠이 들었다.

---

59 R. E. A., Johansson, 『불교 심리학』, 박태섭 역, 시공사, 1996, 163쪽 참조.
60 서정주, 「佛敎的 想像과 隱喩」, 『서정주 문학 전집』 2, 일지사, 1972, 268쪽 참조.

부처님은 말이 없이
웃으시는데

西域 萬里ㅅ길
눈 부신 노을 아래

모란이 진다.

— 조지훈, 「古寺 1」 전문

표면적으로 이 시는 산사(山寺) 풍경의 단면을 스케치하고 있다. 목어를
두드리다가 잠이 든 상좌 아이, 말없이 웃고 있는 불상, 노을 아래에 지는
모란 등이 산사의 풍경을 구성하는 이미지들이다. 우선 이 시는 언어에 대
한 집착을 보이지 않고 몇 가지의 이미지로 산사의 풍경을 깔끔하게 제시한
다는 점에서[61] 단순미를 잘 갖추고 있으며, 생경한 표현이나 현란한 수사학
을 구사하지 않는 점에서 평범미를 구비한 것으로 평가할 수 있다. 이 두 가
지 사항에 대해서는 앞에서 논의하였으므로 여기에서는 단면의 전체화에
대해서 살펴보도록 하자.

앞서 언급한 바와 같이 이 시는 표면적으로는 산사 풍경의 단면을 보여준
다. 단면의 전체화란 그러한 단면이 그보다 커다란 세계로서의 우주를 보여
주는 미학적 방법이다. 단면이 표면적인 현상이라면 전체는 그러한 표면으
로서의 단면에 깃들어 있는 작품의 심층적인 현상이라고 할 수 있다.

이 작품에 대한 해석은 다양하지만 "모란이 진다"를 중심으로 이 시에 담
겨 있는 '전체'로서의 우주적 의미를 중심으로 "단면의 전체화"의 양상을 살
펴보자. 여기에서 "서역 만리길"은 깨달음의 도정으로 받아들일 수 있으며,

---

61 박호영, 앞의 논문, 76쪽.

따라서 눈부신 노을 아래 모란이 지는 사실은 깨달음의 세계에 대한 담론으로 읽을 수 있다.[62] 노을과 지는 모란은 모두 소멸성의 이미지이며, 그것은 세계의 실상으로서의 공(空)을 환기한다. 주지하다시피 공이란, 모든 존재는 연기에 의하여 생성된 것으로 실체라 할 수 있는 것이 없다는 뜻이다. 불교적 세계관에서 이러한 공은 우주의 실상이다. 그렇게 볼 때 이 시에서 지는 모란은 우주의 실상으로서 '공'을 함축하는 이미지로 이해할 수 있다. 우주의 한 단면인 "모란"이 우주의 전체의 실상으로서 '공'을 함축한다는 점에서 이 시는 단면의 전체화를 잘 구현한 것이다.

선적 미학으로서 "단면의 전체화"에 효과적으로 활용될 수 있는 수사학이 '제유'이다. 주지하다시피 제유란 부분으로 전체를 설명하는 수사학이다. 조지훈은 그의 시에서 제유를 즐겨 사용한다.[63] 가령, 앞에서 살펴본 「정야」의 "은행잎"이나 「낙화」의 지는 꽃의 이미지가 그 대표적인 예이다. "모란"과 함께 "은행잎", "낙화" 등은 우주의 부분이지만 커다란 우주의 실상을 환기한다는 점에서 제유의 일종으로 이해할 수 있다. 이처럼 조지훈은 다양한 시편에서 제유를 활용하여 단면의 전체화를 구현하고 있다.

이와 비슷한 예는 이성선의 시에서도 찾아볼 수 있다.

나뭇잎 하나가

아무 기척도 없이 어깨에
툭 내려앉는다

---

62 홍신선, 앞의 책, 17쪽.

63 구모룡, 「서정시학과 제유의 수사학」, 『시와 사상』 20, 1999, 봄 ; 최승호, 「제유적 세계인식과 서정적 대응방식」, 앞의 책.

내 몸에 우주가 손을 얹었다

너무 가볍다.

― 이성선, 「미시령 노을」 전문

　이성선의 대표작 중 하나로 알려진 이 시에서 핵심적인 이미지는 "나뭇잎"이다. 그것은 「고사 1」의 "모란"과 마찬가지로 "노을"과 결합해 있다. 노을의 이미지와 결합된 떨어지는 나뭇잎의 이미지는 소멸의 속성이 강화된다. 그리하여 그것은 앞서 살펴본 "모란"과 마찬가지로 우주의 실상으로서 '공'을 함축하게 된다. 이처럼 제유는 단면을 통하여 우주 전체의 실상을 드러내게 된다. 김달진의 시에도 이러한 제유를 통한 단면의 전체화 양상이 두드러지게 나타난다.

　　숲 속의 샘물을 들여다본다
　　물 속에 하늘이 있고 흰구름이 떠가고 바람이 지나가고
　　조그마한 샘물은 바다같이 넓어진다.
　　나는 조그마한 샘물을 들여다보며
　　동그란 地球의 섬 우에 앉았다.

― 김달진, 「샘물」 전문

　화자는 샘물을 들여다보면서 "하늘", "구름", "바람" 등이 고스란히 담겨 있음을 발견한다. 그리하여 샘물은 바다처럼 넓게 느껴진다. 나아가 우주의 극히 작은 일부분인 샘물은 하나의 우주로 확장된다. 넓은 우주에 대한 인식은 역으로 자아를 왜소하게 인식하게 하고, "지구" 또한 작은 "섬"으로 축소시킨다.

　그렇게 볼 때 이 시에서 샘물은 다름 아닌 우주 전체의 표상이다. 김달진은 제유를 활용하여 샘물이라는 단면으로 전체로서의 우주를 형상화하고 있는 셈이다. 여기에서 제유로서의 샘물은 불교적 우주를 함축한다. 불교의 우주론에서 우주는 황하의 모래알 수만큼이나 많은 삼천대천세계로 이루 어진다. 이는 우주의 무한성을 부각시킨 표현이다.[64] 그런데 이러한 불교의 우주론에서 우주는 무수히 많은 겹으로 이루어지는 특징이 있다.[65] 샘물은 그러한 겹으로 이루어진 우주에 대한 제유로 이해될 수 있을 것이다.

이처럼 제유는 한편으로는 자아를 축소시키지만, 다른 한편으로는 자아 가 곧 거대한 우주와 동일한 것이나 혹은 우주의 법칙에 귀속되어 있음을 인식하게 한다. 즉, 제유는 개별적 실존을 긍정하면서 다른 한편으로는 그 것이 거대한 우주와 유기적으로 연결되어 있음을 말해준다. 이와 같은 제유 는, 근대를 넘어서려고 하지만 근대의 범주에 사로잡혀 있는 은유와 환유의 한계를 극복할 수 있는 탈근대적 전망을 가진 수사학이다. 따라서 조지훈의 선적 미학은 난국에 봉착한 근대를 넘어선 비전을 담고 있다는 점에서 일정 한 의의를 지니는 것으로 볼 수 있다.

4. 선적 미학의 교육적 의미

조지훈이 제기한 선적 미학은 압축과 함축을 관건으로 하는 통합적인 경 향의 미학이다. 이는 서정시의 본질에 매우 근사하지만 정신적 지향성의 면 에서 불교-선적인 신비를 상정하고 있다는 점에서 그와 구분된다. 산문화

---

64 오형근, 『불교의 영혼과 윤회관』 새터, 1995, 157~169쪽 ; 方立天, 『불교철학개론』, 유영희 역, 민족사, 1992, 180~183쪽 참조.
65 가령, 일천 개의 수미세계가 모여 일소천세계를 이루고, 일천 개의 일소천세계가 모여 일중천세계를 이루고, 일천 개의 일중천세계가 모여 일대천세계를 이룬다.

와 해체화의 경향이 다분해진 현대시의 정황을 진단해볼 때, 조지훈이 제기한 선적 미학은 서정시의 본래적인 미학을 상기하는 데에 기여할 수 있을 것이다.[66]

구태의연하고 단순하다는 선입관이 작용한 탓에 조지훈의 선적 미학은 크게 주목을 받지 못하였다. 반면, 모두에서도 언급한 바와 같이 1990년대 전후의 포스트모더니즘 논의와 결부되면서 선적 미학의 해체적 측면은 크게 부각되었다. 그리고 그것은 현대시의 난해성으로 연결되는 경향을 보여왔다. 이형기는 현대시의 난해성을 세계적인 현상으로 파악한다. 그에 의하면 서구의 경우 "신은 죽었다"는 니체의 선언이 단적으로 증언하듯이 세계는 중심축을 상실해버렸다. 현대의 난해시는 신을 상실한 시대의 혼란을 부정, 격파하면서 새로운 세계를 창조하고자 하는 의지의 산물이다. 마찬가지로 선의 방법 또한 세계를 가변적인 것으로 보고 그것을 부정, 격파하면서 진리에 도달하고자 한다.

그러한 맥락에서 이형기는 난해성으로 치닫는 현대시가 모순어법을 매개로 선의 방법과 겹치게 되었다고 말한다. 그리하여 그는 "현대시와 선의 방법론의 공유는 우발적인 관계가 아니라 필연적인 관계"라고 결론짓는다.[67] 비슷한 입장에서 고명수는 선의 방법이 다다이즘, 초현실주의, 포스트모더니즘 등의 해체적 미학과 근접해 있다고 말한다.[68] 논지에 큰 차이가 놓여 있기는 하지만, 박찬두, 서덕주 등 많은 논자들이 근본적으로 선적 미학이 지닌 부정, 파괴, 해체의 성격에 주목해왔다.

---

66   김준오는 현대시의 선적 미학 추구가 서정시의 본래적 정신과 형식을 복원하는 데에 중요한 기능을 할 수 있다고 지적한 바 있다. 김준오, 「현대시와 선사상」, 『현대시의 환유성과 메타성』, 살림, 1997, 13~15쪽.
67   이형기, 앞의 논문.
68   고명수, 앞의 논문.

선적 미학의 해체적 성격이 부각되고 강화되면서, 그것은 매우 어려운 것, 이질적인 것으로 인식되기 시작하였다. 그런데 한국시의 전통에서 선적 미학은 불교적 미학을 대변한다 해도 과언이 아닐 만큼 그 비중이 크다. 따라서 선적 미학의 난해화와 이질화는 불교적 미학 전반에 관한 인식에도 크게 영향을 끼치게 되었다. 그러한 탓에 교육의 영역에서도 선적 미학이나 불교적 요소와 같은 것은 부정적인 인상을 심어주게 되었다.

> 한용운의 경우 불교는 그의 시에 많은 영향을 주었고, 많은 부분을 해명해주기도 한다. 그러나 불교적 해석은 그의 시를 어렵게 만들기도 했다. 이처럼 어렵고 신비스럽게 설명하는 것이 좋은 이해와 감상이라는 편견에서 벗어나야 한다.[69]

현대시 교육 전공자로서 윤여탁의 입장은 기본적으로 "시를 쉽게 이해하도록 설명해야" 하고 "쉽게 생각하고 접할 수 있도록 해야 한다."는 것이다. 인용한 부분은 선적 미학에 국한된 것은 아니지만, 여기에서 말하는 "불교"에는 선도 포함되어 있다. 윤여탁은 한용운 시 교육이 어려운 원인을 첫째, 너무 많은 교육적 전제, 둘째, 낯설고 어려운 비유와 상징, 셋째, 시를 압도하는 불교의 신비성 등의 세 가지로 규정하고 있다. 그는 한용운 시 교육에서 작품 외적인 사항, 특히 불교적인 것이 작품을 압도해온 점을 중점적으로 비판한다. 그렇다고 해서 그가 작품 자체만을 대상으로 하자는 것은 아니다. 그는 "평범한 사랑의 노래, 쉽게 알 수 있는 사랑의 노래, 예측이 가능한 사랑의 노래"로서 작품에 대한 충실한 해석을 우선으로 하고, 그것을 발판으로 해석과 감상의 폭을 민족주의적인 사유나 종교적인 사유로 확장해

---

69   윤여탁, 「시 감상의 어려움에 대하여—한용운의 시를 중심으로」, 『시 교육론』, 태학사, 1996, 123쪽.

나가야 한다고 말한다.

그가 이러한 입장을 취하는 것은 독립운동가, 그리고 승려로서 한용운과 학습자들의 거리가 너무나 동떨어져 있다고 판단했기 때문이다. 그리하여 그는 알기 쉬운 사랑의 노래라는 차원에서 우선적으로 작품에 접근하여 한용운과 학습자들의 거리를 좁혀놓을 필요가 있다고 본 것이다. 그의 주장은 작품 자체의 감상과 해석이 시 교육의 중심이라는 것으로 설득력이 강하지만, 근본적인 해결책이 될 수는 없다. 가령, 그러한 논리를 따르면, 불교의 차원에서는 한용운과 학습자들 사이에 결코 지울 수 없는 간극이 항존하게 된다. 그리고 그러한 격절은 점점 더 강화될 수밖에 없다. 그러한 문제를 해결하기 위해서는 현대시의 전통, 좁게는 불교를 학습자들에게 쉽고 친숙한 것으로 교육할 필요가 있다.

근대적 시론은 쉬운 것이고 전통적인 사상이나 시론은 어려운 것이라는 견해는 어찌 보면 편견이다. 이미 언급한 바와 같이 선적 미학에 대한 그러한 편견은 해체적 성격이 크게 부각된 데에서 비롯된 면도 있다. 하지만 서준섭에 의하면, 보다 근본적으로는 현대시의 불교적인 것, 선적인 것이 "근대성을 중심으로 한 문학 담론에서 억압되거나 배제"되어왔기 때문이다.

문학교육은 대체로 작품의 의미 해석, 이해, 평가를 중심으로 이루어지고, 여기서 현대의 여러 가지 문학 이론도 가르치고 있다. 이런 과정에서 이 주류 바깥의 문학, 불교적 상상력의 문학, 거기에 깃든 불교적 사유 방식에 대한 공부는 대개 도외시 된다. 이 방면의 작품은 근대문학의 예외적인 것으로 치부된다. 교사에게도 학생에게도 불교는 낯설다. 게다가 그 요체에 정통한 이는 드물다. 백철식으로 말하면, 근대문학 사조사에서 그건 '주조 밖의 문학'일 따름이다. 근대성을 중심으로 한 문학 담론에서 억압되거나 배제되는 것이다. 그러나 불교적 사유, 그것은 현재에도 살아 있는 유력한 전통의 하나이다. 이를 제대로 이해하기 위해서는 먼저 근대의 저

편, 망각의 늪에서 이를 구제해야 한다.[70]

물론 논의의 차원이 많이 다르긴 하지만 서준섭은 윤여탁과 본질적인 면에서 상충되는 견해를 내놓고 있다. 서준섭에 의하면 근대 문학교육의 체계에서 전통적인 것은 주류 밖으로 밀려나게 되었다. 그리하여, 연구나 교육의 차원에서 소홀히 취급되었다. 그러한 연유로 교사에게나 학생들에게 불교가 낯설게 된 것이다. 이러한 맥락에서 보면 불교의 차원에서, 한용운과 학습자들 사이에 놓여 있는 거리는 근대 문학교육의 구조적인 모순에서 비롯된 것이다. 그렇게 볼 때, 낯설고 어렵다고 해서 전통적인 것을 교육에서 소홀히 한다면 사태는 더욱 심각해질 것이다. 따라서 전통적인 것을 근대적인 것과 비교하여 친숙하고 알기 쉬운 것으로 유도해나갈 필요가 있다.

그렇다고 해서 어느 한쪽의 견해가 옳거나 그르다고 할 수는 없다. 시 교육은 쉬워야 한다는 견해에는 누구나 공감할 수 있을 것이다. 따라서 우리는 전통적 미학의 알기 쉬운 부분들을 발굴하거나, 아니며 그것들을 알기 쉬운 미학으로 간추려낼 필요가 있다. 조지훈은 선의 어려운 미학을 자신의 시론에 쉽고 간명하게 녹여냈다. 그러한 의미에서 조지훈의 시론은 교육적 차원에서 매우 중요하다.

조지훈의 시론은 서구의 낭만주의 시론과 전통적인 동양사상을 결합한 일종의 유기체시론이므로 우리에게 그렇게 낯설게 느껴지지 않는다. 그리고 그 근간이 되는 선적 미학 또한 앞에서 살펴본 바와 같이 어렵거나 낯설지 않다. 오히려 평범하고 친숙한 것으로 느껴진다. 조지훈 시론의 선적 미학은 지나치게 단순한 것이라는 비판을 받을 수도 있지만, 다른 한편으로는

---

70 서준섭, 「한국현대문학에 나타난 불교적 사유 방식에 대하여」, 『한국현대문학과 종교』, 한국현대문학회 학술발표회지, 2006.1, 1쪽.

어렵고 낯선 것으로 고착화되고 있는 선적 미학을 쉽고 친숙한 언어로 교육하는 데에 큰 도움이 될 수 있을 것이다. 그러한 점에서 조지훈의 선적 미학은 문학교육의 차원에서 의미심장하다.

무엇보다도 압축과 함축, 간결미를 관건으로 하는 조지훈의 선적 미학은, 시가 지나치게 산문화되고 해체적인 미학이 기승을 부리는 상황에서, 학습자들에게 서정시의 본래적인 정신과 형식을 상기시키는 데에 유용하게 활용될 수 있을 것이다. 그리고 내용적인 면에 담겨 있는 통합적인 세계관에 입각한 불교-선적인 사유와 상상은 자아와 세계를 대립적으로 규정하는 근대적인 세계관에 대한 수정의 모델을 제공하는 데에 유용할 것이다. 특히 그와 같은 사유와 상상은 21세기 문학의 화두로 급부상한 문학생태학적 담론과 결부되어 교육현장에서 매우 중요한 의미를 가질 수 있을 것이다.

5. 결론

쏜창우(孫昌武)와 거자오광에 의하면 중국의 전통적인 불교적 미학은 크게 민중적인 것과 사대부적인 것으로 나뉜다. 그에 의하면 전자는 민중불교적인 미학이며, 후자는 선적인 미학이다.[71] 한국 현대시사에서 전자의 미학을 구사한 대표적인 시인은 서정주이며, 후자의 영역에서 미학적인 성과를 거둔 대표 시인은 조지훈이다.

한국 현대시사에서는 한용운이 선적 미학을 구사한 대표적인 시인으로 알려져 있는데, 한용운의 선적 미학은 거자오광이 말하는 사대부의 미학으

---

71 葛兆光, 앞의 책, 210~305쪽 ; 孫昌武, 『중국불교문화』, 우재호 역, 중문, 2001, 365~366쪽 참조.

로 선적 미학과는 약간 다르다. 거자오광은 선적 미학을 '자연스러움', '간결성', '함축미' 등의 세 가지로 규정한다. 이는 조지훈이 규정한 "복잡의 단순화", "평범의 비범화", "단면의 전체화"와 유사한 미학으로서 압축과 함축을 관건으로 하는 통합적인 미학이다. 여기에 해당하는 시를 구사한 시인으로는 조지훈 앞에 김달진이 있고, 뒤로는 이성선, 오세영 등이 있다.

반면 한용운의 현대시는 압축과 함축이 큰 의미를 지니지 않는다. 주지하다시피 한용운의 시는 산문시의 형식에 가깝다. 한용운의 시는 주로 반상합도의 수사학으로서의 역설을 활용하여 부정과 격파의 방법을 추구하는 해체적인 미학이다. 물론 각 시인들의 시적 세계 사이에는 엄청난 차이가 놓여 있는 것도 사실이지만 부정과 격파, 해체적인 미학을 현대적으로 계승한 시인들로는 김춘수, 황동규, 박제천, 고은, 황지우, 이성복, 최승호 등이 있다. 이러한 시인들의 해체적 미학은 현상 세계와 일상언어 체계의 부정과 파괴라는 점에서 다다이즘이나 쉬르레알리슴, 포스트모더니즘과 동일시되기도 한다.[72]

조지훈의 선적 미학은 전통 계승적인 면이 강한 반면, 해체적인 차원의 선적 미학은 선을 현대적으로 변용한 면이 강하다. 후자의 경우는 서정시의 본질적인 면에서 상당히 멀어지는 양상을 보여주었다. 조지훈은 그의 시론에서 과학과 기계문명의 확산, 사회구조의 변화 등으로 인하여 현대사회가 매우 복잡해졌고, 그와 보조를 맞추어 현대시 또한 모더니즘, 아방가르드, 초현실주의, 실존주의 등을 거치면서 복잡하고 난해해졌다고 말한다. 그는 그러한 현대시를 시의 본질과 어긋난 것으로 판단한다. 그리하여 그는 전통적인 선의 미학을 근대적 시론에 수용하면서 서정시의 본질 회복을 시도한

---

72 이형기, 앞의 논문, 52~54쪽 ; 박찬두, 앞의 논문, 212~225쪽 ; 송희복, 앞의 논문, 306~312쪽 참조.

것으로 미루어 짐작해볼 수 있다.

불교적 미학이나 선적 미학에 대한 논의는 비교적 꾸준히 이루어진 편이다. 그러나 그것들에 대한 미세한 접근은 활발하게 이루어지지 못했다. 불교적 미학이나 선적 미학의 다양한 유형에 대한 미시적인 천착은 미흡하다고 할 수 있다.

그러한 점을 고려하여 본고는 종교적인 의미의 선에 환원될 수 없는, 즉 중세적인 장르로서 선시라는 테두리에 갇힐 수 없는, 미적 자율성에 입각한 현대시의 선적 미학에 한 걸음 다가가고자 하였다. 그리하여 그에 관한 선구적인 견해를 담고 있는 조지훈의 시론을 대상으로 하여 선적 미학을 진단하였으며, 김달진, 조지훈, 이성선 등의 시편을 대상으로 그 구체적인 양상을 살펴보았다.

조지훈의 지론이 시선일여이므로, "복잡의 단순화", "평범의 비범화", "단면의 전체화"를 골격으로 하는 그의 선적 미학은 서정시의 본래적인 미학과 많은 부분 겹쳐진다. 그러나 조지훈의 선적 미학에는 불교-선적 신비에 대한 정신적 지향성이 확고하게 자리 잡고 있다는 점에서 변별된다. 그와 같은 조지훈의 '선적 미학'은 근대적 시론과 전통적인 '선의 미학'을 절충시킨 것으로, 근대 시론의 관점에서 보아서도 크게 이질적이거나 낯설지 않다. 오히려 쉽고 친숙하다. 이러한 조지훈의 선적 미학은 자칫 어렵고 낯설게 느껴질 수 있는 전통적인 미학을 교육의 현장으로 끌어와 활용할 수 있는 하나의 가능성을 보여준다.

제2장
김달진 시의 선적 미의식과 불교적 세계관
간결성, 비범화, 자연스러움, 세미화

1. 서론

　김달진 시에 관한 논의는 그리 많지 않으며, 학술적이라기보다는 인상 비평적인 차원에서 전개되었다. 김달진 시에 나타난 선(禪)적 색채나 불교적 사유에 대해서도 비평적인 차원에서 피상적으로 언급되고 있는 실정이다. 조남현은 김달진 시가 동양적·고전적·불교적인 것에 자리 잡고 있음을 지적하였다.[1] 김재홍[2]과 최동호[3]는 선적 감각·불교사상과 노장이 합류되어 있음을 밝혀냈다. 그러나 이러한 논의들은 김달진 시를 떠받치고 있는 불교적 세계관이나 불교적 사상, 선적 미의식이 어떠한 것인지를 심도 있게 천착하지는 않고 있다. 왜냐하면 김동리의 지적처럼 김달진 시에는 자연경관

1　조남현, 「평범에서 달관으로 —『올빼미의 노래』론」, 『김달진 전집』 1, 문학동네, 1997, 515쪽.
2　김재홍, 「김달진, 무위자연과 은자의 정신」, 『김달진 전집』 1.
3　최동호, 「김달진 시와 무위자연의 시학」, 『김달진 전집』 1.

의 즉관(卽觀)이 두드러지고,[4] 사상이나 상상력은 내밀하게 감추어져 포착해내기가 쉽지 않기 때문이다.

최근 김달진의 시를 '선시'의 일종으로 규정하고 묵조선적 특성을 구명하는 논의가 제기되기도 하였다.[5] 이 논의는 시학적 특수성이나 고유한 미학을 변별해내지 못하고 김달진 시를 묵조선의 논리로 환원하는 양상을 보인다. '불교시'나 '선시'의 범주 설정은 미학이 종교의 시녀로 복무하는 중세 문학 연구에서는 유효하지만, 미적 자율성이 관건인 현대시 연구에서는 그다지 큰 의미가 없다. 왜냐하면 미적 자율성에 입각한 현대시는 특정 종교에 전적으로 귀속될 수 없기 때문이다. 만약 특정 종교에 전적으로 귀속될 수 있다면 그것은 이미 현대시가 아니라 중세시의 범주에 속한다. 현대시 연구에서는 무엇이 '불교시', '선시'이며, 어떠한 시가 '불교시', '선시'의 범주에 해당하는가, 불교·선의 사상이 어떻게 구현되었는가보다는, 미적 자율성의 범주 내에서 불교·선의 요소가 어떻게 창조적으로 수용되었는가, 현대시의 '불교적 시학'[6]이나 '선적 미의식'이 어떠한 특성을 지니며, 현대 사회와 현대 문학사에서 어떠한 의의를 갖는가가 중요한 문제이다.

선행 연구의 인상 비평적인 한계와 환원론적인 태도를 극복하기 위해서는 무엇보다도 김달진 시에 적용될 수 있는 '선'은 무엇이고 '불교'는 무엇인가에 대한 이론적 검토와 작품에 대한 면밀한 분석이 필요하다. 나아가 김달진 시의 진가를 드러내기 위해서는 선행 연구에서는 거의 시도되지 않은 시사적 위상과 의의에 대한 평가가 필요하다. 그러한 취지에서 이 글은 김달진 시의 형식·기법적 차원에 구현된 선적 미의식과 내용적 차원에 펼쳐

---

4 김동리, 「월하(月下) 시의 자연과 우주의식」, 『김달진 전집』 1, 480~482쪽.
5 현광석, 「한국 현대 선시 연구」, 경희대학교 석사학위 논문, 2000.
6 김옥성, 「한국 현대시의 불교적 시학 연구─한용운, 조지훈, 서정주의 시를 중심으로」, 서울대학교 박사학위 논문, 2005.

진 불교적 세계관에 토대를 둔 사유와 상상의 창조적인 국면을 검토하고, 그를 바탕으로 하여 김달진 시의 시사적 위상과 의의를 밝힌다.

2. 선적 미의식의 요건

널리 알려진 바와 같이 선(禪)의 종지(宗旨)는 '직지인심(直指人心), 견성성불(見性成佛), 이심전심(以心傳心), 불립문자(不立文字)'이다.[7] 이는 언어에 대한 배타성,[8] 직각관조,[9] 신비적 합일[10] 등과 같은 선의 속성을 반영하고 있다. 이러한 선의 속성에 부합하는 선의 미학을 조지훈은 ① 단순화, ② 비범화, ③ 전체화로 규정한다.[11] 거자오광 또한 그와 비슷하게 표현의 차원에서 선의 미학을 ④ 자연스러움, ⑤ 간결성, ⑥ 함축미로 규정한다.[12] 조지훈과 거자오광의 논의를 참고하여 현대시와 연결시킬 수 있는 좁은 의미의 선적 미의식을 다음 몇 가지로 정리해볼 수 있다.

첫째, 간결성에 대한 지향이다. 여기에는 ①과 ⑤가 해당된다. '이심전심(以心傳心)'과 '불립문자(不立文字)'에 단적으로 드러나듯이 선은 근본적으로 언어를 거부한다. 따라서 선은 언어를 사용하지 않으면 안 되는 때에 이르

---

7   葛兆光, 『禪宗与中國文化』, 『禪宗과 中國文化』, 정상홍·임병권 역, 동문선, 1991, 279쪽 ; 方立天, 『불교철학개론(佛教哲學)』, 유영희 역, 민족사, 1992, 83쪽 참고.

8   이종찬, 『한국 선시의 이론과 실제』, 이화문화, 2001, 15쪽 ; 葛兆光, 위의 책, 289쪽 등 참고.

9   이진오, 『한국불교문학의 연구』, 민족사, 1997, 57~64쪽 ; 葛兆光, 위의 책, 210~226쪽 등 참고.

10 H. Dumoulin, 『선과 깨달음』, 박희준 역, 고려원, 1993, 17~18쪽 ; 葛兆光, 위의 책, 211쪽 등 참고.

11 조지훈, 「현대시와 禪의 미학」, 『조지훈 전집』 2, 나남, 1998, 220~223쪽.

12 葛兆光, 앞의 책, 279~305쪽.

러서 불가피하게 간결한 언어를 활용한다. 거자오광에 의하면 이러한 간결성은 "자구(字句)와 물상을 감소함으로써 배후의 상상공간을 증가"[13]시키게된다. 이처럼 ①과 ⑤를 포함하는 간결성은 언어와 표현의 절제로 요약할수 있다.

둘째, 비범화의 추구이다. 이에는 ②, ③과 ⑥이 포함된다. 조지훈은 ②비범화를 "시의 내용적 특성으로서 경이(驚異)의 발견"[14]이라고 말한다. 그런데 비범함(경이)은 평범한 것을 통해 드러난다. 이러한 선의 미학은 ③과도 관련된다. ③전체화는 '단면으로 전체를 드러내는 것'이라는 점에서 평범한 것을 통해 비범함을 드러내는 ②에 가까운 개념이다.[15] 비범화와 전체화는 평범과 단면으로 일상과 '다른' 어떠한 신비나 전체를 표현하는 방식이다. 거자오광에 의하면 함축은 "표현하는 구체적인 물상을 멀리멀리 초월하고 그 심도도 이미 언어문자의 표면적인 의미를 멀리 초월하게"[16] 된다. 거자오광이 말하는 선의 함축은 일반적인 함축과 미묘하게 변별된다. 선의함축은 일상언어나 구체적인 물상의 표면적 의미가 아니라 그것을 초월한깨달음의 영역이나 신비를 표현하는 방식이다. 따라서 ②, ③과 ⑥은 물론상당한 차이를 내포하고 있지만 근본적으로는 일상 세계의 배후에 있는 신비 혹은 초월의 영역을 담아내는 방식이라는 점에서 함께 묶일 수 있다.

셋째, 자연스러움에 대한 지향이다. 여기에는 ④가 해당된다. 선의 미학은 일상성의 장벽을 격파하기 위하여 기괴한 표현을 고안해내기도 하지만,본질적으로는 수식하지 않고 자연스럽게 이루어지는 것을 추구한다. 시와관련하여 생각해볼 때 본질적으로는 기교와 격식을 거부하고 이성의 여과

---

13 위의 책, 292쪽.
14 조지훈, 앞의 글, 220쪽.
15 양자의 유사성은 조지훈, 「시의 원리」, 앞의 책, 62쪽에서 확인할 수 있다.
16 葛兆光, 앞의 책, 298쪽.

없이 직접적으로 진실한 감정과 표상을 토로한다. 그리하여, 선적 미의식은 선리(禪理), 불리(佛理)에 대한 이성적, 사변적인 표현을 지양하고 평범하고 단순한 표현을 선호한다.

넷째, 불교적 세계관에 토대를 둔 시적 사유와 상상의 지향이다. 위의 세 가지 항목이 대체로 형식 · 기법적인 차원에 해당되는 반면, 이는 내용적 차원에 해당된다. 선적 미의식은 형식 · 기법적인 차원에서는 간결성, 비범화, 자연스러움을 지향한다. 그런데 이러한 방법론적 차원의 선적 미학은 유가의 한시나 도가적 세계관에 기반한 시편에서도 찾아볼 수 있다. 따라서 불교적 시학의 범주에 속하는 선적 미의식을[17] 판별하는 기준의 하나로 내용적인 면에서 시적 사유와 상상의 토대로서 불교적 세계관을 설정할 필요가 있다.

이 네 가지 항목은 모든 선적 미의식을 포괄할 수는 없다. 하지만, 현대시의 선적 미의식을 판별할 수 있는 하나의 기준으로서는 유효하게 활용될 수 있다. 한국 현대시사에서 이 네 가지 요건을 만족시키는 선적 미의식에 입각한 시편은 1930년대 이후에 본격적으로 대두된다. 물론 1920년대 만해의『님의 침묵』이 선시의 전통을 현대적으로 계승하고 있기는 하지만, 이는 선리나 불리에 대한 지향성, 사변적인 성격이 강하며, 타고르의 산문시 형식을 수용하여[18] 산문적인 표현을 구사하는 점에서 우리가 위에서 규정한 좁은 의미의 선적 미의식과는 배치된다.[19]

---

17 불교적 미의식-불교적 시학은 선적 미의식-선적 시학, 민중불교적 미의식-민중 불교적 시학 등의 범주로 세분화될 수 있다. 이와 관련된 사항은 위의 책, 210~305 쪽 ; 孫昌武,『중국불교문화(中國佛教文化序說)』, 우재호 역, 중문, 2001, 365~366쪽 등 참고.
18 송욱,「유미적 초월과 혁명적 아공」,『시학평전』, 일조각, 1963, 295~296쪽 ; 정한 모,「타고르의 본격적 도입」,『한국 현대시문학사』, 일지사, 1974, 400쪽.
19 김옥성, 앞의 논문, 243~244쪽 참고.

한국 현대시사에서 선적 미의식의 네 가지 요건을 만족시키는 시학을 보여준 대표적인 시인은 조지훈이다.[20] 특히 조지훈의 월정사 시편은 네 가지 선적 미의식을 충실히 반영하고 있다. 일제 말기 조지훈은 시와 시론의 양면에서 선적 미의식을 천착하는데, 그 배경은 전기적 사실과 관련하여 이해할 수 있다. 이 시기 조지훈은 불교계의 중앙불교전문학교-혜화전문학교에서 수학하고(1938~1941),[21] 오대산 월정사 불교강원에서 외전강사로 일하는(1941.4~1941.12) 등, 불교적인 환경에 둘러싸여 있었다. 1931년 선학원의 재건 이후 한국 불교계에는 선을 한국 전통불교로 인식하고 이를 대중화하려는 움직임이 활발하게 전개되었다. 조지훈의 선적 미의식은 이러한 한국 불교계의 동향과 밀접한 관계에서 형성된 것으로 추정할 수 있다.[22]

김달진의 선적 미의식 또한 그러한 불교계의 분위기와 관련하여 이해할 수 있다. 1935년 김달진은 백용성(白龍城) 스님[23]을 모시고 함양 백운산 화

---

20 위의 논문, 232쪽 및 244쪽.

21 일제강점기 한국 불교계의 전문교육기관은 다음과 같이 개편 · 개명되면서 명맥을 이어나간다. 불교고등강숙(1914)→중앙학림(1915)→중앙불교전수학교(1928)→중앙불교전문학교(1930)→혜화전문학교(1940)(이에 대해서는 강석주 · 박경훈, 『불교근세백년』, 민족사, 2002, 185~196쪽 참고). 한국 현대시의 불교적 시학을 대변하는 시적 세계를 일구어낸 한용운, 서정주, 조지훈은 모두 이러한 교육기관과 인연을 맺고 있다. 한용운은 1918년 중앙학림 강사에 취임하며, 서정주는 중앙불교전문학교에서, 조지훈은 혜화전문학교에서 수학하였다. 이에 대해서는 이에 대해서는 김옥성, 앞의 논문, 3쪽 참고.

22 이에 대한 보다 자세한 사항은 위의 논문, 55~61쪽, 163~182쪽 참고.

23 백용성은 일제강점기 한국 불교계를 대표할 수 있는 선지식의 일원이다(71쪽). 선학원 창건 상량문(上樑文)의 발기자 명단에도 백용성의 이름이 제일 먼저 수록되어 있는 것을 보면 그는 선학원 운동의 상징적인 인물이었다. 하지만 그는 선학원의 운영에는 참여하지 않고 독자적으로 전통 선의 부흥과 선의 대중화 활로를 모색한다(168~176쪽). 그 성과의 하나가 선농불교(禪農佛敎) 운동이다. 선농불교 운동은 "선율의 겸행과 노농의 실행을 통한 자작자급(自作自給)"에 이론적 기초를 두고, 경남 함양의 백운산에 화과원(華果院), 중국 간도의 용정에 선농당(禪農堂)을 설립하여

과원(華果院)에서 반농반선(半農半禪)의 수도 생활을 하였다.[24] 그리고 1936년 중앙불교전문학교를 입학하여 1939년에 졸업한다. 이러한 전기적 사실을 감안할 때 조지훈의 시학과 마찬가지로 김달진의 시학도 당시 불교계에 팽배해진 선풍 진작운동의 영향을 받았을 것이라는 추측이 가능해진다.

조지훈 시의 선적 미의식은 비교적 활발하게 논의된 반면, 김달진의 선적 미의식은 별로 주목받지 못했다. 그 이유는 두 가지 정도로 추정할 수 있다. 우선, 작품의 차원에서 보면 조남현과 장호의 지적처럼 김달진 시는 외형적으로 너무 "평범"[25]하고 "무기교"[26]적이라는 인상이 강하기 때문이다. 둘째, 전기적 차원에서 보면 김달진이 은자적인 삶을 선호하여 해방 이후에는 문단에서 멀어져버렸기 때문이다.[27] 그러한 점을 감안하여 본고는 우선, 김달진 시의 선적 미의식과 불교적 세계관의 특성을 논구하고, 이를 토대로 김달진 시의 시사적 위상과 의의를 구명한다.

3. 세미화(細微畵)의 기법과 불교적 우주론

현대시에서 간결성, 평범의 비범화, 자연스러움 등을 요건으로 하는 선적 미의식에 적합한 기법이 "세미화"이다. 가치화된 문학적 세미화로서 시적

실천으로 옮겨진다(91~108쪽). 이상은 김광식, 「백용성의 선농불교」, 「백용성의 독립운동」, 『근현대불교의 재조명』, 민족사, 2000 참고.

24 『김달진 전집』 1, 585쪽 참고.

25 조남현, 앞의 글, 512쪽.

26 장호, 「김달진의 불교문학 ─ 선운(禪韻)과 우주유비(宇宙類比)」, 『김달진 전집』 2, 247쪽.

27 조남현, 앞의 글, 511쪽 ; 최동호, 「김달진 시와 무위자연의 시학」, 『김달진 전집』 1, 551~552쪽 등 참고.

세미화는 영혼이 감각적 세계의 외관에서 초월적 현실, 즉 이데아로 나아가는 플라톤적인 변증법과 유사하지만 다르다. 플라톤의 변증법이 논리에 기대고 있는 반면, 바슐라르의 세미화는 상상력을 토대로 하고 있다. 시적 상상력이 작은 것에 가치를 부여하면서 거기에 담겨 있는 큰 것, 하나의 새로운 우주를 체험하게 하는 것이 시적 세미화이다.[28]

한국 현대시사에서 이러한 세미화의 기법은 조지훈의 시편에 두드러진다. 조지훈은 우리가 앞에서 살펴본 선적 미의식을 충실히 반영하여 고전 선시의 전통을 현대적으로 계승한다. 그는 세미화의 기법을 활용하여 연기적 전체로서의 자연, 그리고 자아와 자연의 아날로지를 담아낸다. 이 세미화의 기법에 효과적인 수사학이 제유인데, 조지훈은 제유를 활용하여 자연의 작은 경물을 통해 유기적 전체로서의 자연, 나아가 우주를 담아낸다.[29]

우리는 이러한 세미화의 기법을 김달진의 시편에서도 찾아볼 수 있다. 신상철은 김달진 시의 표현상의 경향을 "미시적인 안목으로 사물을 그리되, 시어를 최대한 절제함으로써 짧은 시형 속에서 시적 탄력을 얻고 있는 것"[30]이라고 규정한다. 하지만 그는 미시적인 안목과 짧은 시형이 갖는 의미를 천착하는 데까지는 나아가지 않고 있다. 그렇다면 "미시적인 안목"과 "짧은 시형"이 갖는 의미는 무엇인가.

> 숲 속의 샘물을 들여다본다
> 물 속에 하늘이 있고 흰구름이 떠가고 바람이 지나가고
> 조그마한 샘물은 바다같이 넓어진다.
> 나는 조그마한 샘물을 들여다보며

---

28 G. Bachelard, 『공간의 시학』, 곽광수 역, 민음사, 1997, 279~316쪽 참고.
29 김옥성, 앞의 논문, 168~196쪽 및 232~244쪽 참고.
30 신상철, 「김달진의 작품세계」, 『김달진 전집』 2, 272~273쪽.

동그란 地球의 섬 우에 앉았다.

—「샘물」[31] 전문

선행 연구의 대부분 논자들이 주목하고 있는[32] 이 시는 김달진의 대표작
이라 할 수 있다. 시적 주체는 "샘물"의 세미화를 그려내고 있다. 세미화 속
에서 샘물은 "하늘", "흰구름", "바람"을 담고 있다. 우주의 극히 작은 일부분
인 샘물이 하나의 우주가 되는 셈이다. 그리하여 샘물은 "바다"같이 넓어진
다. 넓은 우주에 대한 인식으로부터 작은 자아에 대한 인식이 생성된다. 그
와 동시에 작은 자아가 발을 딛고선 "지구" 또한 작은 "섬"으로 축소된다.

이러한 시적 사유와 상상은 조지훈의 「渺茫」과 매우 흡사하다. 「묘망」에
서 지구는 "광대무변한 우주의 한알 모래인 지구"로 표현되며, 자아 또한 한
없이 축소되는데 이는 불교적 우주론에 기반한 상상력이다.[33] 불교의 우주
론에서 우주는 황하의 모래알 수만큼이나 많은 삼천대천세계로 이루어진
다. 이는 우주의 무한성을 부각시킨 표현이다.[34] 그런데 이러한 불교의 우
주론에서 우주는 무수히 많은 겹으로 이루어지는 특징이 있다.[35] 이 시를 노
장적 세계관에 기반한 것으로 보는 견해도 있지만,[36] 이 시의 세미화에 담긴

---

31 이하 작품 인용은 『김달진 전집』 1에 준하며, 필요한 경우에는 별도의 출처를 밝힌
다.

32 김동리, 앞의 글, 483쪽 ; 오탁번, 「과소평가된 시 – 김달진의 「샘물」」, 『김달진 전집』
1, 498쪽 ; 최동호, 앞의 글, 556~557쪽 ; 윤재근, 「현대시와 노장사상 – 김달진의
시를 중심으로」, 『김달진 전집』 2, 305~307쪽 ; 신상철, 앞의 글, 271쪽.

33 김옥성, 앞의 논문, 188~189쪽.

34 불교의 우주론에 대해서는, 오형근, 『불교의 영혼과 윤회관』, 새터, 1995, 157~169
쪽 ; 方立天, 앞의 책, 180~183쪽 등 참고

35 가령, 일천 개의 수미세계가 모여 일소천세계를 이루고, 일천 개의 일소천세계가
모여 일중천세계를 이루고, 일천 개의 일중천세계가 모여 일대천세계를 이룬다.

36 김재홍, 앞의 글, 539쪽.

우주 인식은 노장사상과 분명하게 구분되는 불교적인 특성을 지니고 있다.

불교사상을 사양하고, 사상적 명명 이전의 우주의식에 머물고 있는 것으로 평가되는 만큼,[37] 김달진 시는 결코 불교적 세계관을 전면에 내세우지 않는다. 표면적으로 시적 주체는 "샘물"이라는 작은 대상에 대한 "미시적인 안목"을 "짧은 시형"에 담아낼 뿐이다. 이는 선적 미의식의 요건 중 간결성과 자연스러움에 해당한다. 샘물이라는 평범한 대상에 대한 자연스러운 감상을 표현하고 있기 때문에 "동시(童詩)"[38] 같다는 인상을 준다. 간결성과 자연스러움 때문에 선적 미의식에 입각한 시편은 흔히 동시에 가까운 형태로 창작된다. 가령, 조지훈의 「달밤」은 그 좋은 예이다. 하지만 동시와 같은 단순함 속에는 비범함이 감추어져 있다.[39] 조지훈의 「달밤」에 화엄적 존재론이 담겨 있는 것과 마찬가지로 김달진의 「샘물」에는 불교적 우주론이 비범함으로 담겨 있다.

등단 이후 작고시까지 60여 년 동안 김달진의 시는 거의 변화가 없는 것으로 알려져 있는데,[40] 「샘물」의 선적 미의식 또한 변함없이 이어진다. 가령, 「샘물」은 1938년 『동아일보』에 발표되고 『청시』[41]에 수록된 시편인데, 여기에 나타난 선적 미의식은 1979년에 발표된 「벌레」[42]로 고스란히 이어진다.

> 고인 물 밑
> 해금 속에 꼬물거리는 빨간
> 실낱 같은 벌레를 들여다보며

---

37 김동리, 앞의 글, 485쪽.
38 오탁번, 앞의 글, 498쪽.
39 김옥성, 앞의 논문, 172쪽 참고.
40 최동호, 앞의 글, 569쪽.
41 김달진, 『靑柿』, 청색지사, 1940.
42 『竹筍』, 1979. 봄. 복간호.

머리 위

등뒤의

나를 바라보는 어떤 큰 눈을 생각하다가

나는 그만

그 실날 같은 빨간 벌레가 되다.

—「벌레」 전문

「샘물」과 마찬가지로 이 작품 또한 동시와 진배없다. 이 시는 "벌레"에 대한 시적 세미화라고 할 수 있는데, 무수한 겹으로 이루어진 불교적 우주가 내밀하게 표현되어 있다. 시적 자아는 "벌레"-"나"의 관계에서 "나"-"어떤 큰 눈"의 관계를 유추해낸다. 그러한 아날로지적 상상력에 의하여 우주는 무한히 확장되고, 역으로 자아는 축소된다. 그리하여 자아는 "벌레"가 된다. 이러한 상상력은 불교의 윤회론과도 밀접하게 관련된다. 불교의 윤회론에서 자아는 육도와 삼계를 무한히 순회하게 되는데, 이는 아날로지적인 우주의 인식의 일종으로 이해할 수 있다. 아날로지적인 인식에 기반한 윤회론에 의하여 불교적 세계관에서 모든 생명체는 근본적으로 "친밀성"[43]을 가지게 되며, "중생일가관(衆生一家觀)"[44]을 확보하게 된다.

「벌레」에서 자아가 벌레와 동일화되는 것은 그러한 불교적 세계관이 내밀하게 작용한 것으로 이해할 수 있다. 불교적 사유와 상상에 의해 「산장의 밤」에서도 자아는 벌레와 동일화되며, 「고독한 동무」에서 자아는 벌레에게 친밀감을 갖게 된다.

---

43 R. E. A., Johansson, 『불교 심리학(*The Dynamic Psychology of Early Buddhism*)』, 박태섭 역, 시공사, 1996, 163쪽 참고.

44 서정주, 「佛敎的 想像과 隱喩」, 『서정주 문학 전집』 2, 일지사, 1972, 268쪽 참고.

찬 별이 기름ㅅ발처럼 영롱한
밤 밤의 정적―

이 산장의
불 끄고 꼭꼭 닫힌 문의 침묵은 얼마나 처연함인고
쇠잔한 반딧불만이 零星하였나니

世代에 가당치 않은 한 존재를 슬퍼하다가
엉거주춤 뜰귀에 선 채
꽃수풀 속의 작은 버레가 되어 울어보다

―「산장의 밤」 전문

「벌레」의 "어떤 큰 눈"―"나", "나"―"벌레"의 관계로 표상되는 불교적인 아
날로지적 우주의 구조는 이 시에서 "별"―'자아', '자아'―"버레"의 관계로 변
주된다. 1연의 천상의 별의 세계는 광대무변한 우주이다. 반면 자아는 우
주의 극히 비좁은 부분인 지상의 영역에 유폐되어 있다. "불 끄고 꼭꼭 닫
힌 문의 침묵"은 유폐감을 단적으로 보여주는 대목이다. "처연함", '슬픔'과
같은 감정은 광대무변한 우주를 발견한 작은 자아가 느끼는 유폐감으로 이
해할 수 있다. 그리하여 작은 자아는 "작은 버레"와 동일화되고, 자아의 유
폐감은 벌레의 울음으로 전이된다. 이러한 유폐감은 「고독한 동무」에서 "고
독"과 "적막"으로 변주되고, 벌레는 시적 자아의 고독한 동무로 인식된다.

이처럼 김달진 시에서 "벌레"는 황하의 모래알처럼 많은 삼천대천세계로
이루어진 무량무변한 불교적 우주에 대한 인식이 내밀하게 작용하여 생성
되는 작은 자아이며, 지구라는 작은 섬에 유폐된 자아이다. 시적 주체는 세
미화의 기법에 의해 미시적인 안목으로 작고 평범한 사물에 비범한 우주론
을 내밀하게 담아내는 것이다.

4. 수인(囚人)으로서의 자아와 환(幻)으로서의 세계

김달진 시에서 불교의 광활한 우주와 대립된 지상의 유폐적 삶은 수인(囚人)의식으로 변주된다. 수인의식은 근대 문명에 감금된 근대인의 정황에 대한 비판을 내밀하게 함축한다. 일제강점기 한국 문학에서 흔히 '거울', '유리' 등은 식민지적 근대성과 연결된다.[45] 조지훈의 「재단실」의 "거울", 「부시」의 "수족관" 등은 식민지적 근대의 유리감옥이다.[46] 김달진 시에서 식민지적 현실에 대한 비판은 찾아보기 어렵지만, "유리벽", "유리창" 등의 이미지에 의해 근대적 세계에 대한 비판이 내밀하게 암시된다.

> 작은 항아리를 세계로 삼을 줄 아는 금붕어
> 간밤에도 화려한 용궁의 꿈을 꾸고 난 금붕어
> 하늘이 풀냄새 나는 오월 아침
> 산호 같은 빨간 꼬리를 떤다
> 자반뒤지를 했다
> 너는 언제 꽃 향기 피는 나무 그늘과 찬 이슬과 이끼냄새와
> 호수와 하늘의 별을 잊고 사나
> 작은 遊戲 속에 깊은 슬픔이 깃든다느니
> 여윈 조동아리로 유리벽을 쪼아라 쪼아라
>
> 항아리 물 밖에 꿈만 호흡하고 사는 금붕어
> 해가 新綠을 새어 창경을 쏘았다
> 금붕어는 빨간 꼬리를 떤다

---

45 신범순, 「이상 문학에서 글쓰기의 몇 가지 양상」, 『이상 리뷰』 3, 2004, 75~76쪽 참고.

46 김옥성, 앞의 논문, 107~109쪽 참고.

금붕어는 혼자다.

―「금붕어」 전문

이 시는 조지훈의 「부시」와 상호텍스트적인 작품이다. 금붕어가 본래적으로 거주해야 할 영역은 "나무", "이슬", "이끼", "호수", "별" 등이 있는 드넓은 외부의 세계이지만, 그는 작은 수족관을 세계로 삼아 살고 있다. 여기에서 금붕어는 "벌레"와 마찬가지로 광활한 우주에 비해 비좁은 세계 내에 유폐된 자아의 투사물이다. 유폐된 자아가 광활한 외적 우주를 동경할 때에 수인의식이 발생한다. "슬픔"과 "꿈"에서 알 수 있듯이 시적 주체는 수족관에 유폐된 금붕어의 삶을 슬픔으로 인식하고, 외적 세계에 대한 "꿈"을 심어놓고 있다. 그리하여 시적 자아는 금붕어를 향해 "유리벽을 쪼아라 쪼아라"라는 발언을 한다. 여기에서 수족관은 한편으로는 불교적 우주론에 토대를 둔 인간의 존재 조건이지만 다른 한편으로는 유리로 표상되는 근대 문명에 사로잡힌 근대인의 정황이다. 이러한 수인의식은 「수인」에서 보다 선명하게 드러난다.

눈 멎은 오후, 황혼의 그림자 어른거리는 높은 빌딩 유리창 앞에 내가 바라보는 서울 거리는 음울한 하늘처럼 슬프거니……?

나는 가만히 생각한다. 어딘가 내 가슴속 한 편에 갇혀 있는 囚人을―먼 태고 어느 때부터, 낮도 밤도 없는 혼탁한 심장의 창살 그늘에 '七人의 睡眠者'처럼, 지쳐 쓰러져 있는 한 사람 囚人을.

―「囚人」 부분

"빌딩 유리창"은 수족관의 "유리벽"과 마찬가지로 근대인의 정황을 함축한다. 김달진 시에서 이처럼 근대에 대한 비판이 표면에 드러난 시는 드물다. 시적 주체는 대체로 자연의 세미화에 의해 불교적 우주론과 인간의 본질적인 존재 조건을 천착하면서 간접적으로 근대를 비판한다. 그러한 자연의 세미화는 간결성, 비범성, 자연스러움 등의 선적 미의식을 갖추고 있는데 반해, 「금붕어」, 「수인」 등의 시편에는 선적 미의식의 가장 기본적인 요건인 간결성이 결여되어 있다. 서정시의 산문화 현상은 사변이나 사상이 강화될 때 일어난다.[47] 한용운 시의 경우는 대체로 선적인 형식미보다는 선리나 불리와 같은 사변이나 사상의 표현에 경도되어 산문시를 지향한다. 반면, 김달진 시의 경우는 대체로 선적 미의식에 입각한 간결한 형식과 자연스러운 표현을 지향한다. 간혹 사변이나 사상이 강화되어 산문화되기도 하지만 이는 드문 예이다.

> 나는 하나 惑星 안의 孤兒라.
> 집집마다 꼭꼭 닫힌 문 앞을 지나,
> 눈보라 어둠 속을
> 두 손길 호호 불며 걸어가노라.
>
> ―「시간」 부분

「수인」의 "수인"은 이 시에서 "하나 혹성 안의 고아"로 변주된다. 시적 주체는 자아의 존재 거처로서 지구를 "하나 혹성"으로 인식하고 있다. 「샘물」에서 지구가 하나의 작은 섬으로 인식되는 것처럼, 이 시에서 지구가 "하나 혹성"으로 인식되는 것은 그 배후에 불교적 우주론에 토대를 둔 시적 사유와 상상이 작용하고 있기 때문이다. 이렇게 볼 때 근대 비판과 겹쳐지는 수인 의식은 근본적으로는 불교적 우주론에 토대를 두고 있음이 분명해진다.

---

47 송욱에 의하면 산문시는 주로 "위대한 사상과 인간성"을 표현하는 데 적당한 형식이다. 가령, 만해의 산문시가 그 예이다. 송욱, 「유미적 초월과 혁명적 아공」, 『시학평전』, 일조각, 1963, 295~296쪽.

지금까지 살펴본 바와 같이 시적 주체는 지상에서의 삶을 유폐로 인식하고 거기에서 "고독"과 "슬픔"을 느끼게 된다. 그러나 그러한 감정은 결코 비탄이나 좌절로 나아가지 않는다. 왜냐하면 유폐적 정황은 환(幻)에 불과한 것이기 때문이다. 「시간」에서 확인할 수 있듯이 시적 주체는 자아의 고향, 근원을 지상의 유폐적 정황에 두지 않는다. 시적 자아는 근원적인 영역으로부터 떨어져나와 잠시 환의 세계에 유폐되어 있는 "고아"이다.

① 웬 이리도 많은 사람들인가?
　모두들 어디로 가는 사람들인가?
　(중략)
　내 그 중의 한 사람으로……
　幻影처럼 걸어가다 발길 멈추면,

　먼 '행복의 섬'에서 불어오는 바람 소리,
　그 너머 더 멀리
　무슨 부르는 소리.

　　　　　　　　　　　　　　　　　　　　 ―「불리어가는 사람들」 부분

② 옛사람 내리고, 새사람 오르는 동안,
　눈부신 저녁 볕 사이로
　꽃 피던 이야기에 도리어 고달파져……

　감았던 눈을 가만히 뜨면
　연기 자옥한 희부연 등불 아래,
　아, 우리 모두
　幻의 세계에 귀양살이 나그네.

　　　　　　　　　　　　　　　　　　　　 ―「車中에서」 부분

김달진 시에서 유폐적 정황으로서 지상에서의 삶은 근원으로 다가가는 여로로 표현되기도 한다. ①에서 지상의 사람들은 "먼 '행복의 섬'"으로 불리어가고 있다. 시적 사유와 상상의 일관성의 관점에서 볼 때 그곳은 근원적인 어떤 곳으로 고전 불교시의 "고향"에 가까운 영역으로 이해할 수 있다. 고려시대 불교시에서 "고향"은 '깨달음의 세계, 佛性, 極樂, 眞如의 경지, 불국토'에 해당한다.[48] 시적 주체는 이처럼 한편으로는 유폐적 현실의 영역 배후에 근원적인 영역을 설정하면서 유폐감이 비판이나 좌절로 나아가는 것을 차단한다. 그와 함께 지상의 존재 조건은 환으로 인식된다. ②에서 지상의 삶은 자동차를 타고 가는 여로에 비유되고 있다. 잠시 자동차 위에 올라탄 순간이 바로 지상의 삶인 셈이다. 그러므로 지상의 삶의 일회적인 것이 아니라 옛사람이 내리고, 새사람이 타는 것과 같은 순환이다. 우리는 그러한 시적 사유와 상상의 배후에 불교적 연기론이 자리 잡고 있음을 쉽게 간취할 수 있다.

　　연기론에 의하면 세계는 무수한 조건들의 연쇄반응에 의해 형성되는 비실체적인 영역이다. 이러한 비실체적인 영역에는 영원불변한 것, 자아라 할 수 있는 것, 독자적인 실체가 없다.[49] 이 시에서 버스의 안으로 표상되는 지상적 세계는 고정된 영역이 아니라 사람들의 타고 내림으로 인해 형성되는 비실체적인 세계이다. 그러한 연기론적 세계관에 의해 시적 주체는 지상의 세계를 "환"으로 받아들이고, 자아를 "환의 세계에 귀양살이 나그네"로 인식하게 된다. 이러한 "환"으로서의 세계와 거기에 거주하는 자아에 대한 인식은 유폐감을 상쇄한다.

48　인권환,『한국불교문학연구』, 고려대학교 출판부, 1999, 150~151쪽.

49　김종욱,『불교생태철학』, 동국대학교 출판부, 2004, 86쪽 참고.

희미한 달빛 돌아오는 골목길에
모든 것 幻이요, 꿈이라 생각했다.

어디서나 또다시 幻을 가질 수 있기에
나는 生에 애달 것 없이 게으롭다.

— 「권태」 전문

이 시는 「차중(車中)에서」의 연장선에 놓이는 작품이다. 여기에서의 "권태"는 일상적인 삶에서 파생되는 자질구레한 집착으로부터 해방된 무욕의 경지이다. 그러한 경지는 지상의 삶은 "환"이며, 그 "환"은 연기론의 원리에 의해 끊임없이 순환하는 것("어디서나 또다시 幻을 가질 수 있기에")이라는 깨달음으로부터 생성된다. 이처럼 시적 주체는 비록 지금 여기의 현실을 비본질적이며 유폐적인 정황으로 인식하지만, 동시에 그것을 환으로 받아들이면서 유폐감이 비탄이나 좌절로 나아가는 것을 차단한다.

세계를 환으로 바라보는 인식은 자칫 허무주의로 이어질 수 있다. 하지만 김달진 시의 시적 사유와 상상의 배후에는 불교적인 순환의 원리에 대한 신념이 깔려 있다. 그러한 신념은 시적 자아에게 세계를 무욕의 시선으로 바라볼 여유를 제공한다. 그리하여 허무주의적 인식의 생성을 억제하고, 유폐의식의 부정적인 의미작용을 무력화할 수 있게 하여 준다.

5. 시사적 의의

이상에서 논의한 바와 같이 김달진의 시는 간결한 형식에 불교의 우주론과 연기론에 기반한 시적 사유와 상상을 내밀하게 함축해낸다. 이는 선적 미의식에 부합하는 것으로, 김달진의 시편은 조지훈의 시편과 마찬가지로 좁은 의미의 선시의 전통을 창조적으로 계승한 것으로 평가할 수 있다. 김달진은 60여 년 동안 그러한 하나의 일관된 시적 사유와 상상을 펼쳐나가면서 불교적 시학의 일종이라 할 수 있는 자신의 독자적인 시학을 일구어낸다.

자신의 독자적인 시학을 정립하면서 한국 현대시의 불교적 시학의 전통을 형성한 대표적인 시인으로 한용운, 조지훈, 서정주가 손꼽힌다. 세 시인의 불교적 시학은 각각 1920년대, 일제 말기, 전후의 불교적 시학을 대변한다. 한용운의 시학은 근대적 시간의식과 불교적 시간의식의 결합, 불리·선리의 강화, 산문성, 조지훈의 시학은 앞에서 정리한 좁은 의미의 선적 미학, 서정주의 시학은 민중불교적인 미학을 특징으로 한다.[50] 김달진의 시학은 여기에서 조지훈의 불교적 시학과 가장 가깝다.

김달진과 조지훈의 불교적 시학의 유사성의 근거는 우선 동일한 시대적 배경으로부터 유추해낼 수 있다. 앞에서 살펴본 바와 같이 1930~40년대 김달진과 조지훈은 불교적 환경에 에워싸여 있었다. 그런데 당시 한국 불교계에는 한국 전통 불교의 핵심을 "선"으로 보고 선풍을 진작하려는 움직임이 활발하였다. 김달진과 조지훈의 선적 미학은 그러한 한국 불교계의 분위기에서 많은 영향을 받은 것으로 추측할 수 있다.

다음으로 전기적 사실에서 영향관계를 추정할 수 있다. 중앙불전 2년 선후배관계인 김달진과 조지훈은 1938년 봄부터 1939년 봄까지 함께 학교에 다니게 된다. 당시 중앙불전 학생들의 창작열은 대단했다. 중앙불전 학생회는 재정적 부담 등의 갖은 난관을 뚫고 자발적으로 회지(會誌)『룸비니』를 창간한다.[51] 김달진과 조지훈이 함께 재학 당시 발간된『룸비니』를 보면

---

50 김옥성, 앞의 논문, 238~245쪽 참고.
51 김두헌,「축사」,『룸비니』1, 1937.5, 6~7쪽 참고.

김달진과 조지훈의 글이 함께 실린 것을 확인할 수 있다.[52] 1929년 양주동의 고선(考選)으로『문예공론』에「잡영수곡」이 실리면서 등단한 김달진은 이때 이미 주요 잡지와 중앙일간지에 많은 작품을 발표하고 시집『청시』발간을 눈앞에 둔 쟁쟁한 시인이었다. 김달진은『룸비니』에 수필과 시를 가장 많이 발표한 필자 중 한 명이었다. 따라서 대부분 미등단 상태인 중앙불전 문학청년들에게 김달진은 자연스럽게 선망의 대상이 되었다.[53] 반면 조지훈은 아직 창작의 길에 본격적으로 발을 들여놓기 이전이었다. 김달진이 졸업한 해인 1939년 봄 조지훈은『문장』지에「고풍의상」을 발표하면서 비로소 문단에 진출한다. 조지훈의 추천 과정에 대한 보다 자세한 사항은[54] 물론 단정할 수는 없는 일이지만, 이러한 전기적 사실들을 고려할 때 조지훈이 김달진의 영향을 받았을 가능성은 농후해진다.

끝으로 조지훈의 창작적 경향에서 또 하나의 유사성의 근거를 찾을 수 있다. 습작기 시편을 보면 조지훈은 선배 시인의 시편을 모방하면서 자신의 독자적인 시학을 모색하는 경향이 드러난다.[55] 그러한 창작적 경향과 전기적 사실을 연관시켜 보면 조지훈이 이상, 백석뿐만 아니라 문단의 저명한 시인이자 동문 선배인 김달진의 시편을 모방하면서 습작기를 보냈을 것을 미루어 짐작할 수 있다. 실제로 조지훈의 시편에는 세미화의 기법뿐 아니라 시어나 표현의 면에서도 김달진을 모방한 흔적이 역력하다.

52　『룸비니』 3호(1939.1)에는 조지훈의 논문,「된소리 記寫에 對한 一考察」와 김달진의 산문 김달진,「古心·古書」, 김달진의 시편,「古宮의 幸福」,「孤寂」,「사랑」 등이 함께 수록되어 있다.

53　김어수,「물망초의 그림자」,『룸비니』 3, 1939.1, 100쪽 참고.

54　김옥성, 앞의 논문, 168쪽 참고.

55　위의 논문, 99~109쪽.

① 그렇기에 나는 차라리 요카낭의 肋骨과같이 여윈 저쪼각달빛을 내 심장
으로 하고싶다.

― 김달진, 「戀慕에 지쳐」, 『詩苑』 3, 1935.5

①′ 기울었다 하이얀 조각달조차/ 야윈 요카낭의 肋骨아 울어라.

― 조지훈, 「浮屍」, 『白紙』 2, 1939.8.

② 조그마한 샘물은 바다같이 넓어진다./ 나는 조그마한 샘물을 들여다보
며/ 동그란 地球의 섬 우에 앉았다.

― 김달진, 「샘물」, 『靑柿』, 청색지사, 1940.

②′ 이 廣大無邊한 宇宙의 한알 모래인 地球의 둘레를 찰랑이는 접시물 아
아 바다여

― 조지훈, 「묘망」, 『풀잎 단장』, 창조사, 1952.

①′는 ①의 "여윈", "요카낭의 늑골", "쪼각달"을 고스란히 활용하여 새롭
게 조합해내고 있다. ②′도 ②의 "바다", "지구"를 공유하고 있으며, 시적 사
유와 상상의 관점에서도 지구를 바다에 에워싸인 조그만 섬이나 한알 모래
알로 보는 점에서 대동소이하다.

전기적 사실과 작품의 상호텍스트성에 입각한 이상의 세 가지 사항을 고
려할 때 우리는 조지훈의 선적 시학이 김달진의 선적 미학과 무관하지 않으
리라는 추측을 조심스럽게 제기할 수 있다. 양자의 영향 관계에 대해서는
고를 달리하여 보다 심층적으로 논의할 필요가 있으며, 이 글에서는 이상과
같은 몇 가지의 사항을 고려하여 김달진 시의 시사적 의의를 점검해보고자
한다.

조지훈의 시학은 문장파[56]에서 문협정통파[57]로 이어지는 전통주의의 주류 속에 확고하게 정위되면서 한국 현대시의 불교적 시학을 대변하는 하나의 시학으로 평가된다. 반면, 김달진은 앞서 언급한 바와 같이 은자적인 삶을 선호하여 해방 이후 문단에서 멀어지고, 시적인 면에서는 평범하고 무기교적인 성향으로 인하여 연구자들의 주목을 별로 받지 못하게 된다. 그러한 까닭에 시사적 의의도 거의 드러나지 않고 있다.

그렇다면 김달진 시의 시사적 의의는 무엇인가. 김달진의 시학은 우선 전통 선시의 미학을 충실히 계승하면서 문학사적 연속성에 기여하였다는 점에서 시사적 의의를 찾을 수 있다. 신기성, 현란한 수사학 등이 만연한 한국 현대시사에서 김달진이 보여준 전통적인 선시적 미학은 소중한 보배가 아닐 수 없다. 김달진의 선적 미학은 사변과 언어를 최대한 절약한 평범하고 무기교적인 표현에 불교적 세계관에 기반한 경이로운 우주를 담아낸다. 그리하여 우주의 광활함과 인간의 작음을 보여준다. 이러한 김달진의 시적 사유와 상상은 자기중심적이고 현실중심적인 근대적 세계관에 입각한 현대인에게 하나의 수정의 모델을 제공해줄 수 있다.

다음으로 1930년대 김달진의 시학은 1920년대 한용운, 오상순, 최남선의[58] 불교적 시학에서 찾아볼 수 없는 좁은 의미의 선적 미의식을 본격적으로 추구하면서 한국 현대시사에 선적 미학의 전범을 마련했다는 데에서 또 하나의 의의를 구할 수 있다. 한국 현대시사에서 선적 미의식을 보여준 대

---

56 위의 논문, 53~61쪽.
57 김윤식, 『한국근대문학사상연구2 – 문협정통파의 사상구조』, 아세아문화사, 1994, 346쪽. 김윤식은 문협정통파로서 김동리, 서정주, 조지훈의 사상적 기조를 불교로 규정한다.
58 1920년대 오상순과 최남선의 불교적 시학에 대해서는, 김옥성, 앞의 논문, 42~53쪽.

표적인 시인으로 조지훈이 손꼽히는데, 그에 앞서 김달진은 선적 미학을 선구적으로 선보인 셈이다. 물론 조지훈이 김달진의 선적 미학을 의도적으로 계승했는가에 대해서는 의문의 여지가 있지만, 김달진에 의해 시도된 선적 미학은 조지훈에 의해 한국 현대시사에 하나의 시적 경향으로 확고하게 정초되고 해방 이후 다양한 시인들에 의해 광범위하게 수용되는 양상을 보인다.

김달진 시는 이상과 같은 시사적 의의와 위상을 지니지만 동시에 일정한 한계를 노정한다. 고전 선시의 전통을 계승하여 문학사적 연속성을 확보하면서 문화적 주체성의 강화에 기여하고, 한국 현대시사에 선적 미학의 전범을 마련해준 김달진 시학은 그 의의에 못지않게 한계를 지닐 수밖에 없다. 김달진 시학은 전적으로 '선시'나 '불교의 세계관'으로 환원될 수 없는 독자적인 미의식과 창조적인 사유와 상상의 산물이지만, 한편으로는 '선시'의 미의식과 '불교의 세계관'의 전통을 계승하고 있는 것도 사실이다. 김달진은 '선시'의 미의식과 '불교의 세계관'의 테두리에서 크게 벗어나지 않은 수준에서 자신의 창조적인 시학을 펼쳐 보인다. 그 때문에 김달진 시학에는 미학적인 새로움이나 현대성에 대한 인식이 빈약하다. 이는 창조성과 현대성이 중요한 요건으로 대두된 현대시에서는 치명적인 결함이 아닐 수 없다.

6. 결론

김달진 시의 선적 미의식과 불교적 세계관, 시사적 의의에 대한 학술적인 차원의 심층적인 논의는 찾아보기 어렵다. 그 이유는 작품의 형식적·내용적 차원, 그리고 전기적 사실의 차원에서 찾을 수 있다. 김달진의 시는 형식적인 면에서 평범하고 무기교적이며, 내용적인 면에서는 사상이나 상상력이 두드러지지 않는다. 그리고 전기적인 차원에서 김달진은 은자적인 삶을 추구하였다. 그러한 까닭에 김달진의 시는 많은 연구자들의 주목을 끌지 못하였다.

본고는 그러한 점을 고려하여 김달진 시의 평범하고 무기교적인 형식의 의미, 내밀하게 감추어진 사상과 상상력의 심층적인 탐구를 시도하였다. 그리하여 김달진의 시의 형식 · 기법적인 차원을 선적 미의식의 관점에서, 내용적 차원의 시적 사유와 상상을 불교적 세계관의 관점에서 살펴보았다. 동시에 가까울 만큼 평범하고 무기교적인 김달진 시의 형식은 선적 미의식에 기반한 세미화의 기법에서 기인한다. 김달진 시의 세미화 기법은 사소한 대상에 대한 시적 사유와 상상을 간결하고 자연스러운 형식으로 표현한다. 그 때문에 동시와 같이 평범하고 무기교적인 양상을 띠게 된다.

김달진 시의 세미화 기법은 유추적 상상력을 활용하여 작은 대상을 통해서 거대한 우주에 대한 인식을 드러낸다. 유추적 상상력은 '사소한 대상-자아', '작은 공간-지구'의 관계를 '자아-보다 큰 대상으로서 신비적인 타자', '지구-보다 넓은 우주'로 확장하면서 자아가 벌레를 내려다보듯이 자아를 굽어보는 지고한 대상과 무수히 많은 겹으로 이루어진 광대무변한 우주에 대한 인식을 생성한다. 김달진 시의 우주론은 물론 창조적인 시적 사유와 상상의 산물이지만 불교의 우주론과 매우 유사하다. 그것은 김달진 시의 시적 사유와 상상이 불교적 세계관에 토대를 두고 있기 때문이다.

김달진 시에서 자아는 불교적인 거대한 우주에 대비되어 한없이 작은 존재로 축소된다. 그러한 작은 자아에 대한 인식은 '수인의식'으로 이어진다. 시적 자아는 자신을 한없이 넓은 우주에 비해 극단적으로 좁은 영역에 거주하는 유폐된 존재로 인식하는 것이다. 그러한 유폐의식은 비탄이나 좌절로 나아가지 않는다. 그것은 시적 주체가 유폐적 현실을 환(幻)으로 받아들이기 때문이다. 김달진 시에서 세계는 고정된 실체가 없는 순환적인 것이다. 고정된 실체가 없다는 점에서 세계는 환이다. 이러한 인식은 비록 세계를 환으로 보기는 하지만 순환이라는 신비적 원리를 설정하기 때문에 허무주의로 이어지는 않는다. 순환의 원리에 대한 믿음은 세계에 의미를 부여하고, 자아에게 무욕의 경지에서 세계를 바라볼 수 있는 여유를 마련해준다.

이와 같은 김달진 시의 시사적인 의의는 무엇보다도 고전문학의 선시 전통을 현대적으로 계승하면서 문학사적 연속성을 확보한 점에서 찾을 수 있다. 김달진이 보여준 선적 시학은 1920년대의 한용운, 최남선, 오상순 등의 불교적 시학에서는 찾아보기 어려운 것이다. 따라서 김달진의 시학은 한국 현대시사에 새로운 경향의 불교적 시학으로서 선적 시학의 토대를 마련한 것으로 평가할 수 있다. 전적으로 김달진의 영향이라고 할 수는 없지만, 불교적 시학의 한 범주로서 김달진에 의해 촉발된 선적 시학은 조지훈에 의해 한국 현대시사에 하나의 경향으로 확고하게 정착되고 이후 다양한 시인들에 의해 추구되면서 하나의 계보를 형성한다. 특히 20세기 후반에 오면 선적 미학은 문단에 광범위하게 퍼지게 된다. 불교적 시학의 한 갈래로서 선적 시학의 문학사적 계보를 파악하는 연구는 향후의 과제이다. 선적 시학의 총체적인 면모를 드러내기 위해서는 우선 개별 시인론이 선행되어야 하고, 그를 토대로 선적 시학의 보편성과 특수성이 탐구되어야 할 것이다.

제6부

시문학사적 의의와 한계

시문학사적 의의와 한계

  본서에서 가장 중요한 부분은 제3부 한국 현대 시인의 불교 생태사상과 상상력, 그리고 불교 생태시문학사에 관한 연구이다. 불교는 오랜 세월 동안 우리 민족과 역사를 함께하면서 우리 문화에 깊이 내면화되었다. 우리 현대 시문학사도 예외는 아니다. 가장 생태주의적인 종교로서 불교는 우리 시문학에 자양분을 제공하면서 비옥한 생태주의적 토양을 마련해주었다. 한국 현대 시인들은 불교를 내면화하면서 독창적인 생태학적인 상상력을 펼쳐 보였다. 생태위기가 가시화되기 이전부터 우리 시인들은 생태주의적인 사유와 상상을 전개하면서 자연과 인간의 바람직한 관계에 대해 사유해 온 것이다.

  본서의 주제는 불교 생태시학에 국한되지 않고 넓게는 한국 현대 불교적 시문학사의 중요한 지점들을 짚어내고 있다. 본서는 한용운, 이광수, 조지훈, 서정주, 김달진 등에 초점을 맞추고 있다. 앞으로 더욱 많은 시인들이 보완될 필요가 있다.

  만해 한용운은 우리 현대 불교적 시문학사의 맨 앞자리에 위치한다. 『님의 침묵』(1926)은 1920년대 우리 불교적 시문학의 최고봉이다. 한용운의 불교적 상상력은 불교사상과 식민지 현실 인식, 그리고 타고르의 영향을 내면화한 것이다. 특히 한용운의 불교는 저항의 논리로 작동하였다는 점에서 의미심장하다.

한용운의 뒤를 잇는 1920~30년대 시인은 김일엽이다. 김일엽은 백성욱과의 만남을 계기로 1928년부터 불교에 큰 관심을 기울이기 시작해서 1933년 출가할 때까지 17편 정도의 불교적 색채를 띠는 시편을 남겼다. 그리고 불문에 입문한 후에도 20여 편의 불교시를 남겼다.[1] 김일엽의 불교적 시학은 우리 불교적 시문학사에서 오랫동안 간과되어왔다. 본서에서 가장 아쉬운 부분도 김일엽 시를 다루지 못한 점이다. 김일엽의 불교적 시학은 불교적 시문학사의 차원에서 재평가될 필요가 있다. 이는 차후의 과제로 남겨둔다.

1930년대 불교적 시학의 선봉에는 춘원 이광수가 있다. 그는 1930년대 중반 개인적인 우환과 민족적인 난국의 소용돌이에 속절없이 휩쓸려버린다. 그는 일제의 대동아공영 사상, 내선일체의 논리를 고스란히 수용하는 양상을 보인다. 이광수의 불교는 일제의 전체주의를 합리화하는 논리적 배경으로 작용한다.

1930년대 말 『문장』지를 통해 문단에 얼굴을 내민 조지훈은 문장파의 불교적 시학을 대변한다. 문장파의 분위기가 전체적으로 유가적이었으며, 조지훈의 문학 또한 유가적인 색채를 띠고 있다는 점은 널리 알려져 있다. 그렇다고 해서 조지훈 문학을 전적으로 유가적인 색채로 바라볼 수만은 없다.

---

[1] 김일엽의 불교적 시학에 관한 사항은 다음을 참고. 송정란, 「김일엽의 불교시 고찰을 위한 서설」, 『한국사상과문화』 75, 한국사상문화학회, 2014 ; 송정란, 「김일엽의 출가과정과 불교시 변모양상」, 『한국사상과문화』 80, 한국사상문화학회, 2015 : 송정란, 「김일엽의 선사상과 불교 선시 고찰」, 『한국사상과문화』 85, 한국사상문화학회, 2016.

한편으로 조지훈은 불가적인 학풍에서 청년기를 보냈으며, 자연스럽게 그의 문학에도 불가적인 향기가 스며들어 있다. 문장파의 전통주의적 분위기 속에서 조지훈은 불가적인 향기를 흘려보냈으며, 그러한 불가적인 경향은 광복 이후에도 지속된다.

1930년대 말 불교적 시학과 관련하여 간과할 수 없는 인물이 김달진이다. 김달진은 1930년대 중반 금강산 유점사, 백운산 화과원 등에서 수도생활을 시작하여, 1936년 중앙불교전문학교에 입학하여 불교계와 긴밀한 관계를 맺는다. 김달진은 평생 재가승의 면모를 지닌 시인의 삶을 살았으며 1983년 불교정신문화원에서 한국 고승 석덕으로 추대되기도 하였다. 그러한 삶과 무관하지 않게 그의 시에는 불교적 세계관과 선미가 농후하게 나타난다. 그는 은자적인 삶을 살았기에 세간의 주목을 크게 받지 못했지만, 불교적 시문학사에서는 중요한 위치를 차지한다.

미당 서정주의 불교적 시학은 전후 전통주의의 정수이다. 미당의 동양주의적 시학이 시작된 것은 일제 말기이지만, 그의 불교적 시학은 한국전쟁을 거치면서 활성화되기 시작했고 전후 전통주의 활동에서 만개하는 양상을 보인다. 미당은 한국 고대사 관련 저술에서 불교적 상상력을 이끌어내면서 불교적 시학의 진수를 보여주었다.

불교와 근대-과학의 변증을 추구한 시인들로 한용운, 이광수, 서정주가 대표적이다. 이들의 논지는 불교는 과학적이며 근대적인 사상이라는 것이다. 이들은 불교의 과학성과 합리성을 강조하면서 불교가 근대사회에서 경쟁력 있는 사상이라는 인식을 드러낸다. 이들의 문학사상에는 명백한 오류가 노정되어 있지만 문학적 자양분으로서 중요한 의미를 지닌다. 그리고 이들의 견해는 일견 유사하지만 서로 다른 색채로 발현되는 양상을 보인다.

먼저 일제강점기의 한용운과 이광수는 대조적인 면모를 보인다. 양자가 모두 불교의 합리성에 무게를 두지만 이광수에 비해 한용운이 보다 합리적인 색채가 강하다. 가령, 한용운은 신화적인 유아윤회의 비합리성을 비판적으로 인식하지만, 이광수는 그것을 신봉하는 양상을 보여준다. 이광수는 불교의 합리성을 강조하면서도 한편으로는 비합리적이고 무비판적인 견해를 펼친다.

한용운은 자신의 합리주의적인 불교사상을 토대로 불교의 근대화와 조선의 독립을 추구한다. 그는 조선의 불교에서 비합리적 요소를 덜어내고자 했으며, 한편으로는 불교적인 절대평등의 논리로 조선의 독립을 지향하였다. 반면 이광수는 윤회론적인 포용력으로 '총친화'의 논리를 강조하면서 대일협력의 소용돌이에 휩쓸린다. 일제강점기의 현실에 대하여 한용운의 불교가 논리적이고 비판적인 태도를 취한 반면, 이광수의 불교는 무비판적인 포용의 자세를 보인 것이다.

미당은 물질불멸의 법칙과 에너지 보존의 법칙 등을 끌어들이며 자신의 불교적인 영원성이 근대과학의 법칙에 위배되지 않는다고 주장하였다. 미당은 물질과 에너지의 영원성을 자아의 영원성과 동일시하는 오류를 범한다. 그러한 오류는 미당 시의 상상력의 자양으로 작용하여 수준 높은 작품의 탄생으로 이어졌다는 점에서 오히려 긍정적인 효과가 크다. 그러나 다른 한편으로는 이광수와 유사한 면모를 보여주기도 한다. 즉, 그의 상상력은 경험적 현실의 고통을 냉철하게 인식하지 못하고 현실 추수적인 경향을 드러내었다. 그의 상상력은 경험적 현실의 고통을 은폐하거나 미화하는 측면도 지니고 있는 것이다.

한용운의 합리성에 대한 지향이 현실 비판적인 인식으로 이어졌다면, 이광수나 서정주의 경우는 현실의 고통이나 차별을 정당화하는 방향으로 전개되었다. 이광수나 서정주의의 불교적 상상력은 유사한 사상적 배경에 토대를 두고서 친일이나 친권력적인 성향을 지니게 된 것이다.

계층의 차원에서 불교적 미학을 민중적인 것과 사대부적인 것으로 나눌

수 있다. 우리 불교적 시문학사에서 서정주의 영원주의는 민중불교적인 상상력으로 분류할 수 있다. 미당이 수용한 민중불교적 사유는 '극락왕생'과 유사한 영원에 대한 민중적인 소망이었다. 물론 미당이 민중불교의 기복적이고 투박한 사유체계를 고도로 세련되고 형이상학적인 시학으로 변용했음은 자명한 사실이다.

'자연스러움', '간결성', '함축미' 등을 특징으로 하는 선적 미학은 사대부적인 것이다. 이와 가까운 선적 미학을 우리 현대시론에서 정립한 시인이 조지훈이다. 그리고 김달진, 조지훈 등의 시인은 그와 같은 선적 미학을 작품으로 구현하였다. 조지훈의 선적 시론과 시학이 압축과 함축을 관건으로 하는 반면, 다른 형태의 선적 미학도 찾아볼 수 있다. 현대시의 선적 미학의 하나는 압축과 함축이 아닌 역설과 해체에 주안점을 둔다. 많은 현대 시인들이 역설과 해체의 차원에서 선적 미학을 수용하여 쉬르레알리슴, 포스트모더니즘 등의 사조와 맞닿게 된다.

한국 현대 시문학사에서 불교적 시학은 매우 다양한 차원과 층위를 지니고 있음을 알 수 있다. 불교적 시학에는 저항과 협력, 전통과 현대, 미학과 윤리, 종교와 과학, 개인과 공동체, 부분과 전체, 엘리트 미학과 민중 미학 등의 첨예한 주제가 맞물려 있는 것이다.

한국 현대시의 불교적 시학과 불교 생태학적 상상력을 연구하면서 내가 경계의 끈을 늦추지 않고 지속적으로 비판해온 항목이 에코파시즘의 함정이다. 그것은 한스 메이어호프가 영원주의가 빠지기 쉬운 "야만주의"의 함정을 경고한 것과 유사한 맥락이다.

불교 생태주의뿐만 아니라 모든 유형의 생태주의는 전일성과 공동체의 논리를 강조하면서 자칫 파시즘의 함정에 빠질 우려가 있다. 이광수와 서정주가 그 대표적인 예이다. 진정한 생태주의, 진정한 불교 생태주의는 공동체와 더불어 개체의 가치를 존중한다. 불교의 사상 체계에서는 개별 존재하나 하나가 공동체만큼의 무게를 지닌다. 개체가 곧 전체이고 전체가 곧 개체인 것이다. 불교사상에서 개체를 간과하는 전체를 상상할 수 없다. 모든 개인은 부처이고 우주이다. 이러한 사실을 간과하고 공동체와 전체만을 강조하다 보면 불교 생태주의의 본질에서 멀어지면서 파시즘의 논리에 빠지게 된다. 시적 상상력의 영역에서도 마찬가지이다. 위대한 시적 상상력은 현실과 초월, 그리고 개체와 전체에 대한 균형 잡힌 시선에서 탄생한다.

　샤머니즘–무(巫), 유(儒), 불(佛), 도(道)의 사상은 오랜 세월 동안 한국 문화의 심층에 자리 잡아온 만큼 많은 한국인들의 마음에 깊이 새겨져 있다. 대부분의 한국 현대 시인들의 시세계에도 무유불도(巫儒佛道)는 다양한 양상으로 구현되고 있다. 따라서 한 시인의 시 세계가 전적으로 유가적 시학이나 불가적 시학으로 환원된다는 생각은 버려야 한다. 가령, 미당 서정주 시에는 샤머니즘적인 사유와 불가적인 사유, 도가적인 사유 등이 농후하게 드러난다. 따라서 미당 서정주 시는 다양한 종교적 시학의 관점에서 논의가 가능하다. 서정주는 한 사례일 뿐이고 우리 대부분의 시인들은 이처럼 다양한 종교적 시학의 관점에서 해석이 가능하다. 앞으로도 우리는 다양한 시인들의 생애와 산문, 시 텍스트에서 불교적인 사유를 건져내어 우리 불교적 시학사에 포함시킬 수 있을 것이다. 우리 시인들의 내면을 관류하는 다채로운 불교적 상상력의 역사는 한층 깊이 있고 입체적인 시각에서 조명될 필요가 있다.

1. 기본자료

김달진, 『김달진 전집』 1~2, 문학동네, 1997~1998.

서정주, 『서정주 문학 전집』 1~5, 일지사, 1972.

서정주, 『미당 수상록』, 민음사, 1976.

서정주, 『미당 서정주 시전집』, 민음사, 1984.

서정주, 『미당 산문』, 민음사, 1993.

서정주, 『미당 자서전 2』, 민음사, 1994.

서정주, 『미당 서정주 전집』 1~20, 은행나무, 2015~2017.

이광수, 『춘원시가집』, 박문서관, 1940.

이광수, 『이광수 전집』 1~10, 삼중당, 1976.

조지훈, 『조지훈 전집』 1~9, 나남출판, 1998.

한용운, 『님의 침묵』, 회동서관, 1926.

한용운, 『한용운 전집』 1~6, 신구문화사, 1973.

한용운, 『님의 침묵』, 한계전 편, 서울대학교 출판부, 1996.

2. 논저

강건일, 『신과학 바로알기』, 가람기획, 1999.

강길전, 「양자의학(Quantum Medicine)의 개념 정립」, 『한국정신과학회 학술대회논문집』, 2001.4.

강길전 · 홍달수, 『양자의학』, 친환경농업포럼, 2007.

강석근, 「불교생태학의 시문학적 수용과 그 해석」, 『한국시가연구』 17, 한국시가학회, 2005.

강석주 · 박경훈, 『불교근세백년』, 민족사, 2002.

경상대 인문학 연구소 편, 『인문학과 생태학』, 백의, 2001.

고영섭, 『연기와 자비의 생태학』, 연기사, 2001.

공병혜, 「자연미의 의미와 예술」, 『범한철학』 61, 범한철학회, 2011.

구모룡, 「한국근대시와 불교적 상상력의 양면성」, 『한국시학연구』 9, 2003.11.

권영민, 『한국민족문학론연구』, 민음사, 1995.

김광식, 『근현대불교의 재조명』, 민족사, 2000.

김성곤, 「문학생태학을 위하여」, 『외국문학』 25, 1990.12.

김성진 외, 『생태 문제와 인문학적 상상력』, 나남출판, 1999.

김승환, 「카오스와 프랙탈 : 자연 속에 숨은 질서」, 『외국문학』 36, 1993.8.

김영식 외, 『과학사』, 전파과학사, 1995.

김옥성, 「한국 현대시의 불교적 시학 연구」, 서울대학교 박사학위 논문, 2005.

김옥성, 「김달진 시의 선적 미의식과 불교적 세계관」, 『한국언어문화』 28, 한국언어문화학회, 2005.

김옥성, 「조지훈 시론의 선적(禪的) 미학과 그 교육적 의미」, 『대동문화연구』 56, 성균관대학교 대동문화연구원, 2006.

김옥성, 「서정주 시의 윤회론적 사유와 미학적 의미」, 『종교문화비평』 9, 한국종교문화연구소, 2006.

김옥성, 『현대시의 신비주의와 종교적 미학』, 국학자료원, 2007.

김옥성, 「한용운의 생태주의와 시학」, 『동양학』 41, 단국대학교 동양학연구소, 2007.

김옥성, 「서정주의 생태사상과 그 시학적 양상」, 『한국문학이론과비평』 34, 한국문학이론과비평학회, 2007.

김옥성, 「조지훈의 생태시학과 자아 실현」, 『한국문학이론과비평』 37, 한국문학이론과비평학회, 2007.

김옥성, 「이광수 시의 생태의식 연구」, 『한국현대문학연구』 27, 한국현대문학회, 2009.

김옥성, 「한국 현대시의 불교생태학적 상상력 연구」, 『한국문학이론과 비평』 42, 한국문학이론과 비평학회, 2009.

김옥성, 「한국 현대시의 생태학적 농촌 공동체 이미지 연구」, 『국문학논집』 21, 단국대학교 국문과, 2011.

김옥성, 「미당 서정주 문학의 종교적 의미」, 『신종교연구』 37, 한국신종교학회, 2017.

김용민, 「독일 생태시의 또 다른 가능성」, 『현대시세계』, 1991. 가을.

김용민, 「생태학-환경운동-환경생태시」, 『현대예술비평』, 1991. 겨울.

김용민, 「새로운 생태문학을 위한 시도」, 『현상과인식』, 1993.12.

김용운, 『카오스와 불교-불교에서 바라본 과학의 본질과 미래』, 사이언스북스, 2003.

김욱동, 『한국의 녹색문화』, 문예출판사, 2003.

김욱동, 『문학생태학을 위하여』, 민음사, 2003.

김욱동, 「현대시와 생태학적 상상력」 1~3, 『현대시학』 343~346, 1997.10, 1997.11, 1998.1.

김윤식, 『한국근대작가론고』, 일지사, 1974.

김윤식, 『이광수와 그의 시대』 1~3, 한길사, 1986.

김윤식, 『한국근대문학사상연구2-문협정통파의 사상구조』, 아세아문화사, 1994.

김종길 외, 『조지훈 연구』, 고려대학교 출판부, 1978.

김종서 외, 『종교와 과학』, 아카넷, 신장판, 2001.

김종서, 『종교사회학』, 서울대학교 출판부, 2006.

김종욱, 『불교생태철학』, 동국대학교 출판부, 2004.

김창원, 『시교육과 텍스트 해석』, 서울대학교 출판부, 2005.

남기혁, 『1950년대 시의 전통지향성 연구』, 서울대학교 박사학위 논문, 1998.

도정일, 「시인은 숲으로 가지 못한다」, 『녹색평론』 10, 1993.5.

동국대학교 불교교재편찬위원회, 『불교사상의 이해』, 불교시대사, 2004.

동국대학교 한국문학연구소 편, 『이광수 연구』 상하, 태학사, 1984.

류성민, 『종교와 인간』, 한신대학교 출판부, 1997.

만해사상실천선양회 편, 『2006만해축전』 상하, 불교시대사, 2006.

만해사상연구회 편, 『한용운사상연구』, 민족사, 1980.

만해사상연구회 편, 『한용운사상연구』 2, 민족사, 1981.

문순홍,『생태학의 담론』, 아르케, 2006.

문창옥,『화이트헤드 과정철학의 이해』, 통나무, 2002.

박구용,「예술의 종말과 자율성」,『사회와철학』 12, 사회와철학연구회, 2006.

박순희,「미당 서정주 시 연구」, 성신여자대학교 박사학위 논문, 2005.

박철희 편,『서정주』, 서강대학교 출판부, 1998.

박현수,『현대시와 전통주의의 수사학』, 서울 : 서울대학교 출판부, 2004.

박호영,「조지훈 문학 연구」, 서울대학교 박사학위 논문, 1988.

박희병,『한국의 생태사상』, 돌베개, 1999.

소광섭,『물리학과 대승기신론』, 서울대학교 출판부, 1999.

손진은,『서정주 시의 시간과 미학』, 새미, 2003.

송기한,『한국 전후시와 시간의식』, 태학사, 1996.

송명규,『현대 생태사상의 이해』, 따님, 2008.

송명희,「이광수의 기독교 사상과 종교다원주의」,『한국문학논총』 46, 2007.

송명희,「조지훈의 수필문학연구」,『한국문학이론과 비평』 35, 한국문학이론과비평학회,
    2007.

송상용 외,『생태 문제와 인문학적 상상력』, 나남출판, 1999.

송용구,「독일의 생태시」 1~5,『시문학』, 1995.7~11.

송욱,『시학평전』, 일조각, 1963.

송희복,「서정시와 화엄경적 생명원리」,『시와사상』, 1995. 겨울.

송희복,「푸르른 울음, 생생한 초록의 광휘」,『현대시』, 1996.5.

신덕룡 편,『초록 생명의 길』 I Ⅱ, 시와사람사, 1997.

엄성원,「조지훈의 초기시 연구」,『한국문학이론과 비평』 35, 한국문학이론과비평학회,
    2007.

오경환,『종교사회학』, 서울 : 서광사, 1990.

오성호,「생태계의 위기와 시의 대응」,『시와사회』 2, 1993.8.

오세영,『문학과 그 이해』, 국학자료원, 2003.

오형근,『불교의 영혼과 윤회관』, 새터, 1995.

육근웅,『서정주 시 연구』, 국학자료원, 1997.

윤여탁, 『시 교육론 II - 방법론 성찰과 전통의 문제』, 서울대출판부, 2003.

윤자정, 「A. N. Whitehead의 유기체철학 내에서의 미적 경험에 대한 연구」, 서울대학교 박사학위 논문, 1996.

윤호진, 『무아 · 윤회 문제의 연구』, 민족사, 1996.

와다 토모미, 「이광수의 '생명' 의식 연구」, 서울대학교 박사학위 논문, 2007.

연세대학교 국학연구원 편, 『춘원 이광수 문학 연구』, 국학자료원, 1994.

이도원, 「생태학에서의 시스템과 상호의존성」, 『시스템과 상호의존성』, 제1기 에코포럼, 2004.10.

이도원 편, 『한국의 전통생태학』, 사이언스북스, 2004.

이동승, 「독일의 생태시」, 『외국문학』 25, 1990.12.

이동승, 「생태문학을 통해 본 인류의 미래」, 『문학사상』 241, 1992.11.

이부영, 『분석심리학』, 일조각, 1999.

이상헌, 『생태주의』, 책세상, 2011.

이유미, 「서정주의 김소월론에 관한 몇 가지 주석」, 『한국현대문학연구』 47, 2015.

이종찬, 『한국선시의 이론과 실제』, 이화문화, 2001.

이진오, 『한국불교문학의 연구』, 민족사, 1997.

이진우, 『녹색 사유와 에코토피아』, 문예출판사, 1998.

이혜원, 『생명의 거미줄』, 소명, 2007.

인권환, 『한국불교문학연구』, 고려대학교 출판부, 1999.

임도한, 「한국 현대 생태시 연구」, 고려대학교 박사학위 논문, 1999.

장정렬, 「한국 현대 생태주의 시 연구」, 한남대학교 박사학위 논문, 1999.

정승석, 『윤회의 자아와 무아』, 장경각, 1999.

정진홍, 『한국종교문화의 전개』, 집문당, 1988.

정진홍, 『종교학 서설』, 전망사, 1990.

정한모, 『한국 현대시문학사』, 일지사, 1974.

정현기, 「풍요로 출발한 죽음의 항로 - 한국현대문학에 나타난 환경문제」, 『문학사상』 241, 1992.11.

정효구, 『우주공동체와 문학의 길』, 시와시학사, 1994.

정효구, 『한국현대시와 자연탐구』, 새미, 1998.

조연현 외, 『미당 연구』, 민음사, 1994.

지은희 외, 『생태주의와 에코페미니즘』, 한국불교환경교육원, 2000.

진창영, 「현대시의 신라정신과 그 생태주의적 요소 고찰─서정주, 김춘수, 정일근의 시
       를 중심으로」, 『어문학』 74, 2001.

최동호, 『하나의 道에 이르는 詩學』, 고려대출판부, 1997.

최승호 편, 『조지훈』, 새미, 2003.

최승호, 『한국적 서정의 본질 탐구』, 다운샘, 1998.

최승호, 『서정시의 이데올로기와 수사학』, 국학자료원, 2002.

최승호 편, 『21세기 문학의 유기론적 대안』, 새미, 2000.

최원규, 『한국근대 시론』, 학문사, 1981.

최현식, 『서정주 시의 근대와 반근대』, 소명, 2003.

한국불교환경교육원 편, 『동양사상과 환경문제』, 모색, 2005.

한국종교연구회 편, 『세계종교사입문』, 청년사, 1996.

한자경, 『불교철학의 전개』, 예문서원, 2003.

홍신선, 『한국시와 불교적 상상력』, 역락, 2004.

홍용희, 「신생의 꿈과 언어」, 『시와 사상』, 1995. 겨울.

화이트헤드학회 편, 『창조성의 형이상학』, 동과서, 1999.

葛兆光, 『禪宗과 中國文化』, 정상홍·임병권 역, 동문선, 1991.

方立天, 『불교철학개론(佛敎哲學)』, 유영희 역, 민족사, 1992.

孫昌武, 『중국불교문화』, 우재호 역, 중문, 2001.

張法, 『동양과 서양, 그리고 미학』, 유중하 외 역, 푸른숲, 2000.

中沢新一, 『대칭성 인류학(對稱性人類學)』, 김옥희 역, 동아시아, 2005.

中沢新一, 『곰에서 왕으로─국가, 그리고 야만의 탄생(熊から王へ)』, 김옥희 역, 동아시아,
       2005.

河合隼雄·中沢新一, 『불교가 좋다』, 김옥희 역, 동아시아, 2004.

Bachelard, G.,『공간의 시학』, 곽광수 역, 민음사, 1997.

Barry, J.,『녹색사상사(*Environment and Social Theory*)』, 허남혁 · 추선영 역, 이매진, 2004.

Bateson, G.,『마음의 생태학(*Steps to an Ecology of Mind*)』, 박대식 역, 책세상, 2006.

Beardsley, M. C.,『미학사』, 이성훈 외 역, 이론과실천, 1989.

Beck, Ulrich,『위험 사회』, 홍성태 역, 새물결, 2006.

Berger, Peter L.,『종교와 사회(*The sacred canopy*)』, 이양구 역, 종로서적, 1982.

Biehl, J. and P. Staudenmaier,『에코파시즘(*Ecofascism: Lessons from the German Experience*)』, 김상영 역, 책으로만나는세상, 2003.

Bohm, D.,『현대물리학의 철학적 테두리–전체와 내포질서』, 전일동 역, 민음사, 1991.

Brueggemann, Walter,『예언자적 상상력(*The prophetic imagination*)』, 김쾌상 역, 대한기독교출판사, 2000.

Buber, M.,『나와 너』, 표재명 역, 문예출판사, 1998.

Capra, Fritjof,『현대물리학과 동양사상(*The Tao of Physics*)』, 이성범 · 김용정 역, 범양사, 3판, 1994.

Capra, Fritjof,『생명의 그물(*The Web of Life*)』, 김용정 · 김동광 역, 범양사, 2004.

Clarke, J.,『동양은 어떻게 서양을 계몽했는가』, 장세룡 역, 우물이있는집, 1997.

DesJardins, J. R.,『환경윤리(*Environmental Ethics*)』, 김명식 역, 자작나무, 1999.

Devall, B. and G. Sessions, *Deep Ecology: Living as if Nature Mattered*, Salt Lake City: Gibbs M. Smith, Inc., 1985.

Dumoulin, H.『선과 깨달음』, 박희준 역, 고려원, 1993.

Eliade, M.,『종교의 의미–물음과 답변(*The Quest*)』, 박규태 역, 서광사, 1990.

Eliade, M.,『성과 속–종교의 본질(*The Sacred and the Profane: The Nature of Religion*)』, 이동하 역, 학민사, 1992.

Eliade, M.,『종교형태론(*Patterns in Comparrative Religion*)』, 이은봉 역, 형설출판사, 1992.

Eliade, M.,『우주와 역사(*Cosmos And History*)』, 정진홍 역, 현대사상사, 1995.

Eliade, M.,『이미지와 상징–주술적,종교적 상징체계에 관한 시론(*Images et Symboles*)』, 이재실 역, 까치, 1998.

Fromm, E., 『자유에서의 도피 · 사랑의 예술』, 고영복 역, 학원출판공사, 1993.

Fromm, E., 『인간 소외』, 김남석 역, 을지출판사, 1995.

Frazer, J. G., 『황금가지(*The Golden Bough*)』, 김상일 역, 을유문화사, 1978.

Fox, W., 『트랜스퍼스널 생태학(*Toward a Transpersonal Ecology*)』, 정인석 역, 대운출판, 2002.

Gennep, Arnold van, 『통과의례(*Les Rites de passage*)』, 전경수 역, 을유문화사, 1994.

Giddens, A., 『현대성과 자아정체성』, 권기돈 역, 새물결, 1997,

Gleick, J., 『카오스』, 박배식 외 역, 누림북, 2006.

Griffin, D. R., 『화이트헤드 철학과 자연주의적 종교론』, 장왕식 외 역, 동과서, 2004.

Guattari, F., 『세 가지 생태학(*Les trois écologies*)』, 윤수종 역, 동문선, 2003.

Haeckel, Ernst, *The Riddle of The Universe*, trans. Joseph McCabe, New York & London ; Harper & Brothers Publishers, 1902.

Hirschberger, Johannes, 『서양철학사』下, 강성위 역, 이문출판사, 1987.

Johansson, R. E. A., 『불교 심리학(*The Dynamic Psychology of Early Buddhism*)』, 박태섭 역, 시공사, 1996.

Jung, Hwa Yol(정화열), 『몸의 정치와 예술, 그리고 생태학』, 이동수 외 역, 아카넷, 2006.

Kant, I., 『판단력 비판』, 이석윤 역, 박영사, 1996.

Lovelock, J. E., 『가이아』, 홍욱희 역, 갈라파고스, 2004.

May, R., 『자아를 잃어버린 현대인』, 백상창 역, 문예출판사, 1997.

Merchant, C., 『래디컬 에콜로지』, 허남혁 역, 이후, 2001.

Meyerhoff, H., 『문학과 시간의 만남(*Time in Literature*)』, 이종철 역, 자유사상사, 1994.

Myerson, G., 『생태학과 포스트모더니티의 종말(*Ecology and the End of Postmodernity*)』, 김완구 역, 이제이북스, 2003.

Naess, A., *Ecology, community and lifestyle*, D. Rothenberg, tr. and ed., Cambridge: Cambridge univ. press, 1995.

Paz, O., 『흙의 자식들 외』, 김은중 역, 솔, 1999.

Peters, Ted, ed., 『과학과 종교』, 김흡영 외 역, 동연, 2002.

Prebish, C. S., et al., 『불교−그 현대적 조명(*Buddhism modern perspective*)』, 박용길 역, 고

려원, 1989.

Santayana, G., *Interpretation of Poetry and Religion*, co-ed. W. G. Holzberger & H. J. Saatkamp, Jr., Massachusetts: The MIT Press, 1990.

Smart, Ninian, 『현대종교학(*Worldviews*)』, 강돈구 역, 청년사, 1995.

Snyder, Gary, 『지구, 우주의 한 마을(*A Place in Space*)』, 이상화 역, 창비, 2005.

Steiger, E., 『시학의 근본개념(*Grundbegriffe der Poetik*)』, 오현일 · 이유영 역, 삼중당, 1978.

Talbot, Michael, 『홀로그램 우주』, 이균형 역, 정신세계사, 2007.

Tucker, M. E. and J. A. Grim, 편, 『세계관과 생태학(*Worldview and Ecology*)』, 유기쁨 역, 민들레책방, 2002.

Vierne, Simone, 『통과제의와 문학(*Rite, Roman, Initiation*)』, 이재실 역, 문학동네, 1996.

White, L. Jr., "The historical roots of our ecologic crisis", *Science*, vol.155, no.3767, 10. March 1967.

Whitehead, A., 『과정과 실재-유기체적 세계관의 구상』, 오영환 역, 민음사, 2003.

Wilber, K., 『모든 것의 역사(*A Brief History of Everything*)』, 조효남 역, 대원출판, 2004.

Wilson, Edward, 『생명의 미래』, 전방욱 역, 사이언스북스, 2005.

발표지 목록

제2부

제1장 「한국 현대시의 불교생태학적 상상력 연구」, 『한국문학이론과비평』 42, 한국문학
　　　이론과비평학회, 2009

제2장, 「한국 현대 시인의 불교 생태 사상」, 『문학·선』, 북인, 2008.

제3장, 「한국 현대 시인의 연기 사상과 상상력」, 『2014년 만해축전 불교문학 심포지엄 자
　　　료집』, 2014.

제4장, 「한국 현대시의 불교적 상상력 – 중앙불전 계열의 시인을 중심으로」, 『유심』, 만해
　　　사상실천선양회, 2008.

제3부

제1장, 「한용운의 생태주의와 시학」, 『동양학』 41, 단국대학교 동양학연구소, 2007.

제2장, 「이광수 시의 생태의식 연구」, 『한국현대문학연구』 27, 한국현대문학회, 2009.

제3장, 「조지훈의 생태시학과 자아 실현」, 『한국문학이론과비평』 37, 한국문학이론과비
　　　평학회, 2007.

제4장, 「서정주의 생태사상과 그 시학적 양상」, 『한국문학이론과비평』 34, 한국문학이론
　　　과비평학회, 2007.

제4부

제1장, 「미당 서정주 문학의 종교적 의미」, 『신종교연구』 37, 한국신종교학회, 2017.

제2장, 「서정주 시의 윤회론적 사유와 미학적 의미」, 『종교문화비평』 9, 한국종교문화연
　　　구소, 2006.

제5부

제1장, 「조지훈 시론의 선적(禪的) 미학과 그 교육적 의미」, 『대동문화연구』 56, 성균관대
　　　학교 대동문화연구원, 2006.

제2장, 「김달진 시의 선적 미의식과 불교적 세계관」, 『한국언어문화』 28, 한국언어문화학
　　　회, 2005.